Der Fluch der sechs Prinzessinnen – 3

Der Fluch der sechs Prinzessinnen (Band 3): Diamantkäfig

Gefangen in einem Turm, gepeinigt von ihrer Stiefmutter Rania … das ist Prinzessin Valyras Fluch. Es gibt kein Entrinnen, denn die Hexe zwingt die jüngste der sechs Schwestern, seltene Zutaten für einen Trank zu suchen, welcher Rania unendliche Macht verleihen wird.
Als Valyra eines Tages unverhofft auf einen Verbündeten trifft, könnte dies die Wendung ihres schrecklichen Lebens bedeuten. Doch wird es ihr gelingen, das Rätsel um ihren Fluch zu lösen? Wie viele Opfer muss sie dafür bringen, wie stark muss sie dazu werden? Und – bergen Diamanten wirklich falsches Leben?

Die Autorin

Regina Meißner wurde am 30.03.1993 in einer Kleinstadt in Hessen geboren, in der sie noch heute lebt. Als Autorin für Fantasy und Contemporary hat sie bereits viele Romane veröffentlicht. Weitere Projekte befinden sich in Arbeit.
Regina Meißner hat Englisch und Deutsch auf Lehramt in Gießen studiert. In ihrer Freizeit liebt sie neben dem Schreiben das Lesen und ihren Dackel Frodo.

REGINA MEISSNER

Märchen

www.sternensand-verlag.ch
info@sternensand-verlag.ch

2. Auflage, November 2019

Umschlaggestaltung: Alexander Kopainski | Kopainski Artwork
Illustrationen : Melis Art | redbubble.com/de/people/melisart
Kapitelillustrationen Diamanten, Käfig, Banner: Fotolia.de | Denys Rudyi, oneo, elenamedvedeva
Lektorat: Martina König | Sternensand Verlag GmbH
Korrektorat: Jennifer Papendick | Sternensand Verlag GmbH
Satz: Sternensand Verlag GmbH
Druck und Bindung: Smilkov Print Ltd.

ISBN-13: 978-3-906829-98-2
ISBN-10: 3-906829-98-2

Für Jessy.
Weil Gauner zusammenhalten müssen.

Das Wesen vor ihr war gigantisch und stieß ein bedrohliches Knurren aus, das seinen Körper durchdrang. Speichel tropfte ihm aus dem Maul, die Zähne waren gebleckt. Sein schwarzes Fell hob sich kaum von der Dunkelheit ab. Es stellte einen von vielen Schatten dar, die Prinzessin Valyra noch immer Angst bereiteten.

Sie zitterte am ganzen Leib, während sie den kleinen Dolch umklammerte. Der einzige Weg, die Logdrosche zu besiegen, bestand darin, sie ruhigzustellen – genauso, wie Rania es ihr aufgetragen hatte.

Die blonde Prinzessin presste die Lippen aufeinander und ging einen Schritt auf das Tier zu. Dabei achtete sie darauf, die Augen nicht abzuwenden, denn Logdroschen waren gehemmt, solange sie angestarrt wurden. Aus dunklen Pupillen erwiderte das schwarze Wesen, das entfernt an einen Wolf erinnerte, ihren Blick. Noch immer knurrte es.

Valyras Atem ging unregelmäßig. Obwohl die Angst zu einem Bestandteil ihres Lebens geworden war, gewöhnte sie sich nicht daran. Ganz im Gegenteil: Jede Nacht, in der sie unterwegs war, kam ihr schlimmer vor als die vorherige.

Am Anfang hatte sie noch gedacht, dass es irgendwann ein Ende nehmen würde, aber nun glaubte sie nicht mehr daran. Ob Rania jemals zufrieden wäre? Ob es Valyra irgendwann gelingen würde, alle Zutaten zu finden?

Sie atmete tief durch, dann sprach sie die Worte aus, die Rania ihr mit auf den Weg gegeben hatte.

»Alea Yunis«, rief sie, so wie ihre Stiefmutter es ihr beigebracht hatte. »Alea Yunis, Alea Yunis!« Dabei ließ sie die Logdrosche nicht aus den Augen.

Bei der Erwähnung der Zauberformel spannte sich der Körper des großen Wolfes an, das Knurren wurde stärker und für einen Augenblick sah es aus, als wollte er zum Sprung ansetzen. Doch plötzlich stieß er ein Wimmern aus, das für eine Kreatur dieser Größe kläglich wirkte. Zuerst wurde der Blick der Logdrosche leer, dann warf sie sich auf den Boden und blieb bewegungslos liegen.

Valyra seufzte erleichtert auf. Das war gerade noch einmal gut gegangen.

Doch nun durfte sie keine Zeit verlieren.

Die Prinzessin hielt den Dolch erhoben in der rechten Hand, dann trat sie auf die Bestie zu, die regungslos vor ihr lag. Rania zufolge waren Logdroschen nicht zu töten, aber mit den richtigen Worten konnte man sie für eine Weile betäuben. Da der Bann jedoch nicht ewig hielt, musste Valyra schnell sein.

Ihre Hand zitterte, was kein gutes Zeichen war. Als der große Wolf unter ihr lag, wusste sie, dass sie sich nun überwinden musste – oder elendig sterben würde. Denn Logdroschen waren nachtragende Kreaturen und ein zweites Mal würde sie dem großen Wolf nicht entkommen.

Sie umklammerte den Dolch mit beiden Händen und fixierte das Auge der Logdrosche, das sie leer anblickte. Dann atmete Valyra tief durch – nur für einen Moment, um Kraft zu sammeln. Die Prinzessin zitterte mittlerweile so sehr, dass sie ihren Körper kaum noch kontrollieren konnte.

Entschlossen nickte sie. Jetzt oder nie.

Mit voller Wucht rammte sie den Dolch mitten in das Auge der Bestie. Valyra wusste, dass sie nicht das gesamte Sehorgan brauchte, ein Teil davon würde schon reichen. Mit dem Dolch versuchte sie, das Auge aus der Verankerung zu lösen. Dabei musste sie das ständig aufkommende Ekelgefühl unterdrücken. Auch mit solchen *Operationen* kam sie nach wie vor nicht gut klar, selbst wenn sie schon dem einen oder anderen Tier etwas hatte entnehmen müssen.

Valyra griff in ihren Beutel und holte ein Taschentuch hervor, in das sie die glibberigen Teile einwickelte. Den Würgereflex unterdrückend, ging sie in die Knie und verrichtete ihre Arbeit.

Zuletzt zog sie ihren Dolch aus den Überresten, behielt ihn aber in der Hand. Nur weil sie ihre Aufgabe erfüllt hatte, bedeutete dies nicht, dass sie sicher war. Denn auch auf dem Heimweg konnten Gefahren lauern.

Hektisch entfernte sich Valyra von der verwundeten Logdrosche. Zunächst einmal galt es, Strecke zwischen sich und das grausame Wesen zu bringen, denn länger als zwanzig Minuten würde der Hypnosebann nicht anhalten.

Die Prinzessin sprang über eine Wurzel und duckte sich unter einem Ast hinweg. Ein Gutes hatte Ranias monatelange Qual: Valyra konnte sich mittlerweile gut im Dunkeln orientieren. Auch mit wenig Licht fand sie ihren Weg. Was blieb, war das ungute Gefühl, das sie in der Nacht immer überkam. Manchmal fühlte sie sich beobachtet. Ein anderes Mal ängstigte sie sich vor den Geräuschen der Finsternis. Doch heute schrie nur ein Käuzchen.

Valyra lief eilig durch den dunklen Wald. Ihre Aufgabe war erfüllt und das bedeutete, dass es keinen Grund gab, aus dem Rania unzufrieden sein könnte. Vielleicht würde sie ihr erlauben, früher schlafen zu gehen, und sie weniger lange quälen als sonst.

Während Valyra durch das Dickicht rannte, schlug der Beutel unablässig gegen ihre Seite. Sie hörte das Klopfen ihres Herzens, laut und unregelmäßig.

Ob die Bestie schon erwacht war? Nein, ausgeschlossen. Sie war noch nicht so lange unterwegs. Doch man sagte Logdroschen einen ausgezeichneten Geruchssinn nach. Wenn sie erst aufgewacht war, würde es nicht lange dauern, bis sie sich auf die Suche nach Valyra begäbe. Dafür reichte ihr auch ein Auge.

Die Prinzessin steigerte ihr Tempo noch einmal, selbst wenn der Boden uneben und matschig wurde. Auf dem Hinweg hatte es geregnet. Glücklicherweise war es bis zum Turm nicht mehr weit.

Valyra ballte die freie Hand zur Faust, während sie sich eine Närrin schalt. Freute sie sich gerade, den Turm zu erreichen? Jenen Ort, in dem sie die schlimmsten Dinge erlebt hatte? Aber manchmal war das Leben genau so: Man musste sich zwischen zwei Übeln entscheiden und wählte das, das einen am Leben ließ.

Rania ließ sie leben. Denn sie brauchte sie. Valyra wusste nicht, wie lang die Liste an Zutaten war und was Rania darüber hinaus für sie geplant hatte. Und wenn sie ehrlich war, wollte sie es auch gar nicht wissen. Es würde niemandem helfen, wenn sie im Voraus zusammenbrach. Sie musste stark bleiben.

Die Prinzessin erinnerte sich an den Tag, an dem sie zum ersten Mal den Turm von außen gesehen hatte. Er war ihr riesig vorgekommen – gigantisch und erdrückend. Und auch jetzt, als sie den Kopf in den Nacken legte und das steinerne Mauerwerk in Augenschein nahm, fühlte sie sich winzig und unbedeutend.

Der Turm hatte nur ein einziges Fenster – und hinter diesem brannte Licht.

Abrupt wurde Valyra in die Luft gehoben – auch dies hatte ihr am Anfang Angst bereitet. Mittlerweile glich es einer sich ständig wiederholenden Routine. Valyra verlor zuerst den Boden unter den Füßen, dann spürte sie, wie Ranias dunkle Hexenkraft sie immer weiter nach oben trieb. So lange, bis sie das Fenster erreicht hatte und in die Küche getragen wurde.

Im Innenraum des Turmes brannten vier große Kerzen. Der Tisch war bereits gedeckt – sie und Rania nahmen das Abendessen immer sehr spät ein. Valyra war froh, wieder Boden unter den Füßen zu haben, und schlüpfte aus ihren braunen Schuhen, an denen die Erde des Waldes haftete. Anschließend zog sie die Jacke aus und platzierte den Beutel auf dem Tisch.

Das Esszimmer war klein und rund geschnitten. Nicht viel mehr als eine Kochzeile und ein schmaler Tisch mit drei Stühlen fanden dort ihren Platz. Insgeheim hatte sich die Prinzessin immer gefragt, für wen der freie Schemel bestimmt war.

Valyra schob die Vorhänge vor das Turmfenster, nachdem sie dieses geschlossen hatte. Dann setzte sie sich an das gedeckte Tischchen, auf dem zwei Teller und zwei Becher standen sowie Besteck lag. Obwohl es im Turm wärmer war als draußen, fröstelte sie. Sie schlang die Arme um ihren bibbernden Körper und zuckte zusammen, als sich die einzige Tür öffnete, die aus der Küche führte.

Aus bangen Augen schaute Valyra Rania an, die heute Nacht ein bodenlanges schwarzes Kleid trug, das teuer und edel wirkte. Auf leisen Sohlen kam sie in den Raum geschlichen und blickte die Prinzessin kühl an. Ihre Gesichtszüge waren so ernst wie immer, aber wenigstens schien ihre Stiefmutter nicht wütend zu sein. Dennoch faltete Valyra unter dem Tisch die Hände zu einem stummen Gebet, in der Hoffnung, dass sie die Nacht unbeschadet überstehen würde.

Ranias dunkle Haare fielen ihr in Wellen den Rücken hinab. Passend zu ihrer schwarzen Aura hatte sie die Augen dunkel geschminkt und die Lippen in einem braunen Ton angemalt.

»Da bist du ja endlich«, merkte sie eisig an und stellte den Kerzenleuchter, den sie in der Hand getragen hatte, auf der Anrichte ab. »Warst du erfolgreich?« Rania war nur noch wenige Schritte von Valyra entfernt. Sie durchbohrte die Prinzessin regelrecht mit ihren unnatürlich grünen Augen.

Valyras Hände begannen zu zittern. »Ich war erfolgreich«, sagte sie mit bebender Stimme.

»Dann zeig gefälligst, was du mir mitgebracht hast«, zischte Rania und brachte Valyra dazu, den Beutel blitzschnell zu ergreifen und ihn ihrer Stiefmutter zu reichen. »Du warst lange weg, Valyra.« Die Hexe musterte die Sechzehnjährige nachdenklich. »Ich hoffe, dein Ausflug hat sich gelohnt.«

Sie schnippte einmal mit den Fingern, dann schwebte das Taschentuch aus dem Beutel und offenbarte Rania die Überbleibsel des Auges. Zunächst warf sie einen prüfenden Blick darauf, nickte aber schließlich.

»Du hast deinen Auftrag erfüllt«, bemerkte die schwarzhaarige Frau, woraufhin Valyra erleichtert ausatmete.

Sie hatte es geschafft.

Rania verstaute das Auge in einer hölzernen Schale, die sich in einem Schränkchen auf der Anrichte befunden hatte, und kniff die Lippen zusammen. »Bald nenne ich dir die nächste Zutat«, sagte sie geheimnisvoll.

Valyra nickte und spürte, wie die Angst ihren Körper lähmte. Sie konnte sich kaum an eine Zeit erinnern, in der sie der Zukunft positiv gegenübergestanden hatte. Wann hatte sie sich das letzte Mal auf etwas gefreut?

»Nun gut, lass uns zu Abend essen.« Rania setzte sich Valyra gegenüber. »Worauf hättest du Lust, mein Liebling?«, fragte die Hexe mit falscher Stimme.

Valyra ballte die Hände unter der Tischplatte zu Fäusten. Bevor sie etwas sagen konnte, hatte Rania wieder das Wort ergriffen.

»Was hältst du von weichen Klößen in brauner Soße?«, schlug sie vor.

Valyras Magen zog sich schmerzhaft zusammen. Im Geiste zählte sie bis zehn, dann bis zwanzig.

Rania zwinkerte ihr zu. Sie genoss ihr Spiel. Sie genoss es, Valyra jede Nacht das gleiche Essen vorzusetzen – das Essen, das ihrem Vater das liebste gewesen war und das sie anfangs in Tränen hatte ausbrechen lassen, wenn sie nur daran dachte.

Dies geschah mittlerweile nicht mehr. Valyra wurde noch immer traurig, wenn Rania die Leibspeise des Königs erwähnte – aber darin bestand nicht das größte Problem. Hauptsächlich ekelte sie sich vor den Klößen, die sie seit ihrer Ankunft im Turm jede Nacht essen musste. Sie hatte die Küche nach etwas anderem durchsucht, aber da Rania die Mahlzeiten durch Magie heraufbeschwor, gab es keinerlei Nahrung in dem hohen Gemäuer. Also hatte Valyra die ersten Abendmahle unter Tränen zu sich genommen und war während der letzten kurz vor dem Übergeben gewesen.

So auch heute.

Die Hände der Prinzessin zitterten, als sie sah, wie Rania eine ausschweifende Geste machte und eine Zauberformel aussprach. Wenige Sekunden später hatte sich der Teller vor Valyra mit drei großen Klößen und brauner Soße befüllt.

Rania aß etwas anderes – jede Nacht – und immer genau das, worauf sie Lust hatte. Dieser Luxus blieb der Prinzessin verwehrt, denn sie bekam nur eine einzige Mahlzeit am Tag – und diese war stets gleich. Der Hunger nagte jede Stunde an ihr, doch wenn es endlich so weit war, bekam sie kaum einen Bissen herunter.

»Ich muss immer an deinen Vater denken, wenn ich dich die Klöße essen sehe«, sagte Rania und mischte falsche Sehnsucht in ihre Stimme. Sie nahm einen Schluck von ihrem Wein und schnitt sich ein Stück vom Braten ab. Genüsslich schob sie sich das faserige Fleisch in den Mund und seufzte wohlig.

Valyras Magen knurrte, aber am liebsten hätte sie sich übergeben. Tapfer griff sie nach der Gabel und drückte den ersten Kloß platt. Sie redete sich ein, dass das Essen anders schmecken würde, wenn es nicht so aussah wie immer. Eine Weile bearbeitete sie die Klöße, bis sie weichem Brei ähnelten, dann nahm auch sie den ersten Bissen.

Eines Nachts, als sie ihre Gedanken nicht hatte abschalten können, hatte Valyra sich beim Essen die Nase zugehalten, um den Geschmack, der ihr mittlerweile so zuwider war, nicht in sich aufnehmen zu müssen. Doch Ranias Reaktion – ein heftiger Schlag in den Rücken – hatte deren Missfallen deutlich gemacht. Und seitdem ließ sie es.

Valyra kaute und schluckte. In ihr kämpften Hunger und Ekel um die Oberhand. Sie merkte, dass Rania sie genau beobachtete. Ein kleines teuflisches Lächeln lag auf ihren Lippen, die Wimpern so schwarz wie der Abgrund ihrer Seele.

Die Prinzessin trank ihr Wasser viel zu früh leer, auch wenn das nicht klug war, denn ihr standen pro Tag nur drei Gläser zu, die sie sich gut einteilen musste. Was im Hochsommer schier unmöglich gewesen war, funktionierte nun schon etwas besser. Allein die Angst blieb, dass Rania die Ration irgendwann schmälern würde.

Mit Mühe und Not schaffte Valyra es, den ersten Kloß zu essen. Sie wusste, dass sie Nahrung brauchte, wenn sie überleben wollte. Und das wollte sie. Gleichgültig, wie schrecklich Rania zu ihr war, gleichgültig, wie sehr sie sie quälte – Valyra wollte am Leben bleiben. Für ihre Schwestern. Für ihren Vater. Und für sich selbst. Sie wollte diesen schrecklichen Fluch brechen, der ihr Leben in einen Albtraum verwandelt hatte.

»Erinnerst du dich noch an deinen fünften Geburtstag, Liebling?«, fragte Rania in diesem Moment und suchte über den Tisch hinweg Valyras Blick. Scheinheilig sah sie die Prinzessin an. »Du hast von deinem Vater ein Schaukelpferd bekommen und es war dein liebstes Spielzeug. Kannst du dich an die Freude erinnern, die du empfunden hast, als du das rote Papier gelöst und das Pferd in Empfang genommen hast? Dieses Glück, diese Zufriedenheit?«

Rania seufzte ergriffen und Valyra hatte größte Mühe, ihren Zorn zu kontrollieren. Sie schaute ihre Stiefmutter nicht länger an, sondern war damit beschäftigt, den zweiten Kloß hinunterzuwürgen.

»Deine Freude hat deinen Vater so glücklich gemacht. Er hatte Tränen in den Augen, als du auf das Pferd gestiegen bist! Und deine Mutter – Gott hab sie selig –, wie froh sie war, wie ausgelassen!«

»SCHWEIG!«, schrie Valyra, weil sie es nicht mehr aushielt. Weil sie es nicht ertrug, wie Rania jede Nacht die Vergangenheit heraufbeschwor, wie sie durch ihre magischen Kräfte Valyras Erinnerungen nutzte, um die schönsten Tage hervorzukramen, die ihr am meisten wehtaten.

Der Zorn flammte heiß in ihr, dennoch presste sie sich die Hand vor den Mund. Sie hatte schon viel zu viel gesagt. Panik durchzuckte ihren Körper und als Ranias Gesicht eine starre Maske wurde, wusste Valyra, dass sie zu weit gegangen war.

»Rania, es … Ich …«

»SCHWEIG STILL!«, rief diese mit funkelnden Augen, aus denen die Wut sprach. »Wer bist du, dass du mir in meinem eigenen Turm Befehle erteilst? Du hast wohl immer noch nicht verstanden, wer hier das Sagen hat?«

Rania schob ihren Stuhl nach hinten und stand auf. Langsam – bedrohlich langsam – bewegte sie sich auf Valyra zu und baute sich vor ihr auf.

»Es tut mir leid, ich wollte nicht … Ich …«, stammelte die verfluchte Prinzessin und biss sich versehentlich auf die Zunge.

»Fanema est«, murmelte Rania, dann drehte sie ihre Hand in der Luft.

Valyra spürte drei heftige Schläge auf ihrer Wange. Bei jedem traten ihr Tränen in die Augen, auch wenn sie sich fest vorgenommen hatte, nicht mehr zu weinen. Sie wollte stark sein.

In den ersten Wochen hatte Rania Valyra anfassen müssen, um ihr wehzutun. Sie hatte Hand anlegen müssen, um ihr Schmerzen zuzufügen. Doch mittlerweile war es ihr gelungen, ihre Magie weiter auszubauen und immer stärker zu werden, sodass sie die Gedankenkontrolle beinahe fehlerfrei beherrschte.

»Hast du es endlich verstanden?«, fragte Rania kühl.

Valyra nickte schnell. Sie wagte es nicht, noch ein Wort zu sagen. Wie ein Racheengel thronte ihre Stiefmutter über ihr; die Kontrolle lag vollends in ihrer Hand.

»Du wirst morgen in den Eisigen Wald gehen«, trug Rania Valyra auf. »Dort wartet eine Aufgabe auf dich.«

Die Prinzessin, die vor Angst wie gelähmt war, zitterte nun noch mehr. Sie war schon einmal im Eisigen Wald gewesen und es war ihr alles andere als gut bekommen.

»Nun geh schlafen«, sprach Rania endlich die erlösenden Worte. »Morgen erfährst du mehr über deinen Auftrag.«

Vor Valyras Augen löste sich die Hexe in Luft auf.

Die Prinzessin konnte die Küche gar nicht schnell genug verlassen. Der Moment, in dem sie in ihre Kammer geschickt wurde, war der Höhepunkt jedes Tages. Zumindest im Schlaf schien sie vor Rania sicher zu sein.

Auf wackeligen Füßen erreichte Valyra den schmalen Korridor und nahm die erste Tür rechts. Zwar besaß sie keinen Schlüssel, um ihr Zimmer abzuschließen, aber bisher hatte ihre Stiefmutter sie nie in der Kammer besucht. Das gab Valyra Hoffnung, dass es auch in Zukunft so bleiben würde.

Sie atmete tief durch, als sie die Tür hinter sich geschlossen hatte. Kurz darauf gaben ihre Beine unter ihr nach. Der anstrengende Tag forderte seinen Tribut und zwang Valyra in die Knie. Auf dem nackten Steinboden rollte sie sich zu einer Kugel zusammen und deckte sich notdürftig mit dem Flickenteppich zu. Ein Kissen besaß sie nicht.

Mit dem Einschlafen hatte sie keine Probleme. Denn wenn sie sich in tiefem Schlummer befand, gab es eine Möglichkeit, ihre verfluchten Schwestern wiederzusehen – und für genau diese Minuten lebte sie.

Die Angst war nicht von ihr gewichen, als Valyra in der Scheinwelt erwachte. Noch immer klopfte ihr Herz wie verrückt, noch immer schlotterten ihre Knie. Im Grunde wusste sie, dass sie hier sicher war. Gleichzeitig war ihr aber bewusst, dass die Besuche bei ihren Schwestern meist nur einige Minuten dauerten und sie dann wieder in die Wirklichkeit zurückkehrte.

Die Scheinwelt war ein sonderbarer Ort, der sich jeglicher Zeit entzog. Es handelte sich um eine große Kuppel mit durchsichtigen Wänden, in der sich ihre Schwestern in den Nächten trafen. Seit Rania den Fluch über sie ausgesprochen und sie alle an unterschiedliche Orte geschickt hatte, war die Scheinwelt die einzige Möglichkeit, um mit den anderen verwunschenen Prinzessinnen in Kontakt zu treten.

Die Zwillinge Penelopé und Genevieve standen am Rand der Kuppel und redeten miteinander, Tatjana, die Zweitälteste, hielt sich abseits auf und schien nachzudenken.

Valyra hätte so gern mit ihren Schwestern gesprochen, hätte ihnen so gern ihr Herz ausgeschüttet, aber ihre Lippen waren versiegelt. Über belanglose Dinge konnte sie mit ihnen reden, aber sobald es um den Fluch ging, starb ihre Stimme.

Was ihre Schwestern wohl sagen würden, wenn sie wüssten, dass Rania sich bei ihr aufhielt? Valyra hatte sich viele Gedanken über die Aufenthaltsorte von Penny, Ginny und Tati gemacht, aber sie konnte nur mutmaßen. Sicher wusste sie nichts.

Außer einer Sache: Estelle, die älteste Schwester und Valyras engste Bezugsperson, war verschwunden und tauchte seither nicht mehr in der Traumwelt auf. Im Gegensatz zu Arabella, die es nie in die Scheinwelt geschafft hatte, war Estelle vom einen auf den anderen Moment nicht mehr erschienen.

Der alleinige Gedanke an ihr mögliches Schicksal reichte aus, um Valyra ein Engegefühl in der Kehle zu bescheren. Sie ballte die Hände zu Fäusten und atmete tief durch. Ein und aus, ein und aus.

»Was ist los, Kleine?«, fragte Penny sie auf einmal.

Valyra hob den Kopf und sah, dass ihre ältere Schwester neben ihr stand und neugierig auf sie hinabblickte.

»Alles in Ordnung mit dir?«, wollte sie wissen und kniff ihr in die Wange.

Valyra seufzte. Sie wusste, dass sie für ihre Schwestern noch ein Kind war – das Nesthäkchen, das es zu beschützen galt. Doch das war sie nicht mehr. Rania und der Fluch zwangen sie dazu, erwachsen zu werden.

»Alles in Ordnung«, sagte sie und nickte.

Penny sah sie weiterhin zweifelnd an.

»Und bei dir?«, erkundigte sich Valyra, auch wenn ihr klar war, dass sie keine zufriedenstellende Antwort erhalten würde. So könnte Penny lediglich mit Ja oder Nein antworten, Details musste sie sich sparen.

»Ich bin glücklich über jeden Tag, den wir überstehen«, sagte ihre Schwester mit einer seltsamen Schwermut in der Stimme.

»Da stimme ich dir zu«, mischte sich Tatjana ein, die zu den anderen gekommen war. Um ihren Mund lag ein strenger Strich, der sie älter wirken ließ. »Wir haben es immerhin so weit geschafft. Arabella und Estelle hingegen …« Sie sprach den Satz nicht zu Ende, aber Valyra ahnte, worauf sie hinauswollte.

Trotzig presste sie die Lippen aufeinander. »Sie sind nicht tot!«, verkündete sie mit fester Stimme.

»Und was macht dich da so sicher?« Tatjana drehte sich zu ihr um und musterte sie kühl.

Unter ihrem starren Blick wurde Valyra immer kleiner, auch wenn sie sich vorgenommen hatte, nicht mehr zu kuschen. Sie stemmte die Hände in die Hüfte. »Ich glaube ganz fest daran. Mama hat uns beigebracht, dass das Gute siegt. Immer.«

Als Tatjana nur ein Schnauben für Valyra übrighatte, wurde diese zorniger. Zu allen Schwestern hatte sie ein gutes Verhältnis, aber mit Tatjana war sie nie richtig warm geworden. Schon als sie Kinder gewesen waren, hatte ihr deren kühle Art Sorgen bereitet. Während Estelle, Ginny, Penny und Arabella ihr stets positiv und mit viel Wärme in der Stimme begegneten, blieb Tatjana auf Abstand. Estelle hatte Valyra einmal erzählt, dass Tatjana eine Einzelgängerin war und sich nicht viel aus der Gesellschaft der Schwestern machte. Dennoch sollte Valyra sich um sie bemühen.

»Was schaust du mich so an?«, fragte Tatjana in diesem Moment und blies sich eine Strähne ihres dichten braunen Haares aus der Stirn. »Die Chancen, dass du eine der beiden wiedersehen wirst, stehen nicht sonderlich gut.«

Valyra hatte schon den Mund zu einer Antwort geöffnet, als die Glaskuppel sich vor ihren Augen verflüchtigte und die Scheinwelt verschwand.

Ihr Kopf dröhnte, als sie aufwachte. Valyra blinzelte zweimal, dann streckte sie die Arme aus und seufzte. Auch wenn es ihr schwerfiel, aufzustehen, waren die Vormittage am erträglichsten. Wenn der Morgen noch früh war und die Sonne jung, hielt sich Rania selten im Turm auf.

Valyra wusste nicht genau, wo die Hexe hinging – ob sie bei ihrem Vater war oder an einem anderen Ort Schrecken verbreitete –, aber das schien gar nicht so wichtig. Wenigstens ließ sie Valyra für ein paar Stunden allein.

Auf leisen Sohlen verließ die Prinzessin ihre Kammer und durchquerte den Korridor, bis sie in die Küche gelangte. Hier nach etwas Essbarem zu suchen, war aussichtslos, denn Rania sorgte dafür, dass es nichts gab.

Jeden Vormittag überprüfte sie, ob die Tür zu Ranias Zimmer geschlossen war – oder ob ihre Stiefmutter im Eifer des Gefechts vergessen hatte, ihre Kammer zu verriegeln. Bisher war dies nie geschehen – auch heute nicht, wie Valyra seufzend erkannte.

Noch nie war es ihr gelungen, einen Blick in dieses Zimmer zu werfen. Noch nie hatte sie Ranias privates Domizil erspähen dürfen – und das, obwohl die Neugier in ihr riesig war. Die Prinzessin wusste, dass dieser magische Turm, aus dem es kein Entkommen gab, Geheimnisse barg. Und da es außer dem Korridor, ihrer Schlafnische und der Küche nur Ranias Zimmer gab, musste sich ein Teil des Rätsels dort befinden.

Rätsel.

Das Wort rief etwas in Valyra wach, an das sie gar nicht denken wollte. Aber nun, wo sich das Erinnerungsfenster geöffnet hatte, gab es kein Zurück mehr.

Ebenso wie ihre Schwestern hatte auch sie ein Rätsel bekommen, geschrieben auf einen Schnipsel Pergamentpapier. Sie bewahrte ihn unter ihrem Flickenteppich auf, weil ihr ein besseres Versteck nicht eingefallen war und sie in der Kammer Rania nicht fürchten musste. Obwohl die verwunschene Prinzessin das Rätsel schon lange nicht mehr angeschaut hatte, kannte sie seinen Wortlaut längst auswendig.

Im Knochen liegt die Wahrheit begraben,
denn Knochen waren's die ganze Zeit.
Diamanten bringen falsches Leben,
Alpha ist der Käfig, Omega das Grab.

Wie schwer konnten schon vier Zeilen zu lösen sein?

Jedes Mal, wenn Valyra über die Wörter nachdachte, wurde sie wahnsinnig. Sie kam einfach nicht voran, wusste nicht, was sie tun sollte und was das Rätsel bedeutete. Die erste Zeile bereitete ihr eine Gänsehaut, weil sie automatisch an Tod und Verderben denken musste, doch mit den anderen wusste sie gar nichts anzufangen.

Die Prinzessin spürte den Zorn in sich. Wahrscheinlich lag die Lösung des Rätsels irgendwo dort draußen – im Wald. Das Problem war nur, dass sie diesen nicht auf eigene Faust auskundschaften durfte und das Gebiet, in das Rania sie schickte, durch einen magischen Schutzwall begrenzt wurde. Das wiederum bedeutete, dass Valyra nicht weglaufen konnte – auch nicht, wenn sie sich frei und nicht unter Beobachtung wähnte.

Müde sank das blonde Mädchen auf einen der Küchenstühle und schloss die Augen. Sie fühlte sich so unfähig! Auch wenn ihre Schwestern immer behaupteten, nicht voranzukommen, konnte Valyra sich nicht vorstellen, dass sie noch weniger wussten als sie selbst. Es machte sie wahnsinnig, dass sie nichts tun konnte, jeder Tag dem anderen glich und sie für die Person arbeiten musste, die sie am meisten auf der Welt verachtete.

Was ihre Schwestern wohl von ihr halten würden, wenn sie das wüssten?

Anfangs hatte Valyra alles versucht, um Rania Kontra zu geben. Sie hatte sich geweigert, in den Wald zu gehen und die Zutaten für einen Trank zu sammeln, dessen Wirkung sie schaudern ließ. Doch Valyra war menschlich durch und durch, nicht in der Lage, etwas gegen eine Hexe auszurichten. Rania hatte nicht viel gebraucht, um ihren Willen zu brechen – aber die Prinzessin fühlte sich wie eine Verräterin.

Von ihrer Unruhe in die Höhe getrieben, stand sie auf und ging zu dem großen Fenster, das ihr einziger Kontakt zur Außenwelt war. Seufzend blickte sie hinab – hinein in den grünen Wald, der an diesem Morgen so friedlich aussah, dass es beinahe wehtat. Valyra ließ ihren Blick über die grünen Baumwipfel schweifen und beobachtete den Flug eines Vogels.

Wie gern wäre sie so frei wie er. Wie gern würde sie dem Käfig entfliehen, der sie gefangen hielt.

Alpha ist der Käfig, Omega das Grab.

Bedeutete das, dass der Käfig nur den Anfang ihrer Reise markierte, diese aber unweigerlich in ihrem Tod enden würde? Musste sie den Turm hinter sich lassen? Das hatte sie ohnehin vor, aber die Umsetzung gestaltete sich als schwierig.

Gerade wollte Valyra sich vom Fenster abwenden, als ein Geräusch an ihre Ohren drang. Verwirrt hielt sie in der Bewegung inne und lauschte.

War Rania doch nicht gegangen?

Das Mädchen runzelte die Stirn. Sie konnte nicht sagen, welcher Art das Geräusch war. Es hatte sie an einen lang gezogenen Laut erinnert – an eine Art Gesang …

Flink verließ die Prinzessin die Küche und schob sich in den schmalen Flur. Vor Ranias Tür blieb sie stehen, presste ihr rechtes Ohr gegen die hölzerne Oberfläche. Doch hier hörte sie nichts.

Als Valyra in die Küche zurückging, wurde der seltsame Gesang wieder lauter. Noch einmal stellte sie sich vor das Fenster, um zu entschlüsseln, ob der Urheber der Melodie sich im Wald aufhielt. Doch das Geräusch wurde leiser.

Ihre Sinne waren geschärft, dennoch fiel es ihr schwer, auszumachen, wo der Gesang seinen Ursprung nahm. Sie presste ihr Ohr nacheinander gegen alle Wände, aber die Melodie schien von weiter unten zu kommen.

Die Prinzessin sank auf die Knie und auf den hölzernen Boden, der stellenweise mit einem schmalen Flickenteppich bedeckt war. Schon viele Male hatte sie unter ihn geschaut und sie war der felsenfesten Überzeugung, dass sich darunter nichts befand, doch als sie ihn in die Hand nahm und zur Seite schob, wurde das Gewimmer lauter.

Valyras Atem ging schneller. Mit Schwung schob sie den Teppich zur Seite – nur um zu erkennen, dass ihr Instinkt sie nicht getäuscht hatte. Sie sah nichts als Dutzende Holzlatten, die sich aneinanderreihten.

Dennoch wollte der Gesang nicht aufhören und brachte Valyra dazu, ihr Ohr gegen den Boden zu pressen. Zur selben Zeit spürte sie, wie ein warmes Gefühl ihren Oberkörper durchdrang und sie für einen Moment in Hitzewallungen ausbrechen ließ.

Verwundert griff Valyra unter ihr Leinenoberteil – und holte die Brosche hervor, die sie versteckt an ihrem Körper über dem Herzen trug und die in der Stoffinnenseite festgesteckt war. Sie leuchtete wie verrückt. Der in sie eingesetzte Rosenquarz war warm, beinahe heiß, und blinkte in unregelmäßigen Abständen. Seit Valyra ihn von ihrer Mutter bekommen hatte, war er nie mehr gewesen als ein kalter Stein. Sie wusste nicht einmal, dass er die Fähigkeit besaß, seine Temperatur zu verändern.

Noch blickte sie auf den Stein hinab, der die Größe einer Kastanie hatte, als das Licht des Rosenquarzes auf einmal auf den Boden überging. Die Holzlatten wurden rosa erleuchtet und bildeten ein Rechteck.

Die Prinzessin hielt die Brosche in ihrer rechten Hand. Mit der linken tastete sie die Holzlatten ab – und tatsächlich: Auf einmal spürte sie eine Art metallenen Griff, der anscheinend unsichtbar gezaubert war. Ihr Herz klopfte wie wild und das Blinken der Brosche wurde immer schneller.

Entschlossen zog Valyra an dem Griff und musste ihre ganze Kraft zusammennehmen, um ihn anheben zu können. Schweißtropfen bildeten sich auf ihrer Stirn, doch endlich öffnete sich die Falltür quietschend.

Sie schaute mit riesigen Augen auf die Treppe hinab, die sich unter ihr ergab und mitten in die Dunkelheit führte. Aufregung drohte sie zu lähmen, die Nervosität fraß sich durch ihre Eingeweide.

Zum ersten Mal seit … überhaupt … hatte sie etwas entdeckt.

Panisch schaute sie sich um. Wann würde Rania wiederkommen? Sie durfte auf keinen Fall mitbekommen, was Valyra herausgefunden hatte. Ob sie bis morgen warten sollte?

Nein. So würde sie nie vorankommen.

Hastig suchte Valyra in den Schubladen der Küche nach einem Licht. Was sie fand, waren der Stummel einer Kerze und ein paar Streichhölzer. Nicht perfekt, aber besser als nichts.

Mit zittrigen Fingern entzündete sie den Stumpen und steckte sich anschließend die Brosche wieder an die Innenseite ihrer Bluse. Sie fühlte sich sicherer, wenn sie das Schmuckstück bei sich trug. Dann stellte sie sich vor den geheimen Gang und blickte in die Dunkelheit hinab. Als Kind hatte sie sich vor der Nacht und dem Fehlen von Licht gefürchtet, doch durch ihre Ausflüge war sie gezwungen gewesen, sich daran zu gewöhnen.

Valyra umklammerte den Kerzenstumpf und ging die Stufen hinab, die knarrende Geräusche von sich gaben. Schon bald war sie unten angekommen und brauchte das Licht, um die Umgebung zu erleuchten. Sie fand sich in einem schmalen Gang wieder, in dem es muffig roch. Angestrengt spitzte sie die Ohren und erkannte, dass die Melodie noch einmal lauter geworden war. Sie war auf dem richtigen Weg.

Einen letzten Blick nach oben werfend, setzte Valyra sich in Bewegung und tat erste unsichere Schritte.

Ob Rania etwas von diesem Geheimgang wusste? Ob sie ihn am Ende selbst erschaffen hatte?

Das Herz der Prinzessin klopfte unregelmäßig und sie spürte, wie die Anspannung in ihr immer größer wurde.

Was würde sie in dem unterirdischen Korridor finden?

Mit der Kerze leuchtete sie die Wände ab und stieß schon bald auf eine halb vermoderte Tür. Zunächst versuchte Valyra, durch das Schlüsselloch zu schauen, doch dafür war es zu dunkel.

Die Melodie erklang an dieser Stelle am deutlichsten – und nicht nur das: Je angestrengter Valyra lauschte, desto mehr konnte sie verstehen. Denn bei dem seltsamen Gesang handelte es sich nicht nur um eine scheinbar zufällige Tonabfolge.

Schon bald konnte Valyra einen Text ausmachen. Zunächst nur einige Wörter, die sich aber nach einer Weile zu vollständigen Sätzen verbanden. Die Stimme klang jung und hell, beinahe jugendlich.

»Es war einmal ein Vater, der hatte sechs Kinder. Sechs Kinder hatte der König. Er liebte sie alle, doch es reichte nicht aus. Nun sind die Kinder tot.«

Valyra überlief eine Gänsehaut, als sie den Inhalt des Liedes verstand. Doch obwohl die Sätze grausam waren, klang die Melodie fröhlich. Beinahe beschwingt.

Noch eine Weile blieb die Prinzessin vor der Tür stehen, in der Hoffnung, mehr zu erfahren, doch die Stimme wiederholte nur dieselben Worte, das Lied schien nur aus den immer gleichen Zeilen zu bestehen.

Dann atmete Valyra tief durch und drehte am Knauf, doch die Tür ließ sich nicht öffnen. Enttäuscht biss die Prinzessin sich auf die Unterlippe und lauschte noch einen Moment, bevor sie all ihren Mut zusammennahm.

»Hallo? Ist da jemand?«, rief sie.

Zunächst war ihre Stimme zögerlich und zitterte, doch schnell wurde Valyra lauter. Die Möglichkeit, dass sich hinter der Tür jemand befand, der ihr helfen konnte, machte sie mutig.

»Hallo? Könnt Ihr mir öffnen? Ich muss mit Euch reden!«

Als sie keine Antwort bekam, ballte Valyra die Hand zu einer Faust und trommelte gegen das Holz. Da stoppte der sonderbare Gesang für einen Moment.

Hastig rief Valyra: »Könnt Ihr mich bitte reinlassen? Oder zumindest mit mir sprechen? Wer seid Ihr? Seid Ihr auch eingesperrt wie ich?«

Sie zwang sich zur Ruhe, auch wenn die unausgesprochenen Fragen in ihr wüteten. Angespannt wartete sie auf eine Antwort, doch statt einer Erwiderung setzte wieder der Gesang ein.

»Bitte!«, flehte Valyra. »Bitte redet mit mir! Ich bin hier eingesperrt und …«

Abrupt brach sie ab, weil sie außer der fremden Stimme noch ein anderes Geräusch gehört hatte. Ein Geräusch, das … von oben kam. Schweiß brach Valyra aus, ihr Herz klopfte in einem wilden Stakkato und für einen Moment war sie wie gelähmt.

»Oh nein«, flüsterte sie und presste die Lippen aufeinander.

Ängstlich starrte sie den Gang entlang. Kurz darauf kam Leben in ihren Körper.

»Ich muss weg«, meinte sie hektisch und lief so schnell durch den Korridor, dass das Licht der Kerze ausging.

Überstürzt rannte sie die Stufen hinauf, die so laut knarzten, dass die Prinzessin nur hoffen konnte, dass niemand sie hörte. Als sie oben angekommen war, sah sie sich panisch in der Küche um, die zu ihrer Erleichterung verlassen dalag. Dann schloss sie mithilfe ihrer Brosche den Zugang zum Geheimkeller und platzierte den Flickenteppich darauf.

Valyra hatte gerade noch Zeit, die Kerze zurück in die offene Schublade zu legen, da wurde die Tür zur Küche geöffnet.

Rania betrat den Raum, die Haare streng am Hinterkopf festgesteckt, ein boshaftes Lächeln auf ihren Lippen. Die Prinzessin starb innerlich tausend Tode. Sie wusste, dass der Turm nur einen Eingang hatte und dieser direkt durch das Fenster der Küche führte. Rania musste also den Raum durchquert haben, als sie angekommen war. Was unweigerlich bedeutete, dass sie die offene Tür im Boden gesehen hatte.

Valyra zitterte wie Espenlaub. Ihr wurde so schwindlig, dass sie die Hand vor ihren Magen pressen musste, um sich nicht zu übergeben.

Was würde Rania dieses Mal mit ihr anstellen? Wie musste sie heute für ihre Missetat bezahlen?

Sie hielt sich an der Lehne eines Stuhls fest, weil sie sonst zu fallen drohte, und starrte Rania angsterfüllt an. Diese war vor ihr stehen geblieben und musterte sie kühl. Noch hatte der Zorn nicht von ihr Besitz ergriffen, aber Valyra wusste, dass es sich nur noch um Sekunden handeln konnte. In ihrem Kopf formten sich Tausende wenig überzeugende Entschuldigungen, doch kein Wort wollte über ihre Lippen kommen.

»Du musst heute zweimal für mich losziehen«, sagte Rania schließlich und setzte sich an den Tisch. Mit einer Handbewegung verdeutlichte sie Valyra, ihr gegenüber Platz zu nehmen.

Verwirrt tat das Mädchen wie ihm geheißen. Lag darin die Bestrafung? Aber wieso blieb Rania so ruhig?

»Ich brauche für den Trank ein Kraut, das nur einmal im Jahr wächst. Und das ist heute«, fuhr Rania mit nüchterner Stimme fort. »Erinnerst du dich an den Tausend-Wunder-Wald?«

Valyra nickte geistesabwesend.

Rania faltete die Hände in ihrem Schoß. »Schön.«

Aus einer Tasche ihres dunkelblauen Kleides förderte sie eine Zeichnung zutage, auf der Valyra ein Gewächs erkannte. Es erinnerte an einen Farn, war allerdings von etwas hellerem Grün und kleiner.

»Nimm das Bild mit und mache dich auf den Weg«, trug Rania ihr auf. »Du hast zwei Stunden Zeit, dann will ich dich wieder hier haben. Wenn nicht …« Ihre Augen blitzten verräterisch.

Valyra wusste, was das bedeutete.

Rania stand auf. Sie baute sich vor Valyra auf und streckte die feingliedrigen Finger ihrer rechten Hand aus. Unsanft wurde die Prinzessin von ihrem Stuhl in die Höhe gewirbelt. Gerade so konnte sie sich einen Schrei verkneifen. Mit einem energischen Kopfnicken öffnete Rania das Turmfenster und ließ Valyra nach draußen schweben.

Jedes Mal, wenn die Prinzessin so hoch in der Luft hing, hatte sie Angst, dass der Hass mit Rania durchgehen würde. Dass sie sie einfach fallen ließ. Doch Valyra ahnte, dass dies nicht passieren würde, solange sie noch einen Auftrag hatte.

Ihre Unterlippe zitterte, während sie versuchte, nicht nach unten zu schauen. Wenn Rania zu boshaften Späßen aufgelegt war, ließ sie Valyra auch mal mehrere Minuten in der Luft baumeln. Obwohl die Prinzessin es ihr nie gesagt hatte, schien Rania zu wissen, dass sie unter grauenhafter Höhenangst litt.

Im Geiste zählte Valyra von zehn herunter und atmete tief durch, als sie schon bei *vier* sicheren Boden unter den Füßen spürte. Rania hatte ihr einen Mantel sowie Schuhe angezaubert.

Ohne einen weiteren Blick zurück lief Valyra los und verschwand schon bald im Dickicht der Wälder. Die Zeichnung der Pflanze befand sich in ihrer Manteltasche und bis zum Tausend-Wunder-Wald war es nicht sonderlich weit.

Vor allem in ihren ersten Tagen hatte Valyra ihn oft aufsuchen müssen, um Zutaten für den Trank zu beschaffen. Der Tausend-

Wunder-Wald stellte einen der wenigen Orte dar, vor dem sie sich nicht fürchtete. Er bot viele verwunschene Verstecke und schöne Wiesen, auf denen sich das Licht in unzähligen Farben brach. Außerdem schien in diesem Teil der Welt fast immer die Sonne – und in jeder Ecke gab es kleine Wunder zu bestaunen: seltene Blumen, zutrauliche Tiere oder besondere Steine.

Hinzu kam, dass es jetzt hell war und das leise Zwitschern der Vögel Valyra in Sicherheit wog.

Die Sonne stand hoch am Himmel und für einen Moment legte die Prinzessin den Kopf in den Nacken und seufzte. Immer wenn es warm war, musste sie an ihr Zuhause denken. An den Ort, der ihr mit jedem Tag fremder wurde und immer mehr wie ein Märchen vorkam.

Sie lief etwa eine halbe Stunde, bevor sie den heimischen Wald verließ und ein großes Kornblumenfeld sie an ihr Ziel brachte. Der Tausend-Wunder-Wald war klein, mehr eine Ansammlung von Baumgruppen. In ihm konnte man sich kaum verlaufen, außerdem wirkte er stets friedlich und beinahe ein wenig gemütlich.

Valyra nahm auf einem umgekippten Stamm Platz, weil sie wusste, dass sie noch Zeit hatte, und dachte nach. Rania hatte mit keinem Wort erwähnt, dass sie Verdacht geschöpft hatte, und dieser Ausflug kam ihr auch nicht wie eine Bestrafung vor. Andererseits musste sie die offene Tür, die in den Keller führte, bemerkt haben.

Aus welchem Grund hatte Rania also nichts gesagt? Der unwahrscheinlichste Fall bestand darin, dass es ihr gleichgültig war und die Kellerräume nichts verbargen, was nicht entdeckt werden sollte.

Entschieden schüttelte Valyra den Kopf. Diese Möglichkeit erschien ihr alles andere als plausibel. Außerdem hatte sie die seltsame Stimme vernommen – und ein Teil von ihr ahnte, dass Rania es nicht gutheißen würde, wenn sie der Spur der Sängerin weiter folgte.

Nachdenklich presste das blonde Mädchen die Lippen aufeinander und blickte auf den Boden.

Würde Ranias Rache noch kommen? Überlegte sie sich bereits, was sie tun sollte, um es Valyra heimzuzahlen?

Mit zitternden Fingern fuhr sich die Prinzessin durch ihr Haar, welches kurz geschnitten war. Mit Schaudern dachte sie an den Tag zurück, an dem Rania sich ihrer bemächtigt hatte.

Valyra war es nicht gelungen, eine Blume zu finden, die nur alle zwei Monate wuchs. Als ihre Stiefmutter erkannte, dass sie weitere acht Wochen auf die Vollendung ihres Trankes warten musste, verlor sie ihre Geduld. Sie fesselte Valyra an den Hand- und Fußgelenken und positionierte sie vor dem großen Spiegel im Flur. Nachdem sie der Prinzessin einige schallende Ohrfeigen verpasst und sie gewürgt hatte, förderte sie eine große, silbern glänzende Schere zutage, mit der sie ihr nach und nach eine Strähne nach der anderen abschnitt.

Valyra erinnerte sich an ihre Klagelaute, an ihr stummes Flehen – und an die vielen Tränen, die geflossen waren, als Rania nicht aufgehört hatte. Jedes Mal, wenn Valyra im Begriff gewesen war, die Augen zu schließen, um das Unheil nicht mit ansehen zu müssen, hatte Rania ihr mit der Schere in den Rücken gestochen. Noch heute trug Valyra zwei rote Male auf ihrer Haut. Ihr war nichts anderes übrig geblieben, als mit hocherhobenem Kopf zu beobachten, wie sie sich von einer mädchenhaften Prinzessin mit langen Haaren in eine kahlköpfige Gestalt verwandelte.

Ihre Schwester Tatjana hätte vielleicht sogar mit Glatze gut ausgesehen, aber Valyras Gesicht war nicht ausdrucksstark genug, um die fehlenden Haare wettzumachen. Durch den kahlen Kopf wirkten ihre wasserblauen Augen sonderbar klein, die Nase im direkten Vergleich zu groß und ihre Lippen hatte Valyra sowieso noch nie sonderlich gemocht. Sie waren weder rot noch rosa, viel zu blass, um einladend zu wirken.

Mittlerweile waren ihre Haare wieder gewachsen. Natürlich nicht vollständig, aber wenn Valyra ihren Kopf betastete, spürte sie feine Strähnen, die in alle Richtungen abstanden. Sie wusste nicht, ob Rania erneut Hand anlegen würde, wenn die Haare länger wären, aber sie wollte auch nicht daran denken.

Jeden Morgen fühlte sie sich wieder ein bisschen weiblicher. Und dennoch mied sie den Blick in den Spiegel. In ihren Gedanken war sie noch immer die blonde Prinzessin, deren Haare sich leicht lockten, wenn sie nach dem Waschen trockneten.

Auch in der Traumwelt besaß sie noch ihr altes Erscheinungsbild. Aus welchem Grund dies der Fall war, konnte sie nicht sagen, aber sie vermutete, dass der Fluch es ihr verbot, größere Veränderungen zu zeigen, und die Schwestern so wenige Hinweise wie möglich bekommen sollten.

Seufzend erhob Valyra sich, um sich auf die Suche nach dem Kraut zu machen. Überraschenderweise fand sie gleich eine ganze Sammlung davon auf einer kleinen Anhöhe. Vorsichtshalber pflückte Valyra zwei Exemplare, so wäre es nicht schlimm, wenn sie eines verlieren würde.

Sie verstaute die Pflanzen in ihrer Manteltasche und blieb noch eine Weile in dem beschaulichen Wäldchen, bevor sie sich auf den Weg zurück zum Turm machte.

Rania nahm das Kraut entgegen, musterte es kritisch und nickte zufrieden. Ihr Blick wanderte nach oben – wahrscheinlich dachte sie gerade daran, wie viele Zutaten ihr noch fehlten. Mit dem Zeigefinger tippte sie auf die Tischplatte, dann lächelte sie kurz. Weiterhin ließ sie den Kellerausflug unkommentiert.

Ob Rania wirklich nichts bemerkt hatte?

Die Stiefmutter schaute auf Valyra hinab und die jüngste der Prinzessinnen wurde sich bewusst, dass ihre Unterlegenheit auch durch die physische Größe zustande kam. Valyra war mit ihren sechzehn Jahren noch nicht ganz ausgewachsen – zumindest hoffte sie, dass sie im Laufe der nächsten Monate ein paar Zentimeter dazugewinnen würde. Rania wiederum glich einer Riesin.

»Was starrst du mich so an?«, zischte diese auf einmal.

Valyra zuckte zusammen und wandte rasch den Blick ab. »Gar nichts«, murmelte sie und spielte an den Ärmeln ihres Oberteils herum. Sie spürte Ranias brennenden Blick noch eine Weile auf sich, doch schließlich räusperte sich die Stiefmutter.

»Ich werde nun aufbrechen. Heute Abend komme ich wieder, dann hast du Zeit, deine zweite Aufgabe zu erfüllen.« Ihre Stimme war leise, melodiös – aber absolut bedrohlich.

Valyra nickte.

Anfangs hatte sie sich danach erkundigt, wohin Rania verschwand, aber mittlerweile verstand sie, dass sie keine Antwort bekommen würde. Daher rechnete die Prinzessin damit, dass Rania entweder ihren Vater besuchte, um ihre Rolle der liebenden neuen Frau aufrechtzuerhalten, oder selbst auf der Suche nach Zutaten war.

Was sie auch tat: In diesem Moment schwebte sie zum Turmfenster, das bereits geöffnet war. Ohne Valyra einen letzten Blick zu schenken, flog sie hinaus in den Wald.

In Gedanken zählte die Prinzessin bis hundert, erst dann war sie sich sicher, dass Rania wirklich verschwunden war. Anschließend schloss sie das Fenster und musste prompt an den verschlossenen Kellerraum denken.

Entschlossen stand Valyra auf und ging vor dem Flickenteppich in die Knie. Vielleicht würde sie jetzt mehr herausfinden. Sie griff unter ihr Leinenoberteil und förderte die Brosche zutage.

Dieses Mal fand Valyra den unsichtbaren Griff schneller – und nachdem sie Kerze und Streichhölzer besorgt hatte, ging sie die verstaubten Stufen in den Kellerraum hinab. Vor Aufregung hielt sie den Atem an und hörte in der vollkommenen Stille ihr Herz klopfen.

Sie kam der verschlossenen Tür immer näher, doch dieses Mal hörte sie niemanden singen. Valyra drehte am Knauf, aber nach wie vor war die Tür abgesperrt.

»Hallo?«, rief sie und presste ihr Ohr gegen die Holzlatten. Dann klopfte sie zweimal hintereinander energisch an, doch nichts geschah.

Die Prinzessin biss sich nachdenklich auf die Unterlippe. Wenn es einen Schlüssel zu dieser Tür gab, bewahrte Rania ihn sicherlich in ihrer Kammer auf. Doch da diese verschlossen war …

Das Mädchen sank auf den Boden des Kellers und spielte an seiner Brosche herum, als diese zu leuchten begann. Doch nicht nur das: Obwohl Valyra das Schmuckstück fest umschlungen hielt, machte es sich selbstständig und kämpfte sich frei.

Alsbald schwebte es über der Prinzessin, die versuchte, danach zu greifen, doch ihre Arme waren nicht lang genug. Sie rappelte sich auf und sah, dass sich die Brosche wie eine Art Schlüssel vor die Tür legte. Eine Sekunde später öffnete sich diese knarrend.

Valyra hielt den Atem an, nahm die Brosche wieder an sich und spähte durch den Spalt, der sich ergeben hatte. »Auch Monster haben ein Herz, das man durchbohren kann«, murmelte sie das Mantra ihrer Kindheit.

Tatjana hatte ihr den Spruch beigebracht und dafür gesorgt, dass sie ihn nie vergaß. Auf diese Weise sollte Valyra die Angst vor den Monstern unter ihrem Bett verlieren. Mittlerweile sehnte sie sich nach den dunklen Kreaturen, die ihr Albträume bescherten, denn diese waren nur eine Ausgeburt ihrer Fantasie gewesen. Doch Rania war real – und das größte Monster von allen.

Entschlossen stieß Valyra die Tür auf und rümpfte prompt die Nase. Der Weg in den Keller war schon von unangenehmen Gerüchen begleitet gewesen, aber mit dieser abgestandenen Note nicht vergleichbar.

Die Prinzessin spürte, wie ihr schwindlig wurde. Sie presste sich die Hand vor die Nase, dann erst sah sie sich in dem Raum um, der in völliger Dunkelheit dalag. Mit zitternden Fingern leuchtete sie mit der Kerze das Zimmer ab.

Der unterirdische Raum bestand aus kahlen, schmucklosen Wänden, an denen Spinnen ihre Netze woben. Staub lag auf dem Steinboden und der muffige Geruch schien sich festgesetzt zu haben. Dennoch machte Valyra einen Schritt in den Raum und richtete die Kerze weiter nach oben, um die Mitte des Kellers zu beleuchten. Sie kniff die Augen zusammen, dann stockte ihr der Atem.

Ein großer goldener Käfig mit dicken Stäben hing von der Decke.

»Hallo?«, flüsterte Valyra ängstlich. »Kann mich jemand hören?«

Sie trat einen weiteren Schritt in die unbekannte Dunkelheit, doch erst als sie direkt vor dem Käfig stand, erkannte sie, was sich in ihm befand.

Auf dem Boden lag, bedeckt mit einer löchrigen Decke, ein Mensch. Valyra hielt die Luft an. Die Angst überrollte sie so stark, dass sie am liebsten auf den Hacken kehrtgemacht und wieder nach oben gelaufen wäre. Doch die Neugier und das Bedürfnis nach Antworten waren größer.

Mit der freien Hand wischte sie sich den Schweiß von der Stirn und zwang sich, genauer hinzuschauen.

Der Mensch, der auf dem Boden des Käfigs lag, war weiblich. Das erkannte Valyra an den langen braunen Haaren, die spröde aussahen und an den Enden brüchig waren. Das Gesicht des Mädchens war nicht erkennbar, doch anhand der gleichmäßigen Atemzüge erkannte Valyra, das es lebte.

Ihr wurde schwer ums Herz. Ihr Leben im Turm war alles andere als ein Zuckerschlecken, doch wie musste es dieser Person gehen, deren Bewegungsradius sich auf wenige Zentimeter beschränkte? Wie lange Rania sie wohl schon gefangen hielt?

Valyra trat noch einen Schritt an den Käfig heran, bis sie ihre freie Hand um die Stäbe legen konnte. Sie wusste nicht, wie viel Zeit ihr blieb, daher beeilte sie sich. Mit dem Finger stupste sie den Käfig an, bis er sich quietschend in Bewegung setzte und langsam hin und her schwang.

»Hallo? Hallo, hörst du mich?«, rief die Prinzessin dieses Mal etwas lauter. Sie hoffte, dass die Schlafende durch das plötzliche Geschaukel und ihre Stimme aufwachen würde. »Ich muss mit dir reden!«, sagte Valyra mit Nachdruck. »Ich bin hier ebenso eingesperrt wie du und vielleicht können wir uns helfen.«

Immer wieder schaute sie panisch zur Tür und spitzte die Ohren, aber Rania schien weit weg zu sein. Aus diesem Grund stieß sie den Käfig noch einmal fester an.

»Du musst aufwachen! Ich weiß nicht, wie lange ich noch hier sein kann!«, rief sie und war über den lauten Klang ihrer Stimme selbst überrascht.

Gebannt starrte sie auf das menschliche Bündel, das unter der Decke verborgen lag – und tatsächlich: Etwas regte sich.

Valyra hielt den Atem an, als das braunhaarige Mädchen sich aufsetzte und seine Gelenke streckte. Noch konnte Valyra nur die Rückseite der Gefangenen sehen, aber kurz darauf drehte sich die junge Frau zu ihr um.

Verwirrte graue Augen blickten Valyra an.

Und dann schrie die Prinzessin.

Ihre Beine zitterten so stark, dass sie ihr Gewicht nicht mehr halten konnten und sie auf den Boden prallte. Ihr Atem ging abgehackt und unregelmäßig, aber sie konnte den Blick nicht von der jungen Frau abwenden, die sie nun mit schief gelegtem Kopf ansah.

Die braunen Haare fielen ihr ins Gesicht – ein Gesicht, das von Schmutz und Erde gekennzeichnet war, das Valyra aber niemals vergessen würde.

Mühsam kämpfte sie sich wieder auf die Beine und hielt sich schließlich an den goldenen Stäben des Käfigs fest, um nicht schon wieder die Haltung zu verlieren.

»Arabella?«, flüsterte sie und blickte zu ihrer Schwester hoch.

Diese blinzelte mehrmals, dann streckte sie ihre Finger, die so dünn geworden waren wie Knochen, nach Valyra aus.

»Ich dachte, du wärst tot!«, rief die jüngste der Schwestern erstickt. »Du bist nie in der Scheinwelt aufgetaucht und …«

Weil Valyra so von ihren Gefühlen überwältigt war, fing sie zu weinen an. Sie schluckte schwer und genoss den Moment, in dem sie Arabellas Hände berühren konnte.

»Wie kalt du bist«, stammelte sie. »Wie Eis! Was hat sie mit dir angestellt? Was hat Rania mit dir gemacht?«

Valyras Stimme wurde immer panischer, aber Arabella antwortete nicht. Ihr Mund stand ein Stück weit offen, so als wollte sie etwas sagen, doch kein Ton kam über ihre Lippen.

»Wie lange bist du schon hier? Gibt sie dir zu essen? Was ... Was ist passiert? Ich hätte dich schon so viel früher besucht, wenn ...«

»Es war einmal ein Vater, der hatte sechs Kinder. Sechs Kinder hatte der König. Er liebte sie alle, doch es reichte nicht aus. Nun sind die Kinder tot«, sang Arabella und Valyra erkannte das Lied wieder, das sie gestern zu den Kellerräumen geführt hatte.

»Was meinst du damit, Ari?«, fragte sie und drückte die Hand ihrer Schwester. »Bitte rede mit mir!«

»Sechs Kinder hatte der König. Er liebte sie alle, doch es reichte nicht aus. Nun sind die Kinder tot«, fuhr die Prinzessin fort. Sie wich Valyras Blick aus und schien auf einen Punkt an der Wand zu starren.

»Bitte erkläre mir, was es mit diesem Lied auf sich hat«, bettelte die Jüngste. »Ich will dir helfen! Vielleicht wird es uns gemeinsam gelingen, hier herauszukommen. Rania zu überwältigen.«

Doch gleichgültig, was Valyra sagte, ihre Schwester reagierte nicht.

Ob sie sie überhaupt erkannt hatte? Ihr Blick war so leer wie der einer Toten, aber das stetige Singen des gruseligen Liedes bewies, dass sie noch unter den Lebenden weilte.

Nachdenklich biss Valyra sich auf die Unterlippe. Vielleicht könnte sie das Schloss des Käfigs öffnen. Es war aus Edelstahl, doch sosehr die Prinzessin auch an der Verankerung rüttelte, es tat sich nichts.

Sie seufzte enttäuscht. Im Hintergrund sang ihre Schwester noch immer das schaurige Lied und strich sich dabei gedankenverloren durch die Haare.

Valyra kam es so vor, als wäre Arabella gar nicht anwesend. Als wäre ihr Körper zwar da, ihr Geist jedoch in einer anderen Dimension gefangen.

Noch eine Weile schaute sie ihre Schwester an, dann kam ihr eine Idee. Ihre Mutter hatte ihr einmal erzählt, dass Menschen, die weggetreten waren und den Anschein erweckten, am täglichen Leben gar nicht teilnehmen zu wollen, manchmal auf bestimmte Worte reagierten, die sie wieder in die Realität beförderten.

Valyra durchforstete ihre Gedanken nach Erinnerungen, die Arabella etwas bedeuteten.

»Ari, weißt du noch, wie wir deinen zehnten Geburtstag gefeiert haben? Du wolltest unbedingt ein Einhorn haben und hast Papa nicht geglaubt, dass es sie nur im Märchen gibt. Als du nur ein Kuscheltier bekommen hast, warst du so traurig.«

Obwohl Arabella an diesem Tag viele Tränen vergossen hatte, musste Valyra lächeln, als sie sich zurückbesann.

»Du hast dich gar nicht mehr beruhigt. Erst als unsere Köchin dir einen rosafarbenen Kuchen gebacken hat, warst du wieder glücklich.«

Valyra drehte sich zu ihrer Schwester um, die ihren Blick nicht erwiderte. Noch immer sang sie das Lied.

»Vermisst du unsere Schwestern?«, fuhr die blonde Prinzessin fort, weil sie dachte, dass die Erwähnung der Namen vielleicht etwas bei Arabella hervorrufen würde. »Vermisst du Estelle, Tatjana, Genevieve und Penelopé?«

Aufmerksam sah Valyra ihre Schwester an, doch diese erwiderte ihren Blick nicht. Ihr Lied besaß nun keinen Text mehr, stattdessen summte sie die Melodie vor sich hin.

»Arabella, bitte«, flehte Valyra.

Um die Aufmerksamkeit ihrer Schwester zu bekommen, ruckelte sie noch einmal am Käfig. Immerhin darauf reagierte Arabella, wenngleich sie Valyra nur unverwandt ansah.

»Ich werde uns hier rausbekommen, hörst du? Irgendwie wird es mir gelingen«, verkündete die jüngste Prinzessin und ballte die Hand zur Faust. »Ich weiß nicht, was Rania mit dir angestellt hat, aber ich werde ihren Bann brechen! Mutter hat immer gesagt, dass jegliche Magie mit einem Preis kommt, und auch Rania wird diesen bezahlen müssen.«

Kaum hatte Valyra zu Ende gesprochen, schloss Arabella die Augen und sank wieder auf den Boden des Käfigs. Mit einer Hand deckte sie sich zu.

Die Prinzessin seufzte, aber sie sah keinen Sinn darin, noch einmal an den Eisenstäben zu rütteln. Offensichtlich war sie nicht in der Lage, ihre Schwester aus der Trance zu befreien.

Es fiel ihr schwer, sich von dem Käfig abzuwenden und sich ihr eigenes Scheitern einzugestehen. Tatjana hatte immer gemeint, dass eine Frau gar nicht versagen könne und jeder Fehler in Wahrheit nur die Möglichkeit sei, aus ihm zu lernen. Doch Valyra kam sich schrecklich nutzlos vor.

Um nicht unverrichteter Dinge in die Küche gehen zu müssen, untersuchte sie den Kellerraum genauer, indem sie mit der Kerze die Ecken ableuchtete. Vielleicht befand sich hier unten etwas, das ihr weiterhelfen würde.

Doch nach wenigen Minuten erkannte Valyra, dass ihr Unterfangen keine Früchte tragen würde, denn außer Dutzenden Spinnenweben, dem Skelett einer Ratte und sehr viel Staub hatte sie nichts gefunden.

Sie warf noch einen letzten Blick auf Arabella, doch diese bewegte sich nicht.

Ob sie wenigstens in ihren Träumen die Alte war? Oder hatte Rania sie so sehr unter ihrer Kontrolle, dass sie gar nicht mehr eigenständig denken konnte?

Bei dem Anblick ihrer schlafenden Schwester wurde Valyra schwer ums Herz. Gleichzeitig beschlich sie ein Gefühl der Angst.

Was Rania wohl mit ihr angestellt hatte? Sie selbst kannte die Grausamkeit ihrer Stiefmutter allzu gut.

»Ich werde dich befreien, Ari«, flüsterte Valyra noch einmal und nahm es als Versprechen für sich selbst. »Ich werde nicht ruhen, bevor ich uns beide aus diesem Turm bekomme. Denn auch Monster haben ein Herz, das man durchbohren kann.«

Von neuer Kraft erfüllt, wandte sie sich ab und schloss die Tür hinter sich. Auf leisen Sohlen ging sie nach oben in die Küche, schloss die Falltür, legte den Teppich über die unsichtbaren Holzlatten und wartete auf Ranias Ankunft.

Obwohl Valyra alle Spuren beseitigt hatte, klopfte ihr Herz unregelmäßig, als Rania durch das Fenster schwebte und ihr einen misstrauischen Blick zuwarf. Sie war in einen Albtraum aus Dunkelheit gehüllt, gespenstische Schatten woben sich um ihren Körper. In ihrem Gewand aus grauer Seide sah sie aus wie ein unheilbringender Rabe.

»Bist du bereit?«, wollte ihre Stiefmutter wissen und musterte Valyra, die hastig nickte. »Es wird Regen geben. Der Himmel hat sich verdunkelt. Du wirst heute an den Rand der Mahaghi-Klippen im Eisigen Wald gehen. Weißt du noch, wo sie sind?«

Valyra bekam eine Gänsehaut, als sie an die Klippenlandschaft dachte, die sie schon einmal aufsuchen musste.

Der Wald, in dem dieser Turm stand, folgte keinen natürlichen Regeln – vielleicht war er sogar künstlich erschaffen worden. Je nachdem, in welchem Teil sich Valyra aufhielt, änderten sich die Jahreszeiten und mit ihnen die Temperatur. Mal regnete es, mal schneite es – und der Teil, den sie heute würde aufsuchen müssen, lag im bitteren Winter.

Rania schnippte mit den Fingern. Sekunden später trug Valyra einen dicken Mantel, einen Schal und eine Mütze. Ihre zierlichen Finger steckten in beigefarbenen Handschuhen und schwere Stiefel schützten ihre Füße.

»Das wird es tun«, meinte Rania von oben herab. »Außerdem das hier.« Sie schnippte noch einmal.

Ein wuchtiger Rucksack landete direkt vor Valyra.

»Was ist da drin?«, fragte sie, von Neugier gedrängt.

Rania verzog den Mund zu einem dünnen Strich. »Du wirst viele Stunden unterwegs sein und wahrscheinlich nicht vor Morgengrauen zurückkommen. Ich habe dir etwas zu essen bereitgelegt, außerdem eine Karte, auf der das, was du finden musst, verzeichnet ist.«

»Was muss ich denn finden?«

Es passte nicht zu Rania, so zurückhaltend mit den Informationen zu sein. Normalerweise erzählte sie Valyra genau, was auf sie zukam, doch heute schien sie nicht sonderlich gesprächig.

»Alles, was du brauchst, ist im Rucksack«, sagte die schwarzhaarige Frau nüchtern, dann wandte sie sich von Valyra ab.

Diese konnte gerade noch nach dem Rucksack greifen, anschließend wurde sie in die Luft gehoben und durch das Fenster getrieben. Weniger sanft als sonst kam sie auf dem Waldboden auf, der aufgrund der fortschreitenden Tageszeit schon kalt war.

Seufzend klopfte Valyra sich den Dreck von der Hose und blickte gen Himmel. Dichte Wolken tummelten sich am Firmament. Vorsichtshalber setzte sie sich die Kapuze ihres Mantels auf.

Sie ging eine Weile, sodass sie nicht mehr in Ranias direktem Sichtfeld war, und nahm auf einem umgekippten Baumstamm Platz. Dort öffnete Valyra den Rucksack und warf einen Blick auf die Karte, die die Mahaghi-Klippen in aller Detailliertheit zeigte. Bisher hatte es Valyra erst einmal in den kalten Teil des Waldes verschlagen und sie konnte sich wahrlich schönere Ziele vorstellen. Beim letzten Mal waren ihr beinahe die Füße eingefroren. Immerhin trug sie nun warme Stiefel.

Angestrengt studierte Valyra die Karte und fuhr mit ihrem Finger die rot gefärbte Strecke nach, die sie gehen musste. Ein schwarzes X markierte ihr Ziel, das irgendwo unter den Klippen liegen musste. Doch was genau Valyra dort finden sollte, verstand sie nicht. Allerdings ergriff eine dunkle Vorahnung von ihr Besitz, als sie das große spitze Messer sah, das sicher nicht grundlos am Boden des Rucksacks lag.

Valyra presste die Lippen aufeinander. Wen musste sie dieses Mal töten?

Am Anfang ihrer Zeit bei Rania hatte sie mehrmals versucht, dem verwunschenen Wald und seinen Tücken zu entkommen. Sie hatte versucht, die magische Grenze zu durchbrechen, und war gescheitert. Sie hatte versucht, ewig im Wald zu bleiben, doch Rania hatte sie jedes Mal aufgespürt.

Valyra hatte so sehr auf ein Schlupfloch gehofft, doch keins gefunden. Und auch heute würde sie ihre Aufgabe erfüllen müssen. Dabei hätte sie so gern weiterhin im Turm nach Hinweisen gesucht. Vielleicht gelang es ihr irgendwann, Arabella zum Reden zu bringen. Zu zweit könnten sie so viel mehr schaffen! Vielleicht fanden sie Ranias Schwachstelle, denn Valyra war sich sicher, dass sie eine hatte. Kein magisches Wesen war frei von Fehlern. Jeder besaß eine Achillesferse.

Mühsam stand Valyra auf und machte sich auf den Weg. Je früher sie losging, desto schneller würde sie wieder im Turm sein, was zwar keine rosige Aussicht, in Anbetracht der Maghi-Klippen aber die bessere Alternative war.

Valyra schulterte den Rucksack und ging einen Pfad entlang, der sie nach Nordosten brachte. Derweil hatte sich der Himmel immer mehr zugezogen, dichte Wolken erzählten von einem bevorstehenden Gewitter. Die Prinzessin hasste es, bei Regen unterwegs zu sein. Verärgert trat sie einen Stein zur Seite und schlang die Arme um ihren Körper.

Kam es ihr nur so vor oder waren die Temperaturen schon beachtlich gesunken, seit sie aufgebrochen war?

Weil Valyra diesen Teil des Waldes wie ihre Westentasche kannte, wusste sie auch, dass sie etwas des Weges einsparen würde, wenn sie links ins Unterholz abbog und sich im Dickicht weiter fortbewegte. Dennoch gruselte es sie vor diesem Gebiet, denn aufgrund der vielen Bäume schien die Dunkelheit allgegenwärtig.

Mit den Händen schob sie einen knorrigen Ast beiseite und sprang über eine Wurzel. Bei jedem noch so kleinen Geräusch zuckte sie zusammen, auch wenn sie sich selbst dafür hasste. Sie war nun schon so lange im Wald unterwegs. Seit vielen Monaten schickte Rania sie in die Dunkelheit, sodass diese langsam zu einem Teil von ihr wurde. Dennoch konnte sie die Angst nie ganz ablegen.

Ob es in diesem Wald Bären gab? Ob ein Raubtier nur darauf wartete, sie zu verschlingen?

Valyra biss sich auf die Lippe und schalt sich eine Närrin. Sie musste aufhören, hinter jedem dünnen Astwerk ein Gesicht zu sehen!

Zügiger ging sie weiter.

»Auch Monster haben ein Herz, das man durchbohren kann«, flüsterte sie, um sich selbst Mut zuzusprechen.

Mit klopfendem Herzen durchquerte Valyra den dunklen Teil des Waldes und versuchte verzweifelt, an etwas anderes zu denken. Bisher hatte sie sich in Momenten der Angst immer ihre älteste Schwester Estelle vorgestellt, die für sie gleichzeitig wie eine Mutter war. Doch seit Estelle nicht mehr in der Scheinwelt auftauchte und niemand wusste, wohin sie verschwunden war, ließ Valyra es sein. Sie hatte Angst davor, wohin ihre Gedanken abdrifteten, wenn sie sie freiließ.

Valyras Schritte wurden immer schneller, je tiefer sie in den Wald gelang. Unbeabsichtigt ballten sich ihre Hände zu Fäusten. Immer wieder fiel ihr Blick auf die schaurigen Äste, immer wieder stellte sie sich vor, wie sie …

Abrupt blieb sie stehen und spitzte die Ohren. Gänsehaut überzog ihre Arme, kurz darauf klapperte sie mit den Zähnen.

Da! Schon wieder!

Panisch wirbelte Valyra herum. Das Licht des Mondes erhellte den Wald nur notdürftig. Sie musste die Augen zusammenkneifen, um besser sehen zu können.

In unregelmäßigen Abständen erklang ein Knacken im Unterholz, beinahe so, als würde ein Tier in rasender Geschwindigkeit durch den Wald laufen.

Valyra wusste, dass es zu lange dauern würde, um im Rucksack nach dem Messer zu suchen. Wenn sie nun starb, weil sie sich nicht zu verteidigen wusste, hatte sie es wohl verdient.

In ihrer Panik griff sie nach dem ersten Stock, den sie finden konnte und der ein bisschen dicker war. Notfalls würde sie diesen verwenden, um …

Das Geräusch kam immer näher, doch Valyra schaffte es nicht, davonzurennen, sondern blieb stocksteif stehen. Ihr Körper war wie festgewachsen, ihre ganze Aufmerksamkeit galt dem Knacken.

Welches Tier näherte sich ihr?

Valyra wurde schwindlig. Sie musste ein klägliches Bild abgeben: ein junges Mädchen, das notdürftig bewaffnet mit einem Stock in der Hand mitten im Wald stand und auf sein Schicksal wartete.

Und das Schicksal: Das kam jetzt.

Die Prinzessin bemühte sich um einen flachen Atem, sodass sie jedes noch so kleine Geräusch hören konnte. Die Lippen hatte sie fest aufeinandergepresst.

Bald erkannte sie, dass die Schritte aus nördlicher Richtung kamen.

Welcher Bestie würde sie gleich gegenüberstehen?

Valyra schrie, als sich ein Schatten aus der Dunkelheit löste und direkt auf sie zugestürmt kam. Sie wollte ausweichen, doch das Wesen war zu schnell. Panisch holte sie mit dem Stock aus und stieß auf ein Hindernis.

Die Prinzessin spürte, wie etwas Warmes, Großes gegen sie prallte und sie zu Boden riss. Der Stock fiel ihr aus der Hand, weswegen sie versuchte, sich mit den Händen zu verteidigen. Blindlings schlug sie auf das Wesen ein und ließ ihr Knie nach oben schnellen. Doch ihre Versuche blieben erfolglos, denn Valyra spürte, wie etwas ihre Handgelenke umfasste und sie im Klammergriff festhielt. Sie wandte sich nach links und rechts, doch hatte nicht genug Kraft.

Würde es ihr helfen, zu schreien? Aber wer sollte ihr schon zu Hilfe kommen? Außer Rania und ihrer Schwester gab es in diesem gottverdammten Wald keine Menschen und auf den Besuch eines Bären konnte sie getrost verzichten.

»Verdammt, kannst du mal aufhören, zu zappeln?«, erklang eine tiefe Stimme über ihr.

Valyra erstarrte mitten in der Bewegung und öffnete die Augen, die sie vor Angst geschlossen hatte. Durch das fehlende Licht konnte sie nur einen Schatten ausmachen, der über sie gebeugt war.

»Geht doch«, sagte die männliche Stimme. »Was machst du so spät in diesem Wald?«

Perplex starrte Valyra die Gestalt über sich an, die, je nachdem, wie der Mond stand und wie viel Licht er auf die Szenerie warf, nach und nach einen Körper, ein Gesicht und ein Paar blau blitzender Augen bekam.

Valyras Kinnlade klappte herunter. »Du bist ein Mensch?«, hauchte sie fassungslos.

Die Lippen des Unbekannten verzogen sich zu einem spöttischen Lächeln. »Zumindest war ich das, als ich das letzte Mal nachgeschaut habe.«

Der Fremde ließ die Prinzessin los, sodass diese sich aufsetzen konnte. »Was machst du hier?«, fragte sie und fuhr sich durch die kurzen Haare, die voller Blätter waren.

»Dasselbe habe ich dich gerade gefragt«, wich der Mann aus.

Valyra legte den Kopf schief und schaute ihn neugierig an. Irgendetwas an ihm kam ihr bekannt vor. Waren es das gerade Kinn, die hohe Stirn oder die Lippen, von denen die obere voller war als die untere?

»Warum bist du so gerannt?«, war die erste geistreiche Frage, die Valyra einfiel.

Der Blick des Fremden verfinsterte sich. »Ich hasse diesen Teil des Waldes und wollte ihn möglichst schnell hinter mir lassen. Auf einen Menschen bin ich vorher noch nie gestoßen.«

Seine Stimme … dieses Neckische, Aufgeweckte … Valyra zermarterte sich den Kopf.

»Und du? Wieso trifft man dich hier an?« Er lachte so breit, dass seine etwas schief stehenden Vorderzähne zum Vorschein kamen.

Valyra klopfte sich die Erde von der Hose. »Wie heißt du?«, fragte sie.

Der Fremde hob die Augenbrauen. »Jetzt gehst du aber aufs Ganze, was?« Er grinste verschmitzt. Dann stand er auf und verbeugte sich vor ihr. »Man nennt mich Jorin.«

Jorin.

Der Name spukte wie ein nie enden wollendes Echo durch Valyras Kopf. Gleichzeitig blitzte eine Erinnerung in ihren Gedanken auf.

»Oh mein Gott!«, rief sie und schlug ihre Hand vor den Mund. »Jorin!«

Belustigt schaute der Mann mit den hellbraunen Haaren sie an. »So eine Reaktion auf meinen Namen ist mir neu«, meinte er und öffnete noch einmal den Mund, um etwas hinzuzufügen, doch Valyra stoppte ihn abrupt.

Sie sprang auf und fiel dem Waldläufer um den Hals, drückte ihn so fest an sich, dass ihr Herz beinahe zerbrach. Sie vergrub ihren Kopf an seiner Schulter und merkte, wie sie zu weinen begann. Erst jetzt wurde ihr bewusst, wie sehr ihr menschliche

Nähe gefehlt hatte, wie sehr sie jemanden gebraucht hatte, mit dem sie reden konnte.

Gleichzeitig merkte Valyra, wie Jorin erstarrte. Er drückte sie nicht von sich – und das rechnete sie ihm hoch an –, aber er schien überrumpelt.

Kein Wunder. Mit den kurzen Haaren und bei geringem Lichteinfall konnte er sie kaum erkennen.

Schweren Herzens löste sich die Prinzessin von ihm und wischte sich über die feuchten Augen.

»Wahnsinn, ich …«, stammelte Jorin und fuhr sich durch die Haare, die ihm in die Stirn hingen.

Entschlossen griff Valyra nach Jorins Hand und führte ihn in einen Teil des Waldes, der vom Mond beschienen war. So konnten sie sich gegenseitig besser sehen.

»Erkennst du mich?«, flüsterte sie. Ihr Herz klopfte noch immer wie verrückt. Sie war von Gefühlen so überwältigt, dass sie gar nicht wusste, wo ihr der Kopf stand.

Jorin schaute sie lange an, seine Stirn runzelte sich. Auf einmal flackerte etwas in seinen Augen, doch er schüttelte den Kopf. »Es tut mir leid, ich …«

»Valyra«, sagte die Prinzessin.

Eine Weile blickte Jorin noch unverständlich drein, dann riss er die Augen auf. »Was?«

Valyra nickte.

»Aber das …«

»Du musst mir nicht sagen, dass ich schrecklich aussehe.«

Beschämt wandte sie den Blick auf den Boden, um seinem auszuweichen. Doch bevor sie sich ihren Selbstzweifeln hingeben konnte, spürte sie, wie Jorin sie fest an sich presste. Verwirrt hob sie den Kopf.

»Verdammt, bist du es wirklich?«, hauchte der Stallbursche, der seit Ewigkeiten in den Diensten ihres Vaters stand. Als er sie losließ, schüttelte er ungläubig den Kopf. »Ich fasse es nicht!«

»Ich auch nicht.« Über Valyras Wangen liefen noch immer Tränen. »Was machst du hier?«, fragte sie ihn zum gefühlt tausendsten Mal und endlich gab er ihr eine Antwort.

»Ich habe euch gesucht. Die ganze Zeit schon.«

»Wirklich?« In Valyras Körper breitete sich eine Wärme aus, die gegen die Kälte des Waldes ankämpfte.

Jorin nickte. »Direkt nach eurem Verschwinden bin ich losgezogen. Viele Monate war ich unterwegs, aber ich habe nie etwas gefunden. Gleichgültig, wen ich gefragt habe, niemand hatte euch gesehen.« Er seufzte frustriert auf. »Ich hatte die Hoffnung schon beinahe aufgegeben.«

»Aber?«, bohrte Valyra.

Sie konnte nicht fassen, was gerade geschah. Die Angst vor dem dunklen Wald und seinen wilden Tieren war auf einen Schlag verschwunden. Ihre ganze Aufmerksamkeit galt dem Stallburschen Jorin und seiner Geschichte. Sie lehnte sich an einen Baumstamm und lauschte.

»Ich hatte schon länger die Vermutung, dass Rania dahintersteckt«, fuhr der junge Mann fort. »Ich konnte sie nie leiden und zweifelte die Entscheidung des Königs an, sie zu heiraten. Natürlich durfte ich das nicht offen äußern, aber mich beschlich dauerhaft ein schlechtes Gefühl, wenn ich sie sah. Also habe ich mich an ihre Fersen geheftet. Viele Wochen lang erreichte ich nichts. Ich bin ihr gefolgt, aber es hat nichts geholfen, weil sie es immer geschafft hat, mich auszutricksen und auf eine falsche Fährte zu führen. Aber … gestern ist es mir gelungen, in diesen Wald zu kommen.«

»Wie hast du das geschafft?« Valyras Unruhe wuchs.

Jorin zuckte mit den Schultern. »Als sie auf den Wald zuging, hat sich so etwas wie ein Portal geöffnet, durch das ich hinter ihr hindurchgeschlüpft bin. Dann habe ich ihre Fährte allerdings verloren, weil sie sich unsichtbar gemacht hat.«

»Dieser Wald ist verzaubert«, murmelte Valyra mit belegter Stimme. »Jedes Mal, wenn ich kurz davor war, ihn zu verlassen, hat mich eine seltsame Kraft nach hinten geschleudert.«

Jorin nickte. »Ich glaube, man kann den Wald nur verlassen, wenn sie dabei ist. Ich bin nämlich mittlerweile selbst hier drinnen gefangen.«

Valyra schaute ihn erstaunt an. »Und was machst du jetzt?«

Der Stallbursche lachte. »Ich habe gehofft, dass du mir helfen kannst.«

Während Valyra über Jorins missliche Lage nachdachte, kam ihr ein anderer Gedanke. »Moment mal. Wenn du ihr gefolgt bist … Kommt Rania noch nach Brahmenien zurück? Wie weit … bin ich von zu Hause weg und …« Überfordert fuhr sie sich durch die kurzen Haare, weil sie ihre Gedanken nicht ordnen konnte und in ihr so viele Fragen waren.

Jorin schien ihre Verzweiflung zu spüren und griff nach ihrer Hand. »Wie wäre es, wenn wir uns ein etwas schöneres Plätzchen suchen als diesen dunklen Wald und dann in Ruhe über alles reden?«

Valyra nickte, doch der Gedanke an ihre Aufgabe ließ sie innehalten. »Das geht nicht!«, rief sie. »Ich muss unverzüglich zu den Mahaghi-Klippen.«

»Mahaghi-Klippen?«, wiederholte Jorin das Wort und kostete es wie eine fremde Frucht. »Wo soll das sein?«

Valyra seufzte. Knapp erklärte sie: »Dieser Wald ist riesengroß. Bis zu den Klippen ist es ein ganzes Stück, ich habe bestimmt noch drei Stunden Fußweg vor mir.« Als sie Jorins unverständlichen Blick sah, fügte sie hinzu: »Ich muss für Rania Zutaten für einen Zaubertrank sammeln.«

Dies war offensichtlich auch nicht die Erklärung, die Jorin erwartet hatte. Er schaute nur noch verwirrter drein.

»Weißt du was? Wenn du mich begleitest, erkläre ich dir alles. Aber wir müssen uns beeilen.«

Ohne seine Antwort abzuwarten, setzte sich Valyra in Bewegung.

»Warte!«, rief Jorin und holte auf, bis er neben ihr ging. »Wieso zur Hölle musst du für Rania einen Zaubertrank brauen?«

Valyra presste die Lippen aufeinander und duckte sich unter einem Ast hinweg. Dann drehte sie sich zu Jorin um. »Nicht ich muss den Zaubertrank brauen, das wird sie selbst machen. Aber ich muss die Zutaten suchen, die sie braucht.«

»Und wieso?« Verwirrung sprach aus Jorins Stimme.

»Sie hält mich als ihre Gefangene. Nachdem sie uns verflucht hat, bin ich bei ihr aufgewacht. In diesem Wald. In einem Turm.«

Jorin riss die Augen auf. »Heißt das …«

Bevor er Mutmaßungen anstellen konnte, bestätigte Valyra: »Dieser Wald ist mein Gefängnis. Ich habe so oft versucht, ihm zu entkommen, aber die Barriere hindert mich. Wenn ich mich Ranias Befehlen widersetze und ihre Aufgaben nicht erfülle, bestraft sie mich.«

Jorin kniff die Augen zusammen und blieb stehen. »Sie bestraft dich?«, wiederholte er, woraufhin Valyra nickte. »Was macht sie mit dir?«

Es sah nicht so aus, als ob er weitergehen wollte. Seufzend blieb auch Valyra stehen. »Sie verletzt mich, zumindest war das am Anfang ihre Strategie. Sie hat mich ausgepeitscht, mich geschlagen und mir meine Haare abgeschnitten. Immer wenn ich es nicht geschafft habe, eine Zutat für ihren Trank zu finden, oder zu spät in den Turm gekommen bin, hat sie mich ihr Missfallen spüren lassen.« Die Prinzessin wandte den Blick ab und kämpfte gegen die Erinnerung an. »Die … physische Gewalt hat abgenommen. In letzter Zeit bevorzugt Rania es, mich seelisch zu foltern.«

»Was tut sie?«, fragte Jorin.

Valyra erkannte, dass seine Stimme bebte. Gern hätte sie das Gewitter aus seinen Augen vertrieben, doch ihr blieb nur die Wahrheit, auf die sie zurückgreifen konnte.

»Rania hat mir ganz am Anfang einen Trank verabreicht«, hauchte sie. »Ich wollte ihn nicht trinken, aber sie kennt Mittel und Wege, mich dazu zu bringen, alles zu tun, was sie will. Dreimal in der Woche musste ich eine Tasse des Tranks zu mir nehmen. Rania wollte mir nicht sagen, welchen Zweck er erfüllt, aber ich glaube, ich weiß nun, wofür er gut ist.« Sie atmete aus.

»Rania weiß Dinge über mich, die ich ihr nie gesagt habe. Dinge, die ich ihr auch nie sagen *würde*. Sie kann auf einen Teil meiner Erinnerungen zugreifen und diese gegen mich ausspielen. Auf diese perfide Art hält sie mich als ihre Sklavin.«

Valyra ging weiter, weil die Zeit ihr im Nacken saß und sie Rania nicht verärgern wollte. Jorin folgte ihr.

»Wofür braucht sie die Zutaten, die du sammelst? Weißt du das?«

Valyra nickte. »Das hat sie mir verraten. Rania ist eine Zeyna-Fee, eine Frau magischen Ursprungs. Sie wurde mit sehr geringen magischen Kräften geboren und ist darauf angewiesen, sie zu erweitern. Ich glaube, dass sie noch nicht so viel zaubern konnte, als sie die Beziehung mit meinem Vater einging. Doch über die Zeit ist sie immer stärker geworden. Dennoch hat sie ihr Maximum noch lange nicht erreicht. Deshalb soll ich für sie die Zutaten für den Drogaden-Trank sammeln, mit dem sie ihre Magie bis um ein Fünffaches steigern kann. Allerdings ist die Liste sehr lang und die einzelnen Bestandteile sind schwer zu beschaffen.«

»Und deshalb schickt sie dich?«, schlussfolgerte Jorin.

Valyra nickte erneut. »Rania hat diesen Wald verzaubert. Die Legende besagt, dass man alle Zutaten hier finden kann, wenn der Wald entsprechend verändert wurde. Ich kenne mich zu schlecht mit Magie aus, um dir das genaue Prozedere zu erklären. Ich musste schon gegen unzählige magische Wesen kämpfen, Pflanzen finden und in einem verzauberten See bis auf den Grund tauchen. In einem Moor war ich auch schon.«

Die Prinzessin ging etwas schneller und wartete, dass Jorin sich ihrem Tempo anpasste.

»Ich habe versucht, mich zu weigern«, fuhr sie fort. »Ich habe versucht, wegzulaufen, aber es ist sinnlos. Außerdem habe ich Angst, dass sie meinen Schwestern …«

»Arabella«, hauchte Jorin.

Valyra sah ihn mit einer Mischung aus Neugier und Resignation an. Trotz der Dunkelheit erkannte sie das sehnsüchtige Flackern in seinen Augen.

»Hast du eine Ahnung, wo sie ist? Wo die anderen sind?« Seine Stimme zitterte.

»Wir brauchen die Welt nicht, Arabella. Wir erschaffen unsere eigene.«

Küsse. Stöhnen. Seufzen. Berührungen auf nackter Haut.

»Niemand versteht mich besser als du. Du bist mein Alles.«

»Valyra! Du kannst es mir sagen, wirklich! Ich bin schon so lange auf der Suche nach euch und …«

Ihr Kopf schoss zu ihm herum.

Er packte ihre Schultern. »Ich habe so lange gesucht, aber … Ist sie tot, Valyra? Ist Bella tot?«

Die Ohren der Prinzessin klingelten, als sie den Spitznamen ihrer Schwester hörte, den außer ihren Eltern nie jemand gebraucht hatte. Sie selbst hatte sie immer *Ari* genannt.

»Wir haben den dunklen Teil des Waldes beinahe hinter uns gebracht. Wir sind fast raus«, sagte Valyra ausweichend und wand sich aus seinem Griff.

Am Rande ihres Sichtfeldes erkannte sie die große Wiese, die sie überqueren mussten, um die Klippen zu erreichen. Jorin folgte ihrem Blick, aber Valyra spürte, dass er sich mit ihrem Schweigen nicht zufriedengeben würde. Dabei wollte sie nicht mal schweigen! Sie wollte ihm alles erzählen, aber gerade war ihr Kopf voll von Erinnerungen.

Die Prinzessin wischte sich den Schweiß von der Stirn. Obwohl es schrecklich kalt war, schwitzte sie. Sie wurde noch einmal schneller und atmete befreit durch, als der düstere Wald hinter ihr und Jorin lag und sie die Schönheit der Wiese begrüßen konnten, die sich auch in der Nacht zeigte. Ein Reh lief vor ihnen weg, als es sie erspähte.

»Vorweg: Ich weiß nicht, wo Estelle, Tatjana und die Zwillinge sind«, fasste Valyra sich ein Herz und zupfte an ihren Handschuhen. »Aber ich habe Ari gefunden. Vor ein paar Stunden.«

Wie vom Donner gerührt blieb Jorin stehen. Als Valyra sich zu ihm umdrehte, sah sie, wie groß seine Augen waren und wie sein Blick stetig zwischen Neugier und Unglauben wechselte.

»Lebt sie? Geht es ihr gut?«, drängte er, doch Valyra ließ sich mit der Antwort Zeit.

Schließlich gestand sie: »Ich dachte stets, ich wäre allein bei Rania, aber heute Morgen habe ich den Zugang zu einem verborgenen Keller gefunden … in dem … in dem …« Sie suchte nach Wörtern, die es nicht gab. »Rania hält sie dort gefangen. In einem Käfig«, presste sie schließlich hervor.

»In einem Käfig?« Jorins Körper spannte sich merklich an.

»Hör zu: Ich habe es selbst erst vor wenigen Stunden erfahren. Um genau zu sein, weiß ich so gut wie gar nichts. Nur, dass sie dort gefangen gehalten wird und … nicht ganz bei Sinnen ist.«

»Nicht ganz bei Sinnen?«, wiederholte Jorin wie ein Papagei ihre Worte.

Schon wieder blieb er stehen, aber Valyra ging weiter. Sie hatten bereits viel zu viel Zeit verschwendet.

»Ich wollte mit ihr reden, aber sie hat nicht auf mich reagiert. Sie singt die ganze Zeit so ein komisches Lied.« Die Prinzessin runzelte die Stirn.

»Was für ein Lied?«, wollte der Stallbursche wissen, doch Valyra schüttelte den Kopf.

»Es ergibt keinen Sinn. Ich weiß nicht, was Rania mit ihr gemacht hat oder wie ihre Pläne aussehen. Ich wusste ja gar nicht, dass sie überhaupt in meiner Nähe ist.«

Jorin schürzte die Lippen. »Und die anderen? Kann es sein, dass sie auch in diesem Keller versteckt sind? Und es deine Aufgabe ist, sie zu befreien?«

Traurig schüttelte Valyra den Kopf. Der Gedanke, all ihre Schwestern in der Nähe zu haben, machte sie betrübt und fröhlich zugleich. »Nein, Ari ist die Einzige«, stoppte sie ihr Gedankenchaos. »Weißt du, Jorin, wenn ich schlafe, sehe ich die anderen manchmal. Es fühlt sich real an, auch wenn es während meines Schlafes passiert. Wir treffen uns in einer großen Glaskuppel. Das ist der einzige Ort, an dem wir uns momentan sehen können. Jedoch ist der Ort verzaubert, denn wir können nicht über unser Schicksal reden. Ich weiß nur, dass wir alle an unterschiedlichen Orten sind und ein Rätsel lösen müssen, das uns mit in diese Welt gegeben wurde.«

»Ein Rätsel?« Jorin zog eine Augenbraue hoch.

Valyra fuhr sich verzweifelt durch das kurze Haar. Einerseits tat es gut, endlich mit jemandem reden zu können, andererseits kam es ihr vor, als müsste sie bei null anfangen und selbst dann würde Jorin nur die Hälfte verstehen.

»Ja, ein Rätsel«, nickte die Prinzessin. »Ein paar kryptische Zeilen, mit denen ich nichts anzufangen weiß. Mittlerweile bin ich mir gar nicht mehr so sicher, ob das Rätsel der Schlüssel ist. Aber zurück zum Thema. In den Träumen sehe ich meine Schwestern, aber Arabella hat es noch nie in die Scheinwelt geschafft.«

»Weißt du, wieso?«

Valyra legte den Kopf in den Nacken. So viele Fragen, die sie alle nicht sicher beantworten konnte. »Ich kann nur Mutmaßungen anstellen. Meine Schwestern, vor allem Tatjana, haben gedacht, dass Arabella tot ist. Ich habe gehofft, dass sie nie verflucht wurde. Beides ist nicht der Fall, daher denke ich, dass es daran liegt, dass sie zwar noch lebt, aber nicht bei klarem Verstand ist. Vielleicht hat Rania auch an ihren Erinnerungen herumgespielt, sodass sie nicht mehr weiß, wer ich bin.«

»Ob sie mich wohl erkennen würde?«, überlegte Jorin, woraufhin Valyra die Schultern zuckte. Sie konnte nur erahnen, was mit Arabella passiert war. Aber es gab noch etwas anderes, das sie Jorin erzählen musste.

»Wir waren in den Träumen immer zu fünft. Aber seit Kurzem gibt es nur noch Tati, die Zwillinge und mich. Estelle ist weg.«

Valyra wurde kalt ums Herz. Immer wenn sie an ihre älteste, ihre liebste Schwester dachte, fühlte sie sich, als würde sie in ein tiefes Loch stürzen, aus dem es kein Entrinnen gab. Sie hatte nicht nur schreckliche Angst um Estelle, sondern auch ein schlechtes Gefühl.

Doch da kam ihr ein Gedanke.

Mit brennendem Blick wandte sie sich an Jorin. »Weißt du vielleicht etwas von ihr? Du warst doch in Brahmenien! Hast du etwas mitbekommen?« Kindliche Hoffnung haftete ihrer Stimme an, doch Jorin schüttelte den Kopf.

»Wie gesagt, ich bin weggegangen, nachdem ihr verschwunden seid. Ich habe nur noch am Rande mitbekommen, wie man Truppen in das ganze Land ausgesendet hat, um nach euch zu suchen. Von Prinzessin Estelle oder einer anderen Schwester weiß ich nichts.«

Traurig nickte Valyra. Damit hatte sie gerechnet.

»Vielleicht hat sie den Fluch gebrochen«, meinte Jorin und als die Prinzessin den Kopf hob, lächelte er sie aufmunternd an. »Du solltest dich nicht mit etwas beschäftigen, das du nicht sicher weißt. Das macht dich nur verrückt.«

Valyra schniefte. »Das stimmt. Aber du kannst dir nicht vorstellen, wie schwer es ist, nicht an sie zu denken. Meine Schwestern wissen auch nicht, wo Stelli ist, aber Tatjana meint, dass …«

»Prinzessin Tatjana war schon immer sehr missmutig«, bemerkte Jorin und versuchte sie damit aufzumuntern. »Außerdem kann sie nicht mehr wissen als du, also solltest du dich nicht auf ihr Wort verlassen.« Er nickte, so als müsste er sich selbst davon überzeugen. »Bella hat mir von euch erzählt, besonders viel von Prinzessin Tatjana. Sie beschrieb sie als pessimistisch, schlecht gelaunt und menschenverachtend.«

Valyra schwieg. Auf der einen Seite wollte sie ihre Schwester verteidigen, auf der anderen Seite stimmte sie Jorin zu. Es war nicht leicht mit Tatjana gewesen und Valyra hatte immer Abstand zu ihr genommen.

»Was ich damit sagen will«, griff Jorin das Thema wieder auf und umschlang Valyras rechte Hand. »Wir werden Estelle nicht begraben, wenn wir nicht sicher wissen, dass sie tot ist. In Ordnung?«

Tapfer nickte Valyra. Er hatte recht. So war es das Beste.

Sie ließ ihren Blick schweifen und sah etwas weiter weg einen kleinen Strauch, an dem dunkelrote Beeren wuchsen. Eilig lief sie darauf zu und bückte sich.

»Jorin?« Sie drehte sich zu dem Stallburschen um, der ihr gefolgt war. »Kennst du diese Beeren?«

Nach einem kurzen Blick nickte er. »Das sind Lichtquehlen. Davon ernähre ich mich die ganze Zeit.«

Obwohl ein Seufzen in seiner Stimme mitschwang, klatschte Valyra freudig in die Hände. »Also kann man sie problemlos essen? Sie sind nicht giftig?«

»Wie du siehst, geht es mir blendend«, meinte der Stallbursche und hob die Hände.

Valyra nickte, dann legte sie ihren Rucksack ab und stopfte so viele Beeren in das vordere Fach, wie es fassen konnte.

»Lässt Rania dich hungern?«, fragte Jorin und kniete sich zu der jüngsten der sechs Prinzessinnen.

Valyra schüttelte den Kopf. »Nein, hungern lässt sie mich nicht. Ich bekomme zwar nur einmal am Tag etwas, aber es ist immer genügend da.«

»Dann … magst du Lichtquehlen einfach gern?«

»Nein.« Valyra steckte sich eine Handvoll der Beeren in den Mund und seufzte genüsslich. »Ich kann Ranias Essen nicht mehr sehen.«

»Ist sie so eine schlechte Köchin?«, fragte Jorin mit Schalk in der Stimme.

Valyra drehte sich zu ihm um und studierte seinen Gesichtsausdruck. Ein Grinsen lag auf seinen Lippen. Zunächst war sie verwundert, aber dann versuchte auch sie sich an einem Lächeln. Vielleicht war es besser, den grausamen Dingen mit Humor zu begegnen.

»Ich weiß nicht, ob sie gut kocht«, sagte die Prinzessin wahrheitsgemäß und aß eine weitere Handvoll Beeren. »Ich habe bisher nur ein Gericht bei ihr gegessen. Sie macht das Gleiche. Jeden Abend.«

»Wasser und Brot?«

»Klöße und braune Soße«, meinte Valyra und kassierte ein Stirnrunzeln von Jorin.

»Angesichts der Alternativen hört sich das gar nicht so schlecht an.«

»Du hast ja keine Ahnung«, brummte Valyra und strich ihre Finger am Gras ab. »Es war die Leibspeise meines Vaters und Rania genießt es, mich jeden Tag an ihn zu erinnern. Wieder und wieder. Über viele Monate. Und weißt du was? Die ersten Tage hat es mir die Tränen in die Augen getrieben und ich habe keinen Bissen herunterbekommen, aber ich wäre verhungert und musste es essen. Und irgendwann … konnte ich es einfach nicht mehr sehen. Aber sie lässt mir keine Wahl. Sie lässt mir nie eine Wahl.«

Jorin verzog den Mund. »Scheint, als würde die Hexe ein perfides Spiel mit dir treiben.« Er seufzte. »Und dennoch würde ich nach unzähligen Beeren gerade alles für ein paar Klöße tun.«

Valyra dachte nur einen Moment nach, dann öffnete sie das große Fach ihres Rucksacks. Wenn sie lange unterwegs war, sorgte Rania immer dafür, dass sie etwas zum Verzehr dabeihatte. Schnell fand sie die große Dose mit dem dunkelgrünen Deckel und die Gabel, die danebenlag. Kommentarlos streckte sie es Jorin entgegen.

»Was soll ich damit?«, fragte dieser perplex, griff aber danach.

»Iss es. Ich werde mich mit den Beeren begnügen. Ich bin froh um jeden Kloß, der nicht in meinem Magen landet.«

Auf Jorins Stirn stand weiterhin eine Falte, dennoch öffnete er die Dose und nahm das Essen in Augenschein. »Valyra, das kann ich nicht annehmen«, murmelte er, aber die Prinzessin merkte, dass er hin- und hergerissen war.

»Du würdest mir einen Gefallen tun, wenn du es annimmst. Wirklich.«

Ganz überzeugt sah der Stallbursche immer noch nicht aus, aber er griff nach der Gabel und drückte den ersten Kloß damit platt. Mit zunehmender Freude beobachtete Valyra ihn dabei, wie aus seinen zuerst zaghaften und kleinen Bissen immer größere wurden und er das Gericht schließlich wie ein hungriges Tier verschlang.

Melis ♥ Art

Der Weg wurde zunehmend steiler und die Luft so schneidend kalt, dass Valyra froh um ihren dicken Mantel war. Die Hände vergrub sie tief in seinen Taschen.

Ab und an warf sie Jorin einen neugierigen Blick zu. Seine Jacke war genauso dünn und durchlässig wie seine Hose. Kein Wunder: In Brahmenien fielen die Temperaturen nur an wenigen Tagen unter zwanzig Grad, Regen war eine Seltenheit, Schnee hatte sie so gut wie noch nie gesehen. Es war erstaunlich, dass Jorin überhaupt an eine Jacke gedacht hatte.

Seufzend legte die Prinzessin den Kopf in den Nacken und schaute den Berg hoch, den sie noch erklimmen mussten. Danach begann das Gebiet der Mahaghi-Klippen, aber auch das mussten sie noch passieren. Hoffentlich hatte sie durch die unfreiwillige Essenspause nicht zu viel Zeit vergeudet. Sie wollte Ranias Zorn nicht schon wieder schüren.

»Wann hast du angefangen, Rania zu misstrauen?«, fragte Valyra den Stallburschen. Ihr Atem bildete kleine Wolken, die ein Sinnbild der Kälte waren.

Jorin tat unbestimmt. »Bella hat viel von ihr erzählt, und das wenigste war gut. Ich habe mitbekommen, welche Spielchen sie mit euch getrieben hat, und war dabei, als sie den Pferdestall in Brand gesteckt hat, um Prinzessin Estelle loszuwerden. Zuerst hielt ich sie nur für eine böse und eifersüchtige Frau, aber ich habe euer Verschwinden sofort mit ihr in Verbindung gebracht, weil es immer genau das war, was sie wollte. Aber da dachte ich noch, dass … sie vielleicht mit einer Bande Krimineller zusammenarbeitet.«

»Wann hast du es erfahren?«

»Dass Rania auf der Seite der dunklen Magie steht?« Jorins Gesicht verdunkelte sich. »Als ich angefangen habe, sie zu überwachen. Sie ist noch eine Weile im Schloss geblieben, nachdem sie euch verflucht hat. Eines Abends stand die Tür zu ihrem Schlafgemach einen Spaltbreit offen. Sie hielt einen silbernen Kelch in der Hand, aus dem sie blaue und gelbe Flammen beschworen hat. Ich dachte erst, ich bilde es mir ein, aber …«

»Damit hat sie bestimmt ihre Kräfte erweitert«, riet Valyra und ballte ihre rechte Hand zur Faust.

Der Stallbursche sah die Prinzessin fest an. »Dieser Abend hat mich nur noch misstrauischer gemacht, weswegen ich ihr gefolgt bin.«

»Für Arabella?« Valyra blieb stehen und erwiderte seinen Blick.

Sie hatte nicht allzu viel von der Liebelei der beiden mitbekommen, aber ein paar Bilder hatten sich in ihr Gedächtnis gebrannt: Ein gestohlener Moment im Stall, als er sie zwischen zwei Boxen leidenschaftlich küsste. Sehnsüchtige Blicke seitens Arabella. Und Tatjana, die über die Gefühle der beiden lachte und die Liebe als eine Krankheit bezeichnete.

»Ich weiß, dass du das nicht verstehst«, sagte Jorin und erwiderte Valyras Blick. »Aber ich liebe sie. Mit ganzer Seele.«

»Wieso sollte ich das nicht verstehen?«, hielt die Prinzessin dagegen und spürte den Stich in ihrem Herzen, den Jorin ihr mit seinen Worten zugefügt hatte.

Offensichtlich sah auch er nur ein naives Kindchen in ihr – die jüngste der Prinzessinnen, die umsorgt und in Watte gepackt werden musste. Dabei war sie nur zwei Jahre jünger als Arabella und nur ein Jahr trennte sie von Genevieve und Penelopé! Sie hatte es satt, immer als das Nesthäkchen angesehen zu werden!

Wenn sie wirklich so unfähig war, hätte sie schon aufgegeben und ihrem Leben ein Ende gesetzt. Doch sie machte weiter. Tag für Tag. Auch wenn die Chancen schlecht standen und in ihrem Herzen die ewige Nacht wohnte.

»Unsere Liebe ist gesellschaftlich nicht anerkannt. Niemand, der etwas zu sagen hat, wird sie gutheißen.« Jorin machte eine nachdrückliche Handbewegung, um seine Worte zu untermalen. »Aber weißt du was, Valyra? Liebe ist nichts, was man messen oder berechnen kann. Liebe passiert einfach. Und manchmal trifft sie auch ungleiche Paare.«

In seiner Stimme schwang nicht der Hauch eines Zweifels mit und obwohl Valyra ihn für einen Träumer hielt, bewunderte sie ihn in diesem Augenblick.

»Bella ist die Frau, nach der ich mein Leben lang gesucht habe, und ich weiß, dass auch sie mich liebt«, verkündete er und nickte.

»Aber habt ihr euch nicht getrennt?«, erkundigte sich Valyra. »Nachdem Tatjana Ari ins Gewissen geredet hat … Arabella war am Boden zerstört, aber sie schien eingesehen zu haben, dass Tatjana recht hat. Ich dachte, ihr hättet euch danach getrennt. Im Guten.«

Energisch schüttelte der Stallbursche den Kopf. »Bella hat mir von diesem Gespräch erzählt, aber es hat nichts geändert. Prinzessin Tatjana war nur ein weiteres Hindernis, dem wir uns stellen mussten.«

Zeit ihres Lebens hatte man Valyra oft als naiv bezeichnet. Aber als sie Jorin nun so reden hörte, wusste sie, dass er der wahrhaft Gutgläubige war.

Valyra legte nachdenklich den Kopf schief. »Glaubst du wirklich, dass ihr eine Chance habt? Selbst wenn du es schaffst, meine Schwestern zu überzeugen, bleibt am Ende noch mein Vater.«

Zu ihrer Überraschung sah Jorin nicht böse oder verstimmt aus. Seine Lippen lächelten. »Vor deinem Vater habe ich keine Angst.«

»So?« Die Prinzessin hob ihre Augenbrauen.

»Absolut nicht. Bella hat mir von seiner liberalen Einstellung berichtet. Und davon, dass er euch nicht zwangsverheiraten will.« Jorin reckte die Brust.

Valyra strich sich den Pony aus der Stirn und rückte ihre Mütze gerade. »Mein Vater ist fortschrittlicher als andere Könige, das mag stimmen, aber es bedeutet noch lange nicht, dass er in dir einen geeigneten Ehemann sieht. Er hat uns immer die Wahl gelassen, aber dennoch war diese begrenzt, weil sie sich immer auf Kandidaten mit blauem Blut beschränkt hat.«

Jorin sah Valyra unbeeindruckt an und schüttelte den Kopf. »Ich glaube an uns. An Bella und mich. Vielleicht braucht es Zeit, bis die Gesellschaft uns akzeptiert, aber irgendwann wird es so weit sein.«

Valyra nickte zögerlich. Daran wollte sie auch glauben. Nur ging sie davon aus, dass dieses »Irgendwann« sich erst in vielen hundert Jahren ereignen würde, wenn sie alle schon lange unter der Erde lagen und nicht mehr davon profitieren konnten.

Nachdenklich ging sie weiter. Je mehr Höhenmeter sie erreichten, desto schwerer fiel ihr das Sprechen, weil die Luft so schneidend kalt war.

»Was führt dich zu den Klippen?«, wollte Jorin wissen und versteckte seine Hände in den Taschen seiner Hose.

Spätestens wenn sie das Ziel erreichten, würde er Erfrierungen haben. Valyra versuchte, nicht daran zu denken.

»So genau weiß ich das auch nicht«, sagte sie. »Normalerweise sind Ranias Anordnungen präzise, aber heute hat sie mir kaum etwas verraten.«

Über ihre eigenen Gedanken schüttelte sie den Kopf. Wenn Rania sich in Schweigen hüllte, bedeutete das selten etwas Gutes.

»Valyra!«, sagte Jorin auf einmal und blieb stehen. »Da vorn schneit es!« Verwirrt kniff er die Augen zusammen, als würde er seinem Blick nicht trauen.

Die Prinzessin zeigte sich unbeeindruckt. »Wie gesagt, dieser Wald ist verzaubert. Dazu gehört auch, dass die Temperatur wechselt. In diesem Teil ist es immer eisig kalt.« Valyras Unterlippe zitterte.

»Ich bin mir nicht sicher, wann ich das letzte Mal Schnee gesehen habe«, flüsterte Jorin und starrte in das Flockenmeer. »Als Kind war ich wie verrückt nach der weißen Pracht, aber gerade ...« Entschuldigend lächelte er Valyra an. »Wie lange müssen wir noch in der Kälte ausharren?«

Die Prinzessin seufzte. »Wir werden die Klippen suchen und dort hoffentlich auf einen Hinweis stoßen.«

Jorin nickte. Für einen Moment sah es aus, als wollte er noch etwas hinzufügen, doch er blieb still.

Je höher sie kamen, desto anstrengender wurde es. Dennoch weigerte sich die Prinzessin, ihr Tempo zu drosseln. Sie hatte die Klippen schon einmal aufgesucht, da würde sie es auch heute schaffen. Doch schon der Gedanke an die Schneelandschaft bereitete ihr Unbehagen.

Wie lange würde Jorin durchhalten? Seine Haut, die eine nie schwindende Sonne gewöhnt war, würde der Kälte nicht standhalten können. Noch wirkte er frohen Mutes, aber es hatte auch gerade erst angefangen zu schneien.

Neugierig musterte die Prinzessin ihren Begleiter von der Seite und schüttelte ungläubig den Kopf. Monatelang war sie bei Rania gefangen gewesen, monatelang hatte die ewig gleiche Routine geherrscht. Sie war auf Veränderungen schon gar nicht mehr gefasst gewesen, doch dieser Tag bewies, dass nichts in Stein gemeißelt war.

Erst Arabella, dann Jorin. So viel in so kurzer Zeit. Vielleicht würde sich bald wirklich etwas ändern.

Jorins Lippen waren mittlerweile blau angelaufen und seine Zähne klapperten. Dennoch hielt er tapfer durch, auch wenn sich die eben noch zarten Flocken in einen regelrechten Schneesturm verwandelt hatten. Schweigend ging er neben ihr her. Seine flachen Schuhe mussten mittlerweile durchweicht sein.

Valyra hielt den Kopf gesenkt, weil der Sturm unbarmherzig in ihr Gesicht wehte. In unregelmäßigen Abständen zog sie an ihrer Mütze und versteckte ihr Kinn im Kragen des Mantels. Nur ab und zu hob sie den Blick, um sich zu vergewissern, dass sie noch auf dem richtigen Weg waren.

Sie gingen über ein weitläufiges Feld, auf dem nur wenige Bäume standen. Ihre Äste waren kahl, knorrig und von tiefem Schnee bedeckt. Valyras Fußspuren blieben nicht lange sichtbar.

Schutz suchend schlang sie die Arme um ihren Oberkörper und fröstelte.

Wie gern hätte sie auch Jorin etwas gegeben, damit er sich vor der Kälte schützen konnte, aber mehr als das, was sie am Leib trug, besaß sie nicht.

Damit ihre Lippen nicht einfroren, versuchte Valyra, sie in ständiger Bewegung zu halten. Ab und an warf sie Jorin einen aufmunternden Blick zu, in Wahrheit wollte sie sich aber nur davon überzeugen, dass er noch lebte.

Sie hätte ihn nicht mitnehmen sollen, er war auf die frostigen Temperaturen nicht vorbereitet. Aber die Prinzessin vermisste

Menschen – nicht einen im Besonderen, sondern alle im Allgemeinen, und manchmal reichte Egoismus als Motiv.

Nach einer langen Wanderung hatten sie das Ziel endlich erreicht. Die Mahaghi-Klippen schlichen sich in Valyras Sichtfeld. Erleichtert atmete das Mädchen aus. Außerdem ließ der Schneefall langsam, aber sicher nach und auch der Himmel klärte sich auf.

Ein Gutes hatte das weiße Wunderland: Obwohl es tief in der Nacht war, mutete es beinahe taghell an.

»Wir sind da«, verkündete Valyra und lächelte Jorin an.

Dieser schlug die Hände über dem Kopf zusammen. »Ich dachte schon, dieser Weg endet nie.«

»Wie geht es dir?«, wollte die Prinzessin wissen.

Jorin, dessen Haare mehr weiß als braun waren, zuckte mit den Schultern. »Mir war schon mal wärmer. Aber ich bin hart im Nehmen.«

Valyra konnte sich nur schwer vorstellen, wie hart das Leben als Stallbursche war. Am Hof ihres Vaters hatte Jorin eine der niedrigsten Anstellungen besessen und wahrscheinlich nur wenig Geld verdient.

Ihre Stirn legte sich in Falten, als ihr ein Gedanke kam. »Wie hast du eigentlich so lange überlebt? Woher hast du dein Geld bekommen, während du Rania gefolgt bist?«

Jorin rieb seine Handflächen aneinander, um Wärme zu erzeugen. Sein Gesicht hatte eine ungesunde weiße Färbung angenommen, die es kaum vom Schnee abhob. »Seit ich mich mit Bella treffe, habe ich etwas Geld zur Seite gelegt«, erklärte er.

»Nicht viel, denn das ist bei meiner Anstellung leider nicht möglich, aber immer ein bisschen. Ich wollte … ihr etwas bieten können, irgendwann einmal.« Obwohl Jorin lächelte, huschte ein Schatten über sein Gesicht.

»Du wirst nie für sie sorgen können«, entwich es Valyra, noch bevor sie darüber nachdenken konnte, aber Jorin sah nicht böse aus. Eher traurig.

»Ich bin ein Träumer, Valyra. Und Bella ist die, die ich jede Nacht vor meinen Augen sehe. Ich werde nicht aufgeben, bevor ich alles versucht habe. Auch wenn sich das ganze Universum gegen uns wendet.«

Die Prinzessin blickte traurig drein. Am liebsten hätte sie den Stallburschen umarmt und ihm gesagt, dass alles gut werden würde. Doch daran glaubte sie selbst nicht und sie wollte ihn nicht mit Lügen füttern.

»Zurück zum Thema«, meinte Jorin und stieß die Luft aus seinen aufgeblasenen Wangen. »Ich habe das Geld, das ich gespart habe, mitgenommen, um Bella zu finden. Natürlich hat es nicht gereicht, weswegen ich hier und da kleinere Arbeiten verrichtet habe. Immer wenn ein Stall in der Nähe war, habe ich meine Fähigkeit angeboten. Dadurch kommt nicht viel Geld zusammen, aber ich brauche ja auch nur ein bisschen zum Überleben. Aus Luxus mache ich mir nichts.«

Nachdenklich nickte Valyra. »Ich würde dir gern etwas geben, aber ich habe leider selbst nichts bei mir. Auch im Turm gibt es nichts, das …« Sie zermarterte sich das Gehirn, doch kapitulierte schnell.

»Das ist nicht nötig«, lenkte Jorin ein. »Geld oder Gold würden mir momentan sowieso nicht helfen. Nicht in diesem verzauberten Wald.«

Die Mahaghi-Klippen ragten vor ihnen in die Höhe. Valyra und Jorin wandten den Blick nach oben.

»Ich hoffe sehr, dass wir da nicht hochmüssen«, bangte der Stallbursche und Sorge glitt über sein Gesicht.

Obwohl Valyra reflexartig den Kopf schüttelte, plagten sie ähnliche Sorgen. Die Steinklippen waren hoch und senkrecht gewachsen, sodass ein Aufstieg einem Ding der Unmöglichkeit glich. Bei ihrem ersten Besuch hatte Valyra lediglich eine Winterblume im Tal suchen müssen.

»Und was machen wir jetzt?«, fragte Jorin.

Die Prinzessin presste die Lippen aufeinander und sah sich um, bis sie in unmittelbarer Nähe einen Stein mit glatter Oberfläche entdeckte. »Ich möchte mir noch einmal das anschauen, was Rania mir mitgegeben hat. Irgendein Hinweis wird schon dabei sein.«

Jorin schien wenig begeistert von der Aussicht, in der Kälte zu verharren, dennoch folgte er Valyra. Diese saß mittlerweile auf dem Stein und durchforstete das, was Rania ihr mitgegeben hatte.

Wie schon zuvor entfaltete sie die zerknitterte Karte und platzierte ihren Zeigefinger auf dem X. »Da muss es sein«, flüsterte sie und sah Jorin an.

Dieser legte den Kopf schief, sodass er die Karte in Augenschein nehmen konnte. Dann verglich er das, was er gesehen hatte, mit dem, was die Klippen zeigten. »Sieht aus, als müssten wir noch ein Stück nach hinten«, meinte er und deutete auf eine Stelle weiter nördlich.

Valyra folgte seinem Blick und nickte. Gleichzeitig merkte sie, wie sie immer ängstlicher wurde. Sie wusste, dass der gefährliche Teil der Reise ihr noch bevorstand.

»Worauf wartest du?«, fragte Jorin, der sich schon in Bewegung gesetzt hatte.

Über seine Schulter hinweg blickte er zu Valyra, die tief ein- und ausatmete. Obwohl sie nicht wie sonst allein war, nahm das ungute Gefühl in ihr Überhand.

»Rania hat mir ein Messer mitgegeben«, sagte sie tonlos.

Jorin musterte die Prinzessin reglos. »Vielleicht, damit du dich verteidigen kannst«, meinte er dann, doch Valyra schüttelte den Kopf.

»Rania würde mir nie etwas zur Verteidigung mitgeben. Wenn sie mir ein Messer in den Rucksack gelegt hat, bedeutet das, dass ich etwas töten muss.«

Valyras Herz klopfte wild, als sie sich dem X auf der Karte immer weiter näherten. Jorin machte ab und zu einen belanglosen Spaß, wahrscheinlich, um ihr die Angst zu nehmen, doch sein Plan ging nicht auf. Valyras Körper war zum Zerreißen gespannt und alle ihre Sinne auf das Ziel gerichtet. Gleichzeitig lauschte sie angestrengt, doch nicht ein Geräusch durchbrach die Stille, die in ihren Ohren eine Tonne wog.

Schnell holte sie den Stallburschen ein, der schon vorausgegangen war. Sie wusste, dass niemand in der Nähe war, und dennoch schaute sie sich ständig um.

»Wenn die Karte stimmt«, sagte ihr Begleiter, »liegt das Ziel direkt hier.« Jorin sank auf die Knie und untersuchte die mutmaßliche Stelle, die auf den ersten Blick nicht sonderbar aussah. »Gibst du mir mal deine Handschuhe?«, fragte er Valyra und drehte sich um. »Ich denke, wir werden graben müssen.«

Die Prinzessin, die von seinem Vorhaben nicht ganz überzeugt war, streifte sich die dicken Handschuhe ab und warf sie ihm zu.

»Pass auf«, flüsterte sie noch, doch im Gegensatz zu ihr schien der Stallbursche keine Angst zu haben. Eher wirkte es, als ob er die Sache zu Ende bringen und endlich wieder in wärmere Gefilde zurückkehren wollte.

Valyra nahm neben Jorin Platz und beobachtete ihn, wie er seine Hände tief im Schnee vergrub, aber auf nichts als weitere Massen des gefrorenen Wassers stieß. Durch die Anstrengung hatten sich Schweißperlen auf seine Stirn geschlichen.

Während er grub, sah Valyra sich um – und kniff die Augen zusammen, als sie etwas erspähte. Sofort griff sie nach der Karte, die noch aufgeschlagen neben Jorin im Schnee lag. Ihre Augen wanderten von dem dort aufgezeichneten X zu dem kleinen Durchgang, den sie mitten im Weiß entdeckt hatte, und wieder zurück.

»Du musst nicht weiter graben«, sagte sie zu Jorin und holte tief Luft. »Ich glaube, wir müssen in diese Höhle.«

Es war ein seltsames Gefühl, das sie beschlich und ihr verriet, dass sie hier richtig waren. Gleichzeitig fragte Valyra sich, was im Inneren der Höhle auf sie warten würde.

Jorin hielt im Graben inne und sah die Prinzessin fragend an. Doch diese hatte sich schon in Bewegung gesetzt.

Der Durchgang war klein und zu einem großen Teil mit Schnee bedeckt. Obwohl Valyras Finger in der Kälte starr geworden waren, fing sie zu graben an. Nach einer Weile näherte sich Jorin ihr, der ihr die Handschuhe zurückgab. Zusammen schaufelten sie den Durchgang frei und konnten alsbald in das Innere der Höhle blicken, die sich ihnen in vollständiger Dunkelheit offenbarte.

»Was auch immer ich finden muss«, sagte Valyra mit stockender Stimme, »befindet sich dort drin.«

Jorin fing ihren Blick auf, der eine Mischung aus Panik, Entschlossenheit und Anspannung offenbarte.

»Hol meinen Rucksack«, trug sie ihm auf, woraufhin sich der Stallbursche entfernte. Kurz darauf kam er mit dem Gepäckstück zurück.

Valyra hoffte, in einer der Seitentaschen Streichhölzer und eine Kerze zu finden, doch dem war nicht so. Entweder hatte Rania an diese Möglichkeit nicht gedacht oder sie hielt es nicht für nötig, Valyra mit Licht zu versorgen.

Während die Prinzessin angestrengt nachdachte, griff der Stallbursche nach dem Rucksack und förderte das lange, spitze Messer zutage.

»Ich werde ganz sicher nicht mit dieser Waffe blind in die Höhle kriechen und auf gut Glück …« Valyra stoppte und riss die Augen auf, als sie sah, dass die Klinge des Messers leuchtete.

»Anscheinend hat Rania doch an Licht gedacht. Nur eben auf eine andere Weise«, meinte Jorin.

Er reichte Valyra die Waffe, die sie ehrfürchtig entgegennahm. Anmutig strich sie über die blitzende Klinge und platzierte sich mit ihr vor dem Eingang der Höhle. Und tatsächlich: Das Licht beleuchtete einen schmalen Durchgang, der sie an einen Tunnel denken ließ. Überfordert schaute sie zu Jorin, der nachdenklich den Mund verzog.

»Ich fürchte, das ist unser einziger Weg«, meinte er.

Valyra nickte schwer und umklammerte den Griff fester.

»Lass mich hineingehen«, bot Jorin an, der die Angst der Prinzessin offensichtlich bemerkt hatte.

Kurz dachte Valyra über seinen Vorschlag nach. Auch wenn die Aussicht, nicht in das dunkle Loch kriechen zu müssen, verlockend war, wusste sie doch, dass der einfache Weg nicht der richtige war. Die Prinzessin hatte Ranias Gefahren schon oft gegenübergestanden; Jorin besaß keinerlei Erfahrungen. Folglich wäre es auch ihre Schuld, wenn ihm etwas passieren würde.

Entschieden schüttelte sie den Kopf und starrte auf das Messer in ihren Händen. »Ich werde allein in die Höhle kriechen«, beschloss sie. »Du wartest hier draußen. Wenn du in ein paar Minuten nichts mehr von mir hörst, folgst du mir, in Ordnung?«

Jorin sah nicht begeistert aus, aber widersetzte sich ihren Befehlen nicht. »Pass auf dich auf, Valyra«, hauchte er.

»Vielleicht ist es ja gar nicht so schlimm«, murmelte sie – ein verzweifelter Versuch, die Angst zu vertreiben. Dann hielt sie das Messer höher, sodass der Höhleneingang so viel Licht wie nötig bekam. Vorher hatte sie die Handschuhe ausgezogen, denn ohne sie war die Waffenführung präziser.

Das klopfende Herz ignorierend, krabbelte Valyra in das Loch und bewegte sich langsam voran. Ihr Blick huschte vom Boden an die Decke und die beiden Wände. Noch sah sie nichts Ungewöhnliches, außerdem war es erschreckend still. Es wirkte, als wäre die Höhle unbewohnt.

Vielleicht musste sie wirklich lediglich einen Stein oder eine Pflanze finden, die nur unterirdisch wuchs.

Während sich Valyra den absurden Gedanken einzureden versuchte, hörte sie ein leises Wimmern. Von jetzt auf gleich war ihr Körper in höchster Alarmbereitschaft.

Die Prinzessin hielt das Messer höher und streckte ihren Arm so weit wie möglich aus. Allmählich wurde der Gang breiter und engte sie nicht mehr so ein. Bald hatte die Höhle ihre Größe so erweitert, dass Valyra sogar den Kopf heben konnte. Je mehr Meter sie hinter sich ließ, desto lauter wurde das Wimmern.

Ob es menschlicher Natur war? Nein, das wäre seltsam. Wieso sollte sich ein Mensch hier im Nichts eine Höhle bauen?

Nach und nach ebbte das Gefühl der Panik ab. Das Wimmern klang so kläglich, dass sie nicht an einen bösartigen Ursprung glaubte. Es hörte sich vielmehr so an, als müsste jemand große Schmerzen leiden.

Valyra wurde schneller, blieb jedoch aufmerksam. Ranias Pläne und Schauplätze waren tückisch, sie musste alles genau im Auge behalten.

Nach wenigen Minuten fand sich das Mädchen in einem größeren Raum wieder, der etwa dreimal so hoch und mindestens fünfmal so breit wie der schmale Durchgang war. Mit dem Messer leuchtete die Prinzessin die Ecken nacheinander ab und hielt erschrocken den Atem an, als sie ein weißes Fellknäuel fand, das auf der linken Seite lag und schreckliche Klagelaute von sich gab.

Alle Zweifel abwerfend, robbte Valyra auf das Tier zu, welches wie Espenlaub zitterte. Vorsichtig strich sie mit ihrer freien Hand über sein samtig weiches Fell, das trotz der draußen herrschenden Temperaturen angenehm warm war. Der Wolf war nicht viel größer als ein Katzenjunges und hatte runde schwarze Kulleraugen, die Valyra ängstlich anschauten.

Die Prinzessin legte das Messer beiseite und hob das zitternde Tier hoch. Zuerst spannte sich sein Körper an, doch nachdem Valyra eine Weile über sein Fell gestrichen hatte, legte sich die Nervosität. Beinahe neugierig sah das kleine Etwas Valyra nun an.

»Hat man dich hier vergessen?«, flüsterte die Prinzessin und betrachtete den Schneewolf, der so hilflos wirkte, dass es ihr beinahe das Herz brach.

Ob es noch eine Mutter gab, die sich um ihn kümmerte?

Valyra blickte sich noch einmal in der Höhle um, doch sie schien verlassen. Unschlüssig betrachtete sie das bebende Bündel in ihren Händen.

»Valyra?«, hörte sie auf einmal eine gedämpfte Stimme hinter sich. »Geht es dir gut? Soll ich zu dir kommen?«

Obwohl Jorin es nicht sehen konnte, schüttelte die Prinzessin den Kopf. Ihre ganze Aufmerksamkeit galt dem kleinen Schneewolf.

Seit sie denken konnte, hatte sich Valyra immer einen Hund gewünscht. Sie wollte ihre Tage mit einem tierischen Begleiter verbringen, aber ihr Vater war vehement dagegen. Es wäre kein Problem gewesen, Valyra ein Pferd oder einen Kanarienvogel zu schenken, doch der König duldete keinen Hund in seiner Nähe. Die Tierliebe der Prinzessin ging weit, weswegen sie oft ihre Freundin Kelly aus dem Bürgertum besucht hatte, um mit ihrem Kater Maxime zu spielen. Auch das hatte ihr Vater nicht gern gesehen.

Als Valyra auf den kleinen Wolf hinabblickte, der so offensichtlich ihrer Hilfe bedurfte, wurde ihr warm ums Herz. Wie gern würde sie dem Kleinen ein Zuhause bieten, einen sicheren Platz, Liebe und Futter. Allein in dieser Höhle würde er verhungern, wenn sie nicht für ihn sorgte.

»Valyra! Ich komme jetzt zu dir rein!« Jorins Stimme war so entschlossen, dass die Prinzessin aus ihren Gedanken gerissen wurde.

»Nein«, entgegnete sie leise, dann etwas lauter: »Ich komme zu dir!«

Sie schenkte dem Schneewolf einen letzten verzweifelten Blick, bevor sie realisierte, dass sie es nicht übers Herz bringen würde, ihn in der Höhle zu lassen. Daher nahm sie ihn in eine Hand und platzierte das Messer in der anderen. Zügig kroch sie durch den Höhleneingang nach draußen, wo sie von der eisigen Kälte überrascht wurde. Die Prinzessin biss die Zähne aufeinander und presste den Wolf enger an sich, auch wenn er das Wetter gewohnt war.

Am Höhleneingang wartete Jorin auf Valyra, der ihr beim Aufstehen half.

»Vorsicht, sonst zerdrückst du ihn«, warnte sie ihn, doch der Stallbursche sah sie nur verwirrt an.

»Wen zerdrücke ich?«

Als Valyra wieder stehen konnte und sicheren Boden unter den Füßen hatte, zeigte sie Jorin, auf wen sie in der Höhle getroffen war. Seine Augen wurden groß.

»Ist das ein Hase?«

Valyra kicherte und legte das Messer auf den Boden. Dann strich sie dem Schneewolf über den Kopf. Neugierig musterte er Jorin, der ihm einen ebenso interessierten Blick schenkte.

Die Prinzessin schaute verzückt auf das Wesen hinab. »Das ist kein Hase, das ist ein Wolf. Ein ganz kleiner.«

»Ein echter Schneewolf«, staunte Jorin und betrachtete das Tier mit einer Mischung aus Verwunderung und Ergriffenheit. »Ich hätte nicht gedacht, dass ich mal einen sehen würde.«

»Sind sie selten?« Valyra sah ihn gebannt an.

Der Stallbursche zuckte mit den Schultern. »Ich kann nur den Geschichten Glauben schenken, die eure Amme immer auf dem Schlosshof erzählt hat. Ihr zufolge sind ein Großteil der Wölfe ausgestorben und nur wenige noch am Leben. Ein so kleines Tier zu sehen …«

Valyra kam es beinahe so vor, als würden Tränen in seinen Augen glitzern. »Sein Fell ist so weich«, flüsterte sie und ließ ihre Hand darüber gleiten.

Ein bisschen fühlte sie sich wie damals, als sie bei einem Picknick von einem Terrier überrascht worden war und sogar mit ihm spielen durfte.

Der Wolf richtete sich auf, streckte sich und legte den Kopf schief. Valyra seufzte vor Entzückung.

»Am liebsten würde ich ihn mitnehmen«, schwärmte sie. Doch der Gedanke an Rania brachte sie in die Realität zurück. Traurig blickte sie Jorin an. »Wir haben schon viel zu viel Zeit verschwendet. Rania wird wütend werden, wenn ich mich nicht langsam auf den Rückweg begebe. Sie … wird ohnehin nicht angetan davon sein, dass ich nichts gefunden habe.«

Valyra graute es davor, mit leeren Händen zurück zum Turm zu gehen. Seufzend verstaute sie das Messer im Rucksack und wollte sich schon abwenden, als Jorins Stirnrunzeln sie innehalten ließ.

»Was hast du?«, erkundigte sie sich.

»Schon mal daran gedacht, dass Rania vielleicht den Wolf gemeint hat? Dass ihre magischen Sensoren wussten, dass er sich hier aufhält, und du ihn mitbringen sollst?« Der Stallbursche kratzte sich am Kopf. »Vielleicht gibt es hier in der Umgebung sogar mehrere von ihnen.«

Verwirrt schaute Valyra von dem weißen Fellknäuel zu Jorin und wieder zurück.

Der Stallbursche zuckte mit den Schultern. »Deine Amme hat gesagt, dass das Fell von Schneewölfen gegen Krankheiten helfen kann. Es reicht oft schon ein Haar. Gut möglich, dass Rania es in ihren Trank geben möchte.«

»Ich soll ihm also ein paar Haare ausreißen?«, fragte Valyra.

Jorin hob abwehrend die Hände. »Keine Ahnung. Aber angesichts der Umstände erscheint es mir als das Sinnvollste.«

Der Wolf auf Valyras Hand gähnte und rollte sich zu einer Kugel zusammen.

»Unfassbar, wie klein sie sind«, flüsterte die Prinzessin.

»Es sind die kleinsten Wölfe auf der Welt«, wusste Jorin. »Selbst wenn sie ausgewachsen sind, sind sie kaum größer als eine Katze.«

In Valyra kämpften zwei Gefühle um die Oberhand. Auf der einen Seite wusste sie, dass sie nun den Rückweg antreten, dem Wolf ein paar Haare ausreißen und schleunigst zum Turm gehen sollte. Auf der anderen Seite sah sie das schlafende Bündel, das so winzig war, dass es in eine Hand passte, und brachte es nicht übers Herz, es hierzulassen.

»Ich nehme ihn mit«, verkündete sie, nicht sicher, ob in diesem Moment kindlicher Leichtsinn aus ihr sprach.

Jorin sah sie erstaunt an. »Den Wolf? Du willst ihn mitnehmen?«

»Ich habe gehört, dass sie auch in wärmeren Gefilden überleben können«, druckste Valyra und wich seinem Blick aus.

Jorin verzog die Mundwinkel. »Das stimmt, aber das tut nichts zur Sache. Wohin willst du ihn denn bringen? Wie willst du für ihn sorgen? Ich glaube kaum, dass ihn deine tägliche Ration Klöße zufriedenstimmen würde.«

Nachdenklich kaute sich die Prinzessin auf der Unterlippe herum. »Wenn er hierbleibt, wird er sterben. Er ist ganz allein, in der Höhle war er der Einzige, und es sieht nicht so aus, als wäre seine Mutter in der Nähe. Vielleicht kann ich mich nicht gut genug um ihn kümmern, vielleicht wird es ihm ab und zu an etwas fehlen, aber … bei mir wird er es besser haben als hier.« Valyra nickte, weil sie sich selbst noch überzeugen musste.

Ihr gegenüber verengte Jorin die Augen zu kleinen Schlitzen.

»Außerdem wissen wir nicht sicher, wie viele Haare Rania braucht«, fuhr sie fort. »Ich will ungern noch einmal hierhin. Mir bekommt die Kälte nicht.« Um ihre Aussage zu unterstützen, ließ sie die Zähne klappern.

Jorin seufzte. »Wenn du meinst.«

Sein Gesichtsausdruck stand im Gegensatz zu seinen Worten und ließ Valyra nachdenklich werden. Die Unsicherheit in ihr wurde größer. Doch als sie das zitternde Bündel abermals anblickte, wusste sie, dass sie es unmöglich hierlassen konnte.

Jorin begleitete Valyra bis in die Nähe des verzauberten Turms, hielt aber genug Abstand, sodass Rania die beiden nicht erspähen konnte.

Auf dem Weg nach Hause hatten sie es geschafft, ein kleines zähes Eichhörnchen zu erlegen, das der Wolf innerhalb weniger Minuten verschlungen hatte. Sicherlich quälte ihn auch jetzt noch das Hungergefühl, doch mehr konnte Valyra nicht für ihn tun.

»Wir sehen uns morgen Nacht hier«, flüsterte sie und blickte zu Jorin, der sich im Schatten eines Baumes versteckt hatte. »Ich kann dir nicht die genaue Uhrzeit sagen, aber ich werde auf jeden Fall kommen.«

Der Stallbursche nickte. »Versuche, mit Bella zu reden. Sag ihr, dass du mich gesehen hast! Vielleicht reagiert sie darauf.«

Valyra nickte. Sie würde alles tun, was in ihrer Macht stand.

Zum Abschied lächelte sie Jorin zu, atmete tief durch und ging zum Turm. Sie wusste nicht, wie spät es war, und konnte nur hoffen, dass sie Ranias Geduld noch nicht überstrapaziert hatte.

Der weiße Wolf, den sie in Gedanken Flöckchen getauft hatte, war mittlerweile wach und munter. Sein Blick haftete auf Valyra, die gerade überlegte, was sie mit ihm anstellen sollte.

Konnte sie ihn einfach hier im Wald aussetzen? Würde sie ihn wiederfinden? Würde er bleiben? Und wie viele Haare sollte sie ihm entfernen? Was, wenn Rania …

Alle Fragen verpufften, als sie den Boden unter ihren Füßen verlor und in die Lüfte getragen wurde. Offensichtlich hatte Rania ihre Anwesenheit bemerkt.

Auf ihrem Flug nach oben bedachte sie Flöckchen mit einem besorgten Blick. Hoffentlich würde Rania sich mit seinen Haaren begnügen und ihn in die Wildnis entlassen. Gleichzeitig beschlich Valyra ein dumpfes Gefühl, dass sie im Begriff war, etwas sehr Dummes zu tun.

»Na endlich!«, klagte Rania, als die Prinzessin in der Küche stand und sich den Mantel abklopfte. »Ich dachte schon, du würdest gar nicht mehr kommen.«

Sie stemmte die Hände in die Hüfte und tippte mit ihrem rechten Fuß nervös auf den Boden. Rania war in ein schwarzes Kleid gehüllt, das so eng anlag, dass man beinahe die Knochen ihres mageren Körpers erkennen konnte.

Valyra schluckte und versuchte, Flöckchen in der Innenseite ihres Mantels zu verstecken.

»Warst du wenigstens erfolgreich?«, erkundigte sich die Stiefmutter kühl, aber Valyra bemerkte die Neugierde in ihren Augen. »Wird's bald?«, erboste sich Rania und trat einen Schritt auf das Mädchen zu.

Dieses zuckte zusammen und presste Flöckchen noch enger an sich.

Ranias Augen wurden groß, als sie die Beule des Mantels erkannte. »Öffne die Jacke«, trug sie Valyra energisch auf.

Die Prinzessin förderte den kleinen Wolf zutage, der in Ranias Anwesenheit verschüchtert und ängstlich wirkte.

»Na sieh einer an, du hast mir das ganze Biest gebracht«, bemerkte Rania, doch es klang nicht verärgert. Eher euphorisch – und das ängstige Valyra viel mehr.

»Ich wusste nicht, wie viele seiner Haare du für deinen Trank brauchst«, druckste die Prinzessin und streichelte Flöckchen, um ihn zu beruhigen.

Ranias Augen blitzten. »Ich bin nicht an seinem Fell interessiert«, sagte sie mit gefährlich leiser Stimme. Sie trat noch einen Schritt auf Valyra zu und bald hatte auch sie ihre langen Fingernägel im Fell des Schneewolfes vergraben. »Wie ich sehe, hast du meine Anweisungen nicht verstanden, Valyra«, zischte sie.

Die Prinzessin zitterte. Rania war ihr so nah, dass sie ihren Atem riechen konnte. Schutz suchend schlang sie ihre Arme um das Tier, doch ihre Stiefmutter schnippte mit den Fingern, woraufhin der Wolf in die Luft gehoben wurde. Eine Weile schwebte er über dem Küchentisch, dann setzte Rania ihn auf der hölzernen Fläche ab.

»Valyra, welche Utensilien habe ich dir mitgegeben?«, fragte sie und sah die Prinzessin aufmerksam an.

»Eine Karte«, flüsterte diese. »Und …« Sie wandte den Blick ab. »Ein Messer.«

»Richtig.« Rania klatschte in die Hände.

Flöckchen zappelte, doch er konnte sich nicht bewegen. Offensichtlich hatte die Stiefmutter ihn verhext.

»Wieso habe ich dir wohl ein Messer mitgegeben, Valyra?«, erkundigte sich die schwarzhaarige Frau.

»Ich weiß es nicht«, flüsterte die Prinzessin. Aber tief in ihr drinnen, dort, wo die dunkelsten Gedanken ihren Ursprung nahmen, wusste sie es doch.

»Sieh mich an!«, forderte Rania sie auf, woraufhin Valyra den Kopf hob. Die giftgrünen Augen ihrer verhassten Stiefmutter funkelten verräterisch. »Ich will nicht sein Fell«, wiederholte sie. Und dann – leise, aber so, dass es bis in Valyras Eingeweide drang – flüsterte Rania: »Ich brauche sein Herz.«

Sie legte den Kopf in den Nacken und lachte schallend. Das lange schwarze Haar fiel wie ein Vorhang ihren Rücken hinab und verlieh ihr noch mehr von der Dunkelheit, die ohnehin schon in ihr lebte.

Valyra wollte protestieren, schreien und um Flöckchens Leben kämpfen, aber ihr Körper war wie festgefroren, während ihre Gedanken um das ewig gleiche Wort kreisten.

Herz.

Herz.

Herz.

Ich brauche sein Herz.

Rania machte eine wegwerfende Handbewegung, woraufhin sich der Verschluss von Valyras Rucksack öffnete. Das Messer wurde in die Luft gerissen und landete direkt in Ranias Hand.

»Nein!«, schrie Valyra, als sie wieder die Kontrolle über ihren Körper besaß. »Nein! Das darfst du nicht tun!«

Unbeeindruckt sah die Stiefmutter das Mädchen an. »Keine Angst. Ich werde es nicht tun.« Sie grinste diebisch. »Das ist deine Aufgabe.«

Valyras Magen zog sich schmerzhaft zusammen. Übelkeit stieg in ihr auf und sie musste sich am Tisch festhalten.

»Du wirst es tun«, wiederholte Rania, »und ich sehe dir dabei zu.« Mit einem Klirren landete das Messer bei Valyras Füßen.

»Ich kann das nicht«, flüsterte sie. »Ich kann das nicht. Ich kann das nicht. Ich kann das nicht.« Und dann, weil sie den Mut gefunden hatte, Rania entgegenzutreten, verkündete sie: »Das werde ich nicht tun!« Ihre Stimme hallte von den nackten Wänden des Turms wider.

Rania lächelte diabolisch. »Ich denke schon, dass du es tun wirst«, meinte sie. »Vielleicht nicht freiwillig, vielleicht nicht jetzt, aber du wirst es tun. Ich habe meine Methoden.«

»Dann schlag mich doch«, brüllte Valyra. »Stoß mich meinetwegen aus dem Turmfenster! Aber ich werde dieses Wesen nicht umbringen, gleichgültig, was du tust!«

Schon drehte sie den Kopf, in der Erwartung, eine Ohrfeige zu erhalten, doch Rania sah sie nur an.

»Ich werde dich heute nicht körperlich foltern, Valyra. Das habe ich oft genug getan. Nicht, dass dir noch langweilig wird.«

Sie kicherte wie ein wahnsinniges Kind und klatschte zweimal in die Hände. Rauch waberte im Zimmer, der sich alsbald in einer Gestalt materialisierte.

»Da du sie ohnehin schon entdeckt hast, dachte ich, wir beschleunigen das Szenario.«

Valyra presste sich die Hand vor den Mund, als sie ihre Schwester Arabella erkannte, die teilnahmslos neben Rania stand und sich in der Küche umschaute. Ihr Blick war leer und in einem Moment der Stille hörte Valyra das Lied, das Arabellas Lippen verließ.

»Ari!«, rief sie und wollte auf sie zu rennen, aber Rania hob die Hand, sodass die Prinzessin keinen einzigen Schritt mehr tun konnte. »Ari, ich bin's! Valyra!«, rief sie, doch ihre Schwester zeigte keine Reaktion. Ihr Gesicht war noch immer ungewaschen, das Kleid dreckig und viel zu kurz, aber sie sah nicht unglücklich aus. Eher so, als würde sie nichts von dem mitbekommen, was um sie herum geschah.

Rania sah von einer Schwester zur anderen und blieb schließlich an Valyra hängen. »Töte das Tier«, befahl sie.

»Rania, ich …« Valyra rang ihre schweißnassen Hände. »Bitte hab Nachsicht.«

»ARABELLA!«, rief die Stiefmutter und drehte sich zu dem großen braunhaarigen Mädchen um, das ihren Blick halbherzig erwiderte. »WACH AUF!« Sie klatschte in die Hände.

Valyra öffnete schockiert den Mund, als sie sah, wie das Leben in den Körper ihrer Schwester trat und sie sich zuerst verwirrt, dann ängstlich umsah.

»Valyra?«, hauchte sie mit dünner Stimme. »Valyra, bist du es?«

»Ari!« Tränen rannen über Valyras Wangen, während ihr Herz vor Freude zu zerspringen drohte. »Erkennst du mich endlich?«

»Valyra!« Glücklich lächelte die Prinzessin ihre Schwester an.

Arabella setzte sich in Bewegung, wollte Valyra um den Hals fallen, doch Rania stoppte sie mit einem weiteren Klatschen. Zwischen den Prinzessinnen bildete sich eine undurchdringliche Barriere.

»TÖTE DAS TIER!«, trug Rania Valyra abermals auf.

»Rania, ich kann das nicht!« Entschieden schüttelte die Prinzessin den Kopf und sah ihre Stiefmutter an.

Zu ihrer Überraschung sah diese aber nicht zornig aus, vielmehr erfreut. Sie schnippte mit den Fingern – eine Sekunde später lag eine Peitsche in ihrer Hand.

»Dann peitsch mich doch aus!«, erboste sich Valyra.

Sie hatte sich fest vorgenommen, nicht klein beizugeben! Sie würde das Leben dieses unschuldigen Wesens nicht rauben, nur um sich selbst zu schützen.

»Du musst noch einiges lernen, Valyralein«, raunte Rania mit mütterlicher Stimme. »Ich habe dir doch schon gesagt, dass heute nicht du an der Reihe bist.«

Auf einmal ging alles ganz schnell. Rania holte mit der Peitsche aus – sie flitzte durch die Luft und traf Arabella mit voller Wucht am Rücken. Die Prinzessin schrie vor Schmerz auf und sackte auf den Boden. Wie eine Furie baute sich Rania über ihr auf.

»Aufhören!«, brüllte Valyra, doch ihre Stimme blieb ungehört.

Rania peitschte noch einmal auf Arabella ein, die vor Schmerzen wimmerte. Jedes Mal, wenn die Peitsche ihr Ziel fand, starb Valyra tausend Tode.

»HÖR AUF, RANIA! BITTE, BITTE HÖR AUF!«, flehte sie und rannte nach vorn, doch die magische Barriere hatte das Zimmer in zwei Hälften geteilt und vereitelte ihren Versuch.

Noch dreimal surrte die Peitsche durch die Luft, noch dreimal durchdrang das Schreien der Prinzessinnen die Stille.

Dann hörte Rania auf – und schenkte Valyra einen einzigen Blick. »TÖTE DAS TIER!«, sagte sie.

Und in diesem Moment wusste Valyra, dass sie es tun musste.

Mit Tränen in den Augen sank sie auf den Boden und fand das Messer. Mit einem Klatschen hob Rania die Barriere auf, die Flöckchen auf dem Tisch gefangen hielt. Zitternd ging Valyra auf das Wesen zu. Der Schreck saß ihr so tief in den Gliedern, dass er einen Großteil ihrer Gedanken lähmte.

Als sie vor Flöckchen angekommen war, der erfreut auf sie zusprang und sogar mit dem Schwanz wedelte, starb ein Teil ihrer Seele.

»Ich kann das nicht«, weinte sie. »Kannst … Kannst du ihn betäuben, sodass er nichts spürt? Bitte, Rania!« Valyra sank in die Knie, schlang die Hände um das Messer und sah ihre Stiefmutter verzweifelt an.

»TÖTE DAS TIER«, war alles, was sie sagte. Die Peitsche ruhte noch immer in ihrer Hand.

Valyras Brustkorb hob und senkte sich unregelmäßig, als sie aufstand. Angst kontrollierte ihren Körper. Flöckchen hechelte und rieb sich an ihrer Handfläche. Sie schaffte es kaum, das Messer aufrecht zu halten. Schaffte es kaum, zu atmen.

»Gott im Himmel, verzeih mir«, schluchzte sie.

Sie blickte zu Arabella, die mit schockgeweiteten Augen in der Ecke saß und sich nicht rührte. Rania neben ihr lächelte teuflisch.

Valyra schlang ihre linke Hand um Flöckchen, sodass er keine Chance hatte, wegzulaufen. Lieb sah er sie aus seinen kreisrunden Augen an, mit einem Blick, der kein Wässerchen trüben konnte. Die Prinzessin zitterte so sehr, dass sie sich kaum noch kontrollieren konnte. Wie sollte sie diesem kleinen hilflosen Wesen etwas antun?

Gleichzeitig wütete der Hass in ihr! Sie hätte den Wolf einfach in der Höhle lassen sollen! Wie war sie darauf gekommen, dass er bei Rania ein besseres Leben haben würde als in der Wildnis? Alles war besser als ihre Stiefmutter!

Aber was wäre geschehen, wenn sie Flöckchen dort gelassen hätte? Rania hätte sie wieder zu den Klippen geschickt, und zwar so lange, bis ihre Aufgabe erfüllt war.

Valyra begann zu schwitzen. In Gedanken ging sie alle Möglichkeiten durch, dieser Situation zu entgehen, doch keine erschien ihr ausreichend.

Sie schenkte Rania einen weiteren verzweifelten Blick. Ihre Stiefmutter hatte die Lippen zu einem Lächeln verzogen. Voller Genuss schaute sie Valyra an.

Flöckchens Fell war so warm in ihren Händen, so weich. Sie durfte sich ihm nicht länger hingeben.

»Ich … tue das nicht freiwillig«, flüsterte sie dem Wolf zu, auch wenn sie wusste, dass es nichts ändern würde. Dicke Tränen tropften über ihre Wangen, obwohl sie in Ranias Gegenwart nicht hatte weinen wollen. Sie schluchzte hemmungslos. Dann bedeckte sie Flöckchens Augenpartie mit ihrer freien Hand und hielt ihn fest, als er zappelte.

Arabella schrie – und in diesem Ton lag die Verzweiflung, die in Valyras Körper wohnte. Sie wusste, dass sie sich nun beeilen musste, weil sie es sonst niemals über sich bringen könnte. Außerdem musste sie präzise sein. Nichts Schlimmeres konnte sie sich vorstellen, als Flöckchen länger als nötig leiden zu lassen.

»Beeil dich«, zischte Rania, die offensichtlich langsam die Geduld verlor.

»Es tut mir so leid«, hauchte Valyra, dann hob sie das Messer an und ließ es nach unten sausen.

Er war erst wenige Wochen alt gewesen – und sie würde auf ewig die Schuld an seinem Tod tragen. Er stieß einen letzten kläglichen Schrei aus, bevor er sich nicht mehr rührte.

Valyra glitt das Messer aus der Hand; scheppernd landete es auf dem Boden. Sie zitterte und sank in sich zusammen. Vor ihren Augen wurde alles schwarz.

Ich glaube, da steckt ein System dahinter«, sagte Penelopé und kniff die Lippen zusammen. »Du kannst mir nicht sagen, dass das Zufall ist. Erst Estelle und jetzt Tatjana.«

Ginny nickte eifrig. »Ja, das glaube ich auch. Was denkst du?«

Valyra blinzelte, weil sie nur verschwommen sah. Ihr Kopf brummte und ihr Herz schien eine Tonne zu wiegen, dabei wusste sie nicht einmal, weswegen sie so traurig war. Mühsam stand sie auf und strich sich das dunkelgelbe Kleid glatt, in dem sie bestimmt eher wie ein Kanarienvogel als wie eine Hochwohlgeborene aussah. Kraftlos ging sie auf die Zwillinge zu.

»Was ist los?«, fragte sie mit belegter Stimme.

»Tati ist nicht da«, ließ Penelopé die Bombe platzen und riss Valyra aus ihrem gedanklichen Teufelskreis.

»Was?« Verwirrt schaute sie von einer Schwester zur anderen und sah sich dann in der Scheinwelt um. »Vielleicht kommt sie noch.«

»Vielleicht ja«, meinte Ginny, doch in ihrem Tonfall schwang der Zweifel mit. »Aber ich glaube es nicht.«

»Und was bedeutet das?«, wollte Valyra wissen, woraufhin Penny die Schultern zuckte.

»Darüber können wir wie immer nur Mutmaßungen anstellen. Aber … ich bin optimistisch, dass sie es geschafft hat.« Sie nickte entschieden.

»Du glaubst, dass sie den Fluch gebrochen hat? Das Rätsel lösen konnte?« Valyra wurde von einer tiefen Hoffnung ergriffen, von einem Gefühl, das sie sofort süchtig werden ließ, weil sie es so lange nicht mehr gespürt hatte. Wie eine Ertrinkende hing sie an Pennys Lippen.

»Ich werde daran glauben, ja. So lange, bis sich etwas anderes ergibt. Aber bis zu diesem Zeitpunkt hänge ich mich an diesen Gedanken. Vielleicht hat es auch Arabella geschafft.«

Arabella.

Der Gedanke rief etwas in Valyra wach, das sie zunächst nicht genauer bestimmen konnte. Es war wie ein Unheil, das sich ankündigte, zunächst schleichend, doch auf einmal schlug es mit voller Macht auf sie ein.

»Oh Gott!«, stieß sie aus, als sie das ganze Ausmaß ihrer Situation realisierte. »Oh mein Gott!« Ihre Beine zitterten, nur wenige Sekunden später fand sie sich am Boden der Kuppel wieder.

Am Rande erkannte sie, wie Penny und Ginny noch versuchten, sie aufzufangen, und sich nach ihrem Befinden erkundigten, doch ihre Fragen drangen nicht bis zu ihr durch.

Wie eine Wahnsinnige schüttelte Valyra den Kopf, wieder und wieder, weil sie sich erinnern konnte. Weil das Schreckliche, das sie getan hatte, vor ihren Augen wieder lebendig wurde. Tränen liefen über ihre

Wangen, Blut tränkte ihr Sichtfeld. Die Scheinwelt war über und über damit bedeckt und alles, was Valyra noch sah, war das Messer, mit dem sie auf den Körper des kleinen Wolfes einstach.

Sie war eine Mörderin – und daran konnte kein künftiger Tag etwas ändern.

Sie wachte auf – schweißgebadet und mit einem Gewicht auf der Brust, das sie niederzudrücken drohte. Valyra blinzelte mehrmals, nur um wiederholt festzustellen, dass sie sich in ihrer kleinen Kammer befand. Rania musste sie hierhergeschafft und ihr ein Mittel verabreicht haben, das sie schlafen ließ.

Ungelenk kämpfte sie sich auf die Beine und verließ ihre Kammer, um in die Küche zu gehen. Hektisch atmete Valyra und versuchte, ihr klopfendes Herz zu beruhigen.

Für einen Moment hoffte sie, dass alles nur ein Traum gewesen war, dass kein Blut an ihren Händen klebte und sie weiterhin eine weiße Weste hatte. Doch es reichte aus, die Tür einen kleinen Spalt zu öffnen und den Küchentisch zu sehen, den niemand gesäubert hatte.

Fassungslos blieb die Prinzessin im Türrahmen stehen, dann aber zwang sie sich, das Zimmer zu betreten und dem Unheil in die Augen zu sehen, das sie selbst angerichtet hatte.

Ihr Unterkiefer zitterte, als sie das tote Tier sah, um das sich niemand gekümmert hatte und das nun ohne Herz auf der hölzernen Platte lag, als wäre sie Bestandteil eines Schlachthauses. Valyra begann zu weinen; in ihr kämpften Abscheu und Trauer um die Oberhand.

Aus dem Küchenschrank holte sie ein weißes Handtuch, in das sie Flöckchens Überreste wickelte. Noch konnte sie ihn nicht begraben, aber sie wollte es nachholen, wenn sie heute Nacht im Wald unterwegs war. Er hatte es nicht verdient, einen so grauenhaften Tod zu sterben.

Tränen rannen aus ihren Augen, als sie das Bündel auf dem Stuhl ablegte und mit einem feuchten Tuch den Tisch abwischte. Flöckchen zu töten, war mit Abstand das Grässlichste, das Rania je von ihr verlangt hatte. Und nun, wo sie Arabella als Druckmittel besaß, schien sie zu allem fähig zu sein.

Sie musste etwas unternehmen! Aber was?

Zuerst versteckte sie Flöckchens toten Körper in ihrer Kammer, dann blieb ihr nur noch eine einzige Sache: Sie musste Arabella besuchen, in der Hoffnung, dass sie heute mit ihr reden konnte. In der Hoffnung, dass sie sich an Jorin erinnerte und es wie gestern Nacht schaffte, aus ihrer Trance zu erwachen. Sehr wahrscheinlich hatte Rania sie wieder im Keller eingesperrt.

Genau wie am Tag zuvor suchte die Prinzessin nach einer Kerze und Streichhölzern, entzündete das Licht und öffnete die Tür zum Geheimgang. Dieses Mal kam ihr der Keller weniger finster vor, weniger gruselig, was wahrscheinlich daran lag, dass sie wusste, was auf sie zukam.

Vor Arabellas Kerkertür blieb sie stehen und atmete tief durch. Ihre Brosche entsperrte die Tür und Valyra schlich in die Dunkelheit.

»Ari?«, flüsterte sie, obwohl dazu kein Grund bestand, denn Rania hielt sich sowieso nicht im Turm auf. »Arabella?«

Valyra leuchtete mit der Kerze den Raum ab und prallte gegen den gigantischen Käfig, der von der Decke hing. Auf dem Boden lag eine Decke – mehr nicht.

Ein schreckliches Gefühl ergriff von Valyra Besitz.

Hatte Rania ihr Wort gebrochen und sich trotz allem an Arabella vergangen? Reichte es ihr nicht, dass Valyra nun eine Mörderin war? Musste sie sie noch mehr bestrafen?

Rania musste Arabella mitgenommen haben – wohin auch immer sie ging. Und Valyra wollte gar nicht wissen, was sie dort mit ihr anstellte.

Die Prinzessin schluckte einen aufkommenden Fluch herunter und verließ das Kellerzimmer. Mit schnellen Schritten durchquerte sie den schmalen Gang und verschloss die geheime Tür, als sie sich wieder in der Küche befand.

Was sollte sie Jorin erzählen, wenn sie ihn heute Nacht wiedersah? War sie schuld an Arabellas Schicksal? Ob ihre Schwester überhaupt noch lebte?

Unruhig drehte die Prinzessin Runden in der Küche, lief um den Tisch und versuchte, ihre wirren Gedanken zu ordnen. An und für sich glaubte sie nicht daran, dass Rania Hand an ihre Schwester gelegt hatte. Sie war viel zu wertvoll als Druckmittel, viel zu … kostbar, um sie einfach so zu opfern. Aber das bedeutete unweigerlich auch, dass sie etwas Schlimmeres geplant hatte.

Valyra wusste nicht, wie viele Zutaten Rania noch fehlten, um ihren Trank zu vollenden, aber mit jeder kam sie dem Ende näher und wenn sie alle zusammenhatte, wäre sie wohl die mächtigste Magierin der Welt.

»Was mache ich nur?«, flüsterte das Mädchen und kratzte sich den Oberarm wund – eine lästige Angewohnheit, der Valyra schon seit ihrer Kindheit nachging. »Wohin hat sie sie gebracht?«

»Wohin hat sie wen gebracht?«, erklang in diesem Moment eine Stimme, die Valyra aus ihren wirren Gedanken riss und in eine Welt beförderte, die sie vor noch mehr Fragen stellte.

Langsam hob sie den Kopf und erstarrte, als sie Arabella sah, die – scheinbar gesund und munter – im Türrahmen lehnte und Valyra anlächelte.

»Ari?«, hauchte die Prinzessin fassungslos.

Ihre ältere Schwester war zurechtgemacht: Die braunen Haare hatte sie zu einem Zopf geflochten, der ihr über den Rücken fiel. Ihre Wangen waren leicht gerötet, die Lippen in einem zarten Rosa geschminkt und die Augen mit einem schwarzen Stift betont, ganz so, wie sie es immer schon bei Hofe gemacht hatte, obwohl es die Missbilligung ihres Vaters bedeutete. Arabella trug ein einfaches, aber sauberes blaues Kleid, das im Brustbereich geschnürt war und ihr bis zu den Knien reichte.

»Hallo, Valyra«, sagte sie und lächelte mild.

Valyra, die es noch immer nicht glauben konnte, aber von Gefühlen überwältigt wurde, fiel ihrer Schwester um den Hals. Sie war hier und es ging ihr gut! Perplex schüttelte sie den Kopf.

Sanft drückte Arabella ihre jüngere Schwester von sich. »Du siehst so zerstreut aus«, bemerkte sie. »Ist alles gut mit dir?«

War alles gut mit ihr? Angesichts der Umstände und ihrer dunklen Befürchtungen, ja.

Melis♥Art

Doch Arabellas plötzliches Auftauchen rief hundert neue Fragen wach, deren Antworten sie nicht einmal erraten konnte.

»Was machst du hier?«, fragte Valyra und konnte den Blick nicht von ihrer Schwester lassen.

Wie war es möglich, dass sie gestern noch halb tot im Käfig gelegen hatte, danach von Rania ausgepeitscht worden war und nun kerngesund vor ihr stand? Spielten ihre Augen ihr einen Streich?

»Du schaust mich an, als wäre ich ein Geist«, sagte Arabella und lachte so glockenhell, dass Valyras Verwirrung weiter wuchs. Arabella legte den Arm um die Schultern ihrer Schwester.

»Wieso bist du nicht mehr im Käfig? Was ist gestern Nacht geschehen, nachdem ...« Sie konnte es nicht aussprechen. Der alleinige Gedanke an Flöckchen und seine klammen Überreste in ihrem Zimmer raubten ihr jegliche Worte.

»Oh ja, das war eine unschöne Situation«, kommentierte Arabella.

»Eine unschöne Situation?«, ahmte Valyra sie fassungslos nach. »Wenn du mich fragst, war das nicht nur eine unschöne Situation ... es war der grauenhafteste Tag meines Lebens.« Sie schaffte es nicht, ihre Schwester anzuschauen, sondern blickte auf den Boden.

Ob es jemals aufhören würde, wehzutun? Ob sie Flöckchen irgendwann vergessen würde – und das, was sie getan hatte? Oder besaß sie dazu gar kein Recht?

»Wir sollten nach vorn schauen«, meinte Arabella und klopfte ihr aufmunternd auf die Schulter. »Was anderes bleibt uns doch eh nicht übrig, meinst du nicht auch?«

Ihre Fragen brachten Valyra zurück in die Realität. Sie hob den Kopf und blickte ihre Schwester an. »Wieso bist du nicht mehr im Käfig? Wieso hat Rania dich freigelassen?«, wiederholte sie.

Arabellas Stirn legte sich in nachdenkliche Falten, als hätte sie nie zuvor darüber nachgedacht. Dann zuckte sie die Schultern. »Rania meinte, meine Zeit im Käfig sei vorbei. Der Platz sei nun für jemand anderen reserviert.«

Gänsehaut überkam Valyra. In Gedanken sah sie sich schon eingesperrt, hinter goldenen Stäben um ihr Leben bangend. »Hat sie ihn für mich errichtet?«, hauchte sie, auch wenn sie die Antwort nicht wissen wollte. Dennoch bekam sie eine – und die verwirrte sie nur noch mehr.

»Für dich? Wieso sollte sie so etwas tun?«

»Na ja … sie ist nicht gerade … freundlich zu uns.« Gelinde gesagt.

Arabella legte den Kopf schief. Sie lächelte noch immer. Es kam Valyra beinahe so vor, als wäre es auf ihr Gesicht gemeißelt worden. »Wir sollten nicht so streng mit ihr ins Gericht gehen«, meinte sie dann.

Valyras Kinnlade fiel herunter. »Nicht so streng? Arabella, weißt du überhaupt, dass sie es war, die uns verflucht hat? Dass wir nur wegen ihr hier sind? Sie hat dich in den Käfig gesperrt und mich dazu gebracht, einen unschuldigen Wolf zu töten!«

Je mehr Valyra sich in Rage redete, desto desinteressierter und nüchterner sah Arabella aus.

»Was hat Mutter uns immer gelehrt, Valyra?«, fragte sie schließlich streng. Und als sie keine Antwort von ihrer jüngeren Schwester erhielt, hob sie den Zeigefinger und meinte: »Wir haben gelernt, dass wir nicht vorschnell urteilen sollen. Und dass jeder eine zweite Chance verdient hat.«

Valyra konnte nur fassungslos den Kopf schütteln. Sie kam sich vor wie in einem Theater, wie in einem schlechten Schauspiel, das keine nachvollziehbare Handlung, dafür aber einen Höhepunkt nach dem anderen besaß.

»Das meinst du doch nicht ernst, oder? Weißt du eigentlich, wer sie wirklich ist? Wie viel Leid sie über uns alle gebracht hat? Sie hat uns getrennt, uns Vater entrissen. Außerdem würde es mich nicht wundern, wenn sie unsere Mutter auch noch auf dem Gewissen hätte.« Valyra blickte grimmig drein.

»So etwas würde sie nie tun«, beharrte Arabella kopfschüttelnd.

»Vielleicht nicht, vielleicht ist Mutter an ihrer Krankheit gestorben. Aber all das andere hat Rania wirklich getan! Und deshalb geht es auch nicht darum, dass wir ihr verzeihen oder ihr eine zweite Chance geben!« Valyra merkte, wie ihre Stimme brach. »Ich habe nichts dagegen, wenn ein Mensch mal einen Fehler macht, denn auch ich bin nicht perfekt, aber bei Rania ist es etwas völlig anderes! Sie ist eine mächtige Magierin und steht auf der dunklen Seite.«

Interessiert betrachtete sie die Reaktion ihrer Schwester, aber Arabella ging nicht weiter auf ihre Worte ein. Stattdessen schaute sie sich in der Küche um, trat schließlich ans Fenster und blickte hinaus. Auf ihren Lippen lag das Lied, das Valyra schon einmal gehört hatte.

»Wieso singst du das?«, fragte sie und trat auf ihre Schwester zu. »Woher kennst du das Lied?«

»Es ist ein altes Volkslied«, erklärte Arabella und brachte damit zum ersten Mal eine Antwort zustande, mit der Valyra etwas anfangen konnte. »Rania hat es mir beigebracht.«

»Rania?« Die jüngere Prinzessin schnaubte. »Warum wundert mich das nicht? Dass sie dir ein Lied beibringt, in dem es um einen toten König und seine Töchter geht, die auch nicht mehr leben. Toller Humor, Rania!« Valyra ballte die Hände zu Fäusten.

»Sie hat mir damit geholfen«, hielt Arabella dagegen. »Als ich allein im Käfig war, ist sie manchmal zu mir gekommen und hat mir Mut gemacht.«

»Sie hat dir Mut gemacht? Ari, merkst du nicht, wie durchtrieben sie ist? Sie hätte dich genauso gut befreien können!« In Valyra tobten Tausende Gefühle und über allem triumphierte das Misstrauen, das sie ihrer Schwester entgegenbrachte.

Welchen Zauber hatte Rania über sie gesprochen? Oder war es ihr durch Manipulation gelungen, Arabella zu verändern?

Entschlossen trat Valyra einen Schritt auf ihre Schwester zu und griff nach ihrer rechten Hand. »Ari, hör zu, das hier ist kein Spiel! Rania hält uns gefangen, und das schon seit einer sehr langen Zeit. Mich schickt sie jede Nacht fort, um Zutaten für einen Trank zu sammeln, der ihre Kräfte steigert. Sie foltert und bestraft mich, wenn ich mich ihrem Wort nicht beuge. Und du … Ich dachte … du wärst tot … Wir …«

Valyra holte tief Luft, dann erzählte sie Arabella all das, was diese nicht wusste. Dass sie die anderen Prinzessinnen in ihren Träumen sah, Estelle und Tatjana aber mittlerweile verschwunden waren. Sie erzählte von ihren Ängsten, ihren Nöten und

Befürchtungen, aber auch von der Hoffnung, die immer wieder durchsickerte, weil niemand es schaffte, dauerhaft in einem Tal aus Dunkelheit zu leben.

Bei der Erwähnung ihrer Schwestern veränderte sich Arabellas Blick, wurde mal sehnsüchtig, mal traurig und auch mal glücklich. Valyra kam der Gedanke, dass sie nur genug von zu Hause erzählen müsse, dass es reichen würde, um Arabella wieder zu Verstand zu bringen.

Valyra sah sie aufmerksam an. »Wir sind alle an verschiedenen Orten, aber uns vereint die Tatsache, dass wir ein Rätsel mitbekommen haben. Geschrieben auf Pergament. Wie lautet deins?« Aufregung lähmte ihre Sinne.

Zu ihrer Überraschung schüttelte Arabella den Kopf. »Ich habe kein Rätsel bekommen«, sagte sie knapp.

»Gar nicht? Aber … das ist nicht möglich.« Valyra kratzte sich das Kinn. »Wir haben alle eins. Vielleicht hat Rania dir deins abgenommen … Kannst du dich daran erinnern, wie du in dieser Welt aufgewacht bist? Warst du da auch schon im Käfig?«

Arabella schlang die Arme um ihren Oberkörper. Sie wich Valyras Blick aus und starrte wieder aus dem Turmfenster. »Ich erinnere mich daran, dass es kalt gewesen ist. Dass ich an einem sehr dunklen Ort aufgewacht bin, ganz allein. Ich habe geweint, weil da niemand war, der sich um mich gekümmert hat. Irgendwann ist Rania erschienen und hat gemeint …« Abrupt stoppte die ältere Prinzessin und hielt inne.

»Erzähl weiter!«, ereiferte sich Valyra. Sie wollte endlich Antworten auf die Fragen haben, die sie schon so lange beschäftigten. »Was hat Rania gesagt?«

»Sie hat gesagt … dass ich keine Angst haben müsse«, fuhr Arabella mit stockender Stimme fort. »Dass es einen Grund dafür gebe und ich mit ihr kommen solle. Sie hat gesagt, dass ohnehin alles so kommen würde, wie es vorgesehen ist.« Arabella fuhr sich durch die Haare und seufzte. »Ich erinnere mich nicht genau daran, wie Rania ausgesehen hat, aber ich weiß noch, dass sie lächelte. Und dass ich aus diesem Lächeln den Entschluss zog, ihr zu vertrauen.«

»Aber wieso? Sie hat uns nie Gutes getan! Sie hat uns immer gehasst.« Valyra sah ihre Schwester verständnislos an.

Nun lächelte auch Arabella, aber es sah traurig aus. »Wenn du ganz allein bist, Valyra, mutterseelenallein, ist dir erst einmal gleichgültig, wer mit dir spricht, solange es jemand tut. Dann bist du auch bereit, dem Feind zu vertrauen.«

Valyra presste ihre Lippen aufeinander und schaute missmutig drein. »Und du hattest wirklich kein Rätsel? Bist du dir sicher?«

»Ganz sicher.« Arabella nickte. »Das Einzige, was ich bei mir trug, waren meine Kleider.«

»Was ist dann passiert? Wohin hat Rania dich gebracht?«

Valyras Schwester seufzte und für einen Moment sah es so aus, als würde sie die Sorge der ganzen Welt auf ihren Schultern tragen. »Alles, was danach geschehen ist, sehe ich undeutlich. Ich erinnere mich an den Käfig, aber nicht, wie ich dort hingekommen bin. Ich erinnere mich an die Nächte, in denen Rania zu mir trat, um mir ein Lied oder eine Geschichte nahezubringen. Aber es fällt mir schwer, die Ereignisse miteinander zu verknüpfen.« Entschuldigend sah Arabella ihre Schwester an.

Doch so leicht würde Valyra nicht aufgeben. Das Fenster brachte sie auf eine neue Idee. »Hast du den Turm mal verlassen? Oder warst du die ganze Zeit im Keller?«

Arabella legte die Stirn in Falten. »Ich weiß es nicht«, gab sie ehrlich zu und schüttelte den Kopf. »Ich glaube nicht. Ich … erinnere mich nicht daran, gefroren zu haben … an der frischen Luft zu sein.«

»Und … hat Rania dir irgendetwas erzählt? Über den Fluch … die anderen Prinzessinnen oder unseren Vater?«

Offensichtlich strengte die Fragerei Arabella an. Unbeholfen zuckte sie mit den Schultern und seufzte abermals. »Sie erzählt mir eigentlich gar nichts. Zumindest nichts Brauchbares.«

»Aber … hast du dich nie gefragt, wo wir sind?«

Arabella betrachtete Valyra mit einem so seltsamen Blick, dass dieser ganz mulmig wurde. So hatte sie ihre Schwester noch nie gesehen. In ihren Augen stand ein Funkeln, das sie nicht einordnen konnte. Einen Augenblick lang sah es so aus, als wollte sie etwas sagen, doch dann verstummte sie.

In Valyras Kopf arbeitete es weiterhin. Lange Zeit war sie nur damit beschäftigt gewesen, neue Hinweise zu finden. Nun stand Arabella vor ihr – und sie wusste nicht, welche Fragen die richtigen waren. Noch immer erkannte sie ihre Schwester nicht recht wieder. Sie sah gleich aus, aber redete anders, und das, was sie sagte, machte Valyra manchmal Angst.

Nur nicht aufgeben!

Auf einmal kam ihr ein Gedanke – beinahe wie ein Blitz, der ihr Gehirn zum Glühen brachte. »Ari?« Sie fasste ihre Schwester bei der Schulter und drehte sie zu sich um, sodass sie ihr in die

Augen blicken musste. »Ari, wo hast du heute Nacht geschlafen?«

Passenderweise gähnte ihre Schwester in diesem Moment. Sie reckte die müden Glieder und deutete auf die Tür, aus der sie eben gekommen war.

»Im Flur?«, hakte Valyra nach, wusste aber gleichzeitig, dass das nicht sein konnte, da der Korridor viel zu schmal war, um einen Menschen zu beherbergen.

Wie erwartet schüttelte ihre Schwester den Kopf, was Valyras Anspannung ins Unermessliche trieb. Wenn Arabella nicht im Flur genächtigt hatte, blieb nur noch eine Kammer übrig!

»Ranias Zimmer«, murmelte Valyra und setzte sich in Bewegung.

Hektisch riss sie die Tür auf und rannte auf die Kammer zu, die am Ende des Korridors lag. Hoffnungsvoll drehte sie an dem Knauf, so wie sie es jeden Tag tat – nur mit der Veränderung, dass sie dieses Mal nicht auf Widerstand stieß.

Vor Nervosität hielt die Prinzessin den Atem an, wagte es kaum, das Zimmer zu betreten. Seit sie eine Gefangene des Turms war, hatte sie sich gefragt, was Rania vor ihr verbarg.

Valyra spürte Arabella hinter ihr. Sie musste ihr gefolgt sein. »Hast du hier drin geschlafen? Wie bist du aus dem Zimmer gekommen?«, fragte sie tonlos.

»Die Tür war nicht verschlossen«, meinte ihre Schwester kurz und fragte dann: »Nach was suchst du?«

»Das weiß ich, wenn ich es gefunden habe«, erwiderte die jüngste der Prinzessinnen und stieß die Tür auf.

Sie wusste nicht, was sie erwartet hatte. Vielleicht ein Zimmer voll magischer Tränke, mit Regalen, auf denen Zauberbücher auf ihren Gebrauch warteten. Womöglich ein paar Zaubergegenstände, wie man sie aus Märchen kannte: eine Kristallkugel oder ein Arsenal an Zauberstäben.

Was jedoch auf Valyra wartete, war ein quadratisches Zimmer, das mit einem Bett, einem Sofa, einem kleinen Regal und einem Schrank sehr gewöhnlich eingerichtet war. Auf der rechten Seite gab es ein kleines Fenster, in der Mitte des Raumes einen Tisch, auf dem eine Schale mit Obst stand.

»Das ist alles?«, fragte Valyra mehr sich selbst als ihre Schwester und Enttäuschung schwang in jedem Wort mit.

Arabella, die sich an ihr vorbei durch die Tür geschoben hatte, zuckte mit den Schultern. »Was hast du denn gedacht? Dass ein Besen durch den Raum fliegt?«

Valyra schnaubte. »Vielleicht kein Besen. Aber irgendetwas, das ein wenig aufschlussreicher ist als eine Obstschale.«

Weil sie sich von ihrer Enttäuschung nicht kleinkriegen lassen wollte, steuerte Valyra den Schrank an und öffnete die beiden breiten Türen. Ein muffiger Geruch schlug ihr entgegen, der von den Kleidern kam, die an einer Stange hingen und von denen die Prinzessin das eine oder andere schon mal an Rania gesehen hatte. In den zwei Schubladen befanden sich lediglich Strumpfhosen und Unterwäsche. Das Interessanteste war ein blaues Halstuch mit weißen Punkten.

Arabella folgte Valyra, als diese das Bett inspizierte, unter das Laken schaute und auch den Boden nicht unbeachtet ließ. Anschließend hob sie den Teppich an, denn auch in der Küche hatte sie darunter etwas gefunden. Doch heute wollte es ihr nicht gelingen. Ranias Kammer stellte nicht mehr als ein gewöhnliches Zimmer dar.

Überfordert kratzte sich Valyra am Kopf. »Ich verstehe das nicht«, murmelte sie. »Irgendwo muss Rania doch ihre Utensilien aufbewahren.«

»Welche Utensilien?« Arabella stützte sich auf dem Kissen ab und sah ihre Schwester neugierig an.

»Na ja … ihre Magie. Die … Zutaten, die ich gefunden habe. Alles … was sie eben mächtig macht!« Missmutig verschränkte sie die Arme vor der Brust.

»Anscheinend hat sie nichts zu verbergen«, merkte die ältere Prinzessin an.

Valyra betrachtete sie kühl. »Und wieso war das Zimmer dann die ganze Zeit abgeschlossen? Gewiss nicht, um mich neugierig zu machen.«

»Ich mag es auch nicht, wenn jemand meine Gemächer durchwühlt. Das musst du verstehen.«

Obwohl Arabella unschuldig aussah, hätte Valyra sie in diesem Moment am liebsten geschlagen. Nun hatte sie sie endlich gefunden – aber eine Hilfe war sie nicht.

»Ari, weißt du, wohin Rania verschwindet? Sie verlässt den Turm jeden Morgen und kommt meistens erst abends wieder.«

Ihre Schwester spielte am Deckensaum herum. »Ich weiß es nicht. Vielleicht … hat sie irgendwo etwas zu erledigen.«

Tolle Antwort.

Während Valyra ihre Suche fortsetzte, dachte sie an das, was in der Nacht zuvor geschehen war. Rania hatte ihre Schwester ausgepeitscht und ihr schlimme Schmerzen zugefügt – doch wenn sie Arabella nun ansah, wirkte es nicht, als trüge sie Wut in sich.

Verwirrt schüttelte sie den Kopf. Wahrscheinlich stand ihre Schwester unter einem Bann, der sie die Ereignisse der Nacht wie durch einen Schleier sehen ließ. Je mehr Zeit verging, so hoffte Valyra, desto mehr von ihrer Schwester würde zurückkehren.

»Das Rätsel«, fiel es ihr in diesem Moment wieder ein. »Wenn du keins bekommen hast, vielleicht kannst du ja etwas mit meinem anfangen. Ari?«

Missmutig erkannte Valyra, dass ihre Schwester schon wieder das Lied sang und ganz und gar abwesend wirkte. Wütend schlug das Mädchen gegen den Holzschrank. Kurz darauf drehte sich Arabella zu ihr um.

»Ich muss mein Rätsel lösen, um wieder nach Brahmenien zu kommen. Und wer weiß: Vielleicht ist mein Rätsel ja auch mit dir verwoben und wir können uns beide damit befreien.« Bevor Arabella wieder mit dem Singen beginnen konnte, fuhr Valyra fort: »Vermisst du unser Heimatland gar nicht? Das warme Brahmenien? Und unseren lieben Vater? Du wirst ihm schmerzlich fehlen. Außerdem …« Endlich fiel ihr ein, dass sie einen Trumpf noch gar nicht ausgespielt hatte. »Jorin«, sagte sie selbstbewusst und baute sich vor ihrer Schwester auf. »Erinnerst du dich an ihn?«

Zuerst schien es, als wollte Arabella Valyras Blick ausweichen, doch dann entschied sie sich dagegen und schlang die Arme um ihren Oberkörper. »Manchmal träume ich von ihm und wenn ich aufwache und merke, dass er nicht da ist, möchte ich sterben.«

Auch wenn Valyra Arabellas Worte etwas theatralisch fand, nickte sie zufrieden. Vielleicht war Jorin eine Möglichkeit, ihre Schwester zurück in die Wirklichkeit zu holen.

»Ihr habt nie verstanden, was ich an ihm finde«, fuhr die ältere Prinzessin mit zitternder Stimme fort und winkelte die Beine an. »Dabei hätte ich es mir so sehr gewünscht.« Sie bettete ihren Kopf auf den Knien und seufzte.

Valyra kam auf sie zu und nahm ebenfalls auf dem Bett Platz. Vorsichtig, weil sie nicht wusste, ob Arabella es mochte, streichelte sie ihr über die Beine. Ihre Schwester lächelte traurig.

»Weißt du eigentlich, dass ich mich bei euch immer etwas einsam gefühlt habe?«, fragte sie Valyra. In ihren Augen schimmerten Tränen. »Du hattest in Estelle deine engste Bezugsperson und beste Freundin, ihr konntet über alles reden und eure Geheimnisse teilen. Penelopé und Genevieve waren ebenfalls unzertrennlich. Tatjana, und das wissen wir beide, braucht niemanden, mit dem sie ihre Nöte teilt. Aber ich … ich habe mich manchmal allein gefühlt, weil es niemanden gab, mit dem ich reden konnte.«

Abermals seufzte Arabella, was ihre Schwester dazu brachte, näher an sie heranzurücken. Sie griff nach ihrer Hand und drückte sie fest.

»Ari, du hättest immer mit mir reden können. Immer. Ich hätte dich nicht weggeschickt. Aber …« Sie blickte auf Ranias großen Kleiderschrank. »Du wirktest oft so verschlossen, hast dich in dich selbst zurückgezogen und niemanden an dich herangelassen.«

Arabella sah zu Valyra auf. Ihre Unterlippe zitterte. »Du hast ja recht«, meinte sie entkräftet. »Ich habe schon immer viel nachgedacht und teilweise haben mir meine Gedanken so sehr Angst gemacht, dass ich nicht darüber sprechen konnte. Aber Jorin …«

Valyra bemerkte, wie die Hoffnung Stück für Stück in den Blick ihrer Schwester zurückkam.

»Er hat alles irgendwie einfacher gemacht. Bei ihm hatte ich nicht das Gefühl, eine Rolle erfüllen zu müssen oder dass er jemandem meine Probleme verrät. Ich konnte mich bei ihm fallen lassen … ohne Wenn und Aber.« Arabella schaute Valyra sehnsüchtig an.

»Er ist der Stallbursche«, platzte es aus dieser heraus, auch wenn sie die Standesunterschiede der beiden gar nicht hatte thematisieren wollen.

Arabella presste die Lippen aufeinander, was ihrem Gesicht einen strengen Zug verlieh. »Ja, genau darum geht es immer, was?«, herrschte sie ihre Schwester an, die zusammenzuckte. »Es geht immer um seine Herkunft, immer darum, dass er mir unterstellt ist und wir nie zusammen sein dürften. Es geht darum, dass er sich um die Pferde kümmert, weil er nicht das Recht hat, sich unter unseresgleichen zu bewegen. Aber weißt du, was niemand sieht?« Sie befreite ihre Hand aus dem Klammergriff und ballte sie zur Faust. »Niemand sieht, wie klug er ist. Trotz seiner Herkunft. Niemand sieht, wie gut ich mich mit ihm unterhalten kann, wie entschlossen er ist, alles für mich zu tun. Wusstest du, dass er sogar Geld spart, um uns eine gemeinsame Zukunft zu ermöglichen?

»Ja, das weiß ich«, nickte Valyra und erntete einen verblüfften Blick.

»Woher solltest du das wissen? Ihr habt doch nie zugehört, wenn ich von ihm gesprochen habe! Ihr seid immer weggelaufen oder habt die Augen verdreht.«

»Das stimmt«, stimmte Valyra ihr zu und spürte einen Anflug schlechten Gewissens. »Wir haben nicht verstanden, was du an ihm findest. Vielleicht, weil wir es nicht verstehen wollten und ihm keine Chance gegeben haben. Aber … er ist nett. Loyal. Und du hast recht, man kann gut mit ihm reden.«

»Nimmst du mich auf den Arm, Valyra?«, fragte Arabella bissig. Ihrem Tonfall war zu entnehmen, dass sie nicht zum Scherzen aufgelegt war.

Schnell schüttelte Valyra den Kopf.

»Warum sagst du das jetzt?«, wollte Arabella wissen und obwohl der Schmerz ihr Gesicht verzerrte, sah sie noch immer wunderschön aus.

»Ich habe ihn getroffen. Gestern Nacht«, brach es aus Valyra heraus.

»Du … hast ihn getroffen?«, wiederholte Arabella, deren Finger auf einmal zitterten und deren Stimme aufgeregt klang. »Hast du von ihm geträumt?«

Energisch schüttelte Valyra den Kopf. »Ich habe ihn gesehen, gestern Nacht, als Rania mich in den Wald geschickt hat, um … die Zutat für den Trank zu holen. Er … sucht dich schon die ganze Zeit. Seit wir verschwunden sind. Er hat sich an Ranias

Fersen geheftet und endlich ist es ihm gelungen, den verwunschenen Wald zu betreten.«

An dieser Stelle wurde Valyra bewusst, dass es immer noch so vieles gab, das sie ihrer Schwester erzählen musste. All die Dinge, die sie während ihrer Gefangenschaft herausgefunden hatte. Aber das Funkeln in Arabellas Augen lähmte für einen Moment alles in ihr.

»Sag mir, ist das wirklich wahr?«, hauchte sie. »Er hat mich nicht vergessen? Er glaubt noch immer an uns?«

Normalerweise hätte Valyra die Augen verdreht, aber ihre Schwester schien so glücklich, dass sie ihr den Moment nicht ruinieren wollte. »Er liebt dich. Das hat er mir gesagt. Und auch, dass er um euch kämpfen wird.«

Nun konnte Arabella ihre Tränen nicht mehr zurückhalten. Sie schluchzte hemmungslos und vergrub ihren Kopf an Valyras Schulter. »Ich würde ihn so gern wiedersehen.«

Darauf hatte Valyra gewartet. Denn das war das Stichwort, das sie brauchte. »Und genau aus diesem Grund müssen wir hier weg. Rania hält uns gefangen und spielt uns gegeneinander aus. Sie weiß, dass du eine meiner größten Schwächen bist, und das setzt sie gezielt ein.«

»Aber was können wir tun?« Arabella hob den Kopf und sah ihre Schwester an.

Valyra schnaubte. »Wir müssen hier raus. Irgendwie. Ich treffe mich heute Nacht noch einmal mit Jorin. Vielleicht fällt uns etwas ein. Das Problem ist, dass wir in diesem Turm festsitzen. Einen Sprung aus dem Fenster würden wir unmöglich überleben und einen anderen Ausgang gibt es nicht.«

»Kann Jorin Hilfe holen?«

Enttäuscht schüttelte die jüngere Prinzessin den Kopf. »Leider nicht. Der Wald ist magisch und durch eine Barriere abgesichert. Jorin ist durch Rania hineingekommen, aber er kommt …« Valyras Augen wurden groß, als sie erkannte, welche Wahrheit in ihren Worten lag. »Aber natürlich!«, stieß sie aus und schüttelte dann über ihre eigene Beschränktheit den Kopf. »Er hat es geschafft, mit Rania in den Wald zu gelangen. Also braucht er auch sie, um wieder hinauszukommen. Er muss ihr folgen, wenn sie …«

Glücklich nickte Valyra, weil sie endlich einen Plan hatte.

Da Valyra nichts unversucht lassen wollte, suchte sie Ranias Zimmer noch einmal nach Hinweisen ab und hörte erst damit auf, als ihre Stiefmutter sich ankündigte. Gerade rechtzeitig gelangte die Prinzessin in die Küche und sah den Nebel wabern, als sich Rania neben ihr materialisierte. Draußen dämmerte es bereits.

Schwerfällig schlüpfte Rania aus ihrem bodenlangen schwarzen Mantel und klatschte in die Hände, woraufhin die Jacke verschwand und höchstwahrscheinlich in ihrer Kammer wieder auftauchte.

Valyra hatte Mühe, den Zorn, der in ihr wallte, zu unterdrücken. Die Ereignisse des vorherigen Abends drückten sie noch immer nieder, aber sie wollte keinen Streit mit Rania riskieren. Arabella stand neben ihr und griff nach ihrer Hand. Zusammen würden sie der Stiefmutter begegnen können.

Rania musterte die Gefangenen kühl. Ob sie noch an den kleinen Schneewolf dachte, der wegen ihr nicht mehr atmete? Ob sie während Valyras Tat überhaupt etwas gespürt hatte? Nur ein kleines Fünkchen Mitgefühl?

Das blonde Mädchen legte den Kopf schief und betrachtete die Frau, die sie seit geraumer Zeit ihre Stiefmutter nannte, auch wenn sie diesen Namen nicht im Geringsten verdient hatte. Eine Mutter war jemand, der sich um einen sorgte, zu dem man gehen konnte, wenn die Sorgen einen niederdrückten. Eine Mutter war ein sicherer Hafen, Zuflucht und Liebe.

Rania hatte nie etwas davon dargestellt. Wenn sie einen Raum betrat, wurde er automatisch kühler. Wenn sie ihren Mund öffnete, ahnte man schon den Schrecken, der über ihre Lippen kommen würde. Wenn sie sprach, handelte es meist von Unheil und Angst.

Wie war die neue Frau ihres Vaters so abgrundtief böse geworden? Wie war es dazu gekommen, dass sie alles Licht aus ihrer Welt ausgesperrt hatte? Dass sie zugelassen hatte, dass die Dunkelheit ein Teil von ihr wurde?

Man wurde nicht böse geboren, daran glaubte Valyra. Aber man konnte böse werden. Manchmal reichte schon ein einziges Ereignis, um aus einem Menschen ein Monster zu machen.

Als Valyras Gedanken immer kälter wurden, begann sie zu frieren. Schützend schlang sie die Arme um ihren Oberkörper.

Wie war Rania in ihrer Kindheit gewesen? Wie in ihrer Jugend? Welches Ereignis stellte den Wendepunkt ihres Lebens dar? Oder wurde man automatisch böse, wenn man sich für die dunkle Seite der Magie entschied?

»Was starrst du mich so an, Valyra?«, keifte Rania in diesem Moment.

Die Prinzessin zuckte zusammen und musste blinzeln, um wieder in der Realität anzukommen. Arabella hatte den Griff um ihre Hand gelockert. Valyra tauschte einen schnellen Blick mit ihr.

»Was muss ich heute für dich suchen, Rania?«, fragte die jüngere Schwester und fröstelte – wie immer, wenn sie ihre Stiefmutter direkt ansprach.

Früher hatte sie gedacht, dass Namen keine Gewalt besaßen – nun wusste sie, dass das Gegenteil der Fall war. Ranias Name strahlte eine dunkle Aura aus, stand für düstere Wälder, unterdrückte Schreie und das Gefühl, zu ersticken.

Ihre Stiefmutter hob den Kopf, ließ ihren Blick zunächst über Valyra, dann über Arabella schweifen. »Ihr scheint euch gut zu verstehen«, meinte sie, ohne Valyras Frage zu beantworten. »Was habt ihr den ganzen Tag getrieben?«

Arabella versteifte neben Valyra. »Wir haben in deinem Zimmer nach einem Hinweis gesucht, der uns helfen könnte, den Turm zu verlassen«, sagte sie dann.

Der jüngeren Prinzessin blieb das Herz beinahe stehen. Sie glaubte, sich verhört zu haben, und drehte sich fassungslos zu Arabella um. Diese sah ein wenig blasser aus, aber es wirkte nicht so, als würde sie ihre Worte bereuen. Gerade öffnete sie den Mund, um ihrer Aussage noch etwas hinzuzufügen, als Valyra ihr zuvorkam und sie unsanft in die Seite stieß.

»Bist du verrückt? Was sagst du da?«, flüsterte sie, aber nicht leise genug, um es vor Rania zu verbergen. Aus den Augenwinkeln sah Valyra, wie die Stiefmutter sich ihr näherte. Als sie den Blick hob, tobte ein Sturm in ihren Augen.

»Ihr habt nach einem Weg gesucht, um dem Turm zu entfliehen?«, wiederholte sie Arabellas Worte.

Noch immer konnte Valyra nicht glauben, was geschehen war. Fieberhaft dachte sie über eine Erklärung nach, über Sätze, die den Fauxpas ihrer Schwester wiedergutmachten, aber es wollte ihr nichts einfallen.

Arabella musterte Rania. Ihre Unterlippe zitterte.

»Wieso wollt ihr denn weg?«

Schnell antwortete Valyra: »Wir wissen, dass es keinen Ausgang gibt. Nur das Fenster.« Sie trat nervös von einem Fuß auf den anderen. »Wir waren nicht in dem Raum, um einen Ausgang zu finden. Arabella hat dort geschlafen und …«

»Sei still, Valyra!«, herrschte Rania sie an. »Du langweilst mich. Arabella, hast du etwas Interessantes erfahren? Etwas, das deine kleine Schwester vor mir verheimlicht?«

»Nein, Herrin.«

Herrin?

Valyras Kopf schoss zu Arabella, die ihren Blick nicht erwiderte. Stattdessen schaute sie Rania an und ein bisschen wirkte es so, als würde sie … lächeln? Überfordert schüttelte Valyra den Kopf und ließ Aris Hand los.

»Du bist verwundert?«, wollte Rania wissen und lachte laut. »Ich wusste ja schon immer, dass du nicht die Hellste bist. Deiner Mutter wäre es besser ergangen, wenn sie auf das letzte Kind verzichtet hätte.« Ranias Gesicht gefror – ebenso wie Valyras Herz.

Sie ballte die Hand zur Faust, wollte auf ihre Stiefmutter losgehen, doch zügelte sich. Es hatte ja doch keinen Sinn. Rania war noch immer die Stärkere.

»Aber auch deine anderen Schwestern haben die Weisheit nicht gerade mit Löffeln gefressen, Valyra«, fuhr ihre Stiefmutter fort und machte eine abfällige Handbewegung. »Estelle und Tatjana zumindest …«

»Was ist mit ihnen?«, platzte es aus Valyra heraus. Sie spürte, wie es in ihrem Hals immer enger wurde. Sie wollte sich nicht in Ranias Gewalt begeben, aber die Erwähnung ihrer Schwestern schürte die Neugierde in ihr. Die Neugierde … und die Angst.

Ranias Lippen verzogen sich zu einem diabolischen Lächeln. »Sagen wir es so: Sie haben versagt. Sie alle haben versagt. Und genauso wird es auch dir ergehen, Valyra. Arabella wiederum …«

»Was ist mit ihr?« Skeptisch schaute Valyra ihre Schwester an, deren Handeln sie noch immer nicht nachvollziehen konnte.

»Sie hat das verstanden, was ihr nie begreifen werdet.« Rania trat einen Schritt auf die Schwestern zu und strich ihr Kleid glatt. »Ihr könnt es nicht mit mir aufnehmen. Dafür bin ich zu stark. Nehmen wir dich als Beispiel, Valyra: Du hasst mich bis aufs Blut und dennoch hast du nichts Besseres zu tun, als die Zutaten für den Drogaden-Trank zu finden, damit ich noch mächtiger werde. Welche Wahl hast du schon? Du weißt, dass es deine einzige Möglichkeit ist, am Leben zu bleiben … und die einzige Chance, das kümmerliche Dasein deiner Schwester zu schützen. Wobei ich mir nicht sicher bin, ob du sie als solche überhaupt noch bezeichnen solltest.« Rania trat auf den Küchentisch zu und befreite ihn von imaginären Staubkörnern.

Valyras Blick glitt zu Arabella, die wie festgefroren neben ihr stand. »Was meint sie? Ari?«

Es schien nicht so, als würde sie eine Antwort bekommen. Valyra schnaubte.

»Deine Schwester steht auf meiner Seite«, fuhr Rania fort und legte den Kopf genießerisch in den Nacken. »Sie weiß, dass es besser ist, der Dunkelheit zu dienen, wenn die Alternative darin besteht, sang- und klanglos unterzugehen.« Ranias Lachen ließ die Wände des Turmes erbeben.

»Stimmt das?«, fragte Valyra Arabella fassungslos. »Dienst du ihr?« Sie wusste nicht mehr, wem sie glauben sollte.

Ihre Schwester blickte scheu auf den Boden, doch als Rania in die Hände klatschte, hob sie ihren Kopf. »Ja, Meisterin?«, fragte sie mit aufmerksamer Stimme. Auf ihren Lippen breitete sich ein Lächeln aus.

»Komm zu mir, mein Kind«, trug Rania ihr auf.

Mit offenem Mund beobachtete Valyra, wie ihre Schwester auf die Stiefmutter zutrat, die auf einem der Küchenstühle saß. Rania breitete ihre Arme aus und umschloss die ältere Prinzessin.

»Was tust du da, Arabella?«, wollte Valyra wissen, aber ihre Schwester nahm sie nicht zur Kenntnis.

Stattdessen schaute sie Rania an … voll Liebe, Zuwendung und Glück!

In Valyras Kehle entstand ein tiefes Knurren, das ausbrechen musste, um sie wieder atmen zu lassen. »Du hast sie verhext! Du bist in ihren Geist eingedrungen und hast ihn manipuliert! Arabella würde sich nie mit dir verbünden, sie verabscheut dich ebenso wie ich!« Wut schoss durch Valyras Körper und erschwerte es ihr, einen klaren Gedanken zu fassen.

»Du hasst mich, Arabella?«, fragte Rania mit zuckersüßer Stimme. Gleichzeitig legte sich ihre glatte Stirn in angestrengte Falten.

Arabella hatte den Kopf an ihrer Schulter vergraben. Mit dumpfer Stimme verkündete sie: »Ich würde dich nie hassen, Mutter.«

MUTTER.

MUTTER?

MUTTER!

Dieses eine Wort reichte, um die Wut in Valyra überkochen zu lassen. Wie eine Furie raste sie auf Rania zu, nicht darüber nachdenkend, welche Folgen ihr Ausbruch haben könnte. Die jüngere Prinzessin stieß den Tisch unsanft zur Seite, dann schmiss sie sich mit ihrem ganzen Gewicht gegen Rania. Diese war offensichtlich zu perplex, um zu reagieren. Den Überraschungseffekt nutzend, riss Valyra den Stuhl um, auf dem ihre Stiefmutter und Arabella saßen, und legte ihre Hände um Ranias Kehle. Ihre ältere Schwester sprang auf.

»DU BIST NICHT UNSERE MUTTER!«, schrie Valyra. Die Wut verlieh ihr Kraft. »DU WIRST NIEMALS UNSERE MUTTER SEIN! DU WIDERWÄRTIGES, SCHRECKLICHES …«

Erschrocken schnappte Valyra nach Luft und ließ Rania los. Panisch riss sie ihre Augen auf und schaffte es, den Kopf zu drehen, um zu sehen, dass nun auch Hände an ihrer Kehle lagen und ihr den Atem raubten.

»Lass meine Mutter in Ruhe!«, schrie Arabella. »SONST TÖTE ICH DICH!«

Valyras Herz schlug heftig gegen ihre Rippen. Sie wusste nicht, was sie machen, fühlen oder spüren sollte. »Ari«, japste sie, doch ihre Stimme war klein und viel zu leise, um gehört zu werden.

Lass mich los, wollte sie schreien. *Lass mich los! Sie treibt ein falsches Spiel mit dir! Sie hat dich verzaubert!*

Valyras Kopf war voll von Gedanken, aber nicht ein einziger schaffte es über ihre Lippen. Arabellas Griff wurde fester und Valyra versuchte sich daran zu erinnern, wie lange ein Mensch ohne Luft überleben konnte, bevor er … bevor er …

Mit letzter Kraft schaute sie ihrer Schwester mitten ins Gesicht. Mordlust flackerte in Arabellas Augen. Die Gutmütigkeit, die sie sonst mit sich brachte, war vollends verschwunden.

War es das? War das ihr Ende?

Valyra hatte sich nie viele Gedanken über ihren eigenen Tod gemacht. Natürlich war ihr bewusst gewesen, dass es irgendwann so weit sein würde, aber in ihrer Vorstellung sah sie sich als alte Frau und nicht als sechzehnjähriges Mädchen. Sie hatte Falten, der Rücken war krummer und der Gang schwerfälliger. Sie verließ diese Welt friedlich.

Doch manchmal ließ der Tod nicht auf sich warten. Manchmal kam er schnell, plötzlich und unerwartet. Manchmal fand er sein nächstes Opfer in einem sechzehnjährigen Mädchen, das eine Dummheit begangen hatte, für die es nun bestraft wurde.

»Genau so war es«, flüsterte Arabella auf einmal.

Dann wurde der Raum in ein sonderbares Licht getaucht. Valyras Mitte erstrahlte in einem zarten Rosa. Wie im Delirium sah sie, wie ihre Schwester ihren Hals losließ und die Hände in den Kleidtaschen vergrub.

Die jüngste Prinzessin hustete und rang verzweifelt nach Atem. Sie bäumte sich auf, versuchte, Luft in ihre Lungen zu bekommen. Ihr Brustkorb hob und senkte sich unregelmäßig, Schwindel ergriff von ihr Besitz. Die fehlende Luft sorgte dafür, dass Valyra nicht mehr klar sehen konnte. Sie war kurz davor, in sich zusammenzubrechen, aber ihr Geist arbeitete dagegen an.

Abermals holte die Prinzessin tief Luft und stützte sich mit einer Hand an der Wand der Küche ab. Das seltsame Licht war mittlerweile verschwunden, aber Valyra wusste auch so, woher es gekommen war.

Der Rosenquarz. Auf irgendeine Weise war es ihrer Brosche gelungen, sie zu beschützen.

Kraftlos schaute sie erst zu Rania, dann zu ihrer Schwester. Während Erstere mittlerweile aufgestanden war, sie wütend anfunkelte und gleichzeitig verwirrt dreinblickte, schüttelte Arabella den Kopf, als könne sie das, was sie eben getan hatte, nicht glauben.

Valyra schaffte es, auf einen Stuhl zu sinken. Ihre Kehle kam ihr noch immer so eng vor. Hastig atmete sie mehrere Male hintereinander ein und aus. Ihr gelüstete es nach Wasser oder einer anderen Flüssigkeit, aber sie wusste, dass Rania ihr nichts geben würde.

»Was war das für ein Licht?«, schrie ihre Stiefmutter und durchquerte den Raum in rasender Geschwindigkeit.

Valyra, gelähmt vor Angst, hielt die Luft an. Ihr Rosenquarz leuchtete nicht mehr. Gierig spürte sie Ranias knochige Hände auf ihrem Körper. Obwohl die Prinzessin dagegen ankämpfte, wimmerte sie leise vor sich hin. Wenn Rania die Brosche fände, wäre ihr letzter Schutz dahin. Mit geschlossenen Augen wartete Valyra ab, bis ihre Stiefmutter von ihr abließ.

»Falls du irgendetwas vor mir verbirgst«, zischte sie und sah Valyra zornig an, »werde ich es herausfinden!«

Valyras Herz schlug noch immer, als die Stiefmutter sich bereits von ihr gelöst hatte. Wie war es möglich, dass sie – trotz ausgiebiger Suche – nicht auf die Brosche gestoßen war? Konnte das Schmuckstück ihrer Mutter vielleicht von böser Magie nicht erreicht werden?

»Das nächste Mal hältst du dich besser zurück«, sagte Rania, als sie sich beruhigt hatte. »Du weißt nun, auf welcher Seite Arabella steht.«

Valyras Kopf schoss zu ihrer Schwester herum, die hinter Rania stand, aber klein und kraftlos wirkte. Ihre Hände waren zu Fäusten geballt und je länger Valyra sie musterte, desto deutlicher erkannte sie, dass etwas mit ihr nicht stimmte. Da gab es ein Detail, das nicht zum Gesamtbild passte, aber es gelang ihr nicht, dieses zu benennen.

»Ich hoffe, du lernst aus deinen Fehlern. Wenn du wieder hier bist, erfährst du deine Strafe«, fuhr Rania fort und schenkte Valyra einen kühlen Blick. »Aber nun ist es Zeit, deiner Pflicht nachzukommen.« Sie verschränkte die Arme vor der Brust und blies sich eine Strähne, die sich aus ihrem Dutt gelöst hatte, aus dem Gesicht.

Valyra zitterte noch immer und schaffte es nicht, sich auf ihre Stiefmutter zu konzentrieren. Sie wollte jetzt nicht in den Wald gehen!

»Ich brauche ein spezielles Zauberwasser«, berichtete Rania und tippte mit dem Fuß auf den Boden. »Es fließt nur heute Nacht in der Ostwen-Quelle.«

Obwohl Valyra Probleme hatte, Rania zu folgen, runzelte sie die Stirn. Die Ostwen-Quelle lag zwar ein paar Stunden entfernt, aber Zauberwasser hatte sie dort nie vermutet.

»Nimm diese Karaffe mit und fülle sie«, fuhr Rania unbeirrt fort und schnippte mit den Fingern.

Kurze Zeit später sah Valyra einen Gegenstand durch die Luft fliegen, den sie gerade noch auffangen konnte.

»Los! Beeil dich!«, trieb Rania sie an.

Das Gefühl, dass ihre Stiefmutter sie schnell loswerden wollte und alles nur ein Vorwand war, manifestierte sich in dem blonden Mädchen. Rania wollte nicht, dass Valyra hierblieb, damit sie …

Arabella schaden konnte?

Die Prinzessin presste die Karaffe an ihr Herz und dachte angestrengt nach. Ihre Stiefmutter wirkte zunehmend ungeduldiger und riss die Prinzessin in die Luft. Nicht einmal einen Mantel hatte sie bekommen.

»Warte!«, rief Valyra und griff nach dem letzten Strohhalm, der sich ihr bot. »Kann … Arabella mitkommen? Sie … braucht sicher auch mal frische Luft und ...« Unsicher biss sie sich auf die Unterlippe.

Rania sah sie bittersüß grinsend an. »Arabella und ich kommen schon klar. Und jetzt: Hinfort mit dir!«

Valyra seufzte, als sie immer höher flog und durch das Fenster des Turms geschossen wurde. Normalerweise bewegte sie sich langsam durch die Luft, doch heute schien Rania es eilig zu haben. Innerhalb weniger Sekunden landete Valyra auf dem Boden – der Aufprall trommelte durch ihren ganzen Körper und sie verzog schmerzhaft das Gesicht.

»Verflixt«, fluchte sie und schaute an der Fassade des Turmes hoch.

Die Chancen, dass Rania sie wieder reinlassen würde, gingen gegen null. Folglich blieb ihr nichts anderes übrig, als den Weg in den Wald zu wagen.

Valyra presste die Karaffe an sich und stapfte durch die Dunkelheit. Glücklicherweise war die Nacht mild und wolkenlos, sodass sie zumindest nicht fror und es heller anmutete. In ihren ersten Tagen in Gefangenschaft hatte sie den Turm bei Nacht unzählige Male umrundet, in der Hoffnung, einen zweiten Eingang oder irgendetwas zu finden, das ihr weiterhalf. Doch mittlerweile wusste Valyra, dass es da nichts gab.

Sie war schnell unterwegs, vielleicht ein wenig zu hastig, denn bei gleichbleibendem Tempo würde sie Seitenstechen bekommen. Aber sie wollte keine Zeit verlieren und schnellstmöglich zurück zu ihrer Schwester, die nun allein in Ranias Gewalt war.

Der Prinzessin wurde übel bei dem Gedanken, was die Stiefmutter ihr antun könnte. Schon jetzt schien sie Arabella komplett in ihrer Gewalt zu haben, zumindest wenn sie sich in einem Raum mit ihr aufhielt.

Valyra glaubte nicht, dass Arabella sich ihr aus freien Stücken unterstellt hatte. Sie kannte ihre Schwester und wusste, dass sie kein böser Mensch war und sich niemals gegen ihre Familie wenden würde.

»Valyra! Valyra, bleib doch endlich stehen!«, ertönte eine Stimme hinter ihr. Kurz darauf wurde sie von einer Hand an der Schulter gefasst.

Sie wirbelte herum und erkannte Jorins erstauntes Gesicht im Dämmerlicht. In der ganzen Hektik hatte sie vergessen, dass es außer ihr noch jemanden gab, der in diesem Wald gefangen war.

»Endlich! Ich dachte schon, du hältst gar nicht mehr an!«, beschwerte er sich, aber sein Lachen strafte seine Worte Lügen.

»Tut mir leid«, murmelte Valyra. »Es ist … einiges passiert.«

Sie wich seinem Blick aus, weil sie nicht genau wusste, wie sie ihm von den Vorkommnissen erzählen sollte.

Der Stallbursche legte den Kopf schief, schließlich blieb sein Blick an der Karaffe hängen. »Hast du Ari wiedergesehen?«

Valyra seufzte. »Lass uns weitergehen, Jorin. Ich erzähle dir alles auf dem Weg.«

Und das tat sie. Aber es fiel ihr nicht leicht, weil sie ihn nicht verletzen wollte und auch nicht genau wusste, was mit Arabella los war. Dennoch versuchte Valyra, ausführlich zu berichten und auch die Details nicht außen vor zu lassen. Während ihrer Erzählung warf sie ab und an einen Blick auf Jorins Gesicht, das sich zunehmend verfinsterte.

»Du meinst also, Rania hat sie in ihrer Gewalt?«, war das Erste, was er sagte.

Valyra nickte. »Als ich mit ihr allein war, war sie relativ normal. Nicht vollständig, aber sobald Rania kam, habe ich sie nicht mehr wiedererkannt. Sie ist über mich hergefallen wie ein Löwe über seine Beute.« Valyra fröstelte. »Ich weiß nicht, warum Rania sie so kontrollieren kann. Woher sie diese Macht über sie nimmt, wenn sie offensichtlich keine über mich hat. Hätte es den Rosenquarz nicht gegeben, wäre ich jetzt tot.« Valyra schluckte schwer, als sie die Tragweite ihrer Situation begriff.

»Rosenquarz?«, hakte Jorin nach und zog die Augenbrauen hoch.

»Er gehört zu einer Brosche, die meine Mutter mir kurz vor ihrem Tod geschenkt hat. Sie … hat mir schon einmal geholfen, als die Tür zum Kellerraum verschlossen war. Ich habe nie bemerkt, dass das Schmuckstück magische Kräfte hat, aber irgendwie …«

In Valyra begann es zu arbeiten.

»Moment mal«, sagte sie schließlich und blieb stehen. Und da fiel ihr auf einmal ein, was sie so an Arabella irritiert hatte. »Sie trägt ihr Diadem nicht«, erkannte sie und sah Jorin bewegt an.

Dieser konnte ihren Gedankengängen offensichtlich nicht folgen, denn Verwunderung stand weiterhin auf seinem Gesicht geschrieben.

»Meine Mutter hat uns allen ein Schmuckstück geschenkt«, fuhr die Prinzessin erklärend fort. »Estelle hat eine Kette, Tatjana einen Ring, Penny und Ginny haben je ein Armband, ich eine Brosche und Arabella ein Diadem.«

»Ja, daran erinnere ich mich«, sagte Jorin nun. »Sie hat es nicht sonderlich gemocht. Sie meinte, dass es ihre Haare kaputt macht und sie blass aussehen lässt.«

»Oh ja, das klingt ganz nach meiner Schwester«, stimmte Valyra zu und verdrehte die Augen. »Deshalb hat sie es auch nicht oft getragen, meistens nur zu feierlichen Anlässen.« Die Prinzessin knabberte an ihrer Unterlippe, dann zählte sie eins und eins zusammen. Während der Wald dichter wurde und sie den Mond nur noch durch die Baumwipfel erkennen konnten, meinte sie: »Auf irgendeine Weise scheint die Brosche mich zu beschützen. Als ich im Turm aufgewacht bin, hatte ich nichts außer dem Rätsel und dem Schmuckstück. Ich glaube, Rania kann die Brosche nicht spüren. Vielleicht reagiert sie nicht auf dunkle Magie.«

»Und Bella hat ihr Diadem nicht dabei, weil …«, fing Jorin an.

»Vielleicht, weil sie es nicht trug, als wir verflucht wurden«, schlussfolgerte Valyra. Je länger sie darüber nachdachte, desto plausibler erschien ihr der Gedanke. »Arabella hat das Diadem nicht gemocht und folglich nicht getragen. Auf irgendeine Weise schützen uns die Schmuckstücke … vor Rania, dem Bösen oder generell. Weil Ari ihres aber nicht hat, besitzt Rania die Kontrolle über sie.«

Aufgeregt sah Valyra Jorin an, der noch immer Mühe hatte, ihren Gedanken zu folgen, aber schließlich nickte. »Das heißt, wir müssen das Diadem finden«, meinte er.

Valyra bejahte, aber wurde allzu schnell von der Wahrheit eingeholt. »Nur dass das nicht funktioniert«, gestand sie sich selbst ein und ballte die Hand, mit der sie nicht die Karaffe festhielt, zur Faust. »Denn das Diadem liegt wahrscheinlich irgendwo in ihren Gemächern in Brahmenien, unauffindbar und unerreichbar für uns.« Sie seufzte tief und strich einen Ast zur Seite, der ihr Gesicht gestreift hatte.

»Vielleicht haben wir eine Chance«, sagte Jorin, woraufhin Valyra ihn verwundert ansah.

»Was meinst du damit?«

Und auf einmal erkannte Valyra eine Veränderung an ihm. Sie blieb stehen und sah ihn an. Seine Haare waren nicht mehr so durcheinander wie in der Nacht davor, sein Gesicht sah sauber aus ... und er trug eine wärmere Jacke, die er vorher definitiv noch nicht gehabt hatte.

Jorin grinste.

»Was verheimlichst du mir?«, fragte Valyra, dabei ahnte sie seine Antwort bereits. Doch es war etwas, das ihr Angst bereitete, weil es mit so viel Hoffnung verknüpft war und diese zu sehr schmerzte, wenn man sie zuließ. Aus diesem Grund äußerte die Prinzessin ihren Verdacht nicht, sondern ließ den Stallburschen sprechen.

»Ich war heute nicht untätig«, gab er zu. Das Mondlicht erhellte sein Gesicht, glättete seine Ecken und Kanten und ließ ihn beinahe hübsch erscheinen. »Ich bin in der Nähe des Turms geblieben und habe auf den Moment gewartet, in dem Rania ihn verlässt. Ich wusste ja, dass sie es irgendwann tun wird. Es war nicht leicht, ihr zu folgen, weil sie geflogen ist und ich darauf achten musste, nicht von ihr gesehen zu werden. Aber ... ich habe es geschafft.«

»Wohin ist sie gegangen?«, wollte Valyra mit angehaltenem Atem wissen. Schon wieder hatte sie Angst vor seiner Antwort.

Wörter besaßen eine eigene, schwer zu fassende Gewalt, die vielleicht stärker war als jede körperliche Tat.

»Das weiß ich nicht«, gab Jorin zu und strich sich durch das hellbraune Haar. »Aber sie hat einen Fehler begangen.«

»Einen Fehler?« Valyra horchte auf.

»Normalerweise kann man nur mit Rania diesen Wald verlassen, weil sie die magische Barriere in ihm kontrolliert. Zumindest war es bisher so. Aber heute … schien sie in Eile, verwirrt und etwas konfus. Ich konnte nicht ganz mit ihr mithalten, weil ich über eine Unebenheit gestolpert bin und kurz außer Gefecht war. Aus der Entfernung habe ich gesehen, wie sich die magische Barriere geöffnet hat. Es war ein goldenes Licht, das den Umriss eines menschlichen Körpers freigab. Die Barriere hat sich geöffnet, Rania ist hindurchgeschlüpft, aber sie hat vergessen, sie wieder zu schließen. Auch als sie wieder zurückkam, blieb die Grenze geöffnet. Wahrscheinlich war sie so in Gedanken versunken, dass es ihr nicht aufgefallen ist.«

Als Jorin Valyra vielsagend anschaute, machte ihr Herz einen Sprung. »Bist du dir sicher?«

»Absolut.« Er räusperte sich. »Ich bin ihr gefolgt und konnte diesen Wald verlassen.«

»Sie … Sie hat sie nicht wieder geschlossen?«

»Nein.« Jorin schüttelte den Kopf. »Ich bin zurückgekehrt, als es dunkel war. Natürlich weiß ich nicht, wann ihr der Fehler bewusst wird, aber …«

»Weißt du, was das bedeutet?«, fragte Valyra aufgeregt und hüpfte auf und ab. »Wir können Hilfe holen. Du … kannst Hilfe holen. Du kannst nach Brahmenien, das Diadem suchen und meinen Vater informieren. Solange die Barriere offen ist, können seine Wachen in den Wald eindringen. Wir haben viel mehr Chancen, gegen Rania vorzugehen, wenn wir in der Überzahl sind!«

Jorin nickte. Dann sagte er: »Ich bin heute nicht weit gekommen und habe daher noch keine Hilfe geholt. Ich habe ein kleines Dorf erreicht und mir dort eine wärmere Jacke und etwas Essen besorgt. Ich wusste nicht, wem ich vertrauen kann, und wollte unbedingt zuerst mit dir reden.«

Valyra stimmte ihm gedanklich zu. Nur weil es jetzt eine Möglichkeit gab, Rania das Handwerk zu legen, bedeutete das nicht, dass sie unvorsichtig vorgehen durften.

»Willst du mit mir kommen?«, fragte Jorin. »Wir werden diesen vermaledeiten Wald verlassen und Hilfe für Bella holen! Rania hat lange genug Macht über euch ausgeübt.«

Allzu gern hätte Valyra sein Angebot angenommen. Die Aussicht, Brahmenien und ihren Vater wiederzusehen, stimmte sie fröhlich. Vorfreude breitete sich in ihr aus, die aber nicht lange anhielt.

»Das ist keine gute Idee«, gab sie schweren Herzens zu und atmete aus. »Rania erwartet mich in ein paar Stunden und wird merken, wenn ich fehle. Sie wird sich auf die Suche nach mir begeben, ihren Fehler wiedergutmachen und wahrscheinlich an Arabella Rache nehmen. Damit bestraft sie mich nur mehr.« Sie schüttelte den Kopf. Dann stellte sie die Karaffe auf dem Boden ab, trat einen Schritt auf Jorin zu und umschloss seine Hände. »Du musst gehen. Und zwar jetzt, wo Rania noch nicht weiß, dass sie einen Fehler begangen hat. Du musst dich auf den Weg nach Brahmenien machen und Hilfe holen.« Flehend sah sie ihn an.

»Ich werde es versuchen«, versprach Jorin. »Aber ich werde viele Tage unterwegs sein. Brahmenien zu erreichen, wird Zeit kosten. Es ist möglich, dass Rania währenddessen ...«

»Sag es nicht«, sprach Valyra und presste ihm die Hand vor den Mund. Seine Lippen waren trotz der nächtlichen Temperaturen angenehm warm und weich. »Wir haben nur diese eine Chance. Aber es ist eine Chance. Während ich das Zauberwasser suche, das Rania braucht, musst du versuchen, Hilfe zu holen.«

Valyra nahm die Hand von seinem Mund und stellte sich auf die Zehenspitzen, um mit Jorin auf Augenhöhe zu sein. Sie waren von einem so intensiven Blau, das die Prinzessin an das Meer und endlose Sehnsucht denken ließ.

Sie seufzte. »Mach dich auf den Weg, Jorin. Du bist unsere einzige Hoffnung.«

»Ich werde es schaffen«, versicherte er ihr und obgleich es ein Versprechen war, lächelte sie nur traurig. »Ich tue es für Bella, für dich, deine Schwestern und Brahmenien.« Sein Gerede klang heldenhaft, weswegen Valyra grinsen musste.

Ohne weiter darüber nachzudenken, schloss sie ihn in die Arme und atmete seinen Geruch ein, der in den Wald gehörte und sie doch an ihre Heimat erinnerte. Sie hätte nicht damit gerechnet, dass es ihr so schwerfallen würde, ihn gehen zu lassen, aber der Abschied zerriss ihr fast das Herz. Jorin war ein Hoffnungsschimmer, aus dem Nichts gekommen, und hatte ihr Dasein ein wenig besser gemacht.

Gut möglich, dass sie ihn nie wiedersehen würde. Gut möglich, dass er in die Menschenwelt verschwand und nicht mehr den Weg zu ihr fand.

»Beeil dich«, flüsterte Valyra ihm ins Ohr. Als sie merkte, dass Tränen in ihre Augen stiegen, löste sie sich von ihm.

»Nicht weinen«, hauchte Jorin und strich ihr über die Wange. »Du bist so viel tapferer, als du glaubst.«

Valyra schniefte. »Du kannst dir nicht vorstellen, wie unnütz ich mir vorkomme. Ich bin seit einer gefühlten Ewigkeit hier und habe noch nichts erreicht.«

»Aber das stimmt doch nicht.« Jorin umfasste ihre Hände. »Es gibt Fortschritte. Arabella ist aufgetaucht und wir kennen nun einen Weg nach draußen.«

»Ja, aber all das habe nicht *ich* geschafft. Ich renne nur dumm durch den Wald und helfe Rania dabei, die mächtigste Zauberin der Welt zu werden.«

»Wie heißt der Trank noch mal, den sie brauen will?«, erkundigte Jorin sich.

»Drogaden-Trank.«

»Es wird nicht schaden, sich darüber zu informieren.« Nachdenklich kratzte er sich am Kinn.

»Sicher nicht. Aber es wäre mir lieber, wenn du erst mal Hilfe holst und wir diesen schrecklichen Ort verlassen können.« Sie holte tief Luft, dann drückte sie Jorin von sich. »Geh nun. Wir dürfen nicht noch mehr Zeit verlieren.«

Der Stallbursche nickte. »Bleib stark, Valyra«, sagte er, dann stahl er sich durch das Dunkel der Nacht.

Die Prinzessin sank auf den Waldboden und atmete durch. Von jetzt auf gleich fühlte sie sich schrecklich allein. War es eine gute Idee gewesen, ihn wegzuschicken? Sie wusste es nicht.

Valyra gestattete sich fünf Minuten, um sitzen zu bleiben und sich mit den Gegebenheiten abzufinden, dann stand sie auf, griff nach der Karaffe und setzte ihren Weg fort. Bis zur Quelle war es noch ein Stück und nach wie vor wollte sie Arabella nicht zu lange allein lassen.

Es war kalt geworden, als Valyra den Turm erreichte. Noch immer kreisten ihre Gedanken um Jorin. Hoffentlich würde er es schaffen! Die Karaffe hatte sie zu drei Vierteln mit Wasser gefüllt – Wasser, das ihrer Ansicht nach völlig gewöhnlich war und sicherlich keine magischen Kräfte besaß. Sie legte den Kopf in den Nacken, um das Fenster des Turms in Augenschein zu nehmen. Kurze Zeit später wurde sie in die Luft gehoben.

Beim Gedanken daran, was Valyra in der Küche erwarten würde, beschlich sie ein ungutes Gefühl. Ob es Arabella gut ging? Ob sie bei klarem Verstand war?

Rania stand in der Mitte des Raumes, als Valyra durch das Fenster kletterte. Sie stellte die Karaffe auf dem Tisch ab, doch ihre Stiefmutter betrachtete sie nicht weiter.

»Lass dir dein Essen schmecken«, sagte sie stattdessen, klatschte einmal in die Hände und ließ einen Teller mit Klößen auf der Tischplatte erscheinen. Dann machte sie auf den Hacken kehrt und war im Begriff, das Zimmer zu verlassen.

»Wo ist meine Schwester?«, fragte Valyra, überrascht darüber, wie sicher ihre Stimme klang.

»Sie schläft schon, es war ein anstrengender Tag für uns alle«, meinte Rania nur und verließ den Raum.

Die Prinzessin folgte ihr, aber ihre Stiefmutter verschwand so schnell in ihrer Kammer, dass sie keine Chance hatte, sie einzuholen. Die Tür war bereits verschlossen.

Wütend stampfte Valyra mit dem Fuß auf. Sie kam sich so nutzlos vor! Ihr Leben glich dem einer Figur auf einem Schachbrett, die ohne ihr eigenes Zutun immer weiter nach vorn geschoben wurde.

Wie lange konnte sie dieses Spiel noch bestreiten? Wann würde sie verlieren? War sie ein Läufer oder ein Springer? Am Ende vielleicht sogar nur ein Bauer, der die Schritte für andere Personen ausführte und an sein eigenes Leben gar nicht wirklich dachte?

Sie seufzte – und hatte auf einmal das Bedürfnis, auf den Boden zu sinken, die Beine an den Körper zu ziehen und leise vor sich hin zu weinen. Aber es brachte ja doch nichts.

Daher beschloss sie, sich auf die guten Dinge zu besinnen, die es unweigerlich gab. All ihre Hoffnung hing an dem Stallburschen und seinen Fähigkeiten. In Brahmenien hatte Valyra nicht ein Wort mit ihm gewechselt, nun war er überlebenswichtig für sie geworden.

Die Prinzessin öffnete die Tür zu ihrer Kammer und schob sich in das schmale Zimmer. An die Klöße, die unangerührt auf dem Tisch standen, wollte sie jetzt nicht denken. Ein wenig Schlaf würde ihr guttun.

»Nun gut.« Ginny nickte. Ihre Miene drückte Entschlossenheit aus. »Wir gehen davon aus, dass Estelle und Tatjana es geschafft haben. Wie wird es ihnen gelungen sein?« Fragend blickte sie zuerst ihre Zwillingsschwester, dann Valyra an.

»Die Rätsel«, meinte Penny. Die Falten auf ihrer Stirn glätteten sich. Sie zupfte ihren rechten Ärmel gerade. »Wir haben sie mitgegeben bekommen. Sie müssen irgendetwas bedeuten.«

Ginny stimmte ihr zu. Sie sah heute besonders hübsch aus. Ihre feuerroten Haare waren am Hinterkopf festgesteckt. Um ihren Hals lag ein hellgrünes Geschmeide, das gut mit ihren Augen harmonierte. Das zartgelbe Ballkleid rundete ihr Auftreten ab.

»Du siehst wunderschön aus«, flüsterte Valyra und spielte an ihren Haaren, die in der Scheinwelt lang und voll waren.

Genevieve lächelte ihre Schwester an, doch kurz darauf verdunkelte sich ihr Blick. »Ich weiß gar nicht, was das soll«, beschwerte sie sich. »Hier sind wir stets herausgeputzt, aber im echten Leben …«

Noch bevor sie zu Ende sprechen konnte, verstummte sie.

Valyra wusste, was mit ihr passiert war: Ihre Zunge ließ sich nicht mehr bewegen, weil sie kurz davor gewesen war, etwas Verbotenes anzusprechen.

Penelopé seufzte und legte ihrer Schwester einen Arm um die Schultern. »Es bringt ja doch nichts«, murmelte sie, aber Ginny blickte weiterhin verdrießlich drein.

»Wie auch immer«, meinte sie schließlich und schüttelte Pennys Arm ab. »Wir müssen uns noch einmal mit unseren Rätseln beschäftigen.« Bedeutungsschwer sah sie ihre Schwestern an. In ihrem Gesicht stand ein Ausdruck, der irgendwo zwischen Entschlossenheit und Zorn angesiedelt war.

Penny nickte, aber Valyra zweifelte die Idee an. Schon lange hatte sie nicht mehr an das Rätsel gedacht, es als Bagatelle abgetan, weil sie absolut nichts mit dem Wortlaut anzufangen wusste.

»Was ist los, Kleine?«, erkundigte Penny sich, als ihr Valyras trauriger Gesichtsausdruck auffiel. Sie kniff ihrer jüngsten Schwester in die Wange, doch diese drehte den Kopf zur Seite.

»Ich weiß nicht, ob mir das gelingen wird«, sagte sie aufrichtig und merkte, wie ihre Stimme zitterte. »Vielleicht könnt ihr etwas mit euren Rätseln anfangen, ich aber nicht mit meinem.« Sie hob ihren Kopf, um ihre Schwestern anzusehen. Allzu deutlich wurde ihr bewusst, wie sehr die Gruppe geschrumpft war. Wie wenige es von ihnen nur noch gab. Arabella hatte es nie in diese Welt geschafft und Estelle und Tatjana waren wieder gegangen.

Wer die Nächste sein würde? Ob es eine Nächste gab? Und war Verschwinden überhaupt etwas Gutes?

Gänsehaut überzog Valyras Arme. Stumm musterte sie ihre Schwestern. Zu gern würde sie ihnen sagen, dass sie wusste, wo Arabella war, und dass es ihr den Umständen entsprechend gut ging. Aber diese Welt funktionierte nur aufgrund vieler Regeln und sie würde sie unweigerlich brechen, wenn sie von Arabella erzählte. Davon abgesehen, dass sie es gar nicht konnte.

»Bitte tu uns den Gefallen«, sagte Ginny auf einmal. Sie ging auf Valyra zu und fasste sie bei der Hand.

»Wieso sind deine Hände so kalt?«, fragte die Jüngste und je länger sie ihre Schwester ansah, desto deutlicher erkannte sie, dass auch ihr Gesicht leichenblass war und ihre Lippen bläulich schimmerten.

Genevieve erwiderte Valyras Blick, dann schüttelte sie den Kopf. »Wie auch immer. Versprichst du es uns, Valyra?«

»Wir müssen es versuchen«, sagte auch Penny mit Überzeugung in der Stimme.

Ginny nickte.

Und Valyra schloss sich den beiden an. Obwohl sie sich alles andere als sicher war.

Sie wachte mit dem Rätsel auf den Lippen auf und sein Klang hallte in ihren Ohren nach. Doch nicht nur der Wortlaut hatte mit ihr das Reich des Schlummers verlassen. Es war auch eine Angst geboren, die ihr Herz unregelmäßig klopfen und die Stimme des Scheiterns in ihr immer lauter werden ließ.

Entschieden stand Valyra auf. Sie wusste nicht, was der heutige Tag für sie bereithalten würde, sie wusste nicht, wie es ihrer Schwester erging und ob Jorin schon etwas erreicht hatte. Aber sie würde es erfahren. Vielleicht nicht sofort, vielleicht nicht gleich, aber irgendwann.

Entschieden stieß Valyra die Tür auf, die in den Korridor führte. Von dort betrat sie die Küche und war heilfroh, als sie Rania nirgendwo sah. Ihre gute Laune steigerte sich, als sie Arabella erkannte, die am Tisch saß und aus dem Fenster starrte.

»Ari?«, fragte Valyra und trat auf ihre Schwester zu.

Diese reagierte erst, als die Jüngere ihr eine Hand auf die Schulter legte. Arabella, deren Haare heute Morgen gepflegter wirkten und die sogar ein Hauch Parfüm umgab, drehte sich um. Als sie Valyra erkannte, wurden ihre Augen groß.

»Wie geht es dir heute Morgen?«, fragte die jüngere Prinzessin freundlich, hielt aber dennoch Abstand zu ihrer Schwester. Sie wusste nicht, in welcher Verfassung sie war, und die Ereignisse des gestrigen Abends waren sicher nicht spurlos an ihr vorübergegangen. Noch immer spürte sie Arabellas schlanke Finger um ihre Kehle.

Doch der Blick ihrer Schwester war klar – und auf ihrem Gesicht stand etwas geschrieben, das an Schuldgefühle erinnerte. »Ich habe schlecht geschlafen«, sagte sie und seufzte leise. Sie wich Valyras Blick aus, aber die Prinzessin hatte bereits einen Stuhl neben sie geschoben und sich gesetzt. »Ich …« Arabellas Stimme erstarb und in ihren Augen schimmerten Tränen. »Ich weiß selbst nicht, was mit mir los ist«, flüsterte sie und schlang die Arme um ihren Oberkörper, als würde sie sich selbst trösten wollen.

Valyra legte ihre rechte Hand auf Arabellas Oberschenkel, der von einem schlichten dunkelblauen Kleid bedeckt war.

»Ich weiß nicht, was gestern passiert ist, Valyra«, sagte sie mit zitternder Stimme. »Es … war … als hätte ich mich nicht mehr unter Kontrolle, als …«

Bevor sie weitersprechen konnte, breitete Valyra ihre Arme aus und schloss ihre Schwester darin ein. Sie wusste, dass es nicht Arabella gewesen war, die sie gestern angegriffen hatte. Tröstend strich sie ihr über den Rücken.

»Mir geht es gut, Ari«, beteuerte Valyra und wiederholte es noch einmal, um auch sich zu überzeugen. Als sie ihre Schwester losließ, wischte sich Arabella die Tränen aus den Augen und schluckte schwer. Ihr hübsches Gesicht war von der Trauer gepeinigt.

»Wie geht es deinem Hals?«, wollte sie wissen, woraufhin Valyra nur mit den Schultern zuckte.

»Ich spüre nichts mehr.«

Arabella schniefte. »Ich kann mir nicht erklären, was da über mich gekommen ist. Immer wenn … Immer wenn Rania anwesend ist, fühle ich mich wie ein ganz anderer Mensch. Wie jemand, der ich nicht sein will, wie eine dunkle Version meiner selbst.«

Über ihre eigenen Worte schüttelte sie den Kopf, aber Valyra wollte, dass sie weitersprach. »Du hast dich also nicht mit ihr verbündet?«, hakte sie nach, um sich zu vergewissern.

In einer großen Geste schüttelte Arabella den Kopf. »Natürlich habe ich das nicht«, sagte sie mit Nachdruck und presste die Lippen aufeinander. »Aber … Rania …«

»Sie kontrolliert dich. Sie steuert dich. Und deshalb ist es wichtig, dass wir von hier wegkommen.« Und weil Valyra nicht sicher sagen konnte, wie lange ihre Schwester noch bei klarem Verstand sein würde, fragte sie: »Erinnerst du dich an dein Diadem? Das, das Mutter dir geschenkt hat?«

Arabella nickte. »Natürlich. Wir haben alle etwas bekommen und ich war immer neidisch auf die Armbänder der Zwillinge. Das Diadem hat meine Haare kaputt gemacht, deshalb habe ich es nicht oft getragen. Aber … wie kommst du darauf?«

Valyra seufzte und rückte den Stuhl etwas näher an ihre Schwester heran. Weil sie sich auf einmal beobachtet vorkam, sah sie sich in der Küche um. Ranias Präsenz schien überall zu sein, auch wenn sie körperlich nicht anwesend war.

»Hör zu«, meinte Valyra und erzählte Arabella von ihrer Theorie zu den Schmuckstücken. »Weißt du, wo das Diadem war, als wir verflucht wurden?«

Arabellas Stirn legte sich in Falten und auch ihre Augen verengten sich. Eine Weile dachte sie angestrengt nach, dann schüttelte sie den Kopf. »Genau kann ich es nicht sagen«, gab sie zu und lächelte Valyra entschuldigend an. »Ich kann mir höchstens vorstellen, dass es in meinem Schmuckkästchen liegt. Dort habe ich es immer aufbewahrt.«

»Du hattest es also nicht an, als Rania uns verflucht hat?«, erkundigte Valyra sich.

Arabella schüttelte den Kopf. »Ich habe es schon lange Zeit nicht mehr getragen. Eigentlich habe ich es nur aufgesetzt, wenn Mutter bei mir war. Um sie nicht zu enttäuschen und weil sie meinte, es sehe hübsch an mir aus.«

Traurig senkte die ältere Schwester den Blick und auch Valyra wurde schwer ums Herz, als sie an ihre Mutter dachte, die sie nie wiedersehen würde.

»Aber irgendwann«, fuhr die dunkelhaarige Prinzessin fort, »habe ich es abgesetzt und in meinem Schmuckkästchen aufbewahrt. Nicht, weil es mir nichts bedeutet – denn das tut es –, sondern weil es mir einfach nicht gestanden hat. Mein Kopf ist klein und zierlich, das Diadem hat mich regelrecht erdrückt. Doch jetzt ...« Sie hielt inne und schaute aus dem Turmfenster, hinter dem die wilde Natur lag. »Jetzt liegt es wahrscheinlich in Brahmenien und verstaubt, anstatt mir zu helfen.« Arabellas Mundwinkel zuckten.

»Ich weiß selbst nicht, wieso ... so eine Kraft in den Schmuckstücken wohnt. Mutter war außergewöhnlich, in jeder Hinsicht, aber dennoch ein gewöhnlicher Mensch. Sie konnte nicht zaubern«, dachte Valyra laut nach.

»Vielleicht hat sie die Schmuckstücke von den weisen Frauen aus Avena bekommen. Sie war ab und zu bei ihnen.«

Valyra nickte, auch wenn sie sich nicht sicher war, ob es stimmte. Doch ohnehin gab es Wichtigeres zu bereden.

Denn es gab Jorin.

Und Valyras Mund hatte sich schon geöffnet, als sie abrupt innehielt. Gestern war Arabella ihr in den Rücken gefallen und hatte Rania ihre Geheimnisse verraten. Jorin stellte in vielerlei Hinsicht die letzte Hoffnung dar und deshalb durfte Valyra ihrer Schwester nicht von dem Loch in der Barriere und dem damit zusammenhängenden Plan erzählen. Vielleicht war es schon ein Fehler gewesen, ihr überhaupt zu sagen, dass Jorin es in den verwunschenen Wald geschafft hatte.

»Ari?« Valyras Hände zitterten. »Du musst mir eins versprechen. So gut du es kannst.«

Arabella legte den Kopf schief, dann nickte sie.

»Rania darf nicht erfahren, dass Jorin hier ist. Unter keinen Umständen. In Ordnung?«

Ihre Schwester nickte erneut. »Das würde ich ihr niemals sagen. Niemals!« Ihrer Stimme haftete Überzeugung an und sie sah Valyra fest an.

»Das weiß ich. *Du* würdest es nicht tun, aber wenn Rania dich kontrolliert, dann ...«

»Eher beiße ich mir die Zunge ab!«, rief Arabella. »Bitte, Valyra, das musst du mir glauben. Ich würde uns nie verraten. Und Jorin schon gar nicht. Ich liebe ihn!«

Valyras Blick ruhte auf ihrer Schwester. Es gab keinen Grund, ihr nicht zu glauben, aber wenn sie nicht mehr sie selbst war und jemand anderes sie steuerte, konnte sie nichts versprechen.

Die jüngere Prinzessin seufzte, woraufhin Arabella nach ihren Händen griff, sie umschloss und ihre Schwester fest ansah. »Ich habe Fehler gemacht, das mag sein. Rania hat die Kontrolle über mich, schon möglich. Aber ... ich verliere mich nicht vollständig. Irgendwo ... bin ich noch immer da. Und das Letzte, was ich tun würde, wäre, Jorin zu verraten. Oder dich. Bitte, Valyra, glaube mir!«

»Ich vertraue dir«, sagte sie mit Wehmut in der Stimme. »Ich vertraue dir jetzt, in diesem Moment. Ich vertraue dir, wenn du mit mir sprichst und ich allein mit dir bin. Aber wenn die Hexe da ist ...« Valyra schüttelte den Kopf, dann presste sie die Lippen aufeinander. »Weißt du, was ich gestern Abend wirklich schlimm fand?« Ihr Kopf schoss zu Arabella herum, die an ihren Lippen hing, als würde es um ihr Leben gehen. »Das Würgen war furchtbar, kein Zweifel, aber du hast Rania *Mutter* genannt!«

Valyra wusste, dass Schuldzuweisung in ihrem Blick lag, aber sie schaffte es nicht, ihren Groll gegenüber Arabella zu verstecken. Diese weinte leise vor sich hin.

»Rania hat uns so viel angetan. Sie hat unser Leben und das unseres Vaters zerstört. Wir wissen nicht, ob wir je wieder nach Brahmenien kommen werden, und wenn wir ehrlich sind, sind unsere Chancen doch sehr gering.« Kraftlos schüttelte Valyra den Kopf. »Wir wissen nicht, was mit den anderen passiert ist und ob Stelli und Tati es wirklich geschafft haben. Rania wird durch den Drogaden-Trank bald allmächtig und … du nennst sie Mutter?«

Valyra wollte nicht wütend auf ihre Schwester sein, aber die Gefühle gingen mit ihr durch. Der rationale Teil in ihr wusste, dass sie keine Schuld trug, doch dieser hatte sich in den Untiefen ihrer Emotionen versteckt.

Stattdessen kam ein Teil an die Oberfläche, der zornig den vergangenen Abend reflektierte. Dieser Teil dachte schmerzlich an die verstorbene Mutter zurück, ihre gütigen Augen und die trostspendenden Arme. An das Muttermal an ihrem Kinn, das Penny und Ginny geerbt hatten. An den dünnen Körper, der durch die Krankheit nur noch zerbrechlicher geworden war. Sie dachte an ihr volles rotes Haar, das in den letzten Monaten von grauen Strähnchen durchzogen worden war. Und während sie wütend war, musste sie auf einmal weinen.

Arabella breitete ihre Arme aus und schloss Valyra in ihnen ein. Sie schniefte. »Ganz ruhig …«, sprach sie. »Es wird alles gut, Kleine, wir bekommen das schon hin.«

Aber Valyra schüttelte den Kopf und blickte Arabella an. »Das seht ihr in mir, was? Das habt ihr die ganze Zeit in mir gesehen. Ich bin immer *die Kleine* für euch gewesen. Aber Ari … das bin ich nicht mehr. Dieser Turm hat mich erwachsen gemacht. Und ich wünschte, ich wäre stark genug … klug genug … um uns zu befreien, aber gerade weiß ich nicht, was ich tun soll.« Mit der rechten Hand wischte sie sich die Tränen aus den Augen und setzte sich aufrecht hin. »Das Rätsel«, fiel es ihr schließlich ein und auch wenn es keine Garantie auf Erfolg war, nickte Valyra entschlossen. »Ich habe Penny und Ginny versprochen, dass ich es noch einmal versuche. Und du musst mir dabei helfen.«

Arabellas Augen wurden groß. Valyra kämpfte sich aus der Umarmung frei und rezitierte die Verse, die sie seit dem Besuch in der Scheinwelt im Kopf hatte.

»Im Knochen liegt die Wahrheit begraben,

denn Knochen waren's die ganze Zeit.

Diamanten bringen falsches Leben,

Alpha ist der Käfig, Omega das Grab.«

Sie atmete tief durch, als sie zu Ende gesprochen hatte, und sah ihre Schwester erwartungsvoll an. Arabella hatte die Wangen aufgeblasen und ließ die Luft aus ihnen frei.

»Was soll ich damit anfangen?«, fragte sie überfordert und sah Valyra hilflos an.

Die jüngere Prinzessin stand auf und drehte nervös Runden in der Küche. »Als ich hierhergekommen bin, konnte ich mit all dem nichts anfangen. Aber … ich habe lange nicht mehr darüber nachgedacht, weil ich es nicht mehr als wichtig erachtet habe. Doch jetzt … *Alpha ist der Käfig.* Vielleicht habe ich diesen Teil des Rätsels ja schon erfüllt. Ich habe dich im Käfig gefunden und du konntest ihn verlassen.«

»Was war Omega noch mal?«, erkundigte Arabella sich.

Valyra schluckte. »Das Grab«, sagte sie dann.

Für einen Moment war die Küche in Schweigen gehüllt. Dann meldete sich Arabella zu Wort. Leise und unsicher erst, doch beständiger, je länger sie sprach.

»Vielleicht steht das Grab für ein Ende. Oder … wenn man es wörtlich nimmt, für den Tod. Aber …« Sie spielte an ihren Fingern. »Vielleicht geht es dabei um Rania. Vielleicht kommst du … kommen wir nur hier raus, wenn sie … ein Ende findet.«

Abrupt blieb Valyra stehen und sah ihre Schwester an. »Du meinst, unsere Aufgabe ist es, sie zu töten?« Ihre Stimme brach.

Arabella schüttelte den Kopf. »Nicht unsere«, widersprach sie. »Deine.«

In den kommenden Tagen stellte sich eine Art Routine ein. Die Morgen verbrachte Valyra zusammen mit ihrer Schwester, um über das Rätsel, Rania und eine unsichere Zukunft zu sprechen. Irgendwann am frühen Abend erschien ihre Stiefmutter, um ihr die nächste Zutat zu nennen. Danach begab sie sich in den Wald, um sie zu suchen.

Valyra wusste nicht, wie viele Dinge noch fehlten, um den Drogaden-Trank zu komplettieren, aber mit jedem Tag wurde sie ängstlicher und unsicherer. Sie wollte nicht dafür verantwortlich sein, dass Rania die Allmacht an sich riss. Wäre das einmal geschehen, gäbe es sicherlich keine Möglichkeit mehr, den Fluch zu brechen.

Ihre Stiefmutter hatte ihr zu Anfang eröffnet, dass der Trank kompliziert war und die Zutaten, welche in großer Zahl auftraten, nur schwer zu bekommen waren. Außerdem war es schon vorgekommen, dass Valyra eine Zutat nicht gefunden hatte und am nächsten Tag erneut losziehen musste.

Doch wie sie es drehte und wendete: Mittlerweile war viel Zeit vergangen und jede Zutat brachte sie näher an die Vollendung des grässlichen Trankes.

Wie viele wohl noch fehlten? Zehn? Fünf? Vielleicht war sie gerade das letzte Mal unterwegs.

Das Herz hämmerte in ihrer Brust, als sie durch das Dickicht des Waldes lief. Ein Käuzchen schrie. Vor fünf Tagen hatte sie sich von Jorin verabschiedet und seitdem kein Wort von ihm gehört. Valyra redete sich ein, dass dies prinzipiell etwas Gutes war, weil es bedeuten konnte, dass er sich auf dem Weg nach Brahmenien befand, wo er Hilfe holen würde. Und dennoch gab es ein Gefühl in ihr, das nichts Gutes verhieß.

Gestern hatte Valyra versucht, die Stelle der Grenze des magischen Waldes zu finden, die Rania nicht mit ihrer Magie verschlossen hatte, aber sie war gescheitert. Hoffentlich hatte ihre Stiefmutter den Fehler nicht wiedergutgemacht, denn das würde unweigerlich bedeuten, dass Jorin draußen war – und nicht mehr hereinkam.

Wütend trat Valyra einen Stein weg und schnaubte. Sie hasste diese Ungewissheit. Das Einzige, was ihr blieb, war ein Fünkchen Hoffnung – aber genau die hatte sie schon oft im Stich gelassen.

Immerhin ging es Arabella besser. Sie schien – so glaubte Valyra – auf einem guten Weg zu sein. Zwar verhielt sie sich weiterhin komisch, wenn Rania anwesend war, und einmal hatte sie sie auch wieder Mutter genannt, aber alles in allem wurde sie mehr und mehr zu der Schwester, mit der Valyra ihr Leben geteilt hatte. Die beiden redeten viel miteinander.

Valyra seufzte, dann richtete sie den Blick nach oben. Die Stelle, die ihr Ziel markierte, hatte sie beinahe erreicht, aber das Schwierige bestand darin, dass der Mond im richtigen Winkel stehen musste. Nur dann richtete er sein Licht auf einen Platz am Erdboden, der dadurch sichtbar wurde.

Die Prinzessin stöhnte genervt auf, als sie erkannte, dass der Mond wie gestern schon von Wolken bedeckt war. Zudem sah es nicht so aus, als würde sich bald etwas daran ändern. Immerhin wusste Rania, dass es nicht ihre Schuld war, wenn sie den seltenen Stein, der sich nur bei vollem Mondschein zeigte, nicht mit in den Turm brachte. Schon gestern war sie mit leeren Händen zurückgekehrt.

Valyra war missmutig, gleichzeitig atmete sie erleichtert aus. Falls es sich bei dem Stein um die letzte Zutat des Drogaden-Tranks handelte, hatte sie mindestens einen Tag gut gemacht. Einen Tag, an dem Rania nicht die Allmacht an sich reißen würde und noch eine Chance bestand.

»Jorin«, flüsterte sie in die sternenlose Nacht und schloss den obersten Knopf ihres Mantels. »Ich hoffe so sehr, dass du vorankommst. Du bist unsere einzige Hoffnung.«

Sie warf noch einen Blick auf das Firmament, dann machte sie sich auf den Heimweg. Sie brauchte eine Nacht, in der der Mond hell und rund am Himmel stand und sein Licht durch nichts blockiert wurde. Allerdings war Vollmond ein recht seltenes Phänomen – gut möglich also, dass sie auf den nächsten Zyklus warten musste, bis die Natur ihr wohlgesonnen war.

Im unendlichen Wald fühlte sich Valyra so allein, dass sie die Arme um ihre Mitte schlang. Ob die Zwillinge genauso wenig vorankamen?

Während Valyra sich auf dem Weg zum Turm befand, dachte sie an Jorins Unerschrockenheit. An seine Zuversicht, seinen Heldenmut und seine unerschütterliche Liebe für ihre Schwester. Er war so voller Gefühle, so voller Entschlossenheit, dass Valyra sich einmal mehr klein und unbedeutend fühlte.

Für ihre Schwestern, aber auch für die Eltern, war sie stets das Nesthäkchen gewesen. Die Kleine, auf die man aufpassen musste, weil sie sonst verloren ging. Die Puppe, die zwar Teil des königlichen Gespanns war, aber das schwächste Glied der Kette darstellte.

Valyra griff unter ihr Oberteil und umschloss die Brosche mit ihren Händen. An Tagen wie diesen war es schwer, zuversichtlich zu bleiben. An Tagen wie diesen wollte sie sich in ihrem Bett verkriechen und die Realität aussperren.

Vielleicht war sie genau das, was ihre Schwestern immer in ihr gesehen hatten. Und vielleicht würde es ihr nie gelingen, jemand anderes zu werden.

Als sie in der Küche des Turms stand und Rania und Arabella am Tisch sitzen und essen sah, spürte Valyra bereits, dass sich etwas geändert hatte. Dass irgendetwas nicht stimmte.

Vielleicht lag es an der Art und Weise, wie Arabella ihre Gabel umklammerte – als müsste sie sich an ihr festhalten, weil ihr sonst nichts Halt gab. Vielleicht lag es auch an ihrer bleichen Gesichtsfarbe und den bebenden Lippen. Oder es war Ranias gehässiges Grinsen, welches sie auch nicht verlor, als Valyra ihr stockend erzählte, dass sie den Stein wieder nicht gefunden hatte.

»Setz dich zu uns, Valyra«, sagte sie stattdessen und lächelte warm. »Wir haben gerade erst mit dem Essen angefangen.«

Die Prinzessin tat wie ihr geheißen, aber bevor sie sich eine Portion Klöße nahm, schaute sie über den Tisch hinweg ihre Schwester an. Diese wiederum tat alles, um ihrem Blick auszuweichen. Kurz entschlossen rückte Valyra den Stuhl näher an den Tisch heran und stieß Arabella gegen das Schienbein. Sie sah, wie ihre Schwester das Gesicht verzog, aber noch immer keinen Blickkontakt zu ihr aufnahm.

Rania hingegen schien mit sich und der Welt zufrieden. Sie aß heute das Gleiche wie die Prinzessinnen, tauchte einen der Klöße in die braune Soße und seufzte genießerisch, als sie geschluckt hatte. Mit der Serviette wischte sie sich den Mund sauber.

»Es ist nicht schlimm, dass du den Stein nicht gefunden hast«, sagte sie nun zu Valyra und sah sie beinahe mitfühlend an. »Auf den Mond hast du keinen Einfluss, ebenso wenig wie ich.«

Sie seufzte, woraufhin die Prinzessin die Stirn runzelte. Seit wann war Rania so freundlich zu ihr? So verständnisvoll? Valyra traute der scheinbaren Glückseligkeit nicht.

Noch einmal versuchte sie, Kontakt zu Arabella aufzunehmen, aber die war in ihr Essen vertieft, als wäre es das Interessanteste der Welt.

Während des Abendbrots sprach Arabella nur wenig, beantwortete lediglich Ranias Fragen, hielt sich aber sonst zurück. In

Valyras Kopf arbeitete es, aber sie konnte nur mutmaßen, was passiert war, während sie den Wald durchkämmt hatte. Und obwohl ihr keine plausible Idee kam, kämpfte sich eine Befürchtung aus dem Nirgendwo ihrer Gedanken an die Oberfläche.

Hat sie uns verraten?

Valyras Blick ruhte auf Arabella. War ein Verrat der Grund für Ranias scheinbar gute Laune und Aris Zurückhaltung? Hatte die Stiefmutter sie manipuliert, sodass sie Jorins Auftauchen nicht mehr für sich behalten konnte?

Unter dem Tisch ballte die jüngere Prinzessin ihre Faust. Über ihre dunklen Gedanken hinweg vergaß sie das nagende Hungergefühl.

Als Rania in die Hände klatschte und das Essen durch einen Zauberspruch verschwinden ließ, hatte Valyra nicht mal einen Kloß geschafft und auch das Wasser vollkommen ignoriert.

»Lass uns schlafen gehen, Arabella«, verkündete Rania herrisch und machte eine Handbewegung, die die Prinzessin zur Eile antrieb.

Hektisch stand Arabella auf. »Ich … Ich bin noch gar nicht müde«, beteuerte sie und fuhr sich durch die Haare. »Ich … habe heute Morgen so lange geschlafen und …«

Valyra merkte, dass Arabella log. Darin war sie nie sonderlich gut gewesen, genauso wenig wie Estelle.

Rania allerdings schien sich daran nicht zu stören und nickte. »Weck mich nicht auf, wenn du später in die Kammer kommst.«

Mit diesen Worten verschwand sie aus der Küche und ließ die Tür ins Schloss fallen.

Es dauerte weniger als eine Sekunde, bis Arabella die Distanz zwischen sich und ihrer Schwester überbrückte und ihr um den Hals fiel.

»Mein Gott, was ist los?«, fragte Valyra und stieß Arabella von sich. In ihren grauen Augen tobte der Sturm.

»Wir haben ein riesiges Problem«, flüsterte sie und schaute abwechselnd ihre Schwester und die Tür an, die in den Flur führte.

Bevor Valyra antworten konnte, ging Arabella durch die Küche und spähte durch das Schlüsselloch.

»Immerhin belauscht sie uns nicht«, meinte sie. Dennoch schien sie weiterhin bekümmert. »Können wir in deine Kammer gehen, Valyra?«, bat Arabella.

Ihre Schwester sah sie nachdenklich an, nickte aber.

Auf leisen Sohlen verließen sie das Esszimmer, durchquerten den Korridor und öffneten die Tür, die in Valyras kleinen Raum führte. Dieser war für eine Person schon zu klein, zwei passten unmöglich hinein, ohne dass sie ihre Körper verrenken und den Bauch einziehen mussten.

Als sie sich gegenüberstanden, spürte Valyra Arabellas nervösen Atem. Ihre Brust hob und senkte sich unregelmäßig, die Handflächen waren schweißnass.

»Was ist los?«, erkundigte Valyra sich und merkte dabei, dass sie flüsterte. Ihr Körper spannte sich an.

»Sie weiß nicht, dass ich es weiß«, hauchte Arabella. »Aber … kurz nachdem du gegangen bist, hat Rania etwas getan.«

»Und was?« In Valyra schrillten alle Alarmglocken.

Arabella schluckte schwer. »Wir sind verloren, Valyra. Rania hat Jorin!«

»Was?«, rief Valyra laut. Viel zu laut. Ihr schockierter Ausruf hallte von den Wänden der engen Kammer wider.

Eine Weile standen die Prinzessinnen stocksteif da, starrten wie gebannt zur Tür und horchten auf Schritte im Korridor. Als alles still blieb, atmete Arabella aus.

»Hör zu«, sagte sie und fasste ihre Schwester an den Schultern. »Ich war in ihrer Kammer, um noch einmal nach Hinweisen zu suchen, die uns weiterbringen könnten. Rania dachte wohl, ich schlafe ... oder sie hat gar keinen Gedanken an mich verschwendet. Jedenfalls verschwand sie wieder, kurz nachdem sie gekommen war. Das ist an und für sich ja nichts Neues, aber ihre Rückkehr hat mich verwirrt. Normalerweise bekomme ich davon gar nichts mit, weil sie so leise ist. Heute ... war es anders.«

Auf Arabellas Oberarmen breitete sich eine Gänsehaut aus. Auch Valyra fröstelte. Ihre innere Ungeduld wuchs kontinuierlich an. Am liebsten hätte sie ihre Schwester geschüttelt, weil diese um den heißen Brei herumredete und einfach nicht zum Punkt kam.

»Wo ist er? Geht es ihm gut? Was hat sie mit ihm gemacht?«, schoss es aus Valyra. Ihr Herz klopfte immer schneller. »Lebt er noch?« Sie starb tausend Tode, bis Arabella nickte.

»Ich denke, ja«, sagte sie. »Aber sie hat ihn in den Käfig gesperrt.«

Valyra wollte gerade etwas fragen, als ihre Schwester fortfuhr.

»Ich habe gesehen, wie sie mit Magie den Geheimgang unter dem Teppich sichtbar gemacht und Jorin … nach unten gebracht hat. Mehr konnte ich durch das Schlüsselloch nicht erkennen, aber sehr wahrscheinlich ist er nun im Käfig.« In Arabellas Sturmaugen schimmerten Tränen.

Valyra drückte ihre Hand. »Sie hat dich nicht gesehen?«, vergewisserte sie sich, woraufhin Arabella den Kopf schüttelte.

»Nein, das hat sie nicht. Ich bin schnell wieder in die Kammer gerannt und habe mich schlafend gestellt. Valyra … du kannst ihn doch befreien, oder?«

Die Prinzessin dachte angestrengt nach. In ihrem Kopf herrschte ein heilloses Durcheinander, sodass sie kaum einen klaren Gedanken fassen konnte. Wenn Jorin wirklich im Käfig war, bedeutete das, dass Rania ihn in ihrer Gewalt hatte. Sie würden geschickt vorgehen müssen.

»Wenn Rania weg ist, suchen wir ihn«, sagte sie schließlich und sah ihre Schwester bedeutungsschwer an.

Diese wirkte nicht sonderlich überzeugt, hatte das Gesicht verzogen und verlagerte das Gewicht von dem linken auf den rechten Fuß. »Wieso nicht jetzt? Ihr Schlaf ist tief.«

Vehement schüttelte Valyra den Kopf. »Auf gar keinen Fall«, verkündete sie. »Wir müssen vorsichtig sein. Wenn sie aufwacht und uns erwischt, kann alles Mögliche passieren. Nein, das müssen wir anders angehen. Morgen früh, wenn sie weg ist, suchen wir Jorin und reden mit ihm. Vielleicht fällt ihm etwas ein.«

Zögerlich nickte Arabella, sah aber alles andere als begeistert aus. »Ich … habe solche Angst um ihn. Ihn wiederzusehen, war seltsam. Im ersten Moment habe ich mich unendlich gefreut, aber beinahe gleichzeitig wurde mir bewusst, was Rania mit ihm macht. Was ist, wenn sie ihm wehtut? Was ist, wenn …«

Ihre unausgesprochene Frage hing wie eine dicke Wolke zwischen den beiden Schwestern.

Valyra drückte Arabella an sich und strich ihr beruhigend über den Kopf. »Gleich morgen früh reden wir mit ihm. Es wird sich schon irgendetwas ergeben. Wenn … wir an alle Alternativen denken und die Köpfe zusammenstecken, fällt uns gewiss etwas ein, das wir tun können.«

Auch wenn Valyras Stimme von Überzeugung sprach, fühlte sich die Prinzessin alles andere als sicher. Sie konnte nur hoffen, dass Jorin irgendeine Idee hatte. Dass er noch in der Lage war, Ideen zu haben.

Als Valyra in der Scheinwelt erwachte, wollte sie zum ersten Mal nicht dort sein. Zwar freute sie sich, die Zwillinge wiederzusehen, aber sie wusste doch, dass ihre Anwesenheit sie nicht weiterbringen würde. Wenn sie sich in der Scheinwelt aufhielt, konnte sie nicht träumen, und zumindest das hätte sie gern getan. Manchmal ereilten einen im Unterbewusstsein die besten Ideen.

Valyra erhob sich missmutig. Penny und Ginny tuschelten bereits miteinander und lächelten, als sie sie sahen. Arabella befand sich etwas abseits und schaute dem Treiben mit großen Augen zu.

Moment.

Arabella?

Valyras Kopf schoss herum, dann riss sie die Augen auf. Erlag sie einer Illusion? War sie vielleicht gar nicht in der Scheinwelt, sondern in einem Traum gefangen, der von den Schwestern handelte?

Penny und Ginny hatten die verlorene Schwester noch nicht entdeckt.

Valyra bauschte ihr rosafarbenes Kleid und überbrückte die Distanz zu Arabella. »Was machst du hier?«, fragte sie atemlos und stupste ihre Schwester an der Schulter an.

In Arabellas Gesicht machte sich Erleichterung breit, doch das Unverständnis blieb. »Wo bin ich hier?«, wollte sie wissen – und ihre Stimme war es, die Penny und Ginny auf Arabella aufmerksam machte.

Aus den Augenwinkeln sah Valyra, wie Genevieve ungläubig dreinblickte und Penny scharf die Luft einsog. Ein paar Sekunden lang lähmte der Schock sie, dann rannten sie durch die Kuppel auf Arabella zu.

Ginny erreichte sie als Erste und drückte sie so fest an sich, als wollte sie sie zerdrücken. Als Penny einen Wimpernschlag später ankam, breitete sie die Arme aus und schloss beide Schwestern in ihnen ein. Valyra sah Tränen in ihren Augen schimmern. Dankbar legte sie den Kopf in den Nacken und schluchzte hemmungslos. Arabella selbst war in dem Durcheinander aus Händen, Armen und Köpfen gar nicht mehr zu sehen.

»Was machst du hier?«, rief Ginny.

»Wo bist du gewesen?«, wollte Penny wissen.

»Wir haben dich so vermisst«, riefen sie unisono und mussten lachen. Weil diese Situation so grotesk war. Weil die Nerven mit ihnen durchgingen. Weil sie nicht mehr wussten, wo oben und unten war.

Valyra schwirrte der Kopf. Wieso war Arabella hier? Wieso jetzt erst? Was hatte sie in die Scheinwelt gebracht?

Eine lange Zeit standen ihre Schwestern eng umschlungen da und bemerkten nicht, dass die Jüngste sich abseits hielt und ihren eigenen Gedanken nachhing.

Als sie sich endlich voneinander lösten, sah Valyra, dass auch Arabella weinte. Ihre Stimme bebte, als sie sprach: »Ich weiß nicht, wieso ich hier bin. Valyra hat …« Die Worte in ihr starben. Verwundert berührte Arabella ihre Kehle und runzelte die Stirn.

Ginny seufzte. »Du wirst uns nichts erzählen können. Diese Welt erlaubt es nicht. Immer wenn wir etwas verraten wollen … wo wir uns befinden oder ob wir vorangekommen sind, können wir nicht mehr sprechen.«

Penny nickte traurig. Sie hielt Arabella noch immer an der rechten Hand fest und streichelte über ihre zarte Haut. »Wie geht es dir?«, fragte sie den Neuankömmling, woraufhin Arabella mit den Schultern zuckte.

Hilflos wanderte ihr Blick zu Valyra, die ihr aufmunternd zulächelte. Was hätte sie auch sonst tun sollen? Sie wusste ja selbst nicht, was hier vor sich ging.

»Ich fasse es nicht, dass du hier bist!«, jauchzte Ginny und blinzelte mehrmals, als würde sie ihren Augen nicht trauen. Auch Penny schüttelte ungläubig den Kopf.

»Mir … geht es gut«, sagte Arabella schließlich. Verwirrt sah sie sich in der Kuppel um und blieb schließlich an ihrem Reifrockkleid hängen, das aus himmelblauem Stoff bestand und ihr etwas Anmutiges verlieh. »Was … ist das hier?«, fragte sie.

Das habe ich dir doch erzählt, *wollte Valyra sagen, aber der Satz hätte es ohnehin nicht über ihre Lippen geschafft.*

Ginny nahm ihr die Aufgabe ab und erzählte Arabella von der Scheinwelt.

»Wir haben gedacht, du wärst tot, Ari!«, rief Penny. Tränen glitzerten in ihren Augen. »Wir dachten … du kommst nicht mehr. Wieso jetzt?«

Drei Augenpaare waren auf Arabella gerichtet, die noch immer so hilflos aussah wie zuvor.

»Ich … habe keine Ahnung. Ich bin eingeschlafen und dann hier aufgewacht.« Ihre Haare waren am Hinterkopf festgesteckt und mit Perlen aufgehübscht.

»Woher du auch kommst … wieso auch immer du erst jetzt hier bist … es tut so gut, dich zu sehen«, sagte Penny. »Seit dem Fluch gibt es so wenig Gutes auf der Welt, aber dein Auftauchen beweist, dass nicht alles nur dunkel ist.«

Ihre Mundwinkel legten sich in ein hinreißendes Lächeln. Auch Arabella brachte eins zustande, wenngleich ihres im Vergleich kläglich wirkte.

»Das Rätsel«, fiel es Ginny ein. Aufgeregt klatschte sie in die Hände und wirkte für einen Moment wie ein kleines Kind. »Du hast doch auch eins bekommen, oder?«

Valyra presste die Lippen aufeinander, weil sie die Antwort bereits kannte. Wie erwartet schüttelte Arabella den Kopf, woraufhin Ginny die Stirn runzelte.

»Dein Diadem«, meinte Penny plötzlich und stellte sich vor Arabella.

Valyra war überrascht, wie schnell ihrer Schwester etwas auffiel, für das sie selbst Tage gebraucht hatte.

»Wir alle hatten Mutters Schmuckstück dabei«, meinte Ginny. »Das Schmuckstück und ein Rätsel. Du hast nichts von beidem? Wie kommt das?«

Arabella konnte nur abermals die Schultern hochziehen. Wieder schaute sie Valyra an, aber die erhoffte Hilfe trat nicht ein.

Eine Weile sahen sich die vier unschlüssig an, dann löste sich die Scheinwelt auf.

»Oh mein Gott, was war das?«

Valyra wurde davon wach, dass jemand sie grob bei der Schulter packte und wiederholt schüttelte. Müde öffnete sie erst das eine, dann das andere Auge und gähnte ausgiebig. Sie sah, dass Arabella sich über sie gebeugt hatte. Ruhelosigkeit haftete ihrem Gesicht an.

»Bitte sag mir, dass das kein Traum war«, flehte sie. »Bitte sag mir, dass du das auch erlebt hast!«

Valyra brauchte einige Augenblicke, um eins und eins zusammenzuzählen. Dann richtete sie sich auf, so gut es in der engen Kammer ging. Sie konnte sich nicht mehr daran erinnern, dass Arabella hier eingeschlafen war, aber irgendwie musste es passiert sein.

»Falls du die Scheinwelt meinst …«, fing die jüngere Prinzessin an und nickte. »Das war real.«

»Das heißt, du hast es auch gesehen?« Übermütig hüpfte Arabella auf und ab. Dabei stießen ihre Ellbogen an die engen Wände.

Ein Wunder, wie zwei beinahe ausgewachsene Mädchen es geschafft hatten, hier eine Nacht zu verbringen. Als Valyra sich streckte, merkte sie jedoch, dass der Schlaf in der kleinen Kammer nicht folgenlos an ihr vorübergegangen war. Ihr Rücken spannte und der Nacken stach.

»Wieso war ich da? Wieso jetzt auf einmal und nie zuvor?« Begierig sah Arabella ihre Schwester an, die leise seufzte.

»Ich kann nur Mutmaßungen anstellen«, sagte sie und fuhr sich durch die kurzen Haare. Wie sehr sie es vermisste, Frisuren gelegt zu bekommen. »Vielleicht liegt es daran, dass Rania in dieser Nacht keine Kontrolle über dich hatte. Du hast bei mir geschlafen und warst durch und durch du selbst. Möglicherweise hast du es dadurch in die Scheinwelt und zu den anderen geschafft.«

Arabella dachte einen Moment nach, dann nickte sie. »Es war schön, die anderen wiederzusehen«, sagte sie mit Melancholie in der Stimme. »Ich merke jetzt erst, wie sehr ich sie vermisse. Sie … und unseren Vater … und …« Arabellas Augen wurden groß, dann ballte sie die Hände zu Fäusten.

»Jorin«, vollendete Valyra ihre unausgesprochenen Gedanken.

Ihre Schwester nickte. Anspannung breitete sich auf ihrem Gesicht aus.

Valyra holte tief Luft. »Wir müssen uns davon überzeugen, dass die Hexe weg ist. Dann suchen wir ihn.«

»Ich hoffe so sehr, dass …«, begann Arabella, aber Valyra hatte sich bereits umgedreht und öffnete die Tür, die in den Flur führte.

Zunächst überzeugte sie sich davon, dass Rania nicht in ihrer Kammer war – diese fand sie wie gewohnt verschlossen vor – und auch die Küche verlassen dalag. »Du kannst kommen«, rief Valyra, aber Arabella stand schon hinter ihr.

Sorge bedeckte ihr ebenmäßiges Gesicht. Valyra nickte ihr aufmunternd zu, dann ging sie in die Knie und schob den Teppich beiseite, unter dem sich der unsichtbare Geheimgang befand. Sie hörte, wie Arabella scharf die Luft einzog, als sie die Brosche zutage förderte und damit die Holzlatten zunächst sichtbar machte und schließlich die Falltür öffnete.

»So habe ich dich damals auch gefunden«, erklärte Valyra und tauschte einen schnellen Blick mit ihrer Schwester. »Ich weiß gar nicht, wieso Rania ihn hier unten gefangen hält. Sie … muss doch mittlerweile verstanden haben, wie ich dich gefunden habe.«

Überfragt zuckte Arabella mit den Schultern.

Die Prinzessinnen schauten hinab in das dunkle Loch, das sich vor ihren Augen ergab. Arabella schlang die Arme um ihre Mitte.

»In der Schublade findest du eine Kerze und Streichhölzer. Wir brauchen Licht«, trug Valyra ihr auf, woraufhin ihre Schwester nach den Utensilien suchte und sie Valyra hinhielt.

»Worauf wartest du?«, hauchte Arabella, als Valyra keine Anstalten machte, hinunterzugehen.

Die Jüngere zuckte mit den Schultern. »Vielleicht wäre es besser, wenn eine von uns hier oben bleibt und Schmiere steht. Nicht, dass Rania es sich anders überlegt und früher zurückkommt.«

Arabella schien alles andere als angetan von der Idee. »Und wer soll hinuntergehen? Wer Schmiere stehen? Ich will Jorin unbedingt wiedersehen, aber …«

Sie blickte in das schwarze Loch, doch Valyra verstand auch so, worauf sie hinauswollte. Ihre Schwester war noch nie ein Freund des Unbekannten gewesen.

»Rania wird nicht kommen, da bin ich mir sicher. Außerdem … Vielleicht kannst du mit deiner Brosche die Tür von unten abschließen?«

»Das würde aber nicht den Teppich wieder über die Bretter legen«, hielt Valyra dagegen, auch wenn ihr Widerstand zu bröckeln begann.

Obwohl sie selbst die Idee gehabt hatte, sich aufzuteilen, war sie nicht mehr überzeugt davon. Vier Augen sahen mehr als zwei, vier Ohren hörten mehr als zwei und zu dritt fiel ihnen sicher auch mehr ein als zu zweit.

»Na schön«, gab sie sich geschlagen und sah ihre Schwester an. Noch immer tobte der Zweifel in Valyra, doch sie entzündete die Kerze. »Dann wagen wir uns mal in den Keller.«

Arabella wurde immer blasser, je länger sie in das dunkle Loch schaute. Valyra war im Begriff, die erste Stufe zu nehmen, als ihre Schwester sie bei der Schulter packte.

»Was ist?« Valyra drehte sich um.

»Ich … fürchte mich«, gab Arabella zu. Bevor ihre Schwester etwas einwenden konnte, meinte sie: »Es ist keine Angst vor der Dunkelheit oder vor dem, was dort unten passieren könnte. Es ist … die Angst vor meinen eigenen Erinnerungen. Ich weiß noch immer nicht, wie lange ich in diesem Käfig war … und was genau dort passiert ist. Ich …« Nervös nestelte sie an ihrem dunkelblauen Ärmel und sah Valyra verzweifelt an. »Ich will keine Angst haben, aber ich zittere innerlich.«

»Erinnerst du dich an das, was Tatjana mir immer gesagt hat, wenn ich mich gefürchtet habe?«, fragte Valyra ihre Schwester.

Arabella sah sie nur verständnislos an.

»Auch Monster haben ein Herz, das man durchbohren kann«, sagte die Jüngere und atmete aus. »Ich habe nicht sofort verstanden, was es bedeutet, aber jetzt weiß ich es.«

»Ich weiß es auch«, gab Arabella kleinlaut zu und wich noch einmal Valyras Blick aus.

Doch diese trat einen Schritt auf sie zu und hob ihr Kinn mit der freien Hand an. »Dann sag es mir, Ari. Sag mir, was dieser Spruch bedeutet. Denn wenn du es aussprichst, glaubst du daran. Und wenn du daran glaubst, wird es wahr.«

»Keine Angst ist so groß, als dass man sie nicht besiegen könnte«, meinte Arabella zunächst leise und wiederholte es dann lauter.

Zufrieden nickte Valyra. »Und genau aus diesem Grund gehen wir jetzt zu Jorin.«

Wie von Arabella prophezeit, konnte Valyra die Tür von unten mit ihrer Brosche verschließen. Zwar glaubte sie nicht, dass Rania so schnell wiederkommen würde, aber es war besser als nichts.

Sie ging als Erste die Treppe hinunter, doch Arabellas Schritte erklangen dicht hinter ihr. Vor der Tür, die zum Käfigzimmer führte, blieben die Schwestern stehen.

»Das Ganze kommt mir wie ein Déjà-vu vor«, murmelte Valyra und hielt die Kerze höher. »Nur dass dieses Mal nicht du in diesem Käfig sitzt.«

Obwohl Arabella sich vorgenommen hatte, gegen ihre Angst anzukämpfen, zitterte sie wie Espenlaub. Valyra wollte erneut vom Schmuckstück Gebrauch machen, um die Tür zu öffnen, als Arabella sie stoppte.

»Was ist, wenn er tot ist?«, fragte sie mit bebender Stimme. »Was ist, wenn sie dort drin nur seine Leiche aufbe…« Sie schluchzte.

Obwohl Valyra angesichts ihrer Worte schauderte, reckte sie das Kinn. »Du wartest hier draußen. Ich schaue zuerst, wie es ihm geht.«

Dankbar nickte ihre Schwester, doch die Erleichterung hielt nur für eine Schocksekunde an. »Es bringt doch sowieso nichts mehr, oder?«, fragte sie dann und sah Valyra an.

Nein, eigentlich sah sie sie nicht an.

Vielmehr durch sie hindurch.

Ihre Augen waren kreisrund, das Gesicht aschfahl in der Dunkelheit.

»Wir sind zu spät, das weißt du nur nicht«, fügte sie hinzu und dann lachte sie so laut, dass Valyra ihr die Hand vor den Mund halten musste.

»Bist du wahnsinnig?«, flüsterte sie aufgebracht. »Dein Gelächter hört man gewiss im ganzen Wald. Außerdem … Wovon sprichst du?«

Arabella schwieg.

»Geht es dir gut?«, fragte Valyra und griff nach der Hand ihrer Schwester.

»Es war einmal ein Vater, der hatte sechs Kinder. Nun sind die Kinder tot«, flüsterte sie.

Valyras Herz schlug schneller. Grob fasste sie Arabella bei der Schulter und schüttelte sie. Sie wusste nicht, was mit ihr geschehen war, aber sie schien weder anwesend noch bei klarem Verstand zu sein.

Japsend holte Arabella Luft. Ihr Brustkorb hob und senkte sich hektisch. Für einen Moment sah sie Valyra an, dann stahl sich eine Träne aus ihrem rechten Auge.

»Hör zu«, sagte Valyra und blickte ihre Schwester fest an. »Ich weiß nicht, was mit dir los ist, aber du darfst jetzt nicht die Nerven verlieren! Wir müssen uns auf Jorin konzentrieren. Hast du verstanden?«

Lethargisch nickte die Ältere, aber Valyra war sich nicht sicher, ob sie sie wirklich verstanden hatte. Nervös spielte Arabella am Ärmel ihres Kleides.

»Ich gehe nun zu ihm, in Ordnung? Und du kommst nach, wenn ich dich rufe.«

Dieses Mal wartete Valyra Arabellas Antwort gar nicht erst ab, sondern öffnete die Tür mit der Brosche. Ihre Panik ignorierend, drehte sie den Knauf nach rechts und hielt den Atem an. Valyra hielt die Kerze hoch und leuchtete damit den Raum ab. Hinter sich zog sie die Tür zu.

Es war schrecklich kalt. Hier unten gab es keine Wärme, kein Licht, kein Feuer. Valyra wollte die Arme um ihren Körper schlingen, aber die Kerze hinderte sie daran. Mutig trat sie in den Raum, ging einen Schritt nach dem anderen, bis sie die Schemen des Käfigs erkannte. Vor den Gitterstäben blieb sie stehen.

»Jorin?«, flüsterte sie, als sie ein Bündel auf dem Boden liegen sah. »Jorin!«, wiederholte sie, als sich nichts tat.

Mit der freien Hand rüttelte sie an den Stäben. Es war, als hätte sich ein Eisblock auf ihr Herz gelegt.

»JORIN, bitte!« Ihre Stimme wurde immer flehender.

Sie dachte an Arabella, die draußen vor der Tür wartete und um sein Leben bangte. Das Leben, das vielleicht schon aus seinem Körper gewichen war.

Langsam umrundete Valyra den Käfig, um das Bündel, das aus einer Decke zu bestehen schien, besser in Augenschein nehmen zu können. Die Hand, mit der sie die Kerze festhielt, begann zu zittern. Noch einmal stieß sie den Käfig an, aber der Aufprall blieb ohne Konsequenzen.

Ob Jorin überhaupt unter dem Bündel lag? Oder war es nur ein Stapel an Decken und Rania war schon anders mit ihm verfahren?

Als ein Knarzen an ihre Ohren drang, drehte Valyra sich ertappt um. Ihr Atem stockte, als sie sah, wie die Tür geöffnet wurde. Instinktiv presste sie sich gegen den Käfig.

»Wo ist er? Geht es ihm gut?«, fragte Arabella, die sich in den Raum geschlichen hatte.

Valyra stieß die Luft aus ihren aufgeblasenen Wangen. »Mein Gott, hast du mich erschreckt!«, rief sie und sah ihre Schwester wütend an. Diese aber hatte nur Augen für den gigantischen Käfig und das seltsame Päckchen, das auf seinem Grund lag.

»Was ist mit ihm?«, fragte sie aufgeregt und lief auf das Gefängnis zu. »Geht es ihm gut? Was hat Rania mit ihm gemacht?«

Arabella riss ihr die Kerze aus der Hand und leuchtete das Innere des Käfigs ab.

»Jorin?«, rief sie. In ihrer Stimme schwang all das mit, was sie nicht in ihre Worte legen konnte: Angst, dass er nicht da war. Angst, dass er tot war. Hoffnung, dass er sich zeigen würde. Enttäuschung, weil sich nichts tat.

Zumindest noch nicht.

Doch Arabella ließ nicht locker. »Jorin«, wiederholte sie, dieses Mal mit mehr Nachdruck. »Jorin, wenn du hier bist, dann zeig dich. Bitte. Ich bin hier. Bella.«

Und auf einmal bewegte sich das Bündel auf dem Boden des Käfigs. Die Decke regte sich und richtete sich auf. Arabella hielt die Luft an und griff nach Valyras Hand. Gebannt sahen die beiden Schwestern, was sich im Käfig tat.

Einige Schrecksekunden verharrten sie nebeneinander, dann erblickten sie eine Hand, die aus der Decke hervorragte. Die Haut war rissig und spröde, die Fingernägel lang.

Arabella krallte sich an Valyras Hand fest. »Jorin?«, rief sie mit angstgetränkter Stimme. »Bist du das?«

Nach der Hand zeigte sich ein Fuß, gefolgt von einem Bein, das von einer dunkelbraunen Hose bedeckt war. Im Schein der Kerze sah die Gestalt, die sich kurz darauf zeigte, gruselig aus – mit ihrer fahlen Haut, den eingefallenen Wangen und den blauen Augen, die müde in den Kellerraum schauten.

Doch es war ohne Zweifel Jorin. Auch wenn seine Haare stumpf waren und jeglichen Glanz verloren hatten. Auch wenn er einen Teil seiner Lebendigkeit hatte einbüßen müssen.

Arabella und Valyra erkannten den Stallburschen zeitgleich.

»Jorin!«, schrie die Ältere und rüttelte an den Stäben. »Geht es dir gut?« Hysterie haftete ihrer Stimme an.

Valyra musterte ihre Schwester stumm, dann wanderte ihr Blick zu dem braunhaarigen Mann, der sich über die Augen strich und die Arme streckte. Er musste mehrmals blinzeln und starrte die Schwestern verwirrt an, bevor sich Erkenntnis in seinem Blick abzeichnete.

»Bella?«, fragte er dann fassungslos und perplex. Schwerfällig krabbelte er über den Boden, bis er das Ende des Käfigs erreicht hatte.

Valyra merkte, wie sehr ihn schon die kleinen Bewegungen anstrengten, und hörte, wie er hustete und anschließend rasselnd Luft holte.

Was hatte Rania mit ihm angestellt?

»Bella, bist du es wirklich?« Seine Stimme klang schwach, seine Augen wurden feucht. Er streckte seine Finger durch die Stäbe nach Arabella aus und schloss seine Hände um ihre. »Ich wusste, dass wir uns wiedersehen«, flüstere Jorin. »Ich habe Gott in jeder Nacht angefleht, dass er Gnade mit uns haben würde. Dass er uns ein Wiedersehen schenkt.«

Nun schniefte auch Arabella. »Ich hasse diese Hexe dafür, dass sie dich hier unten eingesperrt hat.«

»Aber immerhin hat es mich zu dir gebracht.« Jorin richtete sich auf.

Es lag so viel Zärtlichkeit in seinem Blick, dass Valyra das Bedürfnis hatte, wegzuschauen.

Mit zitternden Fingern umfasste der Stallbursche das Gesicht der Prinzessin und wischte ihr die Tränen von den Wangen. »Wenn ich hier unten mein Ende finde …«, flüsterte er, »so bin ich doch dankbar für diesen Moment.«

Arabella schloss die Augen und machte einen Schritt auf den Käfig zu. Sie streckte ihr Kinn, sodass ihre Lippen auf Höhe mit seinen waren. Jorin war derjenige, der den Abstand zwischen ihnen überbrückte, der die letzte Distanz, die sie noch getrennt hatte, überwinden konnte.

Leidenschaftlich presste Jorin seinen Mund auf den ihrer Schwester und Valyra sah, wie die beiden miteinander verschmolzen und eine Einheit entstand, wo vorher ein Abgrund gewesen war. Sie hörte Arabella seufzen und erkannte, wie die Härte aus ihrem Gesicht verschwand, wie die Kummerfalten etwas wichen, das so viel größer war: Hoffnung.

Und auf einmal wandte sie beschämt den Blick ab, weil ihre Wangen heiß wurden und sie keine Erlaubnis hatte, dieser Intimität beizuwohnen.

Und weil ihr Herz auf einmal wehtat.

Als sich Arabella und Jorin voneinander lösten, musste Valyra noch immer schlucken. Und als der Stallbursche sie endlich bemerkte und ein Lächeln über seine Lippen glitt, hatte sie Mühe, es zu erwidern. Sie umschloss die Kerze, die Arabella ihr eben wiedergegeben hatte, weil sie irgendetwas brauchte, an dem sie sich festhalten konnte.

»Ich habe es versucht, Valyra«, sagte Jorin und obwohl er noch immer glücklich wirkte, huschte ein Schatten über sein Gesicht. Abwechselnd sah er die Schwestern an und seufzte. »Ich hatte den verwunschenen Wald verlassen und in einem Dorf gerastet.« Er räusperte sich mehrmals, weil seine Stimme ihm immer wieder entglitt. »Ich habe auf einem Marktplatz eine weise Frau getroffen, die …« Der Rest seines Satzes ging in einem Hustenanfall unter. Jorin schlang die Hände um seine Kehle.

»Was hat sie mit dir angestellt?«, schrie Arabella hysterisch. »Wieso hat sie dich so krank gemacht?«

Obwohl Jorin sich an einem Lächeln versuchte, misslang es kläglich. Je länger die Prinzessin ihn betrachtete, desto deutlicher erkannte sie, wie krank er wirklich war.

»Auf dem Weg zum Turm sind wir in ein schreckliches Gewitter geraten«, erzählte Jorin stockend. »Es hat heftig geregnet und

Rania hat mich ohne Umschweife in den Käfig geworfen. Hier unten ist es schrecklich kalt und die Kleidung ist an meinem Körper getrocknet, also …« Erneut durchzuckte ihn ein Hustenanfall.

Arabella schluchzte.

»Wir sollten keine Zeit verlieren. Wo ist Rania?«, fragte Jorin.

»Sie ist nicht da«, erwiderte Valyra, froh, endlich etwas zum Gespräch beitragen zu dürfen. »Aber wir wissen nicht, wann sie wiederkommt. Du musst uns alles erzählen, was du erfahren hast.«

Wenn du denn etwas erfahren hast.

Auch wenn Valyra dagegen ankämpfte, ließ sich das ungute Gefühl in ihr nicht besiegen. Daher legte sie all ihre Hoffnungen in den Stallburschen und sah ihn an.

»Ich habe eine weise Frau getroffen«, knüpfte er an seine Erzählungen an, »und mich mit ihr über den Drogaden-Trank unterhalten.«

Valyras Hoffnungen schwanden. »Ich glaube nicht, dass der Trank das Problem ist«, murmelte sie.

Arabella legte fragend den Kopf schief.

»Wir dürfen auf keinen Fall zulassen, dass sie den Trank bekommt«, hielt Jorin dagegen und ballte seine rechte Hand zur Faust, was angesichts der Schwäche, die seinen Körper immer wieder übermannte, kläglich aussah. »Er lässt sie beinahe allmächtig werden. Wenn sie diesen Trank erst zu sich genommen hat, gibt es kein Zurück mehr.« Aus blutunterlaufenen Augen sah der Stallbursche die Schwestern an.

»Der Plan war sowieso, dass wir vorher hier rauskommen«, meinte Valyra.

»Und wie?«, fragte Jorin berechtigterweise.

»Wir … finden schon was«, sagte Arabella ausweichend.

»Wie auch immer«, unterbrach Jorin ihre stillen Gedanken. »Der Drogaden-Trank ist schwierig zu brauen, aber seine Zutatenliste auch nicht unendlich. Du suchst schon eine Weile danach, Valyra, und es kann sein …«, er hustete, »dass es nicht mehr lange dauern wird, bis Rania alles zusammenhat, was sie braucht. Aber das müssen wir verhindern.«

»Und wie?«, erkundigte sich Arabella und zwirbelte eine Strähne ihres langen Haares.

»Die letzte Zutat muss abgeändert werden«, verkündete Jorin. Entschlossenheit stand in sein Gesicht geschrieben. »Die weise Frau hat gesagt, dass die sogenannte Sonnenstirre den Trank komplettieren wird. Es ist ein Kraut, das so hell wie die Sonne strahlt.«

Valyra versuchte, ihm zuzuhören, aber sie hatte Probleme damit, seinen Worten zu folgen. Selbst wenn sie Rania daran hindern konnten, den Trank zu sich zu nehmen, würde das noch lange nicht bedeuten, dass sie den Turm hinter sich lassen konnten.

Jorin jedoch ließ sich von ihrem zweifelnden Blick nicht beeinflussen und redete unbeirrt weiter. »Es gibt ein Kraut, das so ähnlich wie die Sonnenstirre aussieht, aber den gegenteiligen Effekt erzielt. Die weise Frau hat es Schattensteig genannt. Es wächst dort, wo kein Licht hinkommt.«

Nervös schaute Valyra zur Tür. Sie wusste nicht, wie lange sie sich schon hier unten im Keller aufhielten. Unruhig trat sie von einem Fuß auf den anderen.

Jorin fuhr fort. »Wenn Rania dich losschickt, um die letzte Zutat zu holen, musst du stattdessen den Schattensteig besorgen. Wenn wir Glück haben, kennt sie den Unterschied der beiden Pflanzen nicht. Die weise Frau meinte, dass …« Er rang keuchend nach Luft und presste sich die Hand vor den Magen. »Du gibst also Rania das Kraut …«

»Und dann hat der Trank keine Wirkung mehr?«, hakte Arabella nach.

Valyra drehte sich zu ihrer Schwester um, die so hoffnungsvoll dreinblickte, dass sie nur verständnislos den Kopf schütteln konnte. Das, was Jorin erzählte, war zweitrangig und brachte sie kein Stück weiter. Dennoch sah ihre Schwester aus, als hätte der Stallbursche ihr gerade die Lösung für all ihre Probleme offenbart.

Vielleicht lag es aber auch daran, dass sie Gefühle für ihn hatte. Jeder Blick, den sie mit ihm tauschte, war von Liebe getränkt. Wenn sie ihn ansah, wirkte sie freundlicher, zuversichtlicher … und auch ein bisschen verklärt.

Schon früher hatte Valyra es gestört, wenn sie von ihm erzählte. Sie wollte die beiden nicht zusammen sehen und hatte die Augen verdreht, wenn sie sie doch erwischte.

Aber jetzt war alles irgendwie anders.

Doch dieses ›Alles‹ hatte momentan keinen Platz.

»Der Trank wird durch den Schattensteig verändert«, fuhr Jorin fort. »Das Wichtigste ist, dass Rania ihre Kräfte dann nicht mehr vermehren kann. Aber es gibt noch ein zweites, nicht ganz unwichtiges Detail, das wir beachten sollten. Denn wenn Rania den Trank zu sich nimmt und er zu wirken beginnt … oder eben nicht, wie man es nimmt … fällt sie für eine Weile in tiefen Schlaf. Wie lange dieser andauert, konnte mir die Weise nicht sagen. Das kommt wohl darauf an, wie die anderen Zutaten miteinander harmonieren.« Keuchend rang der Stallbursche nach Luft. Das Sprechen strengte ihn an. »Jedenfalls … ist das eine Chance. Wir können Rania bewegungslos machen. Machtlos … für eine Weile. Und diese Zeit müssen wir nutzen.«

»Wofür?«, brach es aus Valyra heraus.

»Verstehst du das denn nicht?«, meldete sich Arabella zu Wort und blickte ihre Schwester an. Ihre Augen glänzten. »Du besorgst die Zutaten für den Trank, Rania nimmt ihn zu sich, fällt in tiefen Schlaf und dann laufen wir weg.«

Beinahe hätte Valyra laut gelacht, aber eigentlich wollte sie lieber weinen. »Weglaufen?«, wiederholte sie mit so viel Verachtung, wie sie aufbringen konnte. »Wie sollen wir denn weglaufen? Arabella, seit ich hier bin, suche ich nach einem Ausweg. Der Turm hat keinen zweiten Ausgang, das weiß ich mittlerweile sicher, aber das ist nicht das einzige Problem. Der Wald ist durch die magische Barriere geschützt. Rania hat ihren Fehler sicher wiedergutgemacht, oder?«

Die letzte Frage war an Jorin gerichtet, der nickte. »Nachdem sie mich gefunden hat, hat sie den Durchgang geschlossen. Aber das ist gar nicht so wichtig. Die weise Frau hat gesagt, dass Rania in der Zeit, in der sie schläft, keine magischen Kräfte haben wird. Das bedeutet auch, dass ihre bisherige Magie sich nach und nach auflöst. Zumindest habe ich es so verstanden.«

Die Hoffnung, die in Valyra entstanden war, flachte wieder ab. Das hier war nichts Halbes und nichts Ganzes. Sie schnaubte.

»Gib den Gedanken nicht sofort auf, Valyra«, meinte Jorin und sah sie durchdringend an. »Wenn sie schläft, müssen wir nur noch einen Weg aus dem Turm finden und den Wald hinter uns lassen. Dann haben wir eine echte Chance, nach Brahmenien zu kommen.«

Bei der Erwähnung ihres Heimatlandes bekam Arabella glasige Augen.

Valyra blies sich eine Strähne ihres Haars aus der Stirn. »Jorin, es geht nicht darum, *nur noch einen Weg aus dem Turm zu finden*. Es gibt keinen Weg! Ich habe so lange danach gesucht, aber da ist nichts! Dieser Turm ist ausbruchsicher.«

»Dann müssen wir eben aus dem Fenster springen«, merkte der Stallbursche an, woraufhin Valyra ihn vorwurfsvoll ansah, weil ihr nicht der Sinn nach Scherzen stand.

»Immerhin ist es ein Plan«, warf Arabella ein, doch das ließ den Zorn in Valyra nur wachsen.

Schwungvoll drehte sie sich zu ihrer Schwester um. »Bist du nicht klar bei Sinnen? Das ist überhaupt kein Plan! Wir sind kein Stück schlauer! Wir werden es nie aus diesem Turm schaffen!« Wütend stampfte sie mit dem Fuß auf. »Und weißt du, warum wir hier nicht rauskommen?«, fuhr sie ihre Schwester an. »Weil Rania nicht dumm ist. Sie mag abscheulich, böse und unmenschlich sein, aber sie ist nicht dumm!« Wütend verschränkte Valyra die Arme vor der Brust.

»Streit bringt uns nicht weiter«, versuchte Jorin zu schlichten.

»Und deine Infos noch weniger«, fuhr Valyra ihn an, auch wenn sie wusste, dass es ungerecht war, ihn so zu behandeln. Der Stallbursche hatte sein Möglichstes getan und eine Garantie, dass er ihnen neue Informationen beschaffen konnte, hatte es ohnehin nie gegeben. Und doch war Valyra schrecklich enttäuscht. Denn wie es aussah, standen sie wieder bei null. Ihr würde es nie gelingen, den vermaledeiten Turm hinter sich zu lassen.

»Es tut mir leid, dass ich nicht mehr in Erfahrung bringen konnte«, sagte Jorin zerknirscht.

»Hat Rania gesagt, was sie mit dir vorhat?«, fragte Valyra.

Der Stallbursche ließ sich mit seiner Antwort Zeit. »Sie hat gesagt, dass ich hier unten …«

Doch noch bevor er seinen Satz beenden konnte, stieß Arabella einen spitzen Schrei aus. Weniger als eine Sekunde später knallte es.

Kapitel 15

Bella?«, schrie Jorin und richtete sich im Käfig auf.

Valyra sank auf den Boden, kniete sich zu ihrer Schwester und versuchte, sie wach zu rütteln. Arabella lag auf dem kalten Steinboden und rührte sich nicht mehr. Panisch griff Valyra nach ihrer Hand.

»Was ist mit ihr passiert?«, rief Jorin von oben und bewegte sich unruhig, sodass der Käfig über Valyra zu wackeln begann. »Was hat sie?«

Die Prinzessin brachte Arabella in Rückenlage und fühlte ihren Puls, der schnell und unregelmäßig ging. »Es sieht aus, als hätte sie einen ihrer Anfälle«, murmelte sie.

»Was meinst du damit?«, erkundigte sich Jorin ängstlich. »Geht es ihr gut? Wird sie wieder?«

Unter der Flut an Fragen brachte Valyra nur ein Seufzen zustande. »Rania manipuliert sie. Den ganzen Vormittag ging es ihr gut, aber … irgendetwas scheint vorgefallen zu sein. Irgendetwas, das …«

Valyra sprach nicht zu Ende, sondern tauschte einen besorgten Blick mit Jorin.

»Das Diadem hast du nicht zufällig gefunden, oder?«, fragte sie überflüssigerweise. Dennoch stach ihr Herz, als der Stallbursche den Kopf schüttelte.

»Bella?«, flüsterte er und presste sich gegen die Stäbe. »Bella, hörst du mich?« Seine Stimme war von Besorgnis durchdrungen.

Valyra strich Arabella eine Strähne aus der Stirn und fasste mit der freien Hand an ihre Wange, die noch immer warm war. »Sie ist in Ohnmacht gefallen«, sagte die jüngere Prinzessin, die Arabellas Konturen in der Dunkelheit immer deutlicher erkennen konnte. »Vielleicht war das Ganze hier unten zu viel für sie und Rania steckt gar nicht dahinter. Vielleicht muss sie sich erst daran gewöhnen. Du bist im Käfig und …«

Als Valyra hochsah, erkannte sie, wie Jorin nickte, sich aber nachdenklich über die Bartstoppeln strich, die seit Neuestem sein Kinn bedeckten.

»Was machen wir mit ihr?«, wollte er wissen und Valyra stöhnte, weil immer sie es war, die die schwierigen Fragen beantworten musste und nicht wusste, wie.

Verzweifelt sah sie ihre Schwester an, die sie um einen ganzen Kopf überragte und sicherlich zehn Kilo mehr wog. Auch wenn Valyra nicht mehr so schwach war wie früher, würde es ihr kaum gelingen, Arabella hochzuheben, geschweige denn, den ganzen Weg bis in die Küche zu tragen. Sie kaute auf ihren Fingernägeln.

»Ich fürchte, solange du keine Möglichkeit findest, aus dem Käfig zu kommen, finde ich keine Möglichkeit, sie hier raus zu schaffen«, gestand Valyra Jorin ein und fühlte sich einmal mehr wie eine Versagerin.

»Was ist mit deiner Brosche?«, fiel es dem Gefangenen ein.

Reflexartig griff Valyra nach dem Schmuckstück, das sie unter ihrem Oberteil versteckt trug. »Was meinst du?«

»Sie hat dir die Tür zu diesem Kellerraum geöffnet – was spricht dagegen, dass sie auch das Schloss des Käfigs knacken kann?«

Überrascht sah Valyra den Stallburschen an, verwundert darüber, wie schnell er eins und eins zusammengezählt hatte, und verärgert über sich selbst, dass sie nicht auf diese Idee gekommen war.

»Ich bin mir nicht sicher, ob die Brosche das kann«, meinte sie, auch wenn sich schon Hoffnung in ihr regte.

Woher ihre Mutter das Schmuckstück auch hatte – es schien Kräfte in sich zu bergen, die größer waren, als sie fassen konnte.

Valyra umfasste die Brosche mit der rechten Hand und zog sie aus ihrem Dekolleté. Auf den ersten Blick sah sie gewöhnlich aus – und genauso hatte die Prinzessin sie auch immer behandelt, mit der Ausnahme, dass es ein Geschenk ihrer Mutter gewesen war.

Schweren Herzens ließ die Prinzessin Arabellas Hand los und hielt das Schmuckstück gegen das eiserne Käfigschloss. Zunächst geschah nichts, aber als Valyra den Winkel änderte und den Druck ihres Griffes verstärkte, ging ein gleißendes Licht von der Brosche aus, das für einen Moment den ganzen Raum erhellte. Jorin und Valyra hielten den Atem an. Mit einem Klacken löste sich das Schloss und gab den Weg nach draußen frei.

Perplex schüttelte der Stallbursche den Kopf, dann drückte er seine Hand gegen die Tür, die unter seinem Gewicht nachgab. Vor Verwunderung sog er scharf die Luft ein.

Valyra hielt den Käfig fest, sodass Jorin nicht ausrutschte, als er zum Sprung ansetzte. Der Stallbursche landete nur knapp neben Arabella und keuchte, als er sicheren Boden unter den Füßen hatte.

Die jüngere Prinzessin sah ihre Brosche sprachlos an.

Vielleicht hat Mutter uns doch nicht verlassen. Vielleicht lebt ein Teil von ihr noch immer … in diesen Schmuckstücken.

Dann sah sie, wie Jorin sich über Arabella beugte und nach ihrer rechten Hand griff. Zärtlich presste er sie an sein Herz und streichelte dem dunkelhaarigen Mädchen über die Wange, bevor er seine Lippen auf ihre drückte.

Augenblicklich wurde Valyra an die vielen Märchen erinnert, die ihre Kammerzofe ihnen vorgelesen hatte, als sie noch klein gewesen waren. Dort markierte ein Kuss das Ende der Geschichte, das Siegen von Gut über Böse, das Überkommen aller Hindernisse.

Doch das hier war anders. Sie hatten Rania noch lange nicht ausgeschaltet, befanden sich noch mitten in der Geschichte. Und dennoch küsste Jorin ihre Schwester, als wäre bereits alles gut. Als könnte man manchmal trotz der Schwierigkeiten glücklich sein.

Und Valyra, die nie viel über die Liebe und ihre Wirkungsweisen nachgedacht hatte, wurde etwas Wichtiges bewusst: Liebe entstand nicht erst am Ende, Liebe zeigte sich nicht erst dann, wenn sich alles schon dem Guten zugewandt hatte. Liebe war bereits ein Begleiter auf dem Weg zum großen Glück.

Und obwohl die Umstände grausam waren und Arabella nicht einmal bei Bewusstsein, schimmerten in Jorins Augen Tränen der Freude.

Valyra spürte ihre eigene Ergriffenheit. Sie hatte der Beziehung ihrer Schwester nie eine reelle Chance gegeben und die Ohren geschlossen, wenn Arabella von Jorin erzählte. Aber gerade merkte sie, dass das, was die beiden teilten, echt war. Dass sie durch ihre Gefühle Stände überwanden.

Bis zu dem Moment, in dem Arabella die Augen aufriss. Hektisch setzte sie sich auf, drückte den Stallburschen mit Gewalt von sich und suchte Valyras Blick.

»Du musst es zu Ende bringen«, sagte sie. Ihre Stimme bebte so sehr, dass man sie kaum verstehen konnte. Arabella streckte die Hand nach ihrer Schwester aus. »Ich bin schon ein Teil der Dunkelheit.«

Von jetzt auf gleich fing sie zu weinen an – hemmungslos, als wäre mit dem Kuss auch alle Hoffnung in dieser Welt gestorben.

Jorin wollte sie in den Arm nehmen, doch Arabella schlug um sich, als könnte sie seine Berührung nicht ertragen. »Gütiger Gott, was hat sie?«, rief er panisch.

Valyra schüttelte überfragt den Kopf. »Ich weiß es nicht. Rania hat ihr irgendetwas angetan … aber ich weiß nicht, was.«

Arabellas Atem ging stoßweise, schon bald hechelte sie wie ein Hund. Sie rang nach Luft, schloss die Hände um ihre Kehle. Noch einmal versuchte Jorin, zu ihr durchzudringen, aber sie schüttelte ihn abermals ab. Dann rollte sie sich auf dem Boden zu einer Kugel zusammen.

»Es war einmal ein Vater, der hatte sechs Kinder. Sechs Kinder hatte der König. Er liebte sie alle, doch es reichte nicht aus. Nun sind die Kinder tot«, sang sie vor sich hin. Ihre Stimme zitterte nicht mehr, klang stattdessen monoton und gefühlskalt.

»Was singt sie da?«, wollte Jorin wissen, aber Valyra ging nicht auf ihn ein. Sie krabbelte zu ihrer Schwester und strich ihr zärtlich über die rechte Seite.

»Wieso sind sie tot, Ari?«, fragte sie und obgleich sie gar nicht mit einer Antwort rechnete, richtete sich die ältere Prinzessin auf und sah Valyra bewegt an.

»Sie sind gar nicht alle tot«, meinte sie dann.

Angesichts der Umstände war dies eine gute Nachricht, aber Arabella wirkte mit jeder verstreichenden Sekunde kläglicher.

»Das ist doch gut, dass … sie nicht tot sind«, ging Valyra auf ihre Worte ein, weil sie nicht wollte, dass das Gespräch verebbte. Vielleicht würde es ihr so gelingen, etwas aus ihrer Schwester herauszubekommen, das sie noch nicht wusste.

Arabella wischte sich über die Augen und versteckte das Gesicht hinter ihren Händen. Valyra streichelte sie noch immer, in der Hoffnung, dass es sie beruhigen würde. Still weinte ihre Schwester eine Weile vor sich hin.

Irgendwann sah sie Valyra wieder an. »Sie sind nicht alle tot. Das hat sich Rania nur immer gewünscht. Aber eine lebt nicht mehr«, verkündete sie und auf einmal wirkte es, als wäre sie bei vollständigem Bewusstsein.

Obwohl Valyra es für keine gute Idee hielt, schaffte Jorin es, sie zu überreden, dass er den Kellerraum verlassen und hoch in die Küche gehen durfte. Bisher war Rania noch nie so früh nach Hause gekommen, aber das bedeutete nicht, dass Valyra sich sicher fühlte. Jedes Geräusch ließ sie zusammenzucken und jeder Satz, den sie sprach, löste das Gefühl aus, beobachtet zu werden.

Arabella war nach ihren kryptischen Andeutungen in einen tiefen Schlaf gefallen. Mit Mühe und Not gelang es Jorin, sie die Treppe hinaufzuhieven und in Valyras Kammer zu bringen, um sie ausruhen zu lassen. Die kärgliche Einrichtung und der fehlende Platz machten ihn für einen Moment wütend, aber er besann sich eines Besseren. Weil es Wichtigeres zu besprechen gab. Vor allem jetzt, wo Arabella sich in zweideutige Geschichten verstrickt hatte.

Als Jorin und Valyra sich am Küchentisch gegenübersaßen, wusste die Prinzessin nicht, wo sie anfangen sollte. Sie hatte sich so platziert, dass sie das Turmfenster im Blick behielt – dabei wusste sie, dass sie im Ernstfall ohnehin nicht schnell genug wären. Rania besaß die Fähigkeit, sich völlig geräuschlos anzuschleichen, außerdem dauerte es vom Wald nur wenige Sekunden bis in die Küche. Sie säßen unweigerlich in der Falle, wenn ihre Stiefmutter sich auf den Weg begeben würde.

Valyra umschloss ein leeres Glas so fest mit ihrer Hand, dass die Adern blau hervortraten. Ihr Körper war zum Zerreißen gespannt, ihre Lippen bebten vor Anspannung. Jorin wiederum schien nichts von der Gefahr zu spüren, in der sie sich befanden. Neugierig schaute er sich in der Küche um.

»Du hast nicht zufällig etwas zu essen hier?«, fragte er und schubste Valyra vom Gedankenkarussell, in das sie sich verstrickt hatte.

Verwirrt hob sie den Blick, der auf die Tischplatte gerichtet war, und sah den Stallburschen an. »Essen?«, fragte sie. »Jetzt?«

Jorin lachte nervös und spielte an seinem Zeigefinger herum. »Seit Rania mich in diesen Käfig gesteckt hat, habe ich nichts bekommen. Lediglich einmal Wasser, aber … nichts zu essen.«

»Es tut mir leid«, meinte Valyra. »Wir haben selbst nichts zu essen. Es gibt nur einmal am Tag eine Portion und Rania sorgt dafür, dass es dabei bleibt.«

»In dieser ganzen Küche ist kein Essen?«, hakte Jorin verdutzt nach und sah sich abermals um.

Seine Verwirrung war verständlich, dennoch schüttelte Valyra den Kopf. »In den Schränken gibt es nur Teller, Töpfe und Besteck. Keinerlei Nahrung. Alles, was Rania braucht, zaubert sie herbei. Mehr gibt es nicht.«

Jorin seufzte und verschränkte die Hände vor der Brust. Eine Weile sah er die Prinzessin nur an, doch schließlich war es Valyra, die das Schweigen nicht länger ertrug.

»Was meinte sie damit?«, flüsterte sie und brauchte einen Moment, um ihre Gedanken zu ordnen. Sie atmete tief durch. »Was meinte Arabella damit, dass ein Kind tot ist?« Hilfe suchend sah sie Jorin an.

»Ich denke nicht, dass wir ihr in diesem Zustand glauben sollten«, erwiderte er und schüttelte gleichzeitig den Kopf. »Du hast doch selbst gesagt, dass Rania sie auf irgendeine Weise … steuern kann. Sie scheint sehr verwirrt.«

»Aber nicht in dem Moment, in dem sie es gesagt hat«, hielt Valyra dagegen. »Ihr Blick war klar. Es wirkte tatsächlich, als wollte sie uns etwas sagen. Aber wenn sie recht hat …« Ihre Stimme brach. Es tat schon weh, den Satz nur in Gedanken zu Ende zu führen. Sie war sich nicht sicher, ob sie ihn in Worte fassen konnte.

»Gib nicht so viel auf das, was sie sagt«, meinte Jorin noch, doch Valyra schüttelte den Kopf.

»Arabella war eine Weile allein mit Rania. Gut möglich, dass sie ihr Dinge verraten hat, die ich nicht weiß. Vielleicht hat sie ihr etwas gesagt … und es so tief in ihrem Unterbewusstsein verankert, dass sie darauf nicht zugreifen kann. Dass es … aber manchmal hochkommt … und …« Valyra seufzte. Dann knüpfte sie an ihre Worte an: »Wenn wirklich eine von uns tot sein sollte … kommen nur zwei infrage.«

»Estelle und Tatjana«, schloss Jorin aus ihren Erzählungen, woraufhin Valyra nickte.

»Ja. Die beiden sind aus der Scheinwelt verschwunden und ich hatte mich so an die Hoffnung geklammert, dass sie es geschafft haben, aber …«

Über den Tisch hinweg griff Jorin nach Valyras Hand und umschloss sie mit seiner. Sein Griff war warm, seine Berührung beruhigend.

»Wenn Estelle tot ist«, flüsterte Valyra und blickte in ein Paar ozeanblauer Augen, in denen sie Trost finden konnte. »Ich ertrage das nicht. Ich … glaube, ich würde auch sterben.«

Jorin schob den Stuhl nach hinten und erhob sich. Langsam kam er auf Valyra zu und ging vor ihr in die Knie. »Schau mich an«, bat er, woraufhin die Prinzessin den Blick zu ihm wandte. »Wir dürfen nicht damit anfangen, uns wegen Dingen fertigzumachen, die wir nicht sicher wissen. Es gibt genügend Probleme zu lösen, da können wir es uns nicht leisten, noch mehr anzuhäufen. Vielleicht hat Rania Arabella diese Information nur gegeben, um sie zu ängstigen. Vielleicht stimmt es nicht. Vielleicht hat Arabella fantasiert. Was auch immer es ist, wir werden uns nicht verrückt machen, solange wir es nicht sicher wissen. In Ordnung?«

Valyra seufzte. Es hatte etwas Beruhigendes, in seine Augen zu blicken, weil man sich in ihnen verlieren konnte. Weil sie an einen Himmel ohne Wolken erinnerten.

Jorin breitete die Arme aus und schloss das blonde Mädchen in ihnen ein. Er roch nach Wald und Erde, nach Zuversicht und Zuhause. Die Prinzessin vergrub ihren Kopf an seiner Schulter und hatte Mühe, ihr Herz zu ignorieren, das auf einmal wie wild klopfte.

»Irgendwie werde ich euch aus dieser Hölle befreien«, sagte Jorin und auch wenn er kein Versprechen geben konnte, war es schön, seinen Worten zu lauschen. Es war schön, zu erkennen, dass er noch Hoffnung hatte und sein Kopf nicht einem öden Wüstenfeld glich, so wie es bei Valyra der Fall war.

»Es fällt mir so schwer, positiv zu denken, wenn jeder Tag mich einen neuen Schrecken lehrt«, flüsterte sie an seinem Ohr.

Als der Stallbursche sich von ihr löste, tat es beinahe körperlich weh. Von jetzt auf gleich verschwand die Wärme, verschwand die Zuversicht. Und Valyra fiel wieder in das tiefe Loch, aus dem sie eben gekrochen war.

»Eins nach dem anderen«, flüsterte Jorin und brachte ein Lächeln zustande. »Wir drei sind noch am Leben. Und solange ich atme, hoffe ich.«

»Es tut gut, dass du hier bist«, flüsterte Valyra. »Und doch solltest du wieder gehen. Wenn Rania dich hier findet … wenn sie begreift, dass ihr Geheimnis nicht mehr länger vor uns sicher ist, wird sie zu ganz anderen Mitteln greifen.«

Nur ungern schickte Valyra Jorin zurück in den Käfig. Es tat gut, einen Menschen mit klarem Verstand bei sich zu haben.

Doch der Stallbursche nickte. »Du hast recht, wir dürfen kein Risiko eingehen. Kommt ihr mich wieder besuchen?«

»Natürlich. Sobald es geht.«

»Vielleicht hast du dann gute Nachrichten für mich«, sagte Jorin und lächelte erneut.

Dieses Mal führte es jedoch nur dazu, dass Valyra sich noch elendiger fühlte. Welche guten Nachrichten sollte sie schon haben? Die Nacht würde sie im Wald verbringen, um nach einer Zutat zu suchen, die Rania näher an ihr Ziel brachte. Danach würde sie schlafen – vielleicht würde sie die Zwillinge sehen, aber auch das half nicht.

»Nun zieh nicht so ein Gesicht«, beschwerte Jorin sich. »Wir haben immer noch eine Chance.«

»Dein Optimismus ist wirklich unerschütterlich«, erwiderte die Prinzessin.

»Irgendeiner muss doch positiv denken«, meinte er überzeugt.

Aber Valyra wusste, dass denken allein nicht reichte.

Schwerfällig erhob sie sich und ging vor Jorin die Treppe hinunter, die sie in den Keller und schließlich in sein Gefängnis führte. Widerwillig schloss sie ihn ein, aber es war unumgänglich. Rania durfte nicht erfahren, dass die Schwestern mehr wussten, als sie ihnen erlaubte. Hoffentlich hielt Arabella den Mund! Nach dem Anfall war sich Valyra da nicht so sicher.

»Ganz schön dunkel hier unten«, meinte Jorin, als er wieder im Käfig saß.

»Ich bringe dir das nächste Mal Licht mit«, versprach Valyra, dann verließ sie den Raum und schloss die Tür hinter sich.

Sie hatte ein mulmiges Gefühl dabei, ihn allein zu lassen. Vielleicht hätten sie alle drei aus dem Turmfenster springen sollen – manchmal war der Tod besser als alle Alternativen des Lebens.

Mit schwerem Herzen ging Valyra in die Küche zurück, wo sie alle Spuren beseitigte, sodass Rania keinen Verdacht schöpfte.

Mit hängenden Schultern suchte sie ihre Kammer auf. Vielleicht würde sie ein wenig Schlaf finden, bevor sie abermals in den Wald gehen musste, um einer Frau zu dienen, die sie mehr verabscheute als alles andere auf der Welt.

Arabella schlief tief und fest, als Valyra das schmale Zimmer betrat. Es war ihr unmöglich, ebenfalls Platz zu finden. Notdürftig lehnte sie sich gegen die Wand, denn sich auszustrecken war undenkbar. Sie war so aufgekratzt, in ihrem Kopf tobten so viele Gedanken, dass sie weder ein noch aus wusste. Tief atmete sie durch, bis sie eine Stimme vernahm, die aus einem anderen Zimmer kam.

Valyras Kopf schoss herum. Sie richtete sich auf und stolperte über Arabellas Beine. Schnell stieß sie die Tür auf und prallte im Flur mit Rania zusammen. Scharf sog Valyra die Luft ein.

Streng blickte die Stiefmutter auf sie hinab und schürzte die Lippen. »Wo ist deine Schwester?«, fragte sie kurz angebunden, woraufhin Valyra nur schnell den Arm hob und auf ihre Kammertür zeigte. Rania machte ein abfälliges Geräusch. »Ihr mögt es wohl, beengt zu wohnen«, sagte sie kühl. Einen Wimpernschlag später eröffnete sie Valyra: »Du wirst heute früher in den Wald gehen. Du hast einen langen Weg vor dir.«

Der Prinzessin widerstrebte es, den Turm zu verlassen, jetzt, wo Jorin im Käfig gefangen gehalten wurde und ihre Schwester schon wieder einen Anfall gehabt hatte. Dennoch durfte sie Rania nicht zeigen, was sie fühlte. Ihre Stiefmutter sollte auf keinen Fall mitbekommen, mit welchen Ängsten sie sich herumschlug, denn ein falscher Blick konnte ihren Plan vereiteln.

»Was muss ich heute suchen?«, fragte sie mit fester Stimme.

Die Hexe legte den Kopf schief und lächelte mild. »Wir haben es fast geschafft«, sagte sie zuckersüß. Ihre Augen glänzten. Für den Bruchteil einer Sekunde wirkte sie zufrieden mit sich und der Welt.

In Valyra breitete sich die nackte Angst aus.

»Heute brauchen wir vier Froschschenkel«, erklärte Rania und lachte belustigt. »Es dürfen jedoch keine gewöhnlichen Frösche sein. Ich brauche eine bestimmte Spezies, die es nur in dem südlichen Teil des Waldes gibt. Sie sind violett, haben große grüne Augen und quaken nicht, sondern summen. Valyra, hörst du mir überhaupt zu?«

Als sie direkt angesprochen wurde, zuckte die Prinzessin zusammen. Dennoch konnte sie ihren Blick nicht von Ranias Kammer abwenden. Die Tür stand einen Spaltbreit offen, sodass sie in den Raum schauen konnte, in dem sich ein helles goldenes Licht ausbreitete. Unbemerkt versuchte Valyra, einen Schritt auf die Tür zu zu machen, aber Rania baute sich vor ihr auf, sodass sie kaum noch etwas sehen konnte.

»Du scheinst mir heute sehr abgelenkt«, erkannte ihre Stiefmutter, dann klatschte sie zweimal in die Hände.

Beim ersten Mal fiel die Tür der Kammer zu, beim zweiten Mal spürte Valyra einen stechenden Schmerz an ihrer Wange. Sie biss die Zähne zusammen und musste gegen die Tränen ankämpfen.

»Habe ich jetzt deine Aufmerksamkeit?«, fragte Rania. »Ich weiß ohnehin nicht, was in den letzten Tagen mit dir los ist.

Vielleicht war es ein Fehler, dir deine Schwester so früh zu zeigen.«

Nachdenklich kratzte sich die schwarzhaarige Frau am Kinn, doch bevor sie eine Möglichkeit bekam, sich weitere diabolische Pläne auszudenken, meinte Valyra schnell: »Frösche also. Nun gut, worauf muss ich achten?«

Ranias Blick wurde wieder klar. »Vier Schenkel müssen es sein, von mindestens zwei unterschiedlichen Tieren. Wie du sie tötest, ist mir gleich, du kannst ihnen die Schenkel auch bei lebendigem Leib ausreißen. Hauptsache, du bringst sie mir.«

Valyra nickte.

Rania sah sie noch einen Moment scharf an, dann klatschte sie abermals in die Hände.

Eine Sekunde später trug Valyra einen Mantel, festes Schuhwerk sowie ihren Rucksack. Rania machte eine wegwerfende Handbewegung, die der Prinzessin verdeutlichte, dass sie sich auf den Weg begeben sollte. Und dennoch kämpfte alles in Valyra dagegen an. Sie wollte ihre Schwester und Jorin nicht allein lassen.

Widerwillig ging sie trotzdem in die Küche, weil sie wusste, dass Widerstand zwecklos war. Schneller als sonst wurde sie in die Luft geschleudert und fand sich alsbald auf dem Waldboden wieder. Noch war der Himmel klar und wolkenlos.

Valyra warf einen letzten Blick zum Turmfenster. Sie konnte nur ahnen, was Rania mit Jorin und Arabella vorhatte.

Ihr Vater war immer der Ansicht gewesen, dass die Angst vor der Angst schlimmer war als die Angst selbst. So stellten sich die eigenen Vorstellungen und düsteren Vorahnungen meistens als schrecklicher heraus.

Daran wollte Valyra glauben. Und doch fiel es ihr angesichts der letzten Monate schwer. Vielleicht – so kam ihr auf einmal ein Gedanke – sollte ihre Geschichte nicht gut ausgehen. Vielleicht war Ranias Bann zu stark und sie würden auf ewig Schachfiguren in ihrem perfiden Spiel sein. Auf ewig – oder so lange, bis sie es sich anders überlegte.

Wenn sie wenigstens wüsste, wie es Estelle und Tatjana ging. Ihr kam es vor, als hätte sie die beiden eine Ewigkeit nicht gesehen.

Viele Stunden lang durchquerte Valyra bekanntes Gefilde, ohne eine Pause zu machen. Ein Eichhörnchen kreuzte ihren Weg und sah sie mit erschrockenen Augen an, bevor es davonrannte. Vögel saßen in den Baumwipfeln und zwitscherten ihre Lieder, der Wind strich sanft durch das Geäst.

Früher hätte sich Valyra an der Schönheit der Natur erfreut, heute stimmte sie sie nur traurig. Denn jedes Mal, wenn ein Vogel sich meldete, musste sie an ihre Mutter denken, die die gefiederten Tiere so sehr geliebt hatte. Vor allem Rotkehlchen hatte sie gemocht.

Valyra blinzelte ihre Tränen weg und legte den Kopf in den Nacken.

»Mein liebes Kind, wenn du dich im Palast manchmal wie in einem goldenen Käfig fühlst, vergiss nie, dass du ein Vogel bist und Flügel hast. Die höfische Etikette mag diese eng an deinen Körper pressen,

aber wenn es darauf ankommt, kannst du sie zum Schlagen bringen. Und wegfliegen. Denn diese Fähigkeit kann dir niemand nehmen.«

Valyra schluckte schwer, als sie an die warmen Augen ihrer Mutter dachte. Noch immer erinnerte sie sich an das Gefühl, von ihr umarmt zu werden. An ihren süßlichen Geruch, der keinem Parfüm oder einem Wässerchen geschuldet war, sondern zu ihr selbst gehörte.

Die letzten Wochen vor ihrem Tod waren für Valyra die schlimmste Zeit ihres bisherigen Lebens gewesen. Ja, sogar schlimmer als die Monate, die sie bei Rania fristen musste. Ihre Stiefmutter trieb Psychospielchen mit ihr, versuchte ihr wehzutun und ihre Lieben gegen sie auszuspielen. Doch all das traf Valyra nur am Rande. Viel schlimmer war das Gefühl, auf der Stelle zu treten und nicht voranzukommen. Das Sterben ihrer Mutter hingegen hatte Valyra in mehr als einer Hinsicht überfordert. Ihre Krankheit war nicht von heute auf morgen gekommen, sondern hatte sich langsam angekündigt. Angeschlichen wie eine Schlange. Und Valyra wusste nun, dass man das Unheil nicht immer aufhalten konnte.

Ohne Estelle hätte sie die kräftezehrende Zeit wohl nicht überstanden. Ihre ältere Schwester war zwar kein direkter Muttersatz – aber der Mensch, bei dem sie sich ausweinen konnte.

Als die Königin über Brahmenien ihren letzten Atemzug getan hatte, waren vier ihrer Schwester anwesend. Tatjana wohnte ihrem Tod nicht bei, denn sie hatte sich mit ihrer Stute Landorsa in die Wälder geflüchtet. Und Valyra … hatte es nicht geschafft.

Sie erinnerte sich an den Moment, in dem ihr Vater ihr gesagt hatte, dass es auf das Ende zuging, und die Prinzessinnen ein letztes Mal in die Gemächer der Königin bat. Sie erinnerte sich an die alte, vom Leben gezeichnete Hand ihres Vaters, die er ihr entgegengestreckt hatte. Aber sie konnte sie nicht ergreifen.

Sie war zu schwach gewesen.

Sie wollte den Tatsachen und dem Tod nicht ins Auge sehen, zu groß war der Schmerz, der in ihrem Inneren tobte und sie bewegungsunfähig machte.

Und so hatte Valyra vor dem Schlafzimmer gestanden, nicht in der Lage, am Knauf zu drehen. Und sie hatte die gedämpfte Stimme ihrer Mutter gehört, das verhaltene Schluchzen der Schwestern und schließlich den Schmerzensschrei des Königs, als es vorüber war.

In diesem Moment hatte die jüngste Prinzessin es nicht mehr geschafft, sich auf den Beinen zu halten. Sie war in sich zusammengesunken wie ein nasser Sack und hatte eine gefühlte Ewigkeit am Boden ausgeharrt, bis Estelle sie schließlich fand.

Noch nie zuvor hatte Valyra so viel Schmerz gespürt, so viel Trauer und Wut. Wieso hatte es ihre Mutter getroffen?

Nacht für Nacht hatte sie sich bei Estelle ausgeweint und auch wenn diese es schaffte, ihre Tränen zu trocknen, gelang es ihr doch nicht, Valyra zurück in das Leben zu holen.

Das hatte nur der Brief ihrer Mutter geschafft, den sie unter ihrem Kopfkissen gefunden hatte.

Denk immer daran, dass du ein Vogel bist – und niemand dir deine Flügel stehlen kann.

Entschlossen reckte Valyra das Kinn. Es war kein Zufall, dass ihr die Erinnerung an den Brief jetzt gekommen war. Obwohl ihre Mutter nicht mehr auf dieser Erde weilte, schien sie immer noch unter ihnen zu sein, besetzte Gedanken und Visionen, Gefühle und Augenblicke.

Das Mädchen schlang die Hand um die Brosche und spürte die Wärme, die ihr innewohnte. Wenn sie ein Vogel war, konnte sie auch Ranias Käfig entkommen. Sie musste nur geduldig sein.

Als Valyra auf einem umgekippten Baumstamm eine Pause einlegte, wurde ihr bewusst, dass Rania ihr nichts zu trinken mitgegeben hatte. Mittlerweile war sie seit einigen Stunden unterwegs, ihre Kehle trocken und eine Quelle nicht in Reichweite.

Ob ihre Stiefmutter das beabsichtigt hatte? Oder war es im Eifer des Gefechts geschehen und sie wollte Valyra nur schnell loswerden, um sich den anderen beiden zuzuwenden?

Für einen Augenblick schloss Valyra die Augen. Langsam dämmerte es, aber ihr Ziel hatte sie immer noch nicht erreicht. Bis sie im südlichen Teil des Waldes angekommen war, würde es sicher noch einmal hundert Minuten dauern. Schon jetzt waren ihre Füße müde, ihre Motivation gering und ihr Körper schwer. Am liebsten wäre sie einfach sitzen geblieben, in der Hoffnung, dass sich die Dinge von allein klärten.

Aber das taten sie nicht.

Und deshalb stand sie schweren Herzens auf. Ihre Kehle brannte wie Feuer.

Valyra klopfte sich die Erde von der Hose und schulterte den Rucksack, in dem sich heute lediglich ein Messer befand. Das hätte sie auch in ihrem Mantel verstecken können. Nun musste sie unnötig Ballast mit sich herumschleppen.

Obwohl sie durstig war und Anstrengung vermeiden wollte, ging sie zielstrebig weiter. Gerade heute sollte sie sich nicht länger als nötig in diesen Gefilden aufhalten.

Ein Wind zog auf, der langsam, aber sicher immer heftiger wurde. Valyra schloss ihre Jacke und versteckte den Hals im Kragen. Sie warf einen Blick gen Himmel, der sich zusehends verdunkelte und an dem nun dicke schwarze Wolken standen. Es war nichts Ungewöhnliches, dass das Wetter schnell umschlug, aber Valyra war alles andere als in der Stimmung für einen heftigen Regenguss.

Sie murmelte noch ein Stoßgebet, als sie bereits von den ersten Tropfen getroffen wurde. Noch einmal steigerte sie ihr Tempo. Vielleicht konnte sie schon auf dem Heimweg sein, wenn der Regen sich intensivierte.

Doch alle Mühen blieben umsonst. Valyra unterdrückte einen Fluch, als sich die Tropfen innerhalb weniger Minuten in ein regelrechtes Unwetter verwandelten. Schon bald gesellten sich Blitz und Donner dazu, sodass der Boden erbebte. Regentropfen prasselten wie Bindfäden auf die Erde. Binnen weniger Sekunden war Valyra klatschnass. Ihr Mantel hatte zwar eine Kapuze, aber das half auch nicht wirklich.

Sie kniff die Augen zusammen, sodass sie den Wald nur noch durch Schlitze sah. Weiterhin bewegte sie sich zügig fort, doch bald wurde genau das immer schwieriger, weil der Boden durch den Regen nass geworden war und der Schlamm Valyra in unregelmäßigen Abständen ins Straucheln brachte.

Verärgert presste sie die Lippen aufeinander. Musste es gerade heute ein Unwetter geben? Sie hatte wahrlich Besseres zu tun, als wie eine Betrunkene durch den Wald zu schlittern. Hinzu kam, dass es merklich abgekühlt hatte und sie zu frieren begann.

Auf der einen Seite wollte sie den Kopf gesenkt halten, um so dem Regen ausweichen zu können, auf der anderen Seite war sie gezwungen, genau das nicht zu tun, weil sie den Weg vor sich sonst nicht sah und Gefahr lief, sich zu verirren.

Valyra achtete genau darauf, wohin sie ihre Schritte setzte. Jeder Donnerschlag hallte in ihrem Herzen wider, jeder Blitz ließ den Wald taghell erstrahlen.

Der Weg wurde schmaler und führte die Prinzessin direkt ins Dickicht. Sie hasste diesen Teil des Waldes, er war dunkel und ungemütlich. Die Äste warfen gespenstische Schatten auf den Grund, die durch das Licht des Mondes zusätzlich reflektiert wurden. Immerhin standen die Bäume hier so dicht, dass ein Teil des Regens aufgehalten wurde.

Valyra blieb kurz stehen, um Luft zu holen. Obwohl sie jede Nacht stundenlang unterwegs war, bekam sie noch immer leicht Seitenstechen.

Ein Blitz zuckte über den Himmel, gefolgt von einem Donnergrollen, was bedeutete, dass das Gewitter nicht mehr weit weg war.

Schutz suchend schlang Valyra die Arme um ihren Oberkörper und kämpfte sich weiter voran. Der Weg wurde steiniger und es ging allmählich bergauf. Japsend holte die Prinzessin Luft. Gern hätte sie sich irgendwo untergestellt, aber der Wald bot dazu keine Möglichkeit. Nach einer Jagdhütte oder Ähnlichem suchte man hier vergebens.

Wasser drang in Valyras Schuhe, sie spürte es mit jedem Schritt. Prüfend warf sie einen Blick in den Himmel, aber es sah nicht so aus, als würde sich das Unwetter bald legen.

Dies war der Moment, in dem sie das Knurren hörte. Es drang durch das Rauschen des Regens und ließ sie erzittern. Ihr Herz klopfte in einem wilden Stakkato, ihr Atem ging abgehetzt.

Das Knurren erklang erneut, gefolgt von schnellen Schritten, die auf dem nassen Boden schmatzende Geräusche erzeugten.

Die Prinzessin spitzte die Ohren, doch ihre Angst war allgegenwärtig, sodass sie kaum klar denken konnte. Noch einmal sah sie sich um, dann griff sie blitzschnell nach ihrem Rucksack und öffnete den Verschluss. Doch als das Messer in ihrer Hand lag, fühlte sie sich nur minimal sicherer.

Die Schritte wurden immer lauter und Valyra erkannte, aus welcher Richtung sie kamen. Mit zitternden Fingern hielt sie das Messer hoch, gleichzeitig fragte sie sich, ob es besser war, das Weite zu suchen.

In der Dunkelheit sah sie auf einmal ein Augenpaar gelb aufblitzen. Gleichzeitig zuckte ein Blitz über den Himmel, sodass Valyra die Gestalt, die nur noch wenige Meter von ihr entfernt war, für den Bruchteil einer Sekunde erkennen konnte.

Und da wusste sie, dass ihr letztes Stündlein geschlagen hatte.

Am Rande ihres Blickfeldes stand ein gigantischer Keiler. Er hatte den Kopf in die Luft gestreckt, sah gleichzeitig majestätisch, angsteinflößend und tödlich aus. Seine Ohren standen aufrecht, die Hauer leuchteten im Mondlicht. Etwa einen Wimpernschlag lang blieb das Tier mit dem schlammigen braunen Fell stehen, dann erblickte es Valyra und rannte mit bahnbrechender Geschwindigkeit auf sie zu.

Die Prinzessin begann zu schreien, schoss herum und floh den Berg wieder hinunter. Das Messer fiel ihr aus der Hand und auch den Rucksack konnte sie nicht bei sich behalten. Ihre Schritte überschlugen sich, in ihren Ohren hatte sich das grauenhafte Röcheln des Keilers festgesetzt.

Sie stolperte über einen Stein und wäre beinahe gefallen. Den Blick nach hinten wagte sie nicht. Das Klopfen ihres Herzens war Beweis genug, in welch großer Gefahr sie sich befand.

Obwohl ihr Kopf wie leer gefegt war, schlich sich auf einmal ein Bild in ihre Gedanken. Es zeigte den Jäger Henrik, der sein Leben verloren hatte, nachdem er im Wald auf ein Wildschwein gestoßen war. Valyra erinnerte sich an die Trauerfeier, die die Dienerschaft ausgerichtet hatte … und an die Eckzähne des Tieres, das nach seinem Angriff erschossen worden war.

Hitze stieg in ihre Wangen, doch ihre Zähne klapperten. Sie gab sich Mühe, auf den Weg zu achten, jedoch machten die Nacht und das schnelle Tempo ihr einen Strich durch die Rechnung.

Valyra konnte nur hoffen, dass ihre Füße auf sicheren Grund trafen. Mit den Armen ruderte sie in der Luft, um noch schneller zu werden. Wie lange konnte sie dieses Tempo beibehalten? Würde es reichen, um den Keiler abzuhängen?

Die Prinzessin hatte den Gedanken noch nicht zu Ende geführt, da musste sie schon über ihn lachen. Wie sollte es einem Menschen gelingen, ein Wildschwein abzuhängen? Noch dazu eins, das gezielt Jagd auf einen machte? War es das – das Ende? Fand sie es nicht durch Rania, sondern durch ein wildes Tier, das instinktgesteuert handelte?

Tränen liefen Valyras Wangen hinab. Nun warf sie doch einen schnellen Blick über ihre Schulter, sah die Bestie aus den Augenwinkeln.

Sie wollte sich wieder dem Weg vor ihr zuwenden, doch es war zu spät. Valyra stolperte erneut, traf mit dem rechten Fuß auf ein Hindernis auf dem Boden und geriet ins Schwanken. Dieses Mal gelang es ihr nicht, das Gleichgewicht zu halten. Sie fiel vornüber, kam mit einem harten Aufprall auf dem Boden auf und überschlug sich mehrere Male.

Vor Angst biss sie sich auf die Zunge und schmeckte ihr eigenes Blut, das sich warm in ihrer Mundhöhle sammelte. Schmerz zuckte durch ihre rechte Hand und auch das Bein schien verletzt zu sein.

Valyra wollte sich wieder hochkämpfen – irgendwie aufstehen, damit sie ihre Flucht fortsetzen konnte. Doch durch den Sturz hatte sie wichtige Sekunden verloren – Sekunden, die ihr jetzt fehlten. Sie schaffte es gerade, sich auf die Knie zu stützen, da spürte sie einen Schatten, der sie von hinten überwältigte.

Ich habe es versucht, war ihr letzter Gedanke, bevor sie ein Kind der Schwärze wurde.

Ihr Haar war wieder lang und wild, ihre Haut weich und zart. Der Körper nicht mehr von Wunden gepeinigt und auch ihr Herz hatte sich beruhigt. Als Valyra aufstand, fühlte sie sich schwerelos und leicht wie eine Feder.

Überrascht schaute sie an sich hinunter. Sie trug ein dünnes kurzes Sommerkleid aus weißer Spitze, welches ihrer kindlichen Figur schmeichelte. In Brahmenien hätte sie sich umziehen müssen, aber hier fühlte sie sich wohl.

Doch wo war hier*?*

Was *war* hier?

Valyra schaute sich um. Sie befand sich noch immer im Wald, aber er hatte sein Antlitz gewandelt, die dunklen Seiten abgelegt und Platz gemacht für das Licht. Die Wiese, auf der sie aufgewacht war, war so grün, dass es beinahe in den Augen schmerzte,

Mit den Fingern strich Valyra über den grünen Teppich, der von der Sonne erwärmt wurde. Überhaupt war es hier sehr warm. Nicht so wie in Brahmenien, aber angenehm. Auf der Wiese blühten zahlreiche Blumen, auch solche, die die Prinzessin noch nie gesehen hatte. Der Himmel, der sich über sie spannte wie ein hellblaues Zelt, war wolkenleer und frei. Ein Vogel flog darüber und schien mit seinen ausgestreckten Flügeln die ganze Welt zu umfassen.

Das hier war kein Käfig mehr. Valyra war nicht länger gefangen. Von innerer Glückseligkeit erfüllt, streckte sie die Arme aus und drehte sich mehrmals um die eigene Achse. Dabei fiel ihr auf, dass sie keine Schuhe trug. Ihre Füße waren nackt, doch der Boden unter ihnen fühlte sich weich und angenehm an.

Noch immer wusste die Prinzessin nicht, wo genau sie sich befand, aber sie fühlte sich so gut, ruhig und ausgeglichen wie schon lange nicht mehr. Ihre Sorgen schienen mit einem Mal verschwunden oder schrumpften auf ein Minimum zusammen, das sie nicht weiter kümmerte. Valyra lachte und genoss den Moment, als die Sonne ihre Haut erwärmte.

Doch auf einmal fiel ihr alles wieder ein. Und das war der Augenblick, in dem sie in sich zusammensank, in dem ihr zierlicher Körper auf die blumenübersäte Wiese prallte. Deutlich erinnerte die Prinzessin sich an den Keiler, der Jagd auf sie gemacht hatte. An ihre missglückte Flucht und den Moment, in dem sie überwältigt wurde.

Es war unmöglich, den Angriff eines solchen Tieres zu überleben. Demnach war das hier …

Das Jenseits? Der Himmel?

Bisher hatte Valyra sich nie viele Gedanken über ein Leben nach dem Tod gemacht, weswegen sie ihre Vorstellungen auch nicht mit dem Ort vergleichen konnte, an dem sie aufgewacht war. Aber ihr gefiel die Ruhe. Der Frieden, der sogar in der Luft greifbar schien.

Dennoch fühlte sie sich schrecklich allein. Wie lange würde dieser Zustand andauern? Musste sie abwarten, bis jemand sie holte?

Langsam rappelte die Prinzessin sich auf und ging über die Wiese, ohne ein rechtes Ziel vor Augen. Sie lief eine Weile, doch die Umgebung änderte sich nicht. Es schien, als wäre die Natur grenzenlos und an keine irdischen Regeln gebunden.

Valyra legte den Kopf in den Nacken und schloss die Augen, um die Ruhe dieser Welt zu genießen, als sie einen Druck auf ihrer Schulter spürte. Verwirrt drehte sie sich um und merkte, wie sich ihr Körper anspannte. Sie musste den Kopf heben, um die Gestalt, die sich zu ihr gesellt hatte, ganz ausmachen zu können.

Die junge Frau trug ein langes weißes Kleid, das sich wie eine zweite Haut um ihren schlanken Körper legte. An den Ärmeln fanden sich goldene Verzierungen. Die Haare der Fremden waren von einem so starken Rot, dass Valyra ins Straucheln kam. Sie kniff die Augen zusammen, um besser sehen zu können. Möglichst genau studierte sie das Gesicht der Gestalt – ein junges Gesicht, ganz ohne Falten und Zeichen des Alters. Und dennoch … dauerte es nicht lange, bis Valyra wusste, wer neben ihr stand. Ihre Beine begannen zu zittern, doch die fremde Frau hinderte sie vor einem weiteren Fall, indem sie ihre Arme um die Prinzessin legte.

Nun gab es keinen Zweifel mehr.

Sie roch genauso wie damals … nach Kindheit, Liebe und Geborgenheit. Gierig sog Valyra ihren Duft ein und blinzelte die Tränen weg, die ihr in die Augen stiegen. Mühsam drückte sie die Frau von sich. »Mama?«, hauchte sie.

Ihre Mutter nickte. Ein liebevolles Lächeln lag auf ihren Lippen.

»Ist das der Himmel?«, wollte Valyra wissen und blieb an ihren grünen Augen hängen.

Würde sie gleich Estelle treffen? Oder Tatjana? Die schreckliche Vorstellung verkrampfte ihr Herz so sehr, dass sie kaum mehr atmen konnte. Dennoch war sie überrascht, als ihre Mutter den Kopf schüttelte.

»Dies ist eine Zwischenwelt«, sagte sie mit melodiöser Stimme, aber nicht ohne Nachdruck. »Hier landet man, wenn man das irdische Leben verlassen hat.«

»Das heißt … ich bin tot?« Weil ihr urplötzlich kalt wurde, schlang Valyra die Arme um ihren Oberkörper.

Ihre Mutter strich ihr durch das seidige Haar. »Du bist nicht tot. Du bist nur im Übergang. Aber du wirst diese Welt wieder verlassen und zurückkehren. Es ist noch nicht deine Zeit.«

»Kannst du … Kannst du mich zurück nach Brahmenien bringen? Mich, Ari und Jorin?« Flehend sah Valyra ihre Mutter an, die ihren Blick für eine Sekunde erwiderte, aber dann entschuldigend den Kopf schüttelte.

»Dazu bin ich nicht in der Lage. Du … musst zurück. An den Ort, an dem das Unheil zu wachsen begann.«

Ihre Mutter sah so traurig aus, wie Valyra sich fühlte. Die Prinzessin lehnte sich an ihre Schulter. Wie sehr hatte sie es vermisst, sie zu berühren. Sie zu spüren. Ihre Stimme zu hören!

»Ich schaffe das nicht, Mama. Ich habe alles versucht, es reicht nicht!« Mit dem Handrücken wischte sie sich über die feuchten Augen.

Die Königin stellte sich vor Valyra auf und fasste sie an den Schultern. »Wir bekommen im Leben immer nur so viel, wie wir bewältigen können. Es ist schwer – das weiß ich. Aber wenn du an dich selbst und deine Fähigkeiten glaubst, wirst du es schaffen.«

Es lag so viel Hoffnung in ihrer Stimme, aber sie prallte an Valyra ab.

»Weißt du überhaupt, wie grausam sie ist? Zu was sie imstande ist?« Anklagend sah die Prinzessin ihre Mutter an, die nur traurig nickte.

»Das weiß ich genauso gut wie du, mein Schatz. Die dunkle Seite ist mächtig, daher ist es umso wichtiger, dass wir uns nicht von ihr anstecken lassen.«

Seufzend schaute Valyra auf die Wiese, als ihr ein Gedanke kam. »Die Brosche«, fiel es ihr ein. Neugierig musterte sie ihre Mutter. »Sie … scheint Kräfte zu haben.«

Die Königin streckte ihre feingliedrigen gepflegten Finger aus und presste sie gegen Valyras Brust. »Mein Tod kam plötzlich, aber ich wollte euch nicht allein lassen. Ich hätte es schlichtweg nicht übers Herz gebracht. In diesen Schmuckstücken lebt ein Teil von mir … Wenn ihr sie tragt und an mich denkt, bin ich bei euch.«

»Aber …« Valyra trat von einem Fuß auf den anderen. »Es sind doch nur Schmuckstücke … Wie kann es sein, dass …«

Auf einmal sah sich ihre Mutter um. Auf ihrem Gesicht lag ein gehetzter Ausdruck; ihre Lippen waren fest zusammengekniffen. »Wir dürfen uns nicht so lange unterhalten, Valyra«, sagte sie und sah ihre Tochter entschlossen an.

»Aber … kannst du nicht irgendetwas für mich und Arabella tun? Wir sind so verzweifelt. Nichts … scheint zu funktionieren, all unsere Pläne scheitern.« Frustriert schob Valyra die Lippe vor.

Ihre Mutter legte den Zeigefinger vor ihren Mund, dann beugte sie sich zu der Prinzessin hinunter, um ihr etwas ins Ohr zu flüstern. »Ich kann nicht viel für dich tun, aber ich kann dir Worte mit auf den Weg geben.«

Obwohl sie nicht unfreundlich sein wollte, schnaubte Valyra. »Von Worten habe ich genug. Ich kann ja nicht einmal mein Rätsel lösen.«

»Oh, du bist mittendrin, es zu lösen«, meinte ihre Mutter und lachte leise. »Aber nun hör mir gut zu. Worte sind wertvoll und haben eine ganz eigene Kraft, die es nicht zu unterschätzen gilt. Bewahre die, die ich dir nun gebe, tief in dir auf, bis du sie brauchst.«

Bis ich sie wofür brauche?, *wollte Valyra fragen, aber ihre Mutter war schneller.*

»Fermento alea sic«, hauchte sie, dann spürte die Prinzessin einen Lufthauch, der, anfangs zart und klein, immer stärker wurde.

Sie riss die Augen auf und sah gerade noch, wie der Körper ihrer Mutter durchscheinend wurde und jegliche Substanz verlor. Dann wurde sie ihr gewaltsam entrissen, bis sie schließlich selbst aus Wind bestand. Valyra breitete die Arme aus, aber alles, worauf sie traf, war Luft.

Als Valyra die Augen öffnete, war um sie herum nichts als Dunkelheit. Verwirrt richtete sie sich auf und klatschte in die Hände, um die Erde abzuschütteln, die an ihnen klebte. Sie hatte auf einem Waldboden gelegen … mitten in der Nacht.

Die Prinzessin blinzelte mehrmals, doch sie sah bloß ein paar Schatten, die auch bei näherer Betrachtung keine Formen ergaben. Sie fuhr sich durch die Haare, die wieder kurz und störrisch waren. Außerdem trug sie die Hose und ihren Mantel, nicht mehr das kurze Kleid aus der Zwischenwelt.

Ihre Mutter hatte ihr erzählt, dass sie noch nicht sterben würde – aber wo war sie? An der Stelle, an der der Keiler sie attackiert hatte?

Probeweise streckte Valyra ihre Arme und Beine aus und tastete ihren Körper ab. Offenbar schien sie keine Verletzungen davongetragen zu haben. Sie fühlte sich verwirrt, aber völlig gesund. Auf unerklärliche Weise hatte es sogar der Rucksack wieder zu ihr geschafft.

Die Prinzessin blies eine widerspenstige Strähne aus ihrer Stirn und überlegte, wie sie am schnellsten zurück zum Turm gelangen sollte, als sie in die Luft gehoben wurde. Nur wenige Augenblicke später landete sie in Ranias Küche.

Hatte ihre Mutter sie nach Hause gebracht?

Nach Hause. Valyra schauderte. Der Turm war sicher nichts, was sie als ihr Zuhause bezeichnen wollte. Unweigerlich ballte sie die Hände zu Fäusten.

In der Küche brannte nur ein einziges Licht, das von einer roten Kerze stammte, die auf dem Tisch stand. Rania saß auf einem der Stühle und hatte ihre Hände ineinander verschränkt. Als Valyra wieder Boden unter den Füßen hatte, schürzte sie die Lippen.

»Du warst lange unterwegs«, sagte ihre Stiefmutter nur. Offensichtlich hinterfragte sie Valyras Weg in den Turm nicht, sondern glaubte, sie wie jede Nacht von unten aufgelesen zu haben.

Obwohl es nicht viel Licht gab, sah Valyra, dass Rania ihre Augen schwarz angemalt hatte. Eine dicke, schwere Kette lag um ihren zierlichen Hals.

»Gib mir die Frösche«, befahl sie und streckte ihre Hand aus.

Schweiß brach Valyra aus. Die hatte sie völlig vergessen!

»Na los, wird's bald?!« Rania wurde ungehaltener.

Fieberhaft suchte Valyra nach einer Ausrede, doch ihr fiel nichts ein. Sie hatte viele Stunden im Wald verbracht und einiges erlebt, doch nichts davon konnte sie Rania erzählen. Den

Keilerangriff würde sie ihr wohl kaum abkaufen, da die Prinzessin unverletzt war. Und das Treffen mit ihrer Mutter … das kam ihr selbst so unwirklich vor, dass sie nicht wusste, was sie davon halten sollte.

Ungeduldig klatschte Rania in die Hände. Valyra wurde der Rucksack vom Körper gerissen. Sie sah noch, wie er über den Tisch schwebte und von der bösen Hexe aufgefangen wurde. Gierig löste sie die Bänder.

»Rania«, stammelte Valyra, doch in Wahrheit wusste sie nicht, was sie sagen sollte.

Die Zeit dehnte sich unnatürlich aus, ließ Sekunden zu kleinen Ewigkeiten werden. Valyras Herz klopfte immer heftiger, als sie sah, wie Rania ihre spitzen Finger in den dunklen Stoff steckte.

Zunächst legte sie das Messer auf den Tisch.

An wem würde sie dieses Mal ihren Zorn auslassen? Valyra wusste, wie es war, die Zielscheibe ihrer Wut darzustellen. Viel größer war ihre Angst, dass sie wieder Rache an ihrer Schwester oder Jorin nahm.

Die Hände der Prinzessin wurden schweißnass. Dann sah sie, wie ihre Stiefmutter vier Froschschenkel aus dem Rucksack holte, seltsam beäugte und schließlich auf die Tischplatte legte.

Valyra riss die Augen auf.

»Du warst zwar sehr lange unterwegs, aber immerhin hast du die richtigen Tiere gefunden«, meinte Rania. In ihrer Stimme lag nun Gleichgültigkeit. Sie nahm die Schenkel an sich und schnippte mit den Fingern. »Hier ist dein Essen. Ich habe noch etwas zu tun, lass es dir schmecken.«

Mit diesen Worten und einem Teller Klößen ließ sie Valyra allein.

Als die Prinzessin vor dem Turm wach geworden war, hatte sie das Treffen mit ihrer Mutter für einen sehr echten, aber nicht realen Traum gehalten. Das Fehlen etwaiger Verletzungen und die Froschschenkel bewiesen das Gegenteil.

Aber nicht nur das.

Valyra saß vor ihrem Abendessen, doch ihre ganze Aufmerksamkeit galt der Brosche, in deren Körper nun drei Worte eingraviert waren: *Fermento alea sic.*

In der Hoffnung, Arabella dort zu finden, nahm Valyra ihren Teller und ging in ihre Kammer, die sie allerdings leer vorfand. Wo hielt sich ihre Schwester auf?

Allzu viele Möglichkeiten gab es nicht.

Valyra schwirrte der Kopf angesichts der vielen Ereignisse, die diese Nacht für sie bereitgehalten hatte. Einerseits wollte sie mit ihrer Schwester darüber reden, andererseits waren ihre Gedanken ein so heilloses Durcheinander, dass das Nachdenken sie schon anstrengte. Fest massierte sich Valyra die schmerzenden Schläfen und seufzte. Sie hatte zwar keinen allzu großen Hunger – dennoch aß sie etwas, weil die nächste Mahlzeit auf sich warten lassen würde. Das Wasser nahm sie jedoch dankend entgegen.

Notdürftig legte sich Valyra hin. Sie wollte alles, was an diesem Tag geschehen war, noch einmal reflektieren, aber sie wurde so müde, dass sie auf der Stelle einschlief.

Penelopé. Genevieve. Valyra.

Sie waren nur zu dritt.

Die jüngste Prinzessin presste die Lippen aufeinander. Sie konnte nur mutmaßen, weswegen Arabella nicht bei ihnen war. Aber ohnehin hatte sie etwas anderes vor.

Zügig, weil sie nicht wusste, wie viel Zeit ihnen blieb, ging sie auf die Zwillinge zu. Beide trugen heute das gleiche eisblaue Kleid, außerdem waren ihre Haare streng nach hinten gesteckt. Sie sahen einander so ähnlich, noch viel ähnlicher als sonst, dass sogar Valyra Mühe hatte, sie auseinanderzuhalten.

»Arabella ist nicht da«, stellte Ginny fest und sah sich besorgt um.

»Glaubt ihr, Mutter war eine Zauberin?«, unterbrach Valyra sie.

Penelopé runzelte die Stirn, dann legten sich ihre Mundwinkel in ein Grinsen. Sie lachte. »Mutter? Eine Zauberin?«, prustete sie.

Auch Genevieve runzelte die Stirn. »Wie kommst du darauf?«, wollte sie wissen und sah ihre jüngste Schwester nachdenklich an.

»Unsere Schmuckstücke«, brach es aus Valyra heraus. »Mutter hat sie uns geschenkt und sie haben Kräfte.«

Gleichzeitig sahen die Zwillinge auf ihre schlichten Armbänder hinab, die Penny um das rechte und Ginny um das linke Handgelenk trugen.

»Was soll dieses Ding denn für Kräfte haben?« Penelopé drehte das Band zwischen ihren Fingern.

»Ihr habt nichts mitbekommen? Nichts … Seltsames, das geschehen ist, als …« Valyra konnte ihren Satz nicht zu Ende sprechen. Wahrscheinlich hatte sie schon zu viel verraten.

»Ich bin mir sehr sicher, dass Mutter mit Magie nichts am Hut hatte«, meldete sich Ginny zu Wort. »Sie hat uns immer vor dem dunklen

Zauber gewarnt und uns angehalten, uns auf der lichten Seite zu bewegen.«

Valyra nickte. »Aber ich spreche nicht von der dunklen Seite«, meinte sie. »Es gibt auch gute Magie. Helle Zauber, die sich für das Gute einsetzen. Ist es möglich, dass sie gute Kräfte beherrschte?«

Penny machte ein abfälliges Geräusch. »Wir hatten alle ein enges Verhältnis zu unserer Mutter. So etwas wäre uns aufgefallen.«

»Andererseits ist uns auch nicht aufgefallen, dass Rania auf der dunklen Seite steht«, ging Ginny dazwischen und schaute Valyra nachdenklich an. »Sie konnte es vor uns verbergen, bis es so weit war.«

Penny schüttelte den Kopf. »Ich habe die Dunkelheit in Rania schon immer gespürt.« Sie fröstelte.

»Also glaubt ihr nicht, dass es möglich wäre? Dass Mutter zaubern konnte?«, fragte Valyra, woraufhin die Ältere der Zwillinge entschieden den Kopf schüttelte.

Genevieve schien nicht ganz so überzeugt. »Jeder Mensch hat Geheimnisse«, sagte sie mit leiser Stimme, die auf einmal traurig und weit weg klang. Sie sah ihre Schwester nicht mehr an, sondern musterte den Boden unter sich. »Manche Geheimnisse sind so schlimm, dass man sie niemandem verraten kann.«

Diese Worte katapultierten Valyra zurück in den Turm.

Sie öffnete schläfrig die Augen und blickte in Arabellas aufgeregtes Gesicht. Eine Sekunde kämpfte sie gegen das stechende Licht an. Sie konnte nicht mehr als drei Stunden geschlafen haben.

»Was ist los?«, fragte Valyra gähnend und sah ihre große Schwester an. Auf Arabellas Gesicht stand ein gehetzter Ausdruck. Schwerfällig richtete Valyra sich auf.

»Es hat sich etwas verändert«, sagte Arabella in diesem Moment. Eine Ader auf ihrer Stirn pochte und sie hatte die rechte Hand zur Faust geballt.

»Was meinst du damit?«, fragte Valyra, die den Rest der Müdigkeit abgeschüttelt hatte.

Ohne weitere Erklärungen griff Arabella nach ihrer Hand und zog sie mit sich aus der Kammer, durch den Flur, bis in Ranias Zimmer, das auch an diesem Morgen nicht verschlossen war. Anscheinend hatte ihre Stiefmutter erkannt, dass es hinter der Tür absolut nichts zu entdecken gab.

Arabella schien das jedoch anders zu sehen. Sie führte Valyra bis vor ein kleines, unscheinbares Regal, in dem in zwei Reihen Bücher unterschiedlicher Dicke standen.

»Hast du etwas gelesen, das uns weiterbringt?«, mutmaßte die jüngere Schwester, doch Arabella schüttelte den Kopf.

»Ich habe diese Bücher so oft durchgeblättert und auch das Regal inspiziert, aber da gab es nichts, was uns geholfen hätte. Heute Morgen jedoch bin ich von einem lauten Geräusch aufgewacht. Alle Bücher lagen auf dem Boden.«

Die Augen der dunkelhaarigen Prinzessin glänzten, doch Valyra erkannte den Grund ihrer Euphorie nicht. Sie bückte sich, um das Regal näher in Augenschein zu nehmen.

Arabella kam ihr jedoch zuvor, kniete sich neben sie und zog einige Bücher heraus. »Ich habe sie eben alle wieder eingeräumt, weil ich befürchtet habe, dass Rania zufällig kommt und es entdeckt.«

Was entdeckt?, wollte Valyra fragen, weil sie es nicht mochte, auf die Folter gespannt zu werden, und sie immer ungeduldiger wurde.

Endlich deutete Arabella auf die Regalinnenwand, die nicht mehr nur aus bloßem Holz bestand.

Valyra kniff die Augen zusammen. »Was steht da?« Verzweifelt versuchte sie, die goldene Prägung zu entziffern.

»Ich bin mir nicht sicher, was es bedeutet«, meinte Arabella. »Aber ich bin mir sicher, dass es erst seit heute da ist.« Sie räusperte sich. »Wenn ich mich nicht ganz täusche, steht da *Fermento alea sic.*«

Von jetzt auf gleich war Valyras Körper zum Zerreißen gespannt. Ihr Atem ging schnell und unregelmäßig. »Sag das noch mal«, bat sie ihre Schwester und starrte dabei wie wahnsinnig auf die goldenen Worte, die in die Regalwand geschrieben waren.

Während Arabella den Spruch wiederholte, der Valyra von der Königin mit auf den Weg gegeben worden war, wuchs deren innere Unruhe immer mehr an. Ergriffen fasste sie ihre Schwester bei der Schulter.

»Ich muss dir unbedingt etwas erzählen, Ari«, sagte sie heiser.

Die Erzählung ließ Arabella unschlüssig zurück. Sie hatte sich auf Ranias Bett gesetzt und knetete ihre Hände im Schoß.

»Du bist dir sicher, dass es kein Traum war?«, wollte sie wissen.

Valyra nickte und kam auf sie zu. »Ganz sicher. Wäre es ein Traum gewesen, hätte mich der Keiler getötet. So etwas kann man nicht überleben. Aber ich habe nicht mal Verletzungen davongetragen! Außerdem kann es kein Zufall sein, dass die

Worte, die mir Mutter mitgegeben hat, dieselben sind, die die Regalwand offenbart.«

Valyra sah, wie sich auf Arabellas Armen eine Gänsehaut ausbreitete. Sie trug heute ein hellblaues Kleid, das ihren knochigen Körperbau betonte.

»Hat sie gesagt, wofür die Worte gut sind? Was sie bedeuten?«, wollte Arabella wissen, woraufhin Valyra die Augen schloss und versuchte, sich an die seltsame Begegnung mit ihrer Mutter zu erinnern.

»Sie hat gesagt, dass ich sie aufheben soll, bis ich sie brauche … oder so ähnlich«, fiel ihr ein. Hilflos sah sie Arabella an.

»Dann probiere sie aus«, meinte diese.

»Hier und jetzt? Einfach so?« Valyra erschien diese Entscheidung vorschnell und unüberlegt.

»Was haben wir schon für eine andere Wahl?« Arabella seufzte. »Außerdem ist das heute Morgen sicherlich nicht grundlos passiert.«

»Aber …« Valyra verschränkte ihre Arme vor der Brust. »Ich weiß doch gar nicht, wie ich das machen soll. Ich kann mich hier nicht einfach hinstellen und den Spruch sagen.«

»Doch, das kannst du«, entgegnete Arabella. »Wir haben ohnehin nichts zu verlieren und wenn es uns hilft, ist es umso besser.«

Ihre Schwester hatte leicht reden, sie hatte immerhin nicht die tote Mutter gesehen. Valyra wollte ihr Geschenk nicht missbrauchen, andererseits verstand sie Arabella.

Aufmunternd legte diese ihre Hand auf Valyras Knie. »Was soll schon passieren?«

Also fasste sich Valyra ein Herz, auch wenn sie absolut nicht wusste, ob es das Richtige war. Sie erhob sich vom Bett und ging auf das Regal zu, in dem die Worte leuchteten. Durch einen Blick über die Schulter erkannte sie, dass ihre Schwester ihr aufmunternd zunickte.

Valyra ließ die Schultern hängen. »Fermento alea sic«, murmelte sie leise und unsicher. Dann, als sich nichts tat, wiederholte sie die Worte lauter. Beim dritten Versuch starrte sie auf die goldene Schrift im Regal. »Fermento alea sic«, sprach sie, aber ihr Gefühl hatte sie nicht betrogen. Unverrichteter Dinge drehte sie sich zu Arabella um. »Wie ich es dir gesagt habe – der Spruch hilft uns nicht.«

Ihre Schwester sprang vom Bett hoch, sodass die Matratze erleichtert quietschte. »Vielleicht … hilft dir deine Brosche«, schlug sie vor. »Wenn du den Spruch sagst … fasse sie an und denke dabei an unsere Mutter.«

Verwirrt betrachtete Valyra ihre ältere Schwester, doch gab sich schließlich geschlagen. Erneut stellte sie sich vor das Regal, nur dass sie dieses Mal die Brosche an ihr Herz presste und die Augen schloss. Obwohl es hinter ihren Lidern dunkel war, sah sie ihre Mutter und wurde gleichzeitig traurig und fröhlich. Mit belegter Stimme sagte Valyra: »Fermento alea sic.«

Etwa eine Sekunde lang blieb alles, wie es war. Dann begann Arabella zu schreien und rüttelte an Valyras Hand. Verblüfft öffnete die Prinzessin die Augen und sah, dass der Raum in Licht getaucht war. Sie musste blinzeln, um die Helligkeit ertragen zu können. Sie suchte den Blick ihrer Schwester, doch diese starrte wie gebannt geradeaus. Und da sah Valyra es.

Oder … sie sah es nicht.

Denn Ranias Steinwand gab es nicht mehr. Sie hatte sich in Nichts aufgelöst. Stattdessen ergab sich vor den Schwestern ein hoher Abgrund, der Blick nach unten auf die Wiese des Waldes … und eine goldene Treppe, um zu entkommen.

»WIR SIND FREI!«, schrie Arabella so laut, dass es in Valyras Ohren unangenehm widerhallte. Ihre Schwester fasste sie bei der Hand und sprang auf und ab. »WIR SIND FREI! WIR SIND FREI! WIR SIND FREI!«, jauchzte sie.

Valyra sah Tränen in ihren Augen funkeln, doch sie war zu verwirrt, um einen klaren Gedanken zu fassen. Bei Arabella schien das schneller zu gehen.

»Wir müssen Jorin holen. Und dann verlassen wir diesen schrecklichen Ort ein für alle Mal! Stell dir vor, vielleicht sitzen wir heute Abend schon wieder bei Vater am Tisch!«

Valyra wollte es sich vorstellen, sie wollte sich freuen und Arabellas Glück verstehen, aber sie blickte noch immer zu der funkelnden Tür vor sich. Ihre Mutter hatte ihnen einen Fluchtweg geschenkt. Und Jorin wusste, wie man Rania für eine Weile außer Gefecht setzen konnte.

Langsam nickte die jüngere Prinzessin, weil die Puzzleteile in ihrem Kopf allmählich ein Bild ergaben. Doch zunächst musste sie etwas ausprobieren – und wenn das nicht klappte, brachte ihnen die Treppe nichts.

Noch einmal schloss sie die Augen, dachte an ihre Mutter, umfasste die Brosche und murmelte den Spruch. Zufrieden sah Valyra wenige Sekunden später, dass die Wand sich wieder errichtet hatte und nichts mehr an die verborgene Treppe erinnerte.

»Was hast du getan?«, schrie Arabella neben ihr und stieß sie unsanft in die Seite. »Damit hast du uns vielleicht umgebracht! Die Treppe war der einzige Weg …«

»Sei still«, zischte Valyra, die langsam verstand, wie die Worte ihrer Mutter funktionierten. Um es Arabella zu verdeutlichen, ließ sie die Treppe noch einmal erscheinen und wieder verschwinden.

Ihre Schwester legte die Stirn in Falten.

»Ich kann das so oft machen, wie ich will«, erklärte Valyra. »Und das ist wichtig, denn wir können unmöglich jetzt schon weglaufen.«

»Wieso nicht?« Enttäuschung stand in Arabellas Gesicht geschrieben. Enttäuschung und Wut, die noch nicht ganz verschwunden war.

Valyra schenkte ihr einen langen Blick. »Wir wissen nicht genau, wo Rania ist. Sie könnte sich in diesem Wald aufhalten. Sie könnte uns finden. Außerdem ist ihr Zauber nach wie vor intakt und die Barrieren des Waldes sind geschützt. Ich glaube nicht, dass Mutters Worte auch bei den Barrieren helfen. Ich habe im Gefühl, dass sie lediglich dazu da sind, uns aus dem Turm zu befreien, und wir danach selbst zurechtkommen müssen. Rania hat mich jede Nacht in eine andere Ecke des Waldes geschickt, ohne dass ich weglaufen konnte. Ich war frei … aber durch die magischen Barrieren doch gefangen. Genauso wäre es, wenn wir drei jetzt fliehen würden. Rania würde uns finden und gleichzeitig erfahren, dass wir wissen, dass sie Jorin hier gefangen hält. Außerdem fände sie so sicherlich einen Weg, die Treppe zu zerstören.« Entschlossen schüttelte Valyra den Kopf. »Nein, wir müssen noch im Turm bleiben.«

In Arabellas Augen schimmerten Tränen. »Wann dann?«, fragte sie beinahe tonlos.

Weil Valyra ihren Kummer nicht ertrug, nahm sie sie in den Arm. »Jorin hat doch von dem Kraut gesprochen, das den Drogaden-Trank manipulieren kann, weil er ihn in das Gegenteil umkehrt. Ich weiß nicht, wie viele Zutaten ich noch für Rania suchen muss, aber wenn die letzte an der Reihe ist, werde ich ihr stattdessen das Kraut bringen. Wenn sie dann den Trank braut, werden sie und ihre Magie außer Kraft gesetzt sein …«

»Und das ist der Moment, in dem wir fliehen?«, riet Arabella.

Valyra nickte, ließ ihre Schwester los und drehte nervös Runden in Ranias Kammer. »Der Plan hat Schwächen«, gestand sie sich selbst ein. »Und wenn auch nur eine Sache schiefgeht, kann es sein, dass wir es nicht schaffen. Aber so wie es aussieht, ist es unsere einzige Chance.«

Arabella nickte nachdenklich. »Ich hoffe nur, dass du nicht mehr so viele Zutaten suchen musst … und dass der Bann lange genug anhält, damit wir verschwinden können.«

»Ich hoffe, dass Rania Jorin in der Zeit nichts antut«, äußerte Valyra ihre größte Angst.

Arabella und sie tauschten einen besorgten Blick.

»Trotzdem müssen wir es versuchen«, meinte die Jüngere entschieden. »Mutter hat mir diesen Spruch nicht grundlos mit auf den Weg gegeben. Sie ist weise … war immer weise … und ich denke, dass sie genau weiß, wie sie uns helfen kann. Daher ist es wichtig, dass wir uns unauffällig verhalten. Wir … widersetzen uns ihren Befehlen nicht. Wir gehen Jorin nicht besuchen und am besten zeigen wir uns auch nicht zusammen, wenn Rania da ist. Einverstanden?«

Nach einer Weile des Zögerns nickte Arabella. Ihre Finger bohrten sich in das Laken des Bettes. »Einverstanden«, verkündete sie.

Valyra schluckte. Die kommende Zeit würde schwer werden, aber vielleicht konnten sie es schaffen. Sie biss sich auf die Lippe, umschloss ihre Brosche und dachte still an ihre Mutter. Vielleicht half ihr Zauberspruch.

Während der nächsten Tage war Valyra ungewöhnlich nervös. Jedes Mal, wenn sie Rania ansah, glaubte sie, dass sie ihr das Geheimnis von den Lippen ablesen konnte. Sie bemühte sich stets um eine neutrale Stimme, hoffte aber gleichzeitig, nicht zu uninteressiert zu wirken.

Ihre größte Befürchtung allerdings galt Arabella. Nur zu genau erinnerte Valyra sich an den Tag, als ihre Schwester sie an Rania verraten hatte. Momentan schien es, als hätte sie sich im Griff, aber ihr Zustand war noch immer bedenklich.

Regelmäßig bekam Valyra Schweißausbrüche, ihr Herz klopfte wild. Zu gern wäre sie zu Jorin gegangen und hätte ihm von dem Plan erzählt, von dem kleinen Hoffnungslicht, das nun für sie brannte, das aber durch jeden Windstoß gelöscht werden könnte.

Zwar hatte sie sich vorgenommen, von Arabella fernzubleiben, aber sie beobachtete ihre ältere Schwester, wann immer es ging.

Vor allem dann, wenn Rania im Turm war und mit ihr sprach. Arabella gelang es, die Unwissende zu mimen und Valyra hoffte, dass es auch dabei bleiben würde.

Drei Nächte lang hatte Rania sie in den Wald geschickt, um weitere Zutaten für den Trank zu besorgen. Eine davon, eine Art Pulver, das sich tief in der Erde versteckt hatte, war nicht leicht zu besorgen gewesen, die anderen beiden waren ihr förmlich in die Hände gefallen. Auch wenn Valyra glaubte, ihr Weg würde nie ein Ende nehmen, merkte sie doch, wie Rania jeden Tag aufgeregter und nervöser wurde, wenn die Prinzessin ihr einen weiteren Bestandteil des Trankes brachte.

Ein Gefühl verriet ihr, dass es nicht mehr lange dauern würde. Gleichzeitig beschlich sie die Angst, dass Jorins Informationen nicht zwangsläufig in der Wahrheit fußen mussten. Auf den Straßen erzählte man sich viel und nur ein Tor würde alles davon für bare Münze nehmen.

Valyra zog die Beine an und verschränkte ihre Arme darum. Nachdenklich blickte sie auf den Boden, dennoch sah sie aus den Augenwinkeln, wie ihre Schwester sich ihr näherte. Arabella kniete sich zu ihr und legte ihre Hände auf Valyras Beine.

»Was ist los, Kleine?«, erkundigte sie sich. Im Gegensatz zu Valyra klang sie völlig entspannt.

Langsam hob die jüngste Prinzessin den Kopf und musterte ihre Schwester. »Ich bin so angespannt«, sagte sie. »Es gibt so viel, was schiefgehen kann.«

Arabella presste die Lippen aufeinander. »Es wird aber nicht schiefgehen«, hielt sie dagegen. »Bisher hat doch auch alles geklappt.«

Valyra wollte nicken, aber sie schaffte es nicht. Stattdessen rannen Tränen über ihre Wangen.

Arabella wusste es wahrscheinlich nicht, weil sie geschlafen hatte, aber Valyra war in den frühen Morgenstunden aus dem Schlaf gerissen worden. Die Prinzessin war diejenige gewesen, die die Schreie gehört hatte, die aus dem Kellerraum gekommen waren und sich tief in ihr Herz gebohrt hatten. Am liebsten wäre sie aufgesprungen, in die Küche gerannt und Jorin zu Hilfe geeilt, aber das hätte sie verraten. So konnte sie nur hoffen und bangen, dass Rania ihn am Leben gelassen hatte.

»Was ist denn los, Valyra?«, drang Arabellas besorgte Stimme zu ihr durch. Sie spürte den sanften Druck ihrer Hand auf ihrem Oberschenkel

Valyra blickte direkt in die kreisrunden Pupillen ihrer Schwester. Sie konnte es ihr nicht sagen, sie war viel zu zerbrechlich. Vorerst musste sie allein mit der Wahrheit leben.

»Gar nichts. Ich bin, wie gesagt, nur etwas aufgeregt.«

Arabella nickte, aber dann hellte sich ihr Gesicht auf. »Vertrau auf Mutter«, riet sie ihrer kleinen Schwester und strich ihr eine Strähne aus dem Gesicht. »Sie hat uns immer beschützt und wird es auch dieses Mal tun.«

Die ältere Schwester presste ihren Kopf gegen Valyras Stirn. Ihre Wärme tat der jungen Prinzessin gut, aber sie vertrieb nicht das klamme Gefühl, das sich in ihr festgesetzt hatte. Hoffentlich würde alles gut gehen.

»Heute brauche ich ein Kraut von dir«, eröffnete Rania Valyra zwei Abende später. »Es nennt sich Sonnenstirre, weil es so hell wie die Sonne selbst scheint. Um es zu finden, musst du dich in den südlichen Teil des Waldes begeben. In deinem Rucksack liegt ein Bild der Pflanze. Ich wünsche dir viel Glück.«

Rania klang unbeteiligt wie immer, aber Valyra entging nicht, wie ihre Unterlippe zitterte und ihr Körper seltsam verspannt anmutete. Aber damit war sie nicht die Einzige, denn seit Rania den Namen des Krautes genannt hatte, schlug Valyras Herz so heftig, dass es beinahe wehtat. Sie bemühte sich um einen gleichmäßigen Atem, versuchte, unbeteiligt zu wirken, doch scheiterte kläglich.

Heute war die Nacht der Nächte. Heute würde sie das Kraut suchen. Das *andere* Kraut.

Solange sie noch im Turm war, gelang es ihr, die Nerven zu bewahren. Doch kaum hatte sie Waldboden unter ihren Füßen und die ersten Meter hinter sich gebracht, drehte sie durch. Ihre Beine waren auf einmal zu schwer, um sich zu bewegen, gleichwohl fühlten sie sich wie Gummi an.

Ihr Herz raste mittlerweile, die Gedanken fuhren Karussell und überschlugen sich in unregelmäßigen Abständen. Valyra versuchte, einen klaren Kopf zu bewahren, aber es misslang ihr kläglich. Sie wollte verdrängen, dass alles von ihr abhing, doch die schreckliche Wahrheit war nur schwer zu ignorieren. Viel zu deutlich saß sie ihr im Nacken.

Blindlings stolperte sie durch den Wald, in der Hoffnung, dass sie den südlichen Teil schnell erreichen würde. Je weiter sie sich vom Turm entfernte, desto unwahrscheinlicher erschien es ihr, dass der Plan aufgehen würde.

Was, wenn Rania den Trank nicht sofort braute, sondern auf einen guten Zeitpunkt wartete? Was, wenn sie das zweite Kraut nicht fand? Was, wenn Rania nicht im Turm versuchte, allmächtig zu werden, sondern auf einer ihrer Reisen?

Valyras Gedanken setzten sich mitten in ihrer Kehle fest, sodass sie kaum noch Luft bekam und nach Atem ringen musste.

Sie hatte Angst, so schrecklich große Angst. Zeit ihres Lebens war sie nie für etwas verantwortlich gewesen. Als jüngste der Prinzessinnen war sie von ihren Schwestern umsorgt und vor allem Unheil bewahrt worden. Sie musste nie Verantwortung übernehmen. Von ihr hingen keine Menschenleben ab.

Aber jeder wurde irgendwann einmal erwachsen und vielleicht fing damit alles an. Vielleicht war heute der Tag, an dem Valyra zeigen konnte, dass mehr in ihr steckte als das schüchterne Mädchen, das von allen nur liebevoll *Kleine* genannt wurde. Sie war mehr als das schwächste Glied. Vielleicht konnte sie heute die Kette verbinden.

Von neuer Kraft getrieben, durchkämmte Valyra den Wald schneller und wusste langsam auch wieder, wo sie sich befand. Sie schaffte es, all ihre Verzweiflung und all ihre Unsicherheit zu bündeln, um aus ihnen Mut und Starrsinn zu schöpfen.

Normalerweise achtete sie auf ihre Umgebung. Normalerweise nahm sie den Wald als lebendiges und eigenständiges Wesen wahr, das ihr helfen, aber auch schaden konnte. Doch heute war es, als hätte man ihr Scheuklappen aufgesetzt. Sie besaß nur noch das eine Ziel, und das wollte sie endlich erreichen.

Etwa eine Stunde später kniete die Prinzessin an einem Platz, an dem eine Pflanze so hell schien, dass sie die Dunkelheit vertrieb.

Sie musste ihre Augen vor der Helligkeit abschirmen, um überhaupt etwas sehen zu können. Die Wiese wirkte wie ein Hoffnungsschimmer in vollständiger Dunkelheit. Aber das hier war keine Hoffnung. Hier wuchs das Kraut, das sie nicht mitnehmen durfte. Die Sonnenstirre.

Als sich ihre Augen nach und nach an die hellen Lichtverhältnisse gewöhnt hatten, zog Valyra die Pergamentzeichnung aus ihrem Rucksack, die die Pflanze in großem Detailreichtum zeigte. Sie zitterte, als sie das Papier in eine Hand nahm und mit der anderen über das Kraut strich, das sich neben ihr zu Hunderten befand. Es gab keinen Zweifel, dass es sich dabei um die Sonnenstirre handelte. Sie war dunkelgrün, hatte sechs dreieckige spitze Blätter und wenn Valyra über die Oberfläche strich, fühlte es sich rau an.

Sie befreite eine der Pflanzen aus dem Erdreich, führte sie zu ihrer Nase und roch daran. Jorin hatte schließlich nur davon gesprochen, dass sich die Kräuter im Aussehen nicht voneinander unterschieden. Sie konnte nur hoffen, dass auch der Geruch ein ähnlicher war.

Zu ihrer Überraschung roch sie aber so gut wie nichts, allenfalls nahm sie leicht den Geruch nach Moos wahr, der ihr aber nicht weiter erwähnenswert schien.

Valyra ließ die Sonnenstirre fallen, klopfte sich den Staub von ihrer beigefarbenen Hose, packte ihren Rucksack zusammen und stand auf. Im Sonnenlicht würde sie nicht fündig werden. Dafür musste sie sich in den Schatten wagen.

Die Prinzessin drehte sich einmal um ihre eigene Achse und inspizierte jeden Weg, der von der Wiese wegführte. Sie alle mündeten in der Dunkelheit, doch an einem Ort fiel das Fehlen von Licht besonders auf.

Valyra bekam eine Gänsehaut, als sie auf die Finsternis zutrat und langsam selbst zu einem Teil von ihr wurde. Schnell hatte der Wald sie verschluckt. Sie konnte sich selbst nicht mehr sehen und auch nichts um sich herum.

Fröstelnd schlang sie die Arme um ihren Oberkörper, da es in diesem Teil des Waldes merklich kühler war. Sie musste abwarten, bis sich ihre Augen an die Dunkelheit gewöhnt hatten. Und selbst als sie Schatten und Schemen sah, war es nicht einfach, die Pflanze zu finden.

Natürlich hatte Rania ihr keine Lichtquelle mit auf die Reise gegeben, schließlich sollte sie die Sonne und nicht die Dunkelheit finden. Dennoch sank Valyra auf die Knie und tastete den Boden nach Gewächsen ab. Sie wusste nicht, wie das Kraut sich anfühlte, aber hoffte, die Form der Blätter erspüren zu können.

Nach und nach sah sie immer mehr und auch wenn die ersten Pflanzen nicht im Entferntesten an die Sonnenstirre erinnerten, wurde Valyra schließlich fündig. Ihre Hände zitterten, als sie sechs dreieckige Blätter zählte.

Von Euphorie getrieben, erhob sie sich, verließ die Finsternis und fand sich bald auf der Lichtung wieder. Sie warf einen Blick auf das Kraut, das sie gefunden hatte. Es hatte zwar keine raue Textur wie die Sonnenstirre, aber es roch genauso leicht nach Moos und glich ihr auch optisch.

Mit einem Engegefühl in der Brust presste Valyra die Pflanze gegen ihr Herz und hoffte inniglich, dass es gut gehen würde.

Dass Rania den Unterschied nicht erkannte und ihre Geschichte vielleicht doch noch ein gutes Ende nehmen würde.

Vor dem Turm blieb die Prinzessin eine Weile stehen. Wie oft hatte sie sich genau an diesem Platz befunden und nicht gewusst, wie viele Etappen ihre Reise noch haben würde? Wie oft war sie in den Morgenstunden müde und erschöpft zurückgekehrt, mit einer Zutat im Rucksack, deren Beschaffen ihr viel abverlangt hatte?

Sie atmete tief durch, dann trat sie einen Schritt näher an das Steingebilde heran.

Alles war wie immer.

Und doch anders.

Valyra spürte den seichten Wind, der sie umgab, als sie nach oben getragen wurde. Die Schattenpflanze, an deren Namen sie sich nicht mehr erinnern konnte, befand sich im Rucksack.

Als sie in der Küche ankam und wieder Boden unter den Füßen hatte, vergrößerte sich die Aufregung, die zwischenzeitlich auf ein erträgliches Maß gesunken war. Valyra wusste, dass alles von den folgenden Momenten abhängen würde.

Als sie den Kopf hob, um sich in der Küche umzusehen, hatte Rania sich bereits in ihr Sichtfeld gestellt. War sie schon immer so groß gewesen? So einnehmend und beherrschend?

Ihre Stiefmutter trug ein bodenlanges dunkelgrünes Kleid, das Valyra an Moos im Mondschein erinnerte. Das Gewand war eng geschnitten, sodass Ranias schlanke Taille zum Vorschein kam. Die Ärmel waren ausgestellt und schimmerten leicht.

Valyra blickte zu der mächtigen Zauberin, die sie um mehr als einen Kopf überragte. Ihre Haut war rein, beinahe alabasterfarben, und ohne jeden Makel. Rania hatte hohe Wangenknochen, die das Gesicht optisch in die Länge zogen. Sie war so weiß wie der Schnee, doch in ihrem Blick tobte die Dunkelheit. Die mandelförmigen Augen waren durch schwarze Schminke stark betont und so dunkel angemalt, dass man Ranias magischen Einfluss schon von Weitem erkannte.

Und dennoch waren da ihre Augen. Strahlend grün wie eine Wiese im Sommer. Grün wie die saftigen Blätter einer Pflanze. Grün wie die Hoffnung.

Valyra hatte es schon einmal bemerkt, doch heute wurde es ihr erst richtig bewusst: Diese Augen passten nicht zu ihrem boshaften Wesen. Diese Augen blickten manchmal beinahe hilflos drein, sodass man in ihnen nichts Schädliches finden konnte.

Doch jeglicher Zweifel verschwand, als sie daran dachte, was ihre Stiefmutter ihr alles angetan hatte.

Rania riss Valyra den Rucksack vom Rücken und löste hektisch das Band, das ihn verschlossen hielt. Gierig vergrub sie ihre knochigen Hände im Stoff und zog die Pflanze heraus, die Valyra im Schatten gefunden hatte.

Das Herz der Prinzessin schlug unregelmäßig. Sie bekam feuchte Hände und biss sich vor Aufregung so stark auf ihre Lippe, dass sie sich einbildete, ihr eigenes Blut zu schmecken.

Während Rania die Pflanze genau musterte, betrachtete die Prinzessin ihre ungeliebte Stiefmutter mindestens ebenso akribisch. Sie sah, wie Rania an den Blättern roch und beinahe ekstatisch die Augen schloss.

Valyra atmete aus. Noch witterte Rania den Betrug nicht. Doch wirklich beruhigen würde sie sich erst können, wenn sie es aus diesem vermaledeiten Turm und dem verzauberten Wald geschafft hatten und in Brahmenien angekommen wären.

Rania öffnete die Augen, legte den Kopf in den Nacken und stieß ein markerschütterndes Lachen aus, das leise anfing und in einem Kreischen mündete.

Valyra wurde abwechselnd heiß und kalt. Schwindel stieg in ihr auf, sodass sie sich an der Lehne eines Küchenstuhls festhalten musste. Ängstlich blickte sie zu Rania, die die Arme ausgebreitet hatte und wie ein lebendig gewordener Albtraum aussah. Obwohl sie lächelte, zeigte sich in diesem Moment das ganze Ausmaß ihrer Bosheit. Wie der leibhaftige Teufel stand sie vor Valyra und füllte den ganzen Turm mit ihrer Präsenz.

»Endlich wird die Dunkelheit gewinnen«, schrie sie und drehte sich einmal um sich selbst. Die vermeintliche Sonnenstirre hielt sie noch immer fest umklammert.

Valyra merkte, wie sie zu zittern begann. Wie sie voller Angst auf Rania starrte und sich einmal mehr als Schachfigur eines perfiden Spiels sah.

Das diabolische Lächeln der Stiefmutter verschwand. Sie blinzelte zweimal, dann sah sie Valyra fest an. »Ich habe dich nie für fähig gehalten. Als ich den Fluch über dich und deine vermaledeiten Schwestern gelegt habe, wusste ich nicht, wer an welchem Ort landen würde. Ich wusste auch nicht, wer zu mir kommt. Insgeheim habe ich auf Tatjana gehofft, denn sie scheint die Einzige von euch zu sein, die einen eigenen Kopf besitzt.« Ranias Stirn legte sich in Falten. »Aber du bist gekommen. Du – das kleine Mädchen, das schwache Kind. Ich habe die Hände sprichwörtlich über dem Kopf zusammengeschlagen, als ich dich gesehen habe.«

Rania überbrückte die Distanz, sodass sie nun direkt vor der Prinzessin stand. Valyra musste die Zähne zusammenbeißen, um sich ihrem Zorn nicht hinzugeben, der heiß in ihr wütete.

»Und dennoch hast du es geschafft«, sagte Rania auf einmal. In ihrer Stimme schwang Überraschung mit. Zum ersten Mal klang sie beinahe sanft.

Die junge Prinzessin musste gegen den Ekel ankämpfen, als sie Ranias knochige Finger an ihrem Kinn spürte, die es langsam anhoben. Sie starrte in ein giftgrünes Augenpaar, das sie aufmerksam musterte.

»Vielleicht warst du sogar von allen Prinzessinnen die beste Wahl«, merkte sie an und blinzelte. »Ich selbst hätte die Bestandteile nicht alle beschaffen können. Für einige braucht man ein reines Herz und das habe ich schon lange verloren.« Obwohl sie lachte, wirkte sie für einen Moment beinahe traurig. »Dir ist es gelungen, die Zutaten des Tranks zu finden. Zumindest alle bis auf eine.«

»Bis auf eine?«, entwich es Valyra, obwohl sie sich vorgenommen hatte, nichts zu sagen.

Rania lächelte sie vielsagend an. »Um diese Zutat habe ich mich bereits gekümmert«, verkündete sie.

In ihrem Tonfall schwang etwas mit, das Valyra das Fürchten lehrte. Sie wollte wissen, wovon Rania sprach. Sie wollte es wissen … und gleichzeitig auch nicht, denn sie bekam es mit der Angst zu tun, wenn sie nur daran dachte.

Ihr Kinn kribbelte unangenehm. Ranias Berührung drang ihr durch Mark und Bein. Endlich ließ sie Valyra los.

»Magie ist stark, weißt du?«, flüsterte sie und ging einen Schritt nach hinten. »Aber wenn du von Grund auf alles lernen musst, wirst du nur langsam stärker. Man sagt immer, dass jeder Zauber in einem Gleichgewicht stehen muss. Dass niemand die Allmacht besitzen darf. Das wird sich heute ändern.« Rania straffte die Schultern. »In meinem Leben ist vieles nicht so gelaufen, wie ich es gern gehabt hätte. Ich wurde verletzt, enttäuscht, man hat über mich gelacht. Rückblickend war es genau das, was ich gebraucht habe. Denn jedes Wesen besteht aus allen Erfahrungen, aus allen Momenten und Geschichten seines Lebens.«

Rania blinzelte. Ihre Augen schimmerten. Valyra war wie gebannt. Gebannt von der Verletzlichkeit, die sie offenbart hatte. Doch schnell fing sich die dunkle Zauberin wieder.

»Wenn die Finsternis das Land verschlingt, wird nichts mehr, wie es war«, verkündete sie mit an Wahnsinn grenzendem Lächeln. »Ich werde für Dürren sorgen, für Armut, Schmerz und Leid. Ich werde Abertausende Menschen auf dem Gewissen haben und mich an ihren ausgemergelten Körpern laben. Ich werde regieren in meinem Schloss aus Wahnsinn, werde sitzen auf einem Thron aus Knochen. ICH WERDE DIE ALLERMÄCHTIGSTE SEIN!«

Rania klatschte zweimal in die Hände. Auf dem Tisch erschien ein silberner Kessel, in dem Valyra einige der Zutaten erkannte, die sie in den letzten Monaten hatte beschaffen müssen. Abermals klatschte Rania, woraufhin sich die einzelnen Bestandteile in eine dickflüssige Masse verwandelten, die lila schimmerte und süßlich roch.

Rania ging auf den Kessel zu, hielt das Schattengewächs hoch und ließ es fallen.

Die Prinzessin hielt den Atem an. Was würde geschehen, wenn das falsche Kraut auf die anderen Zutaten traf? Würde Rania es merken?

Gebannt betrachtete sie den Fall des Gewächses, das sanft die Masse berührte und ein Teil von ihr wurde. Von jetzt auf gleich veränderte sich die Farbe des Gemenges. Aus einem dunklen Lila wurde ein helles Blau, welches sich in ein kräftiges Grün verwandelte.

War das normal? War das auch bei der Sonnenstirre der Fall?

Mittlerweile hielt Valyra sich mit beiden Händen an der Stuhllehne fest. Panisch sah sie Rania an, doch diese wirkte zufrieden. Auf ihren Lippen lag ein Lächeln. In diesem Moment sah sie nicht einmal böse aus. Beinahe glücklich. Dankbar.

»Ich möchte, dass ihr dabei seid!«, beschloss Rania und sah Valyra bedeutend an. »Ich möchte euch zeigen, wozu Magie fähig ist, sofern man auf der richtigen Seite steht.«

Kaum hatte sie zu Ende gesprochen, erschien Arabella neben ihr, die sie mit einem Blinzeln in den Raum geholt hatte.

Valyra sah ihre Schwester nervös an. Hatte sie etwas verraten? Ging es ihr gut? War etwas geschehen, seit sie den Turm verlassen hatte?

Arabella selbst erwiderte Valyras Blick nicht, sondern schaute ängstlich in Richtung des Kessels.

»Geh zu deiner Schwester«, trug Rania ihr auf und zeigte in Valyras Richtung. »Im Gegensatz zu dir hat sie mir heute sehr geholfen.«

Arabella kam dem Befehl ihrer Stiefmutter nach und rettete sich an die Seite ihrer Schwester. Da sah sie die jüngere Prinzessin das erste Mal an und in ihrem Blick lag mehr, als Valyra verstand. Sie erkannte ihre Angst, ihre Anspannung und Nervosität. Aber sie spürte auch, dass hinter diesen Empfindungen Hoffnung lag.

Entschlossen griff sie nach Arabellas Hand und drückte sie, so fest sie konnte. Weil in Wahrheit *sie* es war, die Halt brauchte.

Arabella keuchte neben ihr. Aus den Augenwinkeln sah Valyra, dass ihre Beine zitterten.

»Dieser Tag … wird der Höhepunkt meines Lebens«, verkündete Rania. Sie hielt nun ihren Zauberstab in der Hand – ein schmales Exemplar aus dunkelbraunem Holz, mit dem sie den Inhalt des Kessels einmal umrührte. Die Masse war grün geblieben, hatte ihren Geruch aber geändert und wies nun eine herbe Note auf.

Mit jeder Sekunde, die tatenlos verstrich, wurde Valyras Angst größer. Mit jeder Sekunde krallte sie sich mehr an Arabella fest und bald war es ihre große Schwester, die sie im Arm hielt und ihr beruhigend über das kurze Haar strich.

Als Rania den Kessel mit beiden Händen anhob und an ihre Lippen setzte, wollte Valyra die Augen schließen und sie erst wieder öffnen, wenn die Gefahr vorüber war. Gleichzeitig wusste sie, dass sie nicht wegschauen durfte. Dass manche Situationen volle Anwesenheit erforderten.

»Stirb, du Miststück«, zischte Arabella – nicht laut genug, als dass Rania es hören konnte, aber so, dass der Satz in Valyras Ohren widerhallte. Auch noch, als Rania den Drogaden-Trank zu sich nahm und bis auf den letzten Tropfen leerte.

Valyra drohte zu zerspringen, als ihre Stiefmutter den Kessel wieder auf den Küchentisch stellte. »Gleichgültig, was passiert«, flüsterte sie und sah Arabella für den Hauch einer Sekunde an, »ich liebe dich. Ich liebe euch alle. Manchmal war ich … schwierig. Vielleicht ein bisschen zu kindisch …« Valyra schluchzte, doch Arabella schüttelte den Kopf.

»Ich hätte mir keine bessere kleine Schwester wünschen können«, antwortete sie und auch aus ihrer Stimme sprach die Anspannung.

Gebannt starrten die Prinzessinnen zu Rania, die die Augen geschlossen hatte, weiterhin lächelte und ihre Arme so weit ausbreitete, als wollte sie nicht nur den Turm, sondern die ganze Welt mit ihrer Macht einschließen. Die Küche explodierte in unzähligen Farben, gleichsam in grellen und dunklen Tönen. Ein Meer aus Bunt machte es unmöglich, zu sehen.

Valyra drückte die Hand ihrer Schwester noch fester. Arabellas Brustkorb hob und senkte sich unregelmäßig.

Nach und nach verebbten die Farben, wurden zunächst weniger und verschwanden schließlich ganz. Rania atmete tief ein und wuchs zu beachtlicher Größe an. Ein tiefes Lachen drang aus ihrer Kehle. Dann öffnete sie die Augen, die nicht mehr grün, sondern pechschwarz waren.

»Das ist das Ende«, flüstere Arabella sonderbar gefasst. »So stirbt alles. Wir haben versagt.«

Valyra hatte sich jeglichen Gedanken an eine Zukunft, in der Rania allmächtig war, verboten. Sie hatte nicht daran gedacht, wie die Welt sich verändern würde, wenn das Böse das Gute besiegt hatte. Sie wollte sich nicht ausmalen, was es für sie und ihre Schwestern bedeutete.

Nun gab es keine Chance mehr, den Fluch zu brechen. Nun war alles vorbei. Sie, Valyra, hatte versagt. Hatte die einzige Aufgabe, die ihr zugeteilt worden war, nicht ausführen können.

Vielleicht war Jorins Geschichte die ganze Zeit ein Ammenmärchen gewesen.

Vielleicht funktionierte der Trank ebenso gut mit dem Nachtgewächs.

Ihre Schwestern waren verloren. Sie hatte ihnen ein Grab geschaufelt. Ihr Vater würde sie nie wiedersehen, falls es ihn überhaupt noch gab.

In diesem Moment zerbrach Valyras Herz in so viele Einzelteile, dass nichts auf der Welt es jemals wieder zusammensetzen konnte. Sie konnte sich nicht mehr auf den Beinen halten. Arabellas Griff war nicht fest genug, um sie vor dem Fall zu hindern, der folgte.

Valyra prallte auf den Küchenboden. Für eine Sekunde sah sie das Holz unter sich, dann richtete sie wieder den Blick nach oben. Aus dieser Perspektive war Rania noch größer. Sie lachte kehlig, schrie und tobte, genoss ihre neu gewonnene Macht mit jeder Faser. Valyra sah, wie ihre Stiefmutter vom Boden abhob und wie eine Furie durch das Zimmer flog. Sie reckte und streckte sich, wurde von einem dunklen Funkeln umgeben und schien nur noch aus Magie zu bestehen.

Ob sie sie am Leben lassen würde? Oder wäre Valyra ihr erstes Opfer?

Als Rania wieder bei Sinnen war und sich augenscheinlich an ihre neuen Kräfte gewöhnt hatte, schwebte sie auf Arabella zu. Valyra wollte ihre Schwester beschützen, durfte nicht zulassen, dass Rania ihr wehtat, aber sie war wie gelähmt.

Direkt vor Arabella blieb die schwarze Magierin stehen, drehte ihre Hand zweimal in der Luft und erzeugte so eine dunkelrote Flamme, die sich zu einem Ball formte. Rania holte aus.

Im selben Moment begriff Valyra, was sie vorhatte, und sprang vom Boden auf. Urplötzlich gehorchte ihr Körper ihr wieder. Nur ihr Gehirn wollte nicht funktionieren, denn Valyra schmiss sich mit voller Wucht gegen Rania, in der Hoffnung, sie stürzen zu können.

Die dunkle Magierin wich jedoch aus und lachte. Immer mehr Flammen sammelten sich in ihren Handflächen, immer größer wurden die Bälle, die sie formte. Mit Wahnsinn in den Augen blickte Rania Arabella an.

Die jüngere Prinzessin wollte sich vor ihre Schwester stellen, doch da flog der erste Feuerball bereits durch die Luft. Valyra war nicht schnell genug: Sie hörte Arabellas kläglichen Schrei, als die heiße Kugel ihre Wange traf. Rania warf den Kopf in den Nacken und lachte. Glockenhell hallte es von den Steinwänden wider. Arabella wimmerte kläglich und presste sich die Hand gegen die Wange.

»Wir müssen hier weg!«, schrie Valyra, griff nach der Hand ihrer Schwester und wollte sie in Richtung Flur zerren. Ihr Plan war gescheitert, also musste eine Notlösung her.

Blindlings stolperte Valyra mit ihrer Schwester im Schlepptau in den Flur, den brennenden Blick der Hexe im Nacken. Valyra rüttelte an der Tür zu Ranias Kammer, aber sie war verschlossen.

»Jorin«, flüsterte Arabella erstickt, woraufhin Valyra den Kopf schüttelte. Für ihn hatten sie wirklich keine Zeit mehr.

»Wir müssen hier raus«, sagte sie und zog an Arabellas Arm. »Wir müssen diese Tür …«

Ihre Worte wurden im Keim erstickt und von einem Schrei abgelöst, der so schrill war, dass Valyra für eine Sekunde taub wurde. Ihre Finger krallten sich in den Arm ihrer Schwester, mit der anderen Hand deutete sie geradeaus.

»Verdammt«, entwich es Arabella.

Valyra war wie erstarrt. Sie wusste, dass dies das Ende war. Dass sie der gigantischen Feuerwand, die unaufhaltsam auf sie zurollte, nicht entkommen konnten. Immerhin hatte Rania nicht vor, sie noch länger zu quälen.

Weil sie so nicht sterben wollte, hielt Valyra sich die Arme vor das Gesicht und schloss die Augen, um alle optischen Reize auszublenden. Sie biss die Zähne zusammen, während sie an all das dachte, das sie verloren hatte. Aber in ihrer Erinnerung hielt sie es lebendig.

Sie dachte an ihren gutmütigen Vater, ihre liebende Mutter, ihre lebhaften Schwestern und den großen Palast. Sie dachte an Momente, kleine und große, an Geburtstage und Weihnachtsfeste, an Bälle und Festessen. Sie dachte an Estelles Geschichten vor dem Schlafengehen, an Tatjanas unbändige Liebe zur Natur. An die Zwillinge, die die lustigsten Witze kannten. Sie dachte an Arabella und Jorin. An Jorin, in dem sie erst nur einen gewöhnlichen Stallburschen gesehen hatte und der jetzt so viel mehr für sie …

»MACH DIE AUGEN AUF, VALYRA!«, schrie Arabella und zerrte an Valyras Hemdärmel.

Zuerst wehrte die Prinzessin sich dagegen, weil sie ihre Welt aus Liebe und Warmherzigkeit nicht verlassen wollte. Aber Arabellas Griff wurde fester, ihre Stimme lauter, sodass sie ihre Gedanken abschüttelte und direkt auf die Feuerwand blickte.

Oder eben nicht.

Denn diese gab es nicht mehr. Verwirrt blinzelte die Jüngste und schaute ihre Schwester an, die sich an ihr vorbeischob und zurück in die Küche hechtete. Reflexartig hielt Valyra den Atem an, wartete auf weitere Feuer, einen Knall oder … irgendetwas.

Doch es blieb still.

Dann rief Arabella: »Komm schnell her, das musst du dir anschauen!«

Immer noch verwundert, aber wieder in der Lage, zu laufen, setzte Valyra einen Schritt vor den anderen, bis sie im Durchgang stand. Die Küche roch noch ein bisschen nach Rauch, aber davon abgesehen deutete nichts mehr auf das Inferno hin.

»Was ist … Wo ist …«, stammelte Valyra und entdeckte Arabella, die hinter dem Tisch stand. Sie ging zu ihr.

»Schau nach unten«, sagte Arabella mit zitternder Stimme.

Valyra runzelte die Stirn und heftete den Blick auf den Boden der Küche. Erschrocken wich sie zurück. Direkt zu ihren Füßen lag Rania – oder das, was noch von ihr übrig war. Ihr Kleid spannte sich wie ein Zelt über den Grund, die schwarzen Haare zeigten nichts von ihrem Hexengesicht, das sie dem Boden zugedreht hatte.

»Was ist geschehen?«, fragte Valyra tonlos und ging einen Schritt nach hinten, weil sie Angst hatte, dass ihre Stiefmutter sich auf einmal bewegen und auf sie losgehen könnte.

Arabellas Stimme jedoch war ruhig und fest. »Die Feuerwand war von jetzt auf gleich verschwunden. Kurz darauf habe ich einen Aufprall gehört. Da bin ich in die Küche gelaufen.«

»Was … ist mit ihr?«, brachte Valyra mühsam hervor und schaute auf das dunkle Bündel, das reglos am Boden lag. Noch traute sie der Stille nicht. Aus den Augenwinkeln sah sie Arabella mit den Schultern zucken.

»Vielleicht hat der Trank ja doch gewirkt.«

Valyras Kopf schoss zu ihr herum. »Meinst du?«, fragte sie aufgeregt.

»Wir wissen doch selbst nicht so genau, wie das Ganze vonstattengeht. Gut möglich, dass der Trank zuerst seine ursprüngliche Wirkung zeigt, Rania aber die Kräfte nicht aufrechterhalten konnte, weil …«

»Weil das Nachtgewächs sie daran gehindert hat«, schloss Valyra atemlos Arabellas Gedanken. Auf einmal machte sich Unruhe in ihr breit, die kontinuierlich anwuchs und ihr das Denken erschwerte. »Wenn das stimmt …«, begann sie, aber Arabella war schneller.

»Wenn das stimmt, heißt es, dass wir den ursprünglichen Plan wieder aufnehmen können. Rania sieht gerade nicht so aus, als wäre sie in der Lage, uns zu verletzen.«

Die Schwestern tauschten einen nervösen Blick.

»Jorin«, sagten sie gleichzeitig und nickten.

»Wir müssen ihn holen und versuchen, zu fliehen!«

Valyra erkannte, dass auf Arabellas Stirn feine Schweißtropfen prangten und auch ihre Handflächen feucht waren.

»Hol du ihn«, schlug die Ältere vor. »Ich werde solange Rania im Auge behalten.«

»Was wirst du tun, wenn sie aufwacht?«, erkundigte Valyra sich unsicher, aber Arabella schob sie schon in Richtung Kellerraum.

»Das sehen wir dann«, meinte sie und machte sich daran, den Teppich zur Seite zu schieben, unter dem sich der magische Eingang befand.

Valyra schaute noch einmal zu Rania, die noch immer reglos dalag, dann kam sie Arabella zu Hilfe. Die nächsten Bewegungen führte sie durch, als wäre sie in Trance. Irgendwo in ihr hatte sich der Gedanke eingenistet, dass es nun schnell gehen musste, aber wirklich realisieren konnte sie es noch nicht.

Auf unsicheren Beinen ging sie die Treppe hinunter und merkte erst auf halbem Weg, dass sie vergessen hatte, eine Kerze mitzunehmen. Blind tastete sie sich durch den Kellergang und fand sich schließlich vor Jorins Tür wieder. Zeitgleich setzte ihr Verstand ein. Und mit der Denkfähigkeit kam auch die Angst. Deutlich erinnerte sie sich an die Schreie, die sie vernommen hatte. An das Flehen, Klagen und Brüllen. An Ranias Gelächter.

Gab es überhaupt noch Leben hinter dieser Tür?

Valyra reckte das Kinn und versuchte, sich Mut zuzusprechen. Dennoch schlug ihr Herz verräterisch schnell und ihr war so schwindlig, dass sie für einen Moment nur Sterne sah.

Mit zitternden Händen holte sie die Brosche hervor und drückte sie gegen die Tür, die sich knarrend öffnete. Dunkelheit schlug Valyra entgegen, gefolgt von einem abgestandenen Geruch. Auf leisen Sohlen betrat die Prinzessin den Kellerraum.

»Hallo?«, erklang kurz darauf eine verschüchterte Stimme, die Valyra aufatmen ließ.

Er war am Leben. Rania hatte ihn nicht umgebracht.

»Jorin?« Sie stolperte durch die Dunkelheit und streckte die Arme aus, um etwaige Hindernisse rechtzeitig ausmachen zu können. Bald stieß sie auf die kalten Gitterstäbe. Einen Wimpernschlag später spürte sie Jorins Hände auf ihren.

»Ich dachte schon, ihr hättet mich vergessen«, flüsterte der Stallbursche.

Seine Berührung tat Valyra so gut, dass sie sich ihr einen Moment lang hingab. Obwohl im Keller eisige Temperaturen herrschten, waren Jorins Hände warm und vermittelten ihr ein Gefühl der Zuversicht.

»Wir müssen uns beeilen«, brach es aus Valyra hervor. »Der Trank hat seine Wirkung gezeigt. Rania ist in sich zusammengebrochen und liegt reglos am Boden.«

»Wirklich?« Jorins Stimme klang aufgeregt. Sie spiegelte so viel Hoffnung wider, dass Valyra glaubte, ihr nicht gerecht werden zu können. »Wie geht es Arabella?«, wollte der Stallbursche wissen.

»Gut. Aber wir dürfen keine Zeit verlieren.«

Valyra nestelte bereits am Schloss des Käfigs herum und war dabei, es mit der Magie ihrer Brosche zu öffnen, als Jorin fragte: »Wie kommen wir raus?«

»Das zeige ich dir, wenn wir oben sind«, meinte die Prinzessin knapp und fluchte leise vor sich hin, als die Brosche immer wieder abrutschte und sie in der Dunkelheit das Schloss verfehlte.

Sie nahm die zweite Hand zu Hilfe, die Jorin bislang umklammert hatte. Damit gelang es ihr, das Schloss zu entsperren.

»Es ist offen«, sagte Valyra überflüssigerweise, dabei war die quietschende Tür laut genug.

Der Käfig schwang hin und her, als Jorin sein Gewicht verlagerte und sich nach vorn bewegte. Die Prinzessin griff nach seiner Hand, dennoch prallte er auf den Boden, als er versuchte, aus dem Gefängnis zu springen.

»Alles in Ordnung?«, erkundigte sie sich und hörte, wie Jorin sich Staub von der Hose klopfte.

»Keine Angst, Prinzessin, ein Sprung wird mich nicht umbringen.«

Binnen Sekunden war er auf den Beinen. Trotz der Dunkelheit sah Valyra, dass er ihr einen aufmunternden Blick zuwarf. Dann verließen sie nacheinander den Kellerraum und stiegen die morsche Treppe hoch.

Je näher sie Rania kamen, desto unruhiger wurde Valyra. Zwar hatte sie in der Zwischenzeit nichts gehört, aber das musste nicht bedeuten, dass Rania noch immer machtlos war.

Vorsichtig sah sie sich in der Küche um und atmete erleichtert aus, als der Berg, der den Körper der Hexe darstellte, noch immer auf dem Boden lag.

»Oh mein Gott!«, rief Arabella in diesem Moment und schluchzte laut auf.

Valyra sah sie fragend an.

»Was hat sie mit dir angestellt?«, flüsterte Arabella und rannte auf den Stallburschen zu. Sie ergriff seine Hand und strich mit ihren Fingern über sein Gesicht.

»Halb so schlimm«, hörte Valyra Jorin sagen.

Sie überbrückte die Distanz zu ihm – und reagierte dann nicht anders als ihre Schwester. Erschrocken riss sie die Augen auf, als sie Jorin erblickte. Das, was sie in der Dunkelheit nicht hatte sehen können, erkannte sie nun umso deutlicher.

Jorins Wangen waren mit tiefen Schrammen und Furchen durchzogen. Auf seinem Kopf gab es eine kahle Stelle, am Kinn war Blut getrocknet. Valyra atmete kurz und heftig. Erst dann wagte sie es, ihm ins Gesicht zu sehen.

»Sie hat dir ein Auge ausgestochen?«, schrie Arabella und fiel Jorin um den Hals. Ihr lautes Schluchzen drang durch den Turm.

Valyra starrte den Stallburschen an. Dort, wo sich einmal sein linkes Auge befunden hatte, klaffte nun ein schwarzes Loch. Blutkrusten sammelten sich um die verletzte Stelle.

»Wann ist das passiert?«, schluchzte Arabella und presste ihn enger an sich.

Valyra bekam Jorins gemurmelte Antwort nicht mit, aber sie wusste ohnehin, wann es sich ereignet hatte, weil seine Schreie noch immer in ihren Ohren widerhallten. Reflexartig ballte sie die Hände zu Fäusten.

»Wollte sie dich einfach nur foltern oder hatte ihre Tat einen tieferen Sinn?«, fragte sie Jorin und schaffte es endlich, ihren Blick von der Wunde abzuwenden.

Der Stallbursche sah Valyra lange an, dann seufzte er. »Das war der Grund, aus dem sie mich gefangen genommen hat. Denn es gab eine Zutat, die du ihr nicht beschaffen konntest.«

Obwohl die Wut in ihr tobte, schauderte Valyra. Gleichzeitig durchströmten Ranias Worte ihre Gedanken: *»Dir ist es gelungen, die Zutaten des Tranks zu finden. Zumindest alle bis auf eine.«*

Der Drang, sich übergeben zu müssen, wurde immer größer. Valyra atmete einige Male tief durch und blickte zum Fenster, um Abstand zu gewinnen. Sie wollte nicht daran denken, wie Rania in den Kellerraum gestürmt war und Jorin bei lebendigem Leib ein Auge herausgeschnitten hatte.

»Immerhin hat sie mir eins gelassen«, meinte dieser auf einmal. Ein Prise Schalk haftete seiner Stimme an.

»Wie bitte?«, rief Arabella. »Verteidigst du gerade dieses Monster?«

»Bella, wir können nichts daran ändern. Wir sollten zusehen, dass wir aus diesem Turm kommen.«

Valyra nickte ihm zu, aber Arabella schüttelte den Kopf. Wie eine Furie wirbelte sie herum und tat ein paar Schritte, bis sie direkt vor Rania stand. »Du Miststück!«, schrie sie. »Du elendige Hexe! Du hast mir doch schon alles genommen, was mir etwas bedeutet hat! Wieso musst du nun auch noch *ihn* in die Sache hineinziehen?!«

Valyra sah, wie Jorin zu Arabella eilte, doch diese kümmerte sich nicht darum. Mit dem rechten Fuß stieß sie auf Rania ein und trat ihr in den Rücken. Holte aus, um mehr Schwung zu bekommen.

»Du wirst sterben für das, was du uns angetan hast! Du wirst in der Hölle schmoren!« Sie weinte und schrie, tobte und wütete. Ihre Tritte wurden härter.

Jorin schlang seine Arme um ihre Mitte, um sie davon abzuhalten. »Nicht, Bella! Lass es, sonst wacht sie vielleicht auf!«

Auch Valyra war zu den beiden geeilt und zerrte an der rechten Hand ihrer Schwester. »Wir müssen hier weg, Ari!«, brüllte sie, doch die Prinzessin reagierte nicht. Die Wut machte sie blind. Unbarmherzig trat sie auf Ranias Gesicht ein, bis Blut aus ihrer Stirn sickerte.

»Eines Tages wirst du für all das büßen, was du getan hast! Böse Magie muss immer ihren Preis zahlen!« Arabella schluchzte auf.

Endlich gelang es Jorin, sie wegzureißen. Er nahm sie in den Arm, versuchte ihren Zorn zu dämmen. Zuerst zappelte sie in seinem Griff, wollte sich freikämpfen und ihr grässliches Spiel zu Ende bringen, aber schließlich beruhigte sie sich.

»Du weißt, dass du sie ohnehin nicht töten kannst«, flüsterte Valyra und fing den tränenverschleierten Blick ihrer Schwester auf. »Um ein Wesen der dunklen Seite zu bekämpfen, braucht es mehr als einen menschlichen Tod.«

Arabella schniefte, vergrub ihr Gesicht an Jorins Schulter. Still weinte sie vor sich hin.

Valyra blickte auf die Hexe hinab, deren Augen noch immer geschlossen waren. Blut rann über ihr Gesicht, das sich sogar im Schlaf verzerrt hatte.

»Wir müssen uns jetzt beeilen«, wollte sie sagen, als etwas ihre Aufmerksamkeit erforderte.

Sie legte den Kopf schief und sank auf die Knie. Obwohl es ihr widerstrebte, die Zauberin anzufassen, wanderten ihre Finger in Ranias Dekolleté, aus dem es golden funkelte. Die Haut der bösen Hexe war kühl, dennoch schreckte Valyra zusammen, als sie sie berührte.

»Was tust du da?«, fragte Arabella alarmiert.

»Ich glaube, ich habe dein Diadem gefunden«, antwortete Valyra und zog das Schmuckstück aus Ranias Ausschnitt.

Kapitel 22

Arabella keuchte, als sie das Geschenk ihrer Mutter sah, und riss es Valyra aus der Hand. Sie schlang ihre Finger um das Diadem, in dessen Spitze ein Citrin platziert war.

»Sie hat es die ganze Zeit gehabt«, flüsterte die dunkelhaarige Prinzessin perplex und schüttelte den Kopf.

»Das ist jetzt vorbei«, verkündete Valyra und schenkte Rania einen letzten Blick. »Sie hat keine Kontrolle mehr über dich. Du bist wieder du selbst.«

Das Lächeln auf Arabellas Lippen war zunächst klein und unsicher, doch wuchs mit solch einer Gewalt an, dass Valyra am ganzen Körper eine Gänsehaut bekam. Sie drückte ihre Schwester an sich. »Dann haben wir es also wirklich geschafft«, murmelte diese gegen ihr Haar.

Aus den Augenwinkeln sah Valyra, wie Jorin den Kopf schüttelte. »Noch haben wir gar nichts geschafft. Wir sind immer noch in einem Turm eingesperrt, der keinen Weg in die Freiheit besitzt.«

»Du hast recht«, stimmte die jüngere Prinzessin ihm zu. »Deswegen sollten wir uns jetzt sputen.«

Arabella strich sich das Haar nach hinten und platzierte das Diadem auf ihrem Kopf. Noch immer haftete ihren Lippen ein Lächeln an.

»Dafür, dass du es immer verabscheut hast, siehst du ganz schön glücklich aus«, neckte Valyra sie.

Arabella nickte. »Ich weiß nun, wie wichtig es ist. Welche Macht es besitzt. Es ist das wertvollste Geschenk, das mir Mutter je gemacht hat. Ich werde es nicht mehr ablegen.«

Die Schwestern tauschten einen zufriedenen Blick, aber Jorin trat ungehalten von einem Fuß auf den anderen. So gern Valyra im Moment verharren wollte, so deutlich spürte sie, dass die Zeit kostbar war.

Sie schob sich an den beiden vorbei in den Flur und sah, dass die Tür zu Ranias Kammer nicht mehr verschlossen war. Vielleicht hatte die Zauberin sie mit einem Bann belegt, der nicht mehr arbeitete, nun, wo seine Beherrscherin bewusstlos war. Valyra hörte, dass Arabella und Jorin ihr folgten. Als sie sich durch die Tür schob und ihnen einen Blick über die Schulter zuwarf, sah sie, dass der Stallbursche zögerte.

»Was machen wir hier?«, wollte er wissen, aber Arabella griff nach seiner Hand und drückte sie fest. Mit einem Blick verdeutlichte sie ihm, keine weiteren Fragen zu stellen.

Valyra kniete sich derweil vor das Regal und schob die Bücher beiseite. Obwohl Rania bewusstlos war und sie die Magie ihrer

Mutter bei sich trugen, war sie nicht ganz so zuversichtlich, wie sie es sich erhofft hatte. Sie atmete tief durch, doch auch das vertrieb ihre Nervosität nicht.

Als Arabella sich neben sie auf den Boden kniete und ihr beruhigend über den Rücken strich, sah Valyra sie dankbar an. »Du schaffst das«, flüsterte ihre Schwester. Aufrichtigkeit lag in ihrem Blick. Aufrichtigkeit und Liebe, die die beiden miteinander verband. »Konzentrier dich … und dann befrei uns.«

Valyra nickte und schloss die Augen. Damit der Zauberspruch wirkte und sie eine Chance bekamen, den unsichtbaren Ausgang zu benutzen, musste sie sich vollkommen auf sich selbst besinnen.

Sie wartete so lange, bis die Gedankenflut in ihrem Kopf verebbte und eine tiefe Ruhe von ihr Besitz ergriff. Mit einer Hand umklammerte sie die Brosche, die andere ballte sie zur Faust.

»Fermento alea sic«, flüsterte sie. Zunächst leise, um sich an den Klang der Worte zu gewöhnen. Schnell aber wurde ihre Stimme fester und sicherer. Sie wiederholte den Spruch so lange, bis sie sicher war, dass er wirkte. Kurz danach öffnete sie die Augen.

»Unglaublich«, murmelte Jorin, der fasziniert auf die große Treppe schaute, die im Zimmer erschienen war und nach draußen führte. »Kannst du zaubern?« Nachdenklich schaute er Valyra an, woraufhin diese den Kopf schüttelte. »Wie …«

»Nicht jetzt, Jorin«, meinte Arabella sanft. »Wir haben noch genügend Zeit, wenn wir erst zu Hause sind.«

Zu Hause.

Das Wort erfüllte Valyra wie immer mit einer tiefen Sehnsucht, allerdings war diese nicht mehr so schmerzhaft wie noch vor einigen Tagen. Wenn die Hoffnung auf einmal nicht mehr auf Unwahrscheinlichkeiten und Traumfantasien gerichtet war, tat es beinahe gut, so zu fühlen.

Valyra stand vom Boden auf und sah ihre Schwester und den Stallburschen entschlossen an. »Lassen wir diesen Turm für immer hinter uns«, verkündete sie und wurde von einer seltsamen Euphorie ergriffen.

»Verschwinden wir«, meinte auch Arabella. Sie klang erleichtert, aber Valyra erkannte, wie sehr sie immer noch zitterte.

Derweil setzte Jorin den ersten vorsichtigen Schritt auf die Treppe. Instinktiv hielt Valyra den Atem an und stieß die Luft wieder aus, als sie erkannte, dass die Treppe kein Trugbild war und Jorins Gewicht sicher trug.

Auf halbem Weg drehte sich der Stallbursche zu den Prinzessinnen um und sah sie erwartungsvoll an.

Arabella war die Nächste, die sich auf das magische Gebilde wagte. Ihre Beine zitterten, weswegen sie gezwungen war, sich am Geländer abzustützen.

Valyra beobachtete die beiden und stand so lange still, bis Jorin die Grünfläche vor dem Turm erreicht hatte. Dann drehte sie sich ein letztes Mal um und ließ den Blick durch Ranias Kammer schweifen. Es gab keine Worte für den Hass, den sie empfand. Den Hass auf diesen Turm, auf dieses Leben, auf dieses Gefängnis. Hass auf Rania.

Die Aussicht, dass die Hexe irgendwann wieder erwachen und weiterhin Schaden anrichten würde, erfüllte sie mit Übelkeit. Es war ihnen nicht möglich gewesen, sie zu töten, aber irgendwann, das schwor sich die Prinzessin, würden sie es tun.

Dann wandte sie dem Turm und allem, was mit ihm zusammenhing, den Rücken zu. Im Gegensatz zu Jorin und Arabella nahm sie die Treppe nicht zögernd, sondern rannte hinab, übersprang jede zweite Stufe und war außer Atem, als sie unten ankam.

Ein Sirren drang durch die Luft, sobald sie das Gras unter ihren Füßen spürte. Valyra richtete sich auf, drehte sich um und erkannte, dass die Treppe verschwunden war. Zurück blieb nur der steinerne monumentale Turm, den es wahrscheinlich auch schon vor Ranias Schreckensherrschaft gegeben hatte.

»Lasst uns diesen furchtbaren Ort verlassen«, verkündete sie.

Arabella nickte. Sie wirkte blass und unsicher, aber das war verständlich. Es war zu lange her, dass sie die Sonne gesehen hatte.

Jorin griff nach ihrer Hand. »Auf nach Brahmenien«, meinte er und zog sie mit sich.

Valyra lief hinter ihnen her, rannte, so schnell ihre Füße sie trugen. Je weiter sie den Turm hinter sich ließ und je mehr Zeit verstrich, desto deutlicher spürte sie das Gefühl, das in ihr heranwuchs. Zunächst wagte es sich nur kurz an die Oberfläche, aber mit jedem Meter, den sie hinter sich brachten und der sie von Rania entfernte, wurde Valyra euphorischer.

Auch wenn sie es noch nicht nach Brahmenien geschafft hatten, triumphierte sie. Endlich war ihr etwas gelungen. Endlich hatte sie etwas vollbracht. Glücklich wischte sie sich den Schweiß von der Stirn und ignorierte ihr Herz, das aufgrund der

Anstrengung unangenehm stach. Ihr Blick war starr nach vorn gerichtet: auf den Wald, der noch immer im Nachtlicht lag, doch so viel Neues versprach.

Vielleicht würde sie Brahmenien erreichen, ohne je das Rätsel gelöst zu haben. Wahrscheinlich war es nur eine Möglichkeit gewesen, sie lange beschäftigt zu halten.

Valyra sprang über einen Ast und lief tiefer in das Dickicht hinein. In einiger Entfernung sah sie die Schatten von Arabella und Jorin, die sich zügig voranbewegten. Zum ersten Mal erlaubte Valyra sich, auf ein Wiedersehen mit ihrem Vater zu hoffen. Gleichzeitig merkte sie, wie sehr er ihr fehlte.

Ein Hirsch kreuzte ihren Weg, hob scheu den Kopf und lief davon. Valyras Füße brannten mittlerweile und ihr Körper flehte nach einer Pause, aber sie gewährte ihm keine. Es war noch ein ganzes Stück bis zur magischen Grenze und die mussten sie auf jeden Fall hinter sich lassen, bis Rania aufwachte.

Der Gedanke an die Hexe trübte Valyras Hochgefühl. Sie alle hatten keinen blassen Schimmer, wann ihre Stiefmutter wach werden würde und wie lange sie brauchte, um ihre Kräfte zurückzuerlangen. Für einen Moment war es so, als läge sich eine eiskalte Hand um Valyras Herz.

Entschieden, sich nicht von den dunklen Gedanken leiten zu lassen, schüttelte sie den Kopf und lief weiter. Ihr Blick war auf den Boden gerichtet, der nun einige Unebenheiten beherbergte, die vor allem aus Steinen bestanden. Außerdem ging es allmählich bergab.

Als Valyra gegen ein Hindernis stieß und schmerzhaft die Zähne zusammenbiss, blieb sie stehen. Sie war gegen Jorin geprallt.

»Wieso bist du stehen geblieben?«, fragte Valyra, die nun auch die Schemen ihrer Schwester ausmachte.

»Deshalb«, sagte Jorin und griff nach Arabellas Hand.

Valyra wischte sich den Schweiß von der Stirn, dann hob sie den Blick und trat neben das Paar. Den Wald hatten sie mittlerweile hinter sich gelassen und standen nun auf einer weitläufigen Wiese, die, wenn man weiter bergab ging, in einer beschaulichen Lichtung mit Bach mündete. Doch darauf wollte Jorin nicht hinaus, denn sein freier Zeigefinger deutete auf den Horizont.

Valyra war so ergriffen von dem, was sie sah, dass sie beinahe zu atmen vergaß. In einem Leben voll Dunkelheit, in einer Existenz, die der Gefangenschaft gezollt war, erkannte sie zum ersten Mal seit Ewigkeiten wieder, wie schön es war, frei zu sein. Das Leben strömte durch ihren Körper, füllte ihn mit neuer Kraft, und das Licht, das in ihr entzündet wurde, vertrieb für eine Weile alle Finsternis.

Direkt vor ihr ging die Sonne auf. Schon einmal hatte Valyra solch einem Spektakel beiwohnen dürfen, aber damals war sie noch ein Kind gewesen und nicht in der Lage, das Naturphänomen zu würdigen.

Jetzt aber stand sie wie erstarrt da und betrachtete den prallen Ball, der kontinuierlich größer wurde. Die Wiese war in ein Meer von Farben getaucht, das kein Künstler schöner hätte malen können.

Ergriffen sah Valyra, wie die Sonne sich ihren Platz am Himmel erkämpfte und ihre Strahlen auf die Lichtung schickte. Bevor sie es sich recht versah, hatte sie nach Jorins freier Hand gegriffen und obwohl der Stallbursche sie einen Moment lang verwirrt musterte, lockerte sie ihren Griff nicht. In diesem Augenblick wollte sie mit ihm verbunden sein. Mit ihm und ihrer Schwester.

Sie hatten die Hölle hinter sich gelassen. Auch wenn es noch ein weiter Weg war, lagen die ersten Schritte hinter ihnen. Das aufgehende Sonnenlicht wärmte Valyras Körper, der durch die nächtliche Flucht kalt geworden war.

Am Rande sah sie, wie Jorin Arabella eine Hand um die Schultern gelegt und sie an sich herangezogen hatte. Zärtlich hauchte er ihr einen Kuss auf die Stirn.

»Ich habe gelernt, dass es im Leben keine perfekten Momente gibt«, flüsterte er so leise, dass Valyra sich nicht sicher war, ob seine Worte auch ihr galten. Dennoch spitzte sie die Ohren. »Irgendetwas stimmt nie. Und auch dieser Moment ist bei Weitem nicht perfekt. Aber weißt du was, Bella?« Er ließ Valyras Hand los und drehte sich zu Arabella um. »Wenn ich sehe, wie die Sonne dein Gesicht erhellt, weiß ich, dass ich gesegnet bin. Und gleichzeitig frage ich mich, wie jemand wie du …«

Arabella ließ ihn nicht ausreden, sondern schloss die Augen und presste ihre Lippen auf seine, sodass sie miteinander verschmolzen. Sie seufzte leise. Valyra sah, wie sich auch Jorins Arme um sie schlangen.

Wie es sich wohl anfühlte? Geliebt zu werden, geküsst zu werden? Sich in einer Situation wie dieser fallen lassen zu dürfen?

Die Liebenden hatten die Augen geschlossen, schienen so versunken in ihre Gefühle, dass sie nichts und niemanden an sich heranließen. Der Anstand erforderte, dass Valyra den Blick senkte und den beiden Abstand gewährte, aber sie konnte nicht wegsehen.

Sie beobachtete, wie Arabella ihre Hände in seinem Haar vergrub und wie Jorins Hand an ihrem Rücken weiter nach unten wanderte. Durch den Kuss schienen sie eins zu werden. Ihre Liebe überwand Grenzen, die ohne diese Art von Körperkontakt vorhanden gewesen wären.

Verräterisch schlug Valyras Herz in ihrer Brust. Ihre Erfahrungen mit dem anderen Geschlecht beschränkten sich auf einen flüchtigen Kuss, den ihr der Sohn eines Höflings mit fünf Jahren auf die Wange gegeben hatte. Seitdem war sie der Liebe ferngeblieben und hatte sich auch nie um einen Zukünftigen bemüht. Dafür fühlte sie sich zu jung, zu unerfahren, zu klein.

Doch zum ersten Mal kam ihr der Gedanke, dass Liebe etwas Schönes war. Und obwohl Arabella ein Teil ihres Herzens gehörte, fühlte sie einen Stich der Eifersucht, der sie für einen Moment blind machte.

Jorin löste sich von Arabella und sah sie glücklich an. »Wir haben es schon so weit geschafft, dann finden wir auch nach Brahmenien«, sagte er zuversichtlich.

Arabella wollte nicken, aber ihr Gesicht verfinsterte sich. »Und dann?«, hauchte sie. »Die Gegebenheiten haben sich nicht geändert. Ich liebe dich, aber mein Vater …«

Dieses Mal war Jorin es, der sie stoppte. Mahnend legte er seinen Zeigefinger vor ihre Lippen. »Nicht jetzt. Ruinier nicht diesen Moment.«

Arabellas Blick ruhte auf seinem Gesicht, dann nickte sie. »Wir sollten weitergehen«, verkündete sie.

Weil sie müde waren, entschieden sie, nicht länger zu laufen, sondern zügig zu gehen. Jorin hatte eine Pause vorgeschlagen, aber sie hatten eben schon rasten müssen, um seine Wunde zu versorgen. An einem Fluss waren sie stehen geblieben, um die verletzte Augenhöhle auszuwaschen und ihm eine notdürftige Augenklappe aus Blättern und Farnen herzustellen. Daher war Valyra nicht wohl bei dem Gedanken, noch mehr Zeit zu opfern. Immer öfter erwischte sie sich dabei, wie sie einen besorgten Blick über die Schulter warf und sich ihre eigene Nervosität mittels einer Gänsehaut am ganzen Körper bemerkbar machte.

»Ich glaube nicht, dass sie schon aufgewacht ist«, meinte Jorin, als er einen der Blicke aufgefangen hatte. Aufmunternd nickte er Valyra zu, doch diese konnte das mulmige Gefühl nicht abschütteln.

»Mir wäre wohler, wir hätten die magische Grenze schon erreicht«, murmelte sie. »Danach finden wir sicherlich irgendein Dorf, in dem wir unter Menschen sind. Dort kann man besser untertauchen und Rania wird nicht vor allen ihre Kräfte präsentieren.«

»Du hast keine Ahnung, wie lange der Trank anhält?«, mischte sich Arabella ein, die in den letzten Minuten sehr schweigsam gewesen war. In ihren Händen hielt sie einen Grashalm, an dem sie nervös zupfte.

Jorin zuckte mit den Schultern. »Ich war mir ja nicht einmal sicher, ob es überhaupt klappen würde. Aber wir sollten uns nicht mit Eventualitäten aufhalten.« Entschlossen nickte er.

Valyra schaute noch einmal über ihre Schulter, dann konzentrierte sie sich auch wieder auf den Weg.

Sie befanden sich mittlerweile wieder in einem Wald und hatten eben an einem Strauch ein paar Beeren gegessen. Bei Jorin lag die letzte Mahlzeit mehrere Tage zurück und auch die Schwestern hatten Hunger. Die Beeren sättigten nur mäßig und immer wieder erwischte Valyra sich dabei, wie sie nach einem wilden Tier Ausschau hielt, das sie fangen, erlegen und essen könnten. Auch wenn sie darin selbst keine Übung hatte, ebenso wenig wie ihre Schwester. Arabellas Finger waren viel zu klein, ihr Ekelgefühl zu ausgeprägt, als dass sie ein Tier ausnehmen könnte. Hinzu kamen die Erinnerung an Flöckchen und der damit verbundene Schmerz, der Valyra innerlich noch immer zerriss.

Nachdenklich sah sie Jorin an. Die Zeit an der frischen Luft hatte seine Haut braun gefärbt. Seine Hände waren grob, die

Schultern durch die Arbeit im Stall breit. Er kannte sich mit Pferden aus, aber musste das unweigerlich bedeuten, dass er in der Lage war, ein Tier zu jagen?

Valyra wurde unwohl, als ihr Magen sich abermals beschwerte. »Ich könnte ein ganzes Pferd essen«, stöhnte sie und hielt sich die Hand vor den Bauch.

»Finger weg von meinen Pferden!«, scherzte Jorin.

Valyra lächelte. »Keine Angst, ich nehme Tatis Stute. An der ist genug dran.«

»Ich glaube kaum, dass ich meine Anstellung behalten darf, wenn Landorsa auf einmal auf einem Silberteller serviert wird«, erwiderte Jorin.

»Dann muss ich zusehen, dass ich bald etwas zu essen bekomme, denn ich kann für nichts garantieren.«

Der Stallbursche lachte und Valyra genoss seine Ausgelassenheit. Nichts konnte sein sonniges Gemüt vertreiben. Nicht einmal die Tatsache, dass er ein Auge auf grausame Art und Weise eingebüßt und tagelang gehungert hatte.

»Wie es wohl wird, die anderen wiederzusehen? *Ob* wir sie wiedersehen?«, murmelte Arabella in diesem Moment. Ihr Blick war auf den Boden gerichtet, ihre Lippen aufeinandergepresst.

»Auf wen freust du dich am meisten?«, fragte Valyra, die unbedingt gute Stimmung verbreiten wollte.

Arabella jedoch zuckte nur mit den Schultern und sah sie nicht einmal an. Der jüngeren Prinzessin fiel auf, dass ihre Schwester immer wieder die Augen zusammenkniff, als wäre ihr schwindlig. Außerdem wurde sie merklich blasser.

»Ist alles in Ordnung mit dir?«, fragte Valyra und ging hinter Jorin her, um an der Seite ihrer Schwester zu sein.

Arabella hob den Kopf, lächelte sie kurz an und nickte. »Ich bin einfach das viele Laufen nicht mehr gewohnt«, meinte sie.

Valyra griff nach ihrer Hand, doch schreckte zurück. »Du bist eiskalt«, rief sie alarmiert, woraufhin Jorin den Kopf hob.

»Ich war so lange im Käfig eingesperrt, da ist es verständlich, dass ich auf die Welt hier draußen nicht so gut reagiere.« Arabellas Lächeln war tapfer, aber in ihrem Gesicht tobte der Zweifel.

Jorin war stehen geblieben und legte den Kopf schief, als er seine Hand auf Arabellas Stirn bettete. »Du bist wirklich eiskalt«, kommentierte er und tauschte einen Blick mit Valyra. »Vielleicht sollten wir doch eine Pause machen. Dann kannst du dich etwas ausruhen.«

Vehement schüttelte Arabella den Kopf. »Auf gar keinen Fall. Ich lasse nicht zu, dass Rania uns erwischt, während wir auf einer Wiese sitzen und uns unterhalten.«

Im Geheimen war Valyra froh, dass sie nicht rasten mussten. Jeder Schritt, der sie vom Turm und der dunklen Magie entfernte, war ein guter. Dennoch sah Jorin Arabella weiterhin besorgt an.

»Eines Tages musst du mir erzählen, was sie mit dir angestellt hat«, murmelte er gedankenverloren. »Und wie du in diesem Turm gelandet bist.«

»Ich erzähle dir alles, was ich weiß«, versprach Arabella, »aber ich kann mich noch immer an fast nichts erinnern. Die erste Zeit im Turm war ich wie gelähmt. Ich habe keine klaren Gedanken daran. Mir kommt es vor, als wäre ich erst erwacht, als meine Schwester mich gefunden hat.«

Valyra setzte sich wieder in Bewegung und war dankbar, als die anderen es ihr gleichtaten. Sie duckte sich unter einem Ast hinweg.

»Und du hast mir anfangs ganz schön Angst gemacht«, ging sie auf Arabellas Erzählungen ein, ohne ihre Schwester anzuschauen. Überhaupt war das nicht mehr möglich, da der Weg schmaler geworden war und sie hintereinander gehen mussten. »Rania hatte dich dermaßen unter Kontrolle ...«

»Rede nicht davon«, fiel Arabella ihr ins Wort. »Ich will nicht mehr daran denken.«

Valyra sah, wie ihre Schwester scheinbar zufällig das Diadem berührte, das auf ihrem Kopf ruhte. Sie lächelte. Immer wenn ihr etwas Angst bereitete, schloss sie ihre Hand um die Brosche. Arabella schien diese Geste, wenn auch ungewollt, übernommen zu haben.

Sie waren etwa drei Stunden unterwegs, als Arabella zusammenbrach. Valyra bekam es zunächst nicht mit und überhaupt erschien es ihr so irreal, dass sie es für einen Scherz ihres Gehirns hielt. Sie und Jorin hatten sich gerade noch über Brahmenien und ihren Vater unterhalten, als sie einen Schrei hörten, gefolgt von Stöhnen. Blitzschnell schoss Valyras Kopf herum. Jorin kniete schon bei Arabella, die seitlich auf dem Gras lag und sich das Knie rieb.

»Mein Gott!«, rief er. »Bist du gestolpert?«

Valyra sank ebenfalls auf den Boden und schaute ihre Schwester besorgt an. Arabella hatte das Gesicht seltsam verzogen. Ihr Mund öffnete sich zu einer Antwort, doch schloss sich gleich darauf.

»Ist alles in Ordnung?«, wollte Jorin wissen, woraufhin Arabella nickte. Doch es sah teilnahmslos aus. Ihre Haut war mittlerweile so weiß wie der erste Schnee im Dezember.

Valyra griff nach ihrer Hand, strich beruhigend über die Finger.

»Wir sollten wirklich eine Pause machen«, schlug Jorin vor und strich Arabella eine Strähne aus der Stirn.

Die Prinzessin schüttelte beharrlich den Kopf. »Mir geht's gut. Ich hatte nur einen kleinen … Schwächeanfall.« Noch immer lächelte sie, doch Jorin und Valyra tauschten einen besorgten Blick.

»Hast du Hunger?«, fragte der Stallbursche die Prinzessin, die sich auf die Unterlippe biss.

»Um ehrlich zu sein, ist mir so schwindlig, dass ich gar nicht ans Essen denken kann«, gab sie zu. Sie lehnte sich an Valyras Rücken und atmete mehrmals tief durch. »Vielleicht bin ich zu schnell gerannt. Meine Ausdauer ist nicht gut, ich war zu lange im Käfig eingesperrt.«

»So kannst du jedenfalls nicht weiter«, entschied Jorin.

Valyra nickte. Der rationale Teil in ihr wusste, dass er recht hatte, wenngleich sie den Gedanken an Rania noch immer nicht abschütteln konnte.

»Es ist doch gar nicht mehr weit«, meinte Arabella.

Valyra war erschrocken darüber, wie kraftlos ihre Stimme klang.

»Weit ist es nicht mehr«, stimmte die Prinzessin zu und warf Arabella einen Blick über ihre Schulter zu. »Aber es sieht nicht so aus, als könntest du weitergehen. Gleichgültig, wie kurz der Weg ist.«

Arabella seufzte und vergrub ihren Kopf in den Händen. »Ich will euch nicht aufhalten«, flüsterte sie.

»Wie genau fühlst du dich?« Jorin hatte sich vor sie gehockt. »Sag mir, was dir fehlt. Wo es wehtut.«

Valyra setzte sich neben Jorin und musterte Arabella aufmerksam. Diese strich sich die Haare aus dem Gesicht.

»Mir ist schlecht. Ich … fühle mich schwach und mir ist kalt«, fing sie langsam an. »Aber ich sage euch, dass …«

»Tut dir etwas weh?«, unterbrach Jorin sie unwirsch.

»Nur mein Knie, aber das liegt daran, dass ich gefallen bin.«

Der Stallbursche nickte nachdenklich, dann glitt Erkenntnis über seine Züge. »Wenn du keine Pause machen willst, trage ich dich bis an die Grenze«, verkündete er und sah Arabella triumphierend an.

Diese verdrehte die Augen und schüttelte den Kopf. »Das ist völlig übertrieben. Ich kann sehr gut allein gehen.«

»Nein, das kannst du nicht«, schaltete sich Valyra ein und verlieh ihrer Stimme so viel Nachdruck wie möglich. »Das haben wir eben gesehen. Seit du den Turm verlassen hast … wirkst du mit jedem Schritt ausgelaugter. Lass Jorin dich tragen.«

Arabella reckte das Kinn und strich über ihr Diadem. »Wenn Jorin mich trägt, sind wir sehr viel langsamer. Das ist nicht nötig.«

Sie schüttelte Jorins Hände von ihren Knien und erhob sich. Dabei entging Valyra nicht, wie stark ihre Beine zitterten und wie zerbrechlich sie wirkte. Dennoch schaffte sie es, sich hochzukämpfen und aufrecht zu stehen. Arabella blinzelte und suchte an einem Baum Halt.

»Das sehe ich mir nicht an.« Jorin sprang auf und wollte auf die Prinzessin zugehen, doch diese hinderte ihn daran.

Auf wackeligen Beinen kämpfte sie sich ihren Weg durch den Wald. Sonderlich schnell war sie nicht, aber sie ging ohne Hilfe.

»Sie ist so ein Dickkopf«, beschwerte Jorin sich und stampfte mit dem Fuß auf den Boden.

Valyra nickte. »Sie und Tatjana waren immer die beiden, die sich nichts haben sagen lassen.«

»Worauf wartet ihr?«, rief Arabella ihnen zu, die bereits einige Schritte getan hatte.

Valyra und der Stallbursche sahen sich zweifelnd an.

»Wir können sie sowieso nicht umstimmen, oder?«, riet Jorin, woraufhin die Prinzessin den Kopf schüttelte.

»Nein. Wenn sie sich etwas vorgenommen hat, zieht sie es auch durch. So lange, bis sie scheitert.«

Die Ader auf Jorins Stirn pulsierte verräterisch. Aus Argusaugen betrachtete er Arabella, die langsam einen Schritt vor den anderen setzte.

Auch Valyra war nicht wohl bei der Sache. Gleichzeitig fragte sie sich, was mit ihrer Schwester nicht stimmte. Ob es wirklich nur an den veränderten Luftverhältnissen lag? An der Tatsache, dass sie so lange nicht mehr draußen gewesen war? Sie nahm sich fest vor, eine längere Pause einzulegen, sobald sie den verwunschenen Wald hinter sich gelassen hatten.

Arabellas Stolz hielt nur wenige Minuten an. Jorin und Valyra gingen hinter ihr, hielten gerade so viel Abstand, dass sie im Ernstfall eingreifen konnten. Dieses Mal sahen sie Arabellas Zusammenbruch kommen. Jorin schnellte nach vorn, als die Prinzessin zu schwanken begann, und fing sie auf, bevor sie am Boden aufschlug.

»Du kommst also zurecht, was?«, zog er sie auf, doch in seiner Stimme lag eine Strenge, die Valyra fremd war.

Arabella schaute den Stallburschen aus müden Augen an, dann bekam sie einen Hustenanfall, der durch ihren ganzen Körper drang. Die Prinzessin schlang die Hände um ihren Hals, rang verzweifelt nach Luft und legte den Kopf in den Nacken, als das Schlimmste überstanden war.

»Du gehst keinen Schritt mehr!«, befahl Valyra. Mittlerweile war ihre Angst, Rania zu begegnen, überlagert von der Furcht, ihre Schwester zu verlieren.

Schon wieder wollte Arabella den Kopf schütteln, doch dann riss sie die Augen auf und kämpfte sich aus Jorins Umklammerung.

»Was machst du da?«, beschwerte er sich und streckte die Arme nach ihr aus, um sie festzuhalten, doch da hatte sich die Prinzessin bereits über einen Stein gebeugt. Würgende Laute entwichen ihrer Kehle.

»Ari?« Valyras Stimme klang panisch. »Ari, was ist los?« Sie strich ihrer Schwester die Haare aus dem Gesicht, als diese sich in den Wald übergab. Sie zitterte so stark am ganzen Körper, dass Valyra ihren Arm um sie schlang.

Arabella übergab sich drei Mal in Folge und verlor immer ein bisschen Blut dabei. Als es vorbei war, blieb sie einfach kraftlos über dem Stein hängen und schloss die Augen.

»Wie kann das sein?«, schrie Valyra. »Wie kann es ihr von jetzt auf gleich so schlecht gehen?« Ängstlich sah sie Jorin an, aber er wirkte ebenso überfragt, wie sie sich fühlte.

»Vielleicht war Ranias Essen verdorben. Oder sie hat sich im Turm irgendeine Krankheit eingefangen«, mutmaßte er und kniete sich zu der Kranken, um ihr beruhigend über den Rücken zu streichen.

Valyra überzeugten seine Gedanken nicht. Seit wann zeigten sich Krankheiten so plötzlich? Seit wann hatten sie einen so heftigen Verlauf? Mit gemischten Gefühlen sah sie ihre Schwester an, die sich gar nicht mehr rührte.

Bis zur Grenze des magischen Waldes war es nicht mehr weit.

»Glaubst du, wir können sie in diesem Zustand noch tragen?«, äußerte Valyra ihre Bedenken.

Jorin hob den Kopf und überlegte. »Die Alternative wäre, dass wir hierbleiben und ihr auch nicht helfen können. Wenn ich sie trage, können wir ein Dorf aufsuchen, in dem man sich um sie kümmern wird. Sie braucht Medikamente und einen Arzt.«

Das erschien Valyra plausibel. Sie nickte. »Heb sie vorsichtig hoch«, trug sie Jorin auf.

Sanft schlang der Stallbursche seine Arme um Arabellas erschlafften Körper und hob sie an.

»Halt sie gut fest«, bat Valyra, deren Stimme bebte, als sie ihre Schwester sah, die die Augen noch immer geschlossen hatte und gar nicht mehr anwesend schien.

»Schling die Hände um meinen Hals«, flüsterte Jorin Arabella zu, die leise vor sich hin stöhnte.

Valyra kam ihr zu Hilfe. Zu zweit schafften sie es, ihre Arme um Jorins Nacken zu platzieren.

»Ist sie schwer?«, wollte Valyra wissen.

»Nicht im Geringsten. Mir kommt es eher vor, als wäre sie viel zu leicht.« Mit sorgenverhangenem Blick schaute Jorin auf die Prinzessin hinab.

Arabellas Augen waren nur halb geöffnet. Speichel tropfte aus ihren Mundwinkeln. Valyra stellte sich auf die Zehenspitzen und legte ihre Hand auf Arabellas Stirn. Sie war nicht mehr ganz so kalt wie eben.

»Halt durch«, flüsterte sie und wünschte sich, ein Teil ihrer Gesundheit würde auf ihre Schwester übergehen.

Arabellas Mundwinkel verzogen sich, aber das Lächeln gelang ihr nicht.

Jorin hob die halb bewusstlose Prinzessin noch ein bisschen höher, sodass er sie besser tragen konnte. Mit schweren Schritten ging er los.

Valyra betrachtete das Schauspiel kurz, dann lief sie neben den beiden her. Es sah tatsächlich nicht so aus, als ob Jorin sich sonderlich anstrengen musste. Dennoch war ein menschlicher Körper alles andere als handlich.

»Pass auf, da vorn liegt ein Stein«, sagte Valyra gerade rechtzeitig, sodass Jorin ausweichen konnte.

Seine Augen wanderten von Arabella auf den Weg vor ihnen. Obwohl der Stallbursche einen Menschen mit sich herumtrug, ging er zügig. Ab und an hielt Valyra den Atem an und murmelte ein Gebet, dass er nicht das Gleichgewicht verlieren möge.

Eine Weile schaute Valyra die beiden an, dann legte sie den Kopf in den Nacken und betrachtete voller Sorge den Himmel, der eben noch wolkenlos gewesen war. Kurz darauf traf sie der erste Regentropfen.

»Das fehlt uns gerade noch«, murmelte Jorin, der anscheinend ebenfalls einen abbekommen hatte. Auch er blickte auf das dunkel anmutende Firmament.

Innerhalb kürzester Zeit wurde der Regen stärker, bis er sich in einen regelrechten Orkan verwandelt hatte. Valyra sah kaum noch die Hand vor Augen, so dicht fielen die Tropfen. Hinzu kam ein starker Wind, der ihr die Haare in die Augen peitschte.

»Verdammt!«, fluchte Jorin und sagte noch etwas hinterher, aber das verstand Valyra schon nicht mehr, weil der Sturm seine Stimme verschluckte.

Sie hatte Mühe, gegen den Wind anzukommen, und merkte, wie ihre Hände immer kälter wurden. Ängstlich warf sie einen Blick zu Arabella, doch konnte nur Jorins Schatten erkennen, der sich tapfer durch das Unwetter kämpfte. Valyra versteckte die Hände in ihren Hosentaschen und versuchte, das ungute Gefühl, das sich in ihr breitgemacht hatte, zu ignorieren. Das Wetter konnte immer mal umschlagen, es spielte oft verrückt. Es musste niemand dahinterstecken, der es manipulierte.

Oder doch?

Valyra wurde abwechselnd heißt und kalt, als Ranias geisterhaftes Gesicht vor ihrem inneren Auge erschien.

War sie aufgewacht? Hatte sie den Sturm geschickt? Würde sie bald auftauchen? Valyras Herz begann schneller zu schlagen und für einen Moment lähmte die Angst sie so sehr, dass sie stehen blieb und sich ihren Gedanken hingab.

»Soll ich dich auch noch tragen?«, drang Jorins Stimme durch den Sturm.

Undeutlich erkannte Valyra, dass er sie ansah und ebenfalls stehen geblieben war. Schnell setzte sie sich in Bewegung. »Ich komme«, rief sie, auch wenn sie sich nicht sicher war, ob er sie hören konnte.

Die Regentropfen fielen so dicht, dass sie eine einzige graue Masse bildeten. Valyra schlang die Arme um ihren Oberkörper und biss die Zähne zusammen. Das Unwetter machte es ihr unmöglich, sich weiterhin zu orientieren. Sie konnte nur hoffen, dass Jorin den Weg kannte und der Regen nicht allzu lange andauern würde.

Nach ein paar Minuten hatte sie es immerhin geschafft, den Stallburschen einzuholen. Der Boden unter ihr war zu Schlamm geworden und sie fror erbärmlich. Hoffentlich stand Arabella das durch! In unregelmäßigen Abständen wurde ihr Körper von Hustenanfällen durchdrungen.

Jorin hielt die Prinzessin fest umschlungen, flüsterte ihr beruhigende Dinge ins Ohr und küsste sie auf die Stirn. Dennoch entging Valyra nicht, dass sich auch auf seinem Gesicht die Sorge festgesetzt hatte. Dass auch er nicht mehr so zuversichtlich wirkte wie noch vor wenigen Stunden.

»Können wir …«, sprach Valyra und wiederholte es noch einmal lauter, weil sie sich sicher war, dass ihre Stimme das Unwetter nicht durchdrungen hatte. »Können wir reden? Über irgendetwas? Meine Gedanken bringen mich um.«

Jorin sah die Prinzessin über die Schulter an und nickte. »Ich kann selbst etwas Ablenkung vertragen.« Sein Lächeln entglitt ihm.

Valyra trat ein Stück näher an ihn heran. »Ich brauche unbedingt ein paar schöne Gedanken«, verkündete sie. »Nichts, was mit bösen Stiefmüttern, verzwickten Flüchen oder dunkler Magie zu tun hat.«

Jorin grinste. »Als ich klein war, hat mein Onkel immer ein Spiel mit mir gespielt«, sagte er und seine Stimme trug Licht durch das Unwetter.

»Was für ein Spiel?« Valyra spürte, wie sich ihr Blick lichtete, jetzt, wo sie sich auf etwas Neues konzentrieren konnte.

»Er nannte es *Platz, Essen, Tätigkeit.*«

»Und was ist das für ein Spiel?«, erkundigte Valyra sich, woraufhin Jorin ihr ein Lächeln schenkte, das ihm etwas Glückliches und Trauriges zugleich verlieh.

»Um das Ganze besser zu verstehen, muss ich etwas ausholen. Meine Kindheit war nicht besonders einfach. Obwohl ich schöne Erinnerungen an die Jahre habe, weiß ich, dass es für meine Eltern alles andere als leicht war.« Er holte tief Luft, warf einen Blick auf Arabella und fuhr fort: »Ich hatte sechs Geschwister, wir waren eine richtige Großfamilie. Eines Tages verlor mein Vater jedoch seine Arbeit und wir standen mehr oder weniger vor dem Nichts. Meine Eltern haben ihr Bestes getan, um für uns zu sorgen und uns zu ernähren, aber …« Seine Stimme zitterte. »Es hat einfach nicht gereicht.«

Valyras Herz zog sich schmerzhaft zusammen. Die Nachfrage lauerte schon auf ihrer Zunge, aber sie traute sich nicht, sie auszusprechen.

»Wir mussten oft mit leerem Magen ins Bett gehen. Eine Portion, die für zwei Personen gereicht hätte, auf neun aufteilen. Manchmal hatten wir nicht einmal genug Wasser.« Traurig schüttelte er den Kopf und Valyra schaffte es nicht mehr, ihn anzusehen.

Obwohl sie an Jorins Schicksal keine Schuld trug, fühlte sie sich schlecht. Ihr selbst hatte es nie an etwas gemangelt. Ihre Kindheit war voller Farben, Leben und Licht gewesen. Hunger hatte ein temporäres Gefühl dargestellt, aber nichts, was ernsthaft zum Problem werden könnte. Manchmal waren ihr die vier üppigen Mahlzeiten, die in Brahmenien serviert wurden, sogar zu viel geworden. Manchmal hatte sie gegessen, ohne Hunger zu haben.

Sie hob den Blick, den sie auf den Boden gerichtet hatte, und biss sich in die Innenseite ihrer Wange. Während sie geschlemmt hatte, mussten Menschen wie Jorin Hunger leiden.

»Mein Bruder Jon hat einmal bei einer reichen Familie Brot gestohlen und wurde dabei erwischt. Als Strafe nahmen sie meinen Eltern einen Teil ihrer Ersparnisse weg, die durch die Hungersnot ohnehin schon knapp bemessen waren.«

Durch den Regen erkannte Valyra, wie Jorin eine Hand unter Arabellas Körper zur Faust ballte.

»Wir waren alle noch sehr klein. Zu klein, um arbeiten gehen zu können, wobei ich mein Bestes tat, um bei einem Schmied etwas Geld zu verdienen. Nun ja.« Er atmete aus und schenkte Valyra einen kurzen Blick. »Die Zeiten wurden schlechter und von meinen sechs Geschwistern ist nur noch meine Schwester übrig.«

Valyra rannen Tränen über ihre kalten Wangen. Nur mühsam unterdrückte sie ein Schluchzen. Sie hätte gern etwas gesagt, traute aber ihrer eigenen Stimme nicht.

»Meine Eltern haben mich und meine Schwester Catyn zu meinem Onkel geschickt, als das Leid so groß wurde und sie nicht mehr für uns alle sorgen konnten. Auch mein Onkel hatte nicht viel Geld, war aber kinderlos und bereit, uns aufzunehmen. Für Catyn war es besonders schwer, die Familie zu verlassen, aber mein Onkel hat alles getan, damit es ihr besser ging.«

»Das Spiel«, schlussfolgerte Valyra, weil sie irgendetwas sagen und das Thema in eine andere Richtung lenken wollte.

Jorin nickte. »Jedes Mal, wenn es uns schlecht ging, wir Heimweh hatten oder das Essen knapp wurde, haben wir es gespielt. Es ist ein Gedankenexperiment, das einen für kurze Zeit an einen anderen Ort befördert.« Jorin betrachtete den wolkenverhangenen Himmel über sich. »Wir sollten uns einen Ort aussuchen, an dem wir am liebsten sein würden. Außerdem ein Essen, das uns besonders glücklich machen würde. Und schließlich eine Tätigkeit – irgendetwas, das wir gern unternehmen würden.«

Die Dunkelheit aus seinem Gesicht wich einem Ausdruck, der Valyra an Zuversicht denken ließ. Freundlich sah sie ihn an, in der Hoffnung, dass er weitersprach.

Jorin schloss kurz die Augen, als könnte er die Erinnerung dadurch lebendiger halten. »Meine Schwester wollte meistens nach Hause, aber ich habe mich an die entferntesten Orte geträumt, habe die fremdesten Länder in meinen Gedanken gesehen und konnte überallhin reisen. Es gab keine Grenzen. Ich konnte alles tun und alles machen. Alles essen.«

Seine Stimme wurde schwärmerisch.

»Ich erinnere mich an einen Abend, an dem wir mit nichts als einer dünnen Suppe und einer Möhre für drei Personen am Tisch saßen. Und doch wurde mir ein richtiges Festmahl serviert, bestehend aus Rinderbraten, Kartoffeln und Schokoladenkuchen.« Sein Lachen war glockenhell, frei von jeglicher Sorge, und dennoch fühlte Valyra sich mit jedem Wort elendiger.

Sie hatte nie daran gedacht, dass es im Königreich ihres Vaters so viel Leid gegeben hatte. Vielleicht noch immer gab. Doch durch goldene Fenster sah man manchmal nur die Hälfte.

»Dieses Spiel hat uns gerettet«, schloss Jorin seinen Vortrag. »Wir fanden Hoffnung in den dunkelsten Zeiten. Als meine Mutter verhungerte und meine Geschwister folgten, war der Tag so finster und das Leben so …«

»Hör auf!«, schrie Valyra, weil sie es nicht ertragen konnte. Weil sie klein, schwach und ängstlich war und sein Leid sie zerriss.

Überrascht sah Jorin zu ihr hinab und musterte sie.

»Tut mir leid«, stammelte Valyra und senkte den Kopf.

Welches Recht hatte sie, seine Erzählungen zu unterbrechen, nur weil sie sie nicht hören wollte? Weil sie ihre Augen vor seinem Leid verschloss?

Valyra sah, wie Jorin stehen blieb. »Was ist los, Prinzessin?«, fragte er und klang ehrlich interessiert.

Valyra sah ihn noch immer nicht an, wollte ihm ihre Tränen nicht zeigen. Aber er gab nicht auf.

»Sag es mir. Was ist los? Wenn ich lieber nicht von meiner Kindheit erzählen soll …«

Sie schüttelte den Kopf. »Das ist es nicht«, flüsterte sie. »Es ist nur …« Endlich sah sie ihn an und hoffte, dass ihr tränenverschleierter Blick im Regen nicht auffiel. »Ich fühle mich schrecklich«, gab sie zu und schniefte. »Ich musste mich mein Leben lang um nichts sorgen. Ich hatte alles in Massen, während du … fast gestorben wärst.« Sie schluckte schwer und versuchte, das Engegefühl in ihrer Kehle loszuwerden.

»Aber so ist das Leben, kleine Prinzessin. Es wird immer die Reichen und die Armen geben.« Er klang nicht verbittert, als er es sagte, eher nüchtern.

»Du musst uns alle abgrundtief hassen«, meinte Valyra zaghaft.

Auf Jorins Gesicht stand Unglauben. »Ich trage deine Schwester durch den Sturm, um sie nach Hause zu bringen. Ich bin einer wahnsinnigen Hexe durch verzauberte Gefilde gefolgt, um zwei verlorene Prinzessinnen zu retten. Ich möchte einem traurigen Vater seine Kinder wiederbringen. Ja, sieht ganz so aus, als würde ich euch hassen.« Er lachte kehlig.

Obwohl ihr nach Weinen zumute war, musste Valyra lächeln. »Aber *müsstest* du uns nicht eigentlich hassen?«, fragte sie dennoch nach.

Jorin zuckte mit den Schultern. »Hass ist etwas Persönliches. Ich hasse nur Menschen, die mir wirklich etwas angetan haben. Mir oder denjenigen, die ich liebe. Ihr seid nicht schuld an meinem Leid, nur weil ihr auf der Sonnenseite des Lebens geboren wurdet. Und überhaupt … ist Reichtum nicht alles, was einen Menschen auszeichnet. Ich habe mich in deine Schwester nicht verliebt, weil sie Gold und Silber besitzt. Sondern weil unsere Herzen zueinanderpassen, obwohl uns so viel trennt.«

Nun kämpfte Valyra nicht mehr gegen die Tränen an, sondern ließ ihnen freien Lauf. »Ich habe dir mein Leben zu verdanken, Jorin«, schluchzte sie. »Und ich verspreche dir, dass mein Vater dich reich belohnen wird, wenn …«

Zu ihrer Überraschung schüttelte der Stallbursche den Kopf. »Vielleicht hätte ich dir das Ende meiner Geschichte erzählen sollen, kleine Prinzessin. Denn ich konnte meinem Schicksal entfliehen. Ich bin gewachsen, habe überlebt und konnte in den Stallungen anfangen. Meine Schwester hat eine Lehre zur Schneiderin gemacht. Wir haben eine schwierige Kindheit hinter uns, eine dunkle Vergangenheit, aber ich lasse nicht zu, dass sie zu einem Teil meiner Zukunft wird. Und weißt du was, Valyra? Ich brauche das Gut und Gold deines Vaters nicht. Ich komme über die Runden, ich kann für mich sorgen.«

»Aber du willst meine Schwester«, erkannte Valyra und warf einen Blick auf die schlafende Prinzessin.

»Ich will deine Schwester. Aus vollstem Herzen und mit jedem Teil meiner Seele.« Jorin strich ihr eine nasse Strähne aus dem Gesicht, das im Schlaf friedlich wirkte. »Und ich werde nicht aufhören, um sie zu kämpfen. Um uns.«

In diesem Moment wurde Valyra bewusst, wie viel sich geändert hatte. Seit sie von der unschicklichen Beziehung ihrer Schwester wusste, war sie Jorin immer skeptisch gegenübergetreten. Teilweise hatte sie ihn sogar verwünscht und seine niedere Herkunft verteufelt.

Doch wie wichtig war all das? War es nicht an der Zeit, die Grenzen etwas zu lockern?

Jorin hatte mehr getan, als je ein Edelmann in der Lage gewesen wäre. Er hatte sie gefunden. Er war es gewesen, der ihnen geholfen und sie aus Ranias Fängen befreit hatte. Machte ihn das nicht ebenso adlig wie einen Prinzen oder König?

»Du siehst aus, als wärst du hinter die Mysterien der Welt gekommen«, zog Jorin Valyra neckend auf und verlagerte Arabellas Gewicht neu.

Der Regen hatte nachgelassen, die Tropfen prasselten nicht mehr so zahlreich auf die Erde.

»Die ganze Welt verstehe ich sicher nicht«, ging Valyra auf seine Worte ein. »Aber ich weiß nun, dass ich euch helfen möchte. Mit allem, was meinen Vater betrifft. Es wird nicht einfach werden, aber ich stehe euch zur Seite, wenn es so weit ist.«

Jorins Augenbrauen hoben sich. »Wirklich?«, fragte er und in seiner Stimme schwang eine so zarte Hoffnung mit, die Valyra fast um den Verstand brachte.

»Wirklich«, sagte sie und drückte seine Hand. Damit besiegelte sie ihr Versprechen. »Und weißt du was? Ich wähle genau diesen Platz. Wenn ich mir einen Ort aussuchen könnte, an dem ich nun gern wäre, würde ich mich für diese Stelle entscheiden, auf der wir stehen. Weil ich glaube, dass wir auf dem richtigen

Weg sind, und ich die Hoffnung habe, dass wir es schaffen können.«

Jorins Lächeln wurde so breit, dass seine Mundwinkel es kaum tragen konnten. »Und das Essen?«, fragte er belustigt.

»Alles, nur keine Klöße. Ich glaube, die werde ich nie mehr essen können.« Allein die Vorstellung bescherte Valyra ein Ekelgefühl.

Jorin lachte.

»Ich hätte nichts gegen ein paar Klöße«, sagte plötzlich eine zerbrechliche Stimme.

Zeitgleich schauten Jorin und Valyra auf Arabella hinab, die die Augen aufgeschlagen hatte und schüchtern lächelte.

»Willkommen zurück unter den Lebenden«, begrüßte Jorin sie.

»Wie geht es dir?« Valyra stellte sich neben sie.

Arabella war noch immer blass, aber ihre Lippen hatten etwas Farbe bekommen. »Besser«, verkündete sie und nickte. »Trotzdem wäre ich nun gern zu Hause in meinem Bett.«

Arabella war noch immer schwach, aber das hinderte sie nicht daran, sich von Zeit zu Zeit an einem Gespräch zu beteiligen. Immer wieder fielen ihre Augen zu, doch sie kämpfte tapfer dagegen an. Valyra wärmte ihre kalten Hände in ihren Manteltaschen. Glücklicherweise regnete es nicht mehr. Nun war es jedoch wichtig, dass sie schnell nach Hause kamen, damit die nasse Kleidung nicht an Arabellas Körper trocknete und sie keine Lungenentzündung riskierte.

»Ist deine Schwester verheiratet?«, fragte Valyra Jorin, als er wieder von seiner Familie zu sprechen begann.

Der Stallbursche schüttelte den Kopf. »Noch nicht. Aber es gibt einen jungen Koch, der ihr seit einiger Zeit den Hof macht.«

»Und sie erwidert seine Gefühle?«, wollte Valyra wissen, auch wenn sie sich nicht sicher war, ob sie es fragen durfte.

»Ob es ihre große Liebe ist, kann ich dir nicht sagen. Catyn spricht selten über das, was sie empfindet. Aber er scheint ein anständiger Kerl zu sein, der gut für sie sorgen wird.«

Valyra nickte. Es klang so einfach, so unkompliziert. Ein Junge interessierte sich für ein Mädchen, machte ihm Avancen und wurde mit seiner Liebe belohnt. Die beiden gingen den Bund der Ehe ein, sie schenkte ihm Kinder, er ihr eine gesicherte Existenz. So lebten sie zusammen, bis Gevatter Tod sein erstes Opfer forderte.

»Und du?«, durchbrach Jorin ihre Gedanken. »Gibt es bei dir jemanden, für den es sich lohnt, die Freiheit aufzugeben?«

Valyra wollte gerade sagen, dass sie als Prinzessin nie wirklich Freiheit besessen hatte, da mischte sich Arabella ein.

»Valyra interessiert sich noch nicht für solche Dinge. Ist doch so, oder?«

Valyra hatte schon den Mund zu einer Antwort geöffnet, doch schloss ihn wieder, weil der Einwurf ihrer Schwester sie aus dem Konzept gebracht hatte. Kurz musterte sie Arabella, dann sah sie Jorin an. Bisher hatte sie keinem Mann ihr Herz geschenkt, das stimmte, aber bedeutete das unweigerlich, dass sie sich nicht für die Liebe interessierte? Dass sie ihr gänzlich abgeneigt war?

Sie wusste zumindest, dass sie nicht all ihre Seiten guthieß. Ihre Schwester Tatjana hatte mit den Männern nur gespielt, ohne sich wirklich für sie zu erwärmen. Penny wurde von einem arroganten Baron sitzen gelassen, weil dieser eine andere gefunden hatte.

Aber Liebe, und das wusste Valyra, konnte auch schön sein. Deutlich erinnerte sie sich an die warmen Blicke, die ihre Eltern miteinander getauscht hatten. An die geflüsterten Worte und stummen Komplimente.

Und sie erkannte die Liebe zwischen Jorin und Arabella. Die Art und Weise, wie er sie ansah. Wie er sie nicht losließ und sie dennoch nicht einsperrte.

Valyra hatte sich nie mit der Liebe befasst, aber das bedeutete nicht, dass sie sich nicht erfahren wollte. Eines Tages. Irgendwann. Und wenn der Richtige kam, durfte er sein wie *er*.

Jorins Blick ruhte auf ihr. Es sah aus, als wollte er etwas sagen, aber er tat es nicht. Die Stille erzählte ohnehin genug.

Valyra straffte die Schultern und ging weiter. Bald hörte sie Jorins gleichmäßige Schritte hinter sich.

Auf den letzten Metern des verwunschenen Waldes hing Valyra ihren Gedanken nach. Was auch immer Arabellas plötzlichen Schwächeanfall hervorgerufen hatte, ihr schien es besser zu gehen. In Brahmenien würde man ihr helfen können, ihr Vater kannte die besten Mediziner. Sicherlich war es nichts Schlimmes.

Valyra warf einen Blick über die Schulter und erkannte zufrieden, dass Jorin ihr dicht auf den Fersen war. Als sie sich wieder umdrehte, kniff sie die Augen zusammen, weil zum ersten Mal vor ihr nicht nur undurchdringbarer Wald lag, sondern sie am Horizont ein kleines Dorf erahnen konnte. Die Häuser hatten rote Dächer und ein Kirchturm bildete den höchsten Punkt. Ergriffen blieb sie stehen und fasste Jorin am Arm.

»Wir haben es fast geschafft«, flüsterte sie. »Da vorn liegt unsere Welt.«

Jorin strahlte. Die Grenze des magischen Waldes wurde durch eine Baumreihe markiert. Bisher hatten sie gleichzeitig die Barriere dargestellt, durch die es kein Durchkommen gab. Doch Ranias Macht war gegangen und die Bäume nicht mehr als bloße Geschenke der Natur.

Jetzt wurde Valyra unweigerlich schneller, weil sie den Wald, ihre Stiefmutter und alles, was mit der schrecklichen Zeit im Turm zusammenhing, hinter sich lassen wollte. Sie wollte aufbrechen in ein neues Leben – in ihr altes Leben – und die Geschehnisse als Teil ihrer Vergangenheit betrachten.

Obwohl sie Jorin und Arabella durch ihre schnellen Schritte zurückließ, verlangsamte die junge Prinzessin sie nicht. Im Gegenteil: Sie wurde immer schneller. Sie wollte endlich die Stelle erreichen, an der die Bäume eine Reihe bildeten. Sie wollte durch sie hindurchtreten. Das kalte Land hinter sich bringen.

Endlich.

Als sie unmittelbar vor den hochgewachsenen Tannen stand, klopfte ihr Herz vor Aufregung. Sie hatte beinahe ein bisschen Angst, aber es war eine gute Art von Furcht. Mutig reckte sie das Kinn, suchte sich eine Stelle aus, an der die Bäume einen Durchgang boten, und trat hindurch.

Sie tat es.

Einfach so.

Euphorie ergriff von ihrem Körper Besitz, erfüllte sie bis in die Fingerspitzen. Freude breitete sich in ihr aus, als sie die Arme von sich streckte und sich zweimal um die eigene Achse drehte.

Aus den Augenwinkeln sah sie Jorin, der lachend vor den Bäumen stand und ihr Schauspiel betrachtete. Dann wagte auch er den Schritt in die menschliche Welt. Es waren nur wenige Zentimeter, die den Übergang markierten. Auf den ersten Blick wirkte es unwichtig, scheinbar belanglos. Aber diese Zentimeter bedeuteten, dass sie es geschafft hatten. Sie hatten es tatsächlich geschafft.

»Ich habe die ganze Zeit geahnt, dass das Rätsel nichts damit zu tun hat«, gab Valyra zu und sah Jorin bedeutungsschwer an. »Wir haben es geschafft, auch ohne es zu lösen.«

»Wir haben es geschafft«, wiederholte der Stallbursche tonlos und schüttelte über seine Worte den Kopf. »Wir haben es tatsächlich geschafft!« Ein Lächeln löste sich aus seinem Gesicht und mit ihm verschwanden all die nachdenklichen Facetten, die er mit sich herumtrug. Er rückte seine Augenklappe gerade, die einen Teil der Verletzung freigelegt hatte.

Valyra breitete die Arme aus und stellte sich auf die Zehenspitzen, um mit ihm auf Augenhöhe zu sein. Noch immer durchströmte das Glück ihren Körper, gepaart mit der Erleichterung, fast angekommen zu sein.

Sie hatte Jorin beinahe erreicht, als sie verwirrt innehielt und Arabellas verstörtem Blick begegnete. Ihre Schwester starrte sie aus aufgerissenen Augen an.

»Könntest du mich bitte herunterlassen?«, fragte sie Jorin.

Der sah sie wenig überzeugt an, gewährte ihr aber ihren Wunsch.

Arabella landete auf dem Boden, stand auf und klopfte sich die Erde vom Rock. Ihre Schritte waren noch immer unsicher und ein bisschen schwankte sie auch, aber sie konnte sich wieder eigenständig bewegen.

»Wo willst du hin, Bella?«, fragte Jorin und ging hinter ihr her.

Valyra lief ebenfalls zu den beiden. »Ich halte es für keine gute Idee, wenn du selbst läufst«, äußerte sie ihre Gedanken, aber Arabella schien sie nicht zu bemerken.

Sie lief starr geradeaus und hatte bald die Wiese verlassen, die sich hinter dem verwunschenen Wald befand. Jorin und Valyra tauschten einen besorgten Blick, doch schließlich zuckte der Stallbursche mit den Schultern.

»Wahrscheinlich hat sie neue Kraft gefunden, nun, wo Rania nicht mehr in der Nähe ist.«

Valyra wollte ihm gern glauben, aber ein ungutes Gefühl hatte von ihr Besitz ergriffen. Sie sah, wie ihre Schwester einen schmalen Pfad betrat, und holte sie ein.

»Ari, warte auf uns«, rief sie, ohne eine Antwort zu erhalten. Valyra schaute sie von der Seite an. »Wohin willst du?«

Arabellas Blick streifte den ihren nur kurz, aber es reichte, um Valyra eine Gänsehaut zu verursachen. Die Augen ihrer Schwester waren leer. Geisterhaft hatte sie sie angesehen.

»Ari!« Valyra griff nach ihrer Hand und drückte sie zweimal, aber auch darauf reagierte ihre Schwester nicht. Hilfe suchend sah sich Valyra nach Jorin um, der sich bereits auf dem Weg zu den Prinzessinnen befand.

»Was ist mit ihr?«, fragte er.

Valyra zuckte mit den Schultern. »Ich habe keine Ahnung. Sie ist nicht mehr ansprechbar.« Mit der linken Hand fuchtelte sie vor Arabellas Gesicht herum, doch ihre Schwester ging unbeirrt weiter.

»Bella!«, rief Jorin, aber auch darauf reagierte sie nicht. »Vielleicht will sie einfach schnell nach Hause kommen und keine

Zeit verschwenden«, mutmaßte Jorin, woraufhin Valyra die Augenbrauen hochzog.

»Wenn dem so wäre, könnte sie zumindest mit uns reden. Aber das tut sie nicht. Es sieht eher so aus, als wollte sie uns etwas zeigen.«

»Zeigen?« Nun war es an Jorin, erstaunt zu sein. Nachdenklich sah er seiner Geliebten hinterher, die nicht länger taumelte.

Valyra blickte ihr verwirrt nach. Sie kannte sich in der Gegend nicht aus. Der Weg schien ewig voranzugehen, aber immerhin kamen sie so dem Dorf näher.

»Ich würde sagen, wir folgen ihr«, schlug Valyra vor, wartete Jorins Antwort jedoch nicht ab, weil sie Arabella wieder einholen musste.

Diese blickte noch immer geisterhaft in die Ferne, schien aber genau zu wissen, wo sie lang wollte. Das Diadem auf ihrem Kopf wippte bei jedem Schritt auf und ab. Valyra suchte noch einmal das Gespräch mit ihr, doch es schien zwecklos. Sie reagierte weder auf Worte noch auf Berührungen.

Mit der Zeit wurde sie schneller, ihre Bewegungen hektischer. Valyra hörte ihren unregelmäßigen Atem und sah, dass auf ihrer Stirn Schweißtropfen prangten. Plötzlich blieb sie stehen und sah sich nach Jorin um, der direkt hinter ihr stand.

»Was ist los, Bella?«, hauchte er tonlos und sog die Luft scharf ein, als er ihren starren Blick sah.

»Wir sind ganz nah. Ich spüre es«, sagte Arabella mit monotoner Stimme.

»Wo sind wir?«, fragte Valyra nachdrücklich.

Arabellas Kopf schoss zu ihr herum und für eine Sekunde sah sie ihre Schwester glasklar an. »Ich glaube, ihr müsst etwas sehen«, verkündete sie und nickte, als müsste sie sich selbst überzeugen.

»Was willst du uns zeigen, Bella?« Jorin legte den Kopf schief, aber da war Arabella schon wieder losgegangen.

Allerdings lief sie nicht mehr geradeaus und auch nicht mehr auf das Dorf zu, sondern drehte sich nach links, überquerte den Pfad und betrat eine Wiese, auf der die Ähren mannshoch wuchsen.

»Ich glaube nicht, dass wir da lang müssen«, meinte Valyra, folgte ihr aber trotzdem.

»Der Weg nach Brahmenien ist es nicht«, bestätigte Jorin. »Aber ich denke, da willst du auch gar nicht hin, was?«

Arabella lachte. Zuerst klang es leise und verschüchtert, doch gewann schon bald an Kraft. Während sie lachte, schüttelte sie den Kopf. Wieder und wieder.

»Wohin bringst du uns, Arabella?« Valyras Stimme war schneidend. Vielleicht würde ihre Schwester zur Besinnung kommen, wenn sie strenger mit ihr sprach. Als sie abermals keine Reaktion zeigte, sah Valyra Jorin an. »Vielleicht solltest du sie einfach wieder hochheben. Mir kommt es nicht so vor, als wäre sie bei Verstand.«

Der Stallbursche kaute auf seiner Unterlippe, die irgendwann auf der Reise aufgeplatzt war. »Lassen wir sie noch ein bisschen gehen«, beschloss er.

»Für den Fall, dass sie wirklich weiß, was sie tut?« Valyras Stimme klang genauso wenig überzeugt, wie sie sich fühlte. Sie konnte sich nicht vorstellen, dass ihre Schwester ihnen etwas zeigen wollte. Mit großer Wahrscheinlichkeit hatte sie diese Gefilde nie zuvor betreten.

Valyra ballte die Hand zur Faust, während ein grauenhafter Gedanke sich durch ihr Gehirn fraß. Arabella war lange Zeit eingesperrt gewesen. Man hatte sie der Freiheit beraubt, ihren Verstand gestohlen und unter die Kontrolle einer wahnsinnigen Hexe gestellt. Wie lange konnte ein Mensch unter diesen Umständen gesund bleiben? War es nicht nur eine Frage der Zeit, bis man durchdrehte?

»Als wir klein waren, hat unser Onkel immer Schauergeschichten davon erzählt«, sagte Valyra leise und wandte den Blick nicht von ihrer Schwester ab.

»Schauergeschichten wovon?«

Valyra atmete tief durch. »Von Menschen, die ihren Verstand verloren haben. Von denjenigen, die durchgedreht sind und denen niemand mehr helfen konnte. Kein Arzt und kein Wunderheiler.«

Jorin hatte verstanden, bevor Valyra ihre Gedanken zu Ende sprach. »Bella ist keiner dieser Menschen. Sie ist einfach nur müde und braucht ein warmes Bett.«

Die Prinzessin sah, wie er nickte, aber es überzeugte sie nicht. »Sie ist die ganze Zeit schon komisch«, setzte sie entgegen und strich mit den Fingern über eine Ähre.

»Als ihr noch im Turm wart, hat sie ja auch unter Ranias Kontrolle gestanden«, meinte Jorin.

Obwohl er recht hatte, fügte Valyra hinzu: »Sie war die ganze Zeit eingesperrt. Rania hat sie gefoltert. Ihr jeglichen Willen genommen. Sie hatte lichte Momente, ja, aber diese waren rar gesät. Vielleicht geht der Wahnsinn gerade mit ihr durch und wir tun nichts dagegen!«

»Übertreib mal nicht, Valyra.« Jorin sah sie streng an.

»Ich fürchte, meine Schwester ist dabei, den Verstand zu verlieren.«

Es war ihr nicht leichtgefallen, diese Worte auszusprechen, doch nun, wo sie es getan hatte, standen sie unweigerlich zwischen ihr und Jorin. Gleichzeitig kämpfte sich ihre Angst an die Oberfläche.

»Ich will nicht, dass man sie wegsperrt! Ich will nicht, dass sie in einem dieser Häuser landet, von denen mein Onkel immer erzählt hat! Wenn man erst einen Fuß hineingesetzt hat, kommt man nie mehr heraus!« Mit jedem Wort wurde ihre Stimme panischer. Schweiß brach ihr aus. »Ich will sie nicht verlieren!«

»Valyra!« Jorin stellte sich vor sie und fasste sie links und rechts an den Schultern. Sein Blick war durchdringend und gab ihr keine Chance, ihm auszuweichen. »Tief durchatmen«, befahl Jorin. »Nur weil deine Schwester etwas neben der Spur ist, heißt das noch lange nicht, dass sie in ein Irrenhaus kommt. Was sie braucht, ist ihre Familie. Ihre Familie, richtiges Essen und ein warmes Bett.«

»Aus diesem Grund sollten wir schnellstmöglich nach Hause.«

»Kommt ihr endlich?«, erklang auf einmal Arabellas Stimme.

Valyra drehte den Kopf und sah, dass ihre Schwester sie erwartungsvoll ansah. Sie wirkte wieder völlig klar.

»Wir folgen ihr noch dieses Mal«, meinte Jorin. »Dann gehen wir nach Hause.«

Valyra seufzte, aber gab keine Widerworte. Sie stiefelte Arabella hinterher und kam sich dabei vor, als verschwendete sie wertvolle Zeit. Zeit, in der Rania aufwachen könnte. Zeit, die sie zu Hause nutzen könnten, um der Hexe das Handwerk zu legen.

Die Ähren standen so hoch, dass man das Ende des Feldes nicht zu sehen vermochte. Dennoch schien Arabella genau zu wissen, wo sie hinmusste. Je dichter das Gestrüpp wurde, desto zielsicherer bewegte sie sich fort. Valyra seufzte ein paar Mal, aber Jorin erwiderte es nicht.

Irgendwann hatten sie die Ähren hinter sich gelassen. Gleichzeitig wurden Arabellas Schritte langsamer. Vor einem schmiedeeisernen Tor, das den Eingang zu einem Friedhof markierte, blieb sie schließlich stehen.

»Ein Friedhof?«, hauchte Jorin. »Mitten im Nichts?«

Valyra ließ ihren Blick über die Gräber schweifen, die vereinzelt auf dem Gras standen und sicher nicht häufig aufgesucht wurden. Vielleicht erinnerte dieser Friedhof an im Krieg Gefallene, die ohnehin keine Familie mehr hatten, denen man aber dennoch einen Platz zum Ruhen bieten wollte.

Die Prinzessin wartete darauf, dass ihre Schwester weiterging, aber sie legte die Hand auf den metallenen Knauf und drehte an ihm.

»Das ist nicht dein Ernst, Ari!«, ging es mit Valyra durch, die ihre Gefühle nicht länger für sich behalten konnte. Sie sah Jorin vorwurfsvoll an.

Der Stallbursche aber fuhr sich nur überfordert durch die Haare und sagte nichts. Derweil hatte Arabella den Friedhof betreten.

»Was willst du hier?«, fragte Valyra eindringlich. »Wen willst du hier finden? Einen Verwandten von uns, der seit tausend Jahren tot ist? Ari, ich bitte dich! Reiß dich zusammen!« Sie stemmte die Hände in die Hüfte.

Langsam drehte sich ihre Schwester zu ihr um. Arabella sah die beiden abwechselnd an, dann schüttelte sie den Kopf. Sie schüttelte ihn einmal, zweimal, dreimal, und bei jedem Mal wurde es heftiger.

»Versteht ihr nicht, wie wichtig es ist?«, brachte sie hervor, doch ihre Stimme wurde von einem Husten begleitet. Arabella krümmte sich nach vorn. Unter einem Ächzen richtete sie sich wieder auf. »Wir sind in der Nähe. Ich spüre, dass es hier irgendwo ist.«

Kaum hatte sie zu Ende gesprochen, fing sie zu lachen an. Es war ein grauenhaftes, lang gezogenes Lachen, das aus den Tiefen ihrer Seele zu kommen schien.

»Es ist so wichtig!«, wiederholte sie und schrie. Sie stampfte mit dem Fuß auf, lachte, brüllte, drehte sich ein paar Mal um die eigene Achse und zog an ihren Haaren, bis der Schmerz ihr Gesicht verzerrte. »Es ist wichtig, es ist wichtig«, trällerte sie, legte den Kopf in den Nacken, schloss die Augen, nur um sie kurz darauf wieder aufzureißen. »Denn das ist der Anfang … und das Ende!«

Aus dem Lachen wurde ein Weinen, das in einem lauten Heulen mündete. Tränen schossen wie Sturzbäche über Arabellas Wangen, ihre Beine zitterten so sehr, dass sie kaum noch stehen konnte.

Valyra und Jorin verständigten sich mit einem einzigen Blick.

Es ist so weit, sagte er. *Sie hat den Verstand verloren und braucht dringend Hilfe.*

Jorin nickte, dann rannte er auf Arabella zu. Er überraschte sie von hinten, umfasste ihre Mitte und hielt sie fest. Die Prinzessin wand sich in seinem Griff und stieß unverständliche Worte aus.

Valyra wurde schlecht, als sie ihre Schwester so sah. Was war nur aus ihr geworden?

»Wir bringen dich jetzt nach Hause, Bella«, sagte Jorin.

Seine Stimme hatte etwas Beruhigendes, aber Valyra kannte ihn lange genug, um zu erkennen, dass auch er vor Angst zitterte. Genauso wie sie fürchtete er, Arabella zu verlieren. An den Wahnsinn. An die Heime. An die Dämonen in ihrem Kopf.

»Lass mich los, Jorin!«, schrie die Prinzessin.

Mit dem rechten Fuß trat sie ihm gegen das Schienbein. Der Stallbursche schrie vor Schmerz auf und ließ die Prinzessin für eine Schrecksekunde los. Arabella fiel auf den Boden, kämpfte sich hoch und rannte quer über den Friedhof. Perplex starrte Jorin ihr hinterher.

»Wir müssen sie fangen! Schnell!«, rief Valyra und setzte sich in Bewegung.

Der Friedhof war nicht groß. Arabella hatte sein Ende schnell erreicht, aber sie blieb nicht stehen.

»Versteht ihr nicht, dass ich euch etwas zeigen muss?«, durchbrach sie die Stille. Arabella stand hinter einem großen Grab, auf dessen Stein ein fremdländischer Name eingraviert war.

Valyra positionierte sich links vor der Ruhestätte, Jorin hatte sich an die rechte Seite gestellt. Auf diese Weise würde es Arabella nicht noch einmal gelingen, ihnen zu entkommen.

Die ältere Prinzessin sah zwischen dem Stallburschen und ihrer Schwester hin und her. Ihr Blick war unstet. Sie weinte noch immer, aber ihr Körper zitterte nicht mehr so stark.

»Wir müssen jetzt nach Hause, Arabella!«, verkündete Jorin schroff und trat einen Schritt auf sie zu.

Die wahnsinnig gewordene Prinzessin schüttelte abermals den Kopf. »Wieso hört ihr mir nicht zu?«, schrie sie und klang so verzweifelt, dass Valyra beinahe nachgegeben hätte. Aber die Angst, ihre Schwester an die Anstalt zu verlieren, war zu groß.

»Jorin hat recht. Wir bringen dich nach Hause, wo man dir helfen kann.«

Hoffentlich.

»Aber wir können nicht nach Hause«, brach es aus Arabella hervor und weitere Tränen schossen aus ihren Augen. »Ich kann nie mehr nach Hause. Valyra, ich erinnere mich endlich!«

Mit diesen Worten sank sie in sich zusammen, fiel vornüber auf die Knie und rollte sich auf dem Boden zu einer Kugel zusammen.

Jorin nutzte den Moment, um zu ihr vorzudringen. Schon hatte er sie umschlossen und wollte sie gerade anheben, als Valyra schrie: »Halt!«

Verwirrt hob der Stallbursche den Kopf und sah die Prinzessin an.

Valyra war sich selbst nicht sicher, was sie tat, als sie auf Arabella zutrat, den perplexen Jorin zur Seite schob und die Hand ihrer Schwester ergriff. »Was willst du damit sagen, Ari?«

Arabella hob den Kopf. Ihre Augen waren feucht, ihre Brust hob und senkte sich unregelmäßig. Sie sah schrecklich krank aus, aber ein letztes bisschen ihres Blickes blieb klar.

»Ich weiß, was … damals pa…ssiert ist. Was Rania mit mir gemacht … hat«, stammelte sie.

Valyras Kehle zog sich zusammen, als sie beruhigende Kreise auf Arabellas Handfläche zog.

»Wir waren hier«, flüsterte ihre Schwester. »Hier, auf diesem Friedhof.«

Jorin, der den Schwestern bisher stumm zugesehen hatte, setzte sich auf den Boden. Wartete ab, was seine Geliebte zu berichten hatte, doch ließ sie nicht aus den Augen. Sie war noch immer eine tickende Zeitbombe.

»Bitte lasst es mich suchen«, flehte sie und rang die Hände.

»Was willst du suchen?«, fragte Jorin mit Nachdruck.

Arabella schluchzte. »Das Grab!« Sie verdrehte die Augen so stark, dass man nur das Weiße sehen konnte.

Valyra schauderte.

»Wir müssen sie wegbringen«, flüsterte Jorin und sah die jüngere Prinzessin streng an.

»Ihr könnt mich hier nicht wegbringen«, schluchzte Arabella und schlug sich die Hände vor das Gesicht. »Versteht ihr es nicht? *Alpha ist der Käfig, Omega das Grab.*«

Während Jorin stöhnte, wurde Valyra hellhörig. Hektisch ergriff sie Arabellas Arm. »Was meinst du damit?«, drängte sie.

Ihre Schwester blinzelte zweimal, doch die Tränen verschwanden auch dadurch nicht. »Dein Rätsel. Die Worte, die wir so lange nicht verstanden haben. Sie ergeben endlich einen Sinn.«

Mit diesen Worten stand Arabella auf und ging an den beiden vorbei. Noch einmal lief sie über den Friedhof, allerdings weniger planlos als zuvor. Nun schien sie genau zu wissen, wohin sie musste.

Valyra und Jorin wechselten einen besorgten Blick und entschieden sich wortlos, ihr zu folgen.

Arabella drehte sich nicht nach ihnen um, sondern lief weiter. Vor einem Grab, das unter einer großgewachsenen Tanne stand, blieb sie schließlich stehen.

»Ich glaube, ich habe es die ganze Zeit gespürt«, flüsterte Arabella. »Nie konnte ich mich recht von eurer Hoffnung anstecken lassen, nie habe ich wirklich an ein Ende geglaubt.« Niedergeschlagen sah sie Valyra an, die neben ihr stehen geblieben war. Nun, wo ihre Schwester wieder bei klarem Verstand schien, klang sie am traurigsten.

Wem gehört dieses Grab?, wollte Valyra fragen, aber da hatten ihre Augen schon die Inschrift im Stein entziffert.

Und während sie verwirrt von ihrer Schwester zur Totenstätte und zurück blickte, löste sich ein Geräusch aus ihrer Kehle, das nicht ganz Lachen, aber auch kein Schreien war. Es war irgendein Laut, lang gezogen, hoch und schrill. Und von jetzt auf gleich fühlte Valyra alles auf einmal.

Nein.

Da war Unglauben, der sie den Kopf schütteln ließ.

Das konnte nicht sein. Es war unmöglich.

Da war der Schock, der sie lähmte und alle Gedanken zunichtemachte.

Da war die Sicherheit, dass sie es besser wusste. Arabella stand schließlich neben ihr! Oder?

Valyra zitterte, wollte etwas sagen, aber sie schaffte es nicht einmal, den Mund zu öffnen.

Jorin kam ihr zuvor. »Wieso steht dein Name auf dem Grab, Arabella?«, fragte er die Prinzessin. Auch seine Stimme wurde von Angst getragen, aber das Unverständnis hielt sie in Schach.

Arabella schaute nur traurig auf den Boden.

»Wieso steht da dein Name?«, wiederholte Jorin nachdrücklicher und rüttelte an ihrer Schulter.

Die dunkelhaarige Prinzessin zuckte zusammen.

»Arabella, rede mit mir!«

»Das Datum des Fluchs«, hauchte Valyra in diesem Moment. »Da steht dein Name. Und das Todesdatum. Der Tag des Fluchs. Wieso?«

Langsam hob Arabella den Blick. Sah zuerst ihre Schwester, dann Jorin an. Sie war in sich gesunken, wirkte kleiner als sonst. »Ich hatte es die ganze Zeit vergessen. Wahrscheinlich hat Rania meine Erinnerung manipuliert. Aber … seit wir sie in den Schlaf versetzt haben und ihre Macht schwindet … glaube ich, mich zu erinnern. Dieser Friedhof … hat mir den Rest gegeben.«

»Den Rest wofür?«, fragte Jorin panisch. Seine Unterlippe bebte.

»Den Rest, um das Puzzle zusammenzusetzen. Um das Rätsel zu lösen.« Arabella fiel Valyra um den Hals und drückte sie so fest an sich, dass ihr die Luft wegblieb. »Es tut mir so leid«, flüsterte sie und wiederholte die Worte so oft, bis sie einem irrsinnigen Mantra glichen, das keinen Inhalt mehr barg. »Es tut mir leid, dass es so enden muss. Aber Alpha ist der Käfig und Omega das Grab.«

Kaum hatte die Prinzessin zu Ende gesprochen, grollte Donner am Himmel. Sekunden später schlug ein Blitz direkt vor ihnen ein und teilte den Grabstein in der Mitte.

Valyra schrie und sprang nach hinten. Dadurch geriet Arabella ins Taumeln, doch Jorin hielt sie fest. Der Stallbursche stand wie festgefroren da, sein Gesicht eine starre Maske.

»Arabella, du machst mir Angst!«, rief Valyra und scherte sich nicht darum, dass sie wie das Kind klang, das ihre Schwestern immer in ihr gesehen hatten. Die Furcht pulsierte durch ihren Körper und ihr wurde eiskalt. »Lass uns diesen schrecklichen Ort verlassen!«, bettelte sie und sah Arabella flehentlich an.

Doch diese schüttelte den Kopf. Presste sich die Faust vor die Lippen, weil sie an ihren Tränen zu ersticken drohte. »Ich kann diesen Ort nie mehr verlassen«, wurde ihr bewusst. Mit kleinen Schritten ging sie auf das Grab zu und sank auf den erdigen

Boden. »Ich muss hierbleiben, denn das ist mein Platz. Dort liege ich begraben.«

»Hör auf!« Valyra musste das Bedürfnis herunterschlucken, Arabella zu packen und durchzuschütteln. »Hör auf, so etwas zu sagen! Du kommst mit uns nach Hause! Jetzt sofort!«

Arabella schüttelte den Kopf. Valyra sah nur ihr braunes Haar, das sich hin und her bewegte. »Ich weiß nun wieder, was in der Nacht des Fluchs passiert ist«, sagte ihre Schwester.

Sie kniete nicht mehr vor der Ruhestätte, sondern hatte sich auf die Erde gesetzt, die zum Grab gehörte. Ihr Körper zerdrückte kleine gelbe Blumen, die sich kaum durch den Boden gewagt hatten.

»Rania hat den Fluch über uns gesprochen und uns alle an unterschiedliche Plätze geschickt. Sie hatte nicht die Macht, uns zu töten, weil wir durch die Schmuckstücke unserer Mutter vor dem Bösen geschützt waren. Zumindest ein bisschen.« Arabella stoppte und schluchzte.

Valyra sank zu ihr auf den Boden, strich ihr eine Strähne des nassen Haares aus dem Gesicht und nahm sie in den Arm. Was sollte sie auch tun? Welches Verhalten verlangte eine Situation wie diese? Eine Weile wiegte sie ihre große Schwester hin und her, bis diese sich soweit beruhigt hatte, dass sie weitersprechen konnte.

»Ich war die Einzige, die das Schmuckstück bei Verhängung des Fluchs nicht trug. Ich … war zu eitel, um das Diadem aufzusetzen. Ich …« Sie holte rasselnd Luft. »Ich hatte nicht den Schutz unserer Mutter. Und das hat Rania ausgenutzt.«

Arabellas Körper wurde von Schluchzern geschüttelt. Valyra hielt ihre Schwester fester, auch wenn sie insgeheim wusste, dass das nicht helfen würde. Dass Arabella einen Schmerz durchstand, den sie ihr nicht nehmen konnte. Den ihr niemand nehmen konnte.

Während ihr Mund beruhigende Worte murmelte, von denen ihr Kopf nicht einmal wusste, was sie bedeuteten, sah Valyra Jorin an. Der Stallbursche stand noch immer vor dem Grab und sah mit einer Mischung aus Skepsis und Ergriffenheit auf die Schwestern hinab. Valyra versuchte, aus seinem Blick schlau zu werden, aber es gelang ihr nicht, weil sich zu viele Emotionen auf seinem Gesicht tummelten.

»Ich erinnere mich, dass ich an einem dunklen Ort aufgewacht bin, an dem Rania das einzige Licht war. Sie hat mir ihre Hand gereicht und ich habe in ihr eine Retterin gesehen, die mich vor der Finsternis bewahrte. Aber das war sie nicht. Sie war selbst die Finsternis.« Arabellas Haut war eiskalt. In ihren Augen tobte der Schrecken. »Sie … Sie hasst uns alle so sehr, Valyra. Mehr, als du dir vorstellen kannst. Mehr, als sie es selbst zeigen kann. Rania hat mich in dieser Nacht getötet.«

Während Valyras Herz schneller klopfte, hörte sie ein abfälliges Schnauben, das von Jorin kam. Er hatte die Lippen aufeinandergepresst und schüttelte den Kopf.

»Ich glaube, es ist Zeit, dass wir sie hier wegbringen«, beschloss er und wollte sich zu den Prinzessinnen knien.

Arabella jedoch hob die Hand. »Lass mich ausreden. Bitte!«

»Sprich weiter«, beharrte Valyra.

»Ranias Hände haben sich um meine Kehle gelegt. Es war … so kalt. Ich erinnere mich daran, dass ich schreien wollte, aber verstummt bin.«

»Jetzt reicht es!« Jorin klatschte sich auf die Oberschenkel und zog Arabella aus der Umklammerung. »Ich lasse nicht zu, dass du den Verstand verlierst. Ich kann verstehen, dass es dir schlecht geht. Rania hat dich eingesperrt – genau wie mich. Aber wir können das durchstehen. Wir *werden* das durchstehen. Gemeinsam.«

Seine gut gemeinten Worte prallten an Arabella ab wie Regentropfen an einer Fensterscheibe.

Jorin schaffte es, die Prinzessin anzuheben und auf seine Arme zu laden.

»Es ist gleichgültig, was du tust. Gleichgültig, wie sehr du dich anstrengst. Ich werde diesen Friedhof nicht mehr verlassen«, meinte Arabella monoton. »Valyras Rätsel sagt es schon.«

»Was ist mit meinem Rätsel?« Die Prinzessin war aufgestanden. »Was hat das mit meinem Rätsel zu tun?«

Während kalte Tränen über Arabellas Wangen liefen, rezitierte sie:

»Im Knochen liegt die Wahrheit begraben,
denn Knochen waren's die ganze Zeit.
Diamanten bringen falsches Leben,
Alpha ist der Käfig, Omega das Grab.«

Als Valyra sie weiterhin verwirrt ansah, meinte Arabella: »Es liegt auf der Hand und doch haben wir es die ganze Zeit nicht gesehen. Dieses Rätsel will, dass wir uns daran erinnern, was mit mir geschehen ist. Dass du die Wahrheit erfährst. *Im Knochen liegt die Wahrheit, denn Knochen waren's die ganze Zeit.* Ich war die ganze Zeit tot, Valyra! Genau das bedeutet es!«

»Du bist nicht tot!«, brüllte Jorin. »Wie kann es sonst sein, dass du in meinen Armen liegst und mit mir sprichst?«

Arabella zuckte angesichts seiner Lautstärke zusammen. Die nächsten Worte kamen nur zaghaft über ihre Lippen. »Weil Rania das Diadem, das mich eigentlich beschützen sollte, an sich genommen hat. Dadurch konnte sie ihre dunkle Macht auf mich übertragen und mich weiterhin steuern. Ich war nur am Leben, weil sie mich leben ließ. Das erklärt alles. Meine seltsamen Ausfälle und die sonderbare Bindung, die ich manchmal zu Rania hatte. Sie ist meine Mörderin, aber auf eine groteske Art und Weise hat sie auch mein Leben gerettet.«

Zornig schüttelte Jorin den Kopf. Er packte sie fester und drehte sich mit ihr schwungvoll um. Wollte nicht mehr hören, was Arabella zu sagen hatte. »Komm, Valyra«, sagte er über die Schulter und nickte der jüngsten Prinzessin zu. »Es wird Zeit, dass wir nach Brahmenien kommen.«

Valyra wollte ihm folgen, aber irgendetwas an Arabellas Blick hielt sie auf. Das, was ihre Schwester erzählte, klang absolut unglaubhaft. Und doch lag etwas in ihren Augen, das sie straucheln ließ.

»*Diamanten bringen falsches Leben*«, flüsterte Valyra und sah Arabella an, die verzweifelt nickte.

»Damit ist das Diadem gemeint. Dadurch konnte Rania mich steuern. Sie hat ihre Dunkelheit hineingelegt und mich zu einem Sklaven gemacht. Ich war nur frei, wenn sie nicht in der Nähe war oder das Diadem bedient hat.«

»Woher weißt du das?«, fragte Valyra und schlang die Arme um ihren Oberkörper, weil sie zu frieren begann. »Wieso gerade jetzt?«

Jorin blieb nicht stehen, ganz im Gegenteil: Seine Schritte wurden schneller, der Gang forscher. Valyra blieb nichts anderes übrig, als den beiden hinterherzulaufen. Ihre Schuhe versanken im Matsch, der rutschige Boden ließ sie taumeln. Arabella blickte Jorin über die Schulter und richtete sich auf, so gut es ihr möglich war.

»*Alpha ist der Käfig, Omega das Grab!*«, schrie Valyra und versuchte noch einmal, die beiden einzuholen.

Arabella strich sich die Haare aus dem Gesicht. »Der Anfang war der Käfig. Es war dein Anfang. Dein Anfang zu meiner Geschichte, denn du hast mich im Käfig gefunden. Und das Ende … ist das hier. Das Grab. Es ist mein Ende.«

Arabellas Gesichtsfarbe wurde zunehmend blasser. Sie konnte sich nicht mehr aufrecht halten, sondern sank in sich zusammen.

»Jorin!«, rief Valyra, in der Angst, dass er sie fallen lassen würde.

Der Stallbursche drehte sich zu ihr um. Seine Arme waren noch immer um Arabella geschlungen, dennoch konnte er ihren Körper nicht halten.

Die jüngere Prinzessin stieß einen Schrei aus, als ihre Schwester, scheinbar getrieben von einer anderen Macht, aus Jorins Klammergriff gerissen wurde und Sekunden später vor dem Grab landete. Während der Stallbursche ihr noch perplex hinterherschaute, hatte Valyra sich schon in Bewegung gesetzt.

»Ari? Ist alles in Ordnung?«, fragte sie panisch und setzte sich neben sie auf den nassen Boden.

Arabella hatte sich vornübergebeugt. Ihre Hände berührten die Erde, der Blick war starr auf den Boden gerichtet.

»Was war das?« Valyra wollte sie anfassen, aber irgendetwas hielt sie zurück. Hilfe suchend sah sie sich nach Jorin um, der in diesem Moment das Grab erreichte.

»Was zur Hölle?«, murmelte er und rieb sich über das Kinn.

Plötzlich ging ein Schimmer von Arabellas Diadem aus, der den ganzen Friedhof erhellte. Von jetzt auf gleich war die Umgebung in gleißendes Licht getaucht.

Valyra blinzelte mehrmals, dann gelang es ihr, in die Strahlen zu schauen. Das Diadem verließ Arabellas Haupt und schwebte nach oben, bis es schließlich auf dem Grabstein liegen blieb. Nun bündelten sich seine Strahlen und sammelten sich, sodass nur noch ein Teil des Friedhofs erhellt war. Ein Lichtkegel manifestierte sich und ließ Zeit und Raum verschwinden.

Die Gräber waren nicht mehr da, ebenso wenig die Tannen oder die Wiese, die man am Horizont erahnen konnte.

Valyras Herz schlug ihr bis zum Hals. Jorin ging neben ihr in die Knie. Gebannt blickten sie auf den hellen Lichtkegel, der nun wie ein Buch Bilder zeigte. Bilder, die aus dem Nichts entstanden und wie ein buntes Schauspiel aussahen. Kurz schaute die jüngste Prinzessin auf ihre Schwester, doch die krümmte sich weiterhin vor dem Grab zusammen und sprach kein Wort. Als Valyra ihren Blick wieder hob, erstarrte sie.

Der Lichtkegel war nun nicht mehr hell. Er zeigte einen endlos wirkenden Raum, der sich in völliger Dunkelheit befand. Außer einer Tür war nichts zu sehen.

Verwirrt kniff die Prinzessin die Augen zusammen und spannte sich an, als sie sah, wie am Knauf gedreht wurde.

Mit forschen Schritten kam Rania in den Raum geeilt. In der Hand hielt sie eine brennende Kerze, die die Dunkelheit notdürftig erhellte. Etwa in der Mitte des Zimmers blieb sie stehen und zog einen glänzenden Gegenstand aus ihrem Dekolleté.

Valyra musste nicht eins und eins zusammenzählen, um zu erkennen, dass es sich dabei um Arabellas Diadem handelte.

Auch Jorin schien zu verstehen, denn sein Atem ging auf einmal hektisch.

Rania stellte die Kerze auf den Boden und klatschte zweimal in die Hände, woraufhin der Raum von einem gigantischen Lichtermeer erhellt wurde. Auf dem Boden lag ein menschlicher Körper, in dem Valyra schnell ihre Schwester erkannte.

Arabella richtete sich auf, als Rania kam, blickte panisch umher und robbte nach hinten. Doch die böse Hexe lächelte nur süffisant. Die Tür schloss sie mit einem Zauberspruch und aus ihrem langen schwarzen Umhang förderte sie ein Messer zutage. Anmutig strich Rania über die Klinge.

Valyra griff nach Jorins Hand. Ein Teil von ihr ahnte, was kommen würde, der andere schüttelte den Kopf und wollte es nicht wahrhaben.

Rania drängte Arabella, die wie Espenlaub zitterte, in eine Ecke des Raumes. Ihre Schwester presste sich gegen die Wand, als die böse Hexe das Messer erhob. Valyra sah, wie sich Ranias Mund öffnete, doch sie konnte keines ihrer gemurmelten Worte verstehen. Rania selbst trug das Diadem, das von schwarzem Nebel umgeben war. Wie die Krone einer Besessenen thronte es auf ihrem Kopf.

Valyra drückte Jorins Hand so fest, dass dieser kurz aufstöhnte.

Rania lächelte weiterhin. Sie machte noch keine Anstalten, Arabella etwas anzutun. Stattdessen schwang sie das Messer genüsslich hin und her. Arabella öffnete und schloss abwechselnd ihre Augen. Wahrscheinlich weil sie das, was kommen würde, nicht sehen wollte, aber gleichzeitig nicht wegschauen konnte.

Valyra wurde speiübel. Sie presste sich die Hand vor den Magen und hatte Mühe, sich nicht zu übergeben.

Bedrohlich langsam ging Rania in die Knie. Arabella versuchte, davonzukommen, sich von der Wand zu lösen, aber ihr Körper schien an dieser zu kleben. Sie öffnete den Mund zu einem Schrei, aber nicht ein Ton kam über ihre Lippen.

Rania näherte sich ihr, bis kein Platz mehr zwischen ihnen war. Mit einer Handbewegung raubte sie den Rest von Arabellas Freiheit, sodass diese sich gar nicht mehr bewegen konnte. Dann hob Rania die Klinge.

Valyra sah, wie das Metall silbern aufblitzte. Einer Ekstase gleich legte Rania den Kopf in den Nacken, dann ließ sie das Messer hinabsausen. Es traf Arabellas Kehle sicher, die mit zwei geschickten Bewegungen durchtrennt wurde. Rania lachte laut und schrill, doch Valyra sah nur, wie die Augen ihrer Schwester noch immer schockgeweitet waren. Wie sie ein paar Sekunden lang noch am Leben war und mitbekam, was ihr angetan wurde.

Arabellas letzter Blick galt Ranias grässlicher Fratze. Dann sank sie in sich zusammen.

Erst als sich der Lichtkegel verdunkelt hatte, hörte Valyra Jorins Schreie. Er hatte ihre Hand losgelassen und hielt Arabella, die noch immer vor dem Grab kauerte, fest im Arm.

»Was passiert hier?«, schrie er und wiegte sie hin und her. »Was passiert mit dir? Was sollen diese Bilder?« Seine Stimme war dem Wahnsinn geweiht und schon bald drangen nur noch unverständliche Laute über seine Lippen.

Doch es war noch nicht vorbei. Denn das Licht kam wieder und war heller als je zuvor. Gleichzeitig hoben Valyra und der Stallbursche den Kopf.

Der Raum, den der Kegel zeigte, war noch immer derselbe, nur dass in ihm wieder Dunkelheit herrschte. Ein bisschen war es wie beim ersten Mal, als jemand am Türknauf drehte, Rania kurz darauf den Raum betrat und ihn zum Leuchten brachte. Sie trug nun ein dunkelblaues Kleid, doch auf ihrem Gesicht prangten noch immer Bluttropfen.

Elegant schritt sie auf Arabella zu, deren lebloser Körper am Boden lag. Die Hexe setzte sich neben die Prinzessin und zauberte das Diadem herbei, das auf ihrer Handfläche landete. Noch immer war es von schwarzen Schwaden umgeben.

Rania hielt das Schmuckstück in die Höhe, hatte dabei die Augen geschlossen und sprach einen Zauberspruch. Ihre Lippen zitterten, als sie das Diadem an ihr Herz presste. Danach stand sie auf und platzierte sich vor Arabella. Valyra sah, wie Rania mit ihren spitzen Fingern über das Diadem strich.

»Erwache«, sprach sie, woraufhin Valyra den Atem anhielt.

Zunächst geschah nichts, weswegen Rania ihren Befehl wiederholte. Dann richtete sich Arabellas Körper langsam auf. Ihre

Augen waren blicklos, aber sie stand auf und blieb vor Rania stehen.

»Du wirst mir dienen, Arabella«, fuhr Rania fort. Ihre Stimme hatte etwas Schneidendes. Eine Befehlsgewalt, der man sich nicht widersetzen konnte.

Die Hexe platzierte das Diadem auf Arabellas Haupt, doch nur so lange, bis deren Blick lebendig wurde. Danach nahm sie es wieder zurück und versteckte es in ihrem Ausschnitt.

»Ich habe dich gerettet, mein Kind«, flüsterte Rania.

Obwohl Valyra sie nur von der Seite sah, erkannte sie, dass etwas Mütterliches in ihrem Blick lag.

Arabella sah sich perplex um, betrachtete das Nichts, das sie umgab. Schließlich blieben ihre Augen auf Rania hängen. »Ich hatte solche Angst«, sprach sie mit zitternder Stimme.

»Die musst du nicht mehr haben, mein Kind«, summte Rania und zog Arabellas Kopf an ihre Brust. Zärtlich strich sie über die Haare der Prinzessin und sang beruhigend vor sich hin. »Ich passe auf dich auf. Ich werde mich um dich kümmern. Doch es ist noch nicht so weit. Wirst du mir helfen, wenn die Zeit gekommen ist?«

Valyra sah noch, wie Arabella nickte, dann wurde das Bild schwarz. Sie atmete aus. Holte tief Luft. Wollte ihre Gedanken ordnen. Versuchte, zu verstehen.

Verstand nicht.

Sie blickte noch immer auf den Lichtkegel, der verblasst war. Und obwohl sie nichts mehr sehen konnte, sah sie doch so viel.

Sie sah das Blut. Sie hörte Arabellas stumme Schreie. Sie spürte Ranias Boshaftigkeit am ganzen Körper.

Und dann drang ein weiterer Schrei durch das Tosen ihrer Gedanken. Und der war es, der Valyra von allem Vergangenen löste.

»Was passiert mit dir? Was geschieht hier?«, schrie Jorin und presste Arabella fester an sich. »Was ist mit deinem Körper? Deine Haut …?«

Valyra, die sich unmöglich hätte aufrecht halten können, robbte auf die beiden zu.

»Ich muss gehen. Das ist das Ende«, sprach Arabella.

Mittlerweile war sie so blass wie ein regnerischer Morgen. Ihr Körper verlor an Materie und als Valyra nach ihrer Hand griff, merkte sie, dass es nur noch schwachen Widerstand gab.

»Das Rätsel ist gelöst«, fuhr sie mit einer Stimme fort, die an einen sanften Windhauch erinnerte. »Ich habe mich erinnert. Ihr wisst jetzt Bescheid. Damit muss ich gehen. Ich wurde nur durch Ranias dunkle Magie am Leben gehalten und diese ist nun gebrochen.«

»Du gehst nirgendwohin«, hielt Jorin dagegen. Tränen rannen über seine Wangen, während er verzweifelt versuchte, seine Geliebte festzuhalten. Aber auch er umarmte nur die Luft.

»Ich kann nicht hierbleiben. Mein Körper existiert nicht mehr.«

In Arabellas wunderschönen Augen glänzte es feucht.

»Aber … sie schläft schon so lange. Wie kann es sein, dass du erst jetzt …«, flüsterte Valyra, brachte es aber nicht zu Ende, weil ihre Stimme versagte.

»Der verwunschene Wald hat noch ein wenig ihrer Macht geborgen«, mutmaßte Arabella. »Nun sind wir in Gefilden, in denen ich nicht überleben …« Traurig schüttelte sie den Kopf.

Ihre Haut war mittlerweile so durchscheinend, dass man die Adern darunter problemlos sehen konnte.

»Was willst du damit sagen?«, rief Jorin. »Dass du nur am Leben bleiben kannst, wenn die Hexe ihre Schreckensherrschaft weiterführen kann?« Er ballte die Hände zu Fäusten. Sein Körper war zum Zerreißen gespannt. »Haben wir dich umgebracht?«

Kaum hatten die Worte seine Lippen verlassen, erstarrte Valyra. Schmerz lähmte ihren Körper, sodass sie Arabellas Hand loslassen und die Arme um ihre Mitte schlingen musste.

Stimmte das, was Jorin gesagt hatte? Dass sie schuld an Arabellas Tod waren? Dass sie nun für immer gehen würde?

Valyra suchte den Blick ihrer Schwester, der nicht länger panisch oder ängstlich, sondern liebevoll war.

»Ihr habt mich nicht getötet«, sprach sie kraftlos, aber mit einem Lächeln auf den Lippen. »Das war Rania. Nur sie hat mich auf dem Gewissen. Aber ich bin dankbar, dass mein Tod noch etwas Gutes haben konnte. Denn so hast du das Rätsel gelöst, Valyra, und das bedeutet, dass ihr nach Hause könnt.«

»Nicht *ihr, wir*!«, protestierte Jorin, aber seine Stimme wurde vom Wind davongetragen und seine Worte hatten keine Substanz.

Traurig schüttelte Arabella den Kopf. Ihr Körper war nur noch ein blasser Schemen. »Ich fürchte, für mich hat es die ganze Zeit keine Rettung gegeben. Aber ihr habt es geschafft. Ihr seid frei.«

»Wie können wir je frei sein, wenn es dich nicht mehr gibt?«, flüsterte Valyra. »Wie können wir je weiterleben, wenn wir wissen, dass du tot bist? Das gibt uns keine Freiheit, es gibt uns ein Leben voller Albträume und dunkler Tage.«

Kraftlos schob sich Arabella zu ihrer Schwester und legte ihre Arme um deren Schultern. »Ich liebe dich, Schwesterchen. Daran wird nichts und niemand etwas ändern. Nicht einmal mein Tod.«

Und während Valyra an ihren Tränen zu ersticken drohte, wandte sich Arabella an den einzigen Mann, dem sie je ihr Herz geschenkt hatte.

»Jorin«, hauchte sie. »Mein Herz, mein Leben, mein Retter. Du hast mich zu der glücklichsten Frau auf der ganzen Welt gemacht. Mich hat es nie gekümmert, wie viele Stände uns getrennt haben, wie viele Hindernisse und Menschen gegen uns waren. Wenn ich in deine Augen sehe, bin ich zu Hause. Wenn du deine Arme um mich legst, weiß ich, dass ich die reichste Frau auf der Welt bin.« Sie strich ihm über die Wange, wischte Tränen weg, aber konnte sie nicht stoppen. Ihr durchscheinender Körper schien seinen nicht zu erreichen. »Behalte mich so in Erinnerung, wie ich für dich am schönsten war. In jedem Leben würde ich mich immer nur für dich entscheiden.«

Leidenschaftlich presste sie ihre Lippen auf seine, legte ihre letzte Substanz in diese Abschiedsgeste. Jorin erwiderte ihren Kuss, stöhnte auf, presste sie an sich. Arabella lächelte an seinen Lippen. Und sie weinte.

Valyra hatte noch nie so viel Schmerz und Liebe auf einmal gesehen. Aber genau das war die Liebe, oder? Sie forderte die größten Opfer und stellte doch das Schönste auf der Welt dar.

Liebe war eine Droge, der man schon verfiel, bevor man sie gekostet hatte.

Aus feuchten Augen sah Valyra, wie Arabellas Körper sich auflöste, bis nur noch ein Lufthauch in Jorins Armen lag. Sein Schrei erfüllte den ganzen Friedhof.

Valyra wusste nicht, wie lange sie auf dem nassen Boden lagen. Sie hatte jedes Zeitgefühl verloren, während sie sich an Jorin klammerte und versuchte, nicht an ihrem Schmerz zugrunde zu gehen. Sie dämpfte seine Schreie, er trocknete ihre Tränen. Und doch wurde es nicht besser.

Die Prinzessin kam sich vor, als würde sie immer weiter fallen, ohne irgendwo je aufzukommen. Mit jeder Sekunde wurde der Schrecken größer, fraß der Schmerz sie mehr auf. Sie schluchzte, kämpfte und weinte. Krallte sich an Jorins Hemd fest, schloss die Augen und biss sich so fest auf die Unterlippe, dass sie ihr eigenes Blut schmeckte. Valyra fror, zitterte und bebte.

Es war vorbei.

Aber mit dem Ende kam der Schrecken, und der war bodenlos.

Die Nacht hatte Einzug gehalten, als Arabellas Diadem, das die Prinzessin nicht mit in ihr Grab genommen hatte, aufleuchtete. Valyra musste blinzeln, weil das Licht sie blendete.

Sie lag flach auf dem Boden, Jorin neben ihr, und obwohl sie sich ansahen, nahmen sie einander nicht wahr. Die junge Prinzessin war noch immer in den letzten Stunden gefangen und wusste nicht, ob sie diesem Kerker jemals entkommen würde.

Das Licht des Diadems wurde größer und schloss den Stallburschen und die Prinzessin in sich ein.

Im Delirium erkannte Valyra, wie sie den Boden verließ. Wie sie und Jorin langsam angehoben wurden und auf das Diadem zu schwebten, das über ihnen thronte.

Das Licht wurde so hell, dass Valyra die Augen schließen musste. Mit letzter Kraft griff sie nach dem Schmuckstück und presste es gegen ihr Herz.

Dann spürte sie ihren Körper nicht mehr.

In den dunkelsten Tagen im Turm hatte sich Valyra oft vorgestellt, wie es wäre, wieder nach Brahmenien zurückzukehren. Wie glücklich sie sein würde, das Schloss zu sehen, in der Sicherheit, dass der Fluch überstanden und ein Teil von Rania besiegt war. Sie hatte sich mit einem siegessicheren Lächeln gesehen und voll innerer Stärke.

Nun war sie ein Mädchen, das seine Schwester verloren hatte. Sie waren nicht mehr sechs, nur noch fünf. Vielleicht nicht mal fünf, denn Valyra wusste weiterhin nicht, was mit Tatjana und Estelle geschehen war.

Der Tod ihrer Mutter war ein einschneidendes Erlebnis für sie gewesen, verbunden mit unzähligen Tränen und Hoffnungslosigkeit, aber sie hatte ihn zumindest kommen sehen.

Arabella war ihr entrissen worden, einfach so, ohne Warnung.

Ihr Herz schien gebrochen und sie war sich nicht sicher, ob es jemals jemandem gelingen würde, es wieder zusammenzusetzen.

Der Palast war nur wenige Minuten entfernt. Valyra sah seine spitzen Türme und die heimische Flagge, eine strahlende Sonne auf rotem Hintergrund. Es war ein warmer, heller Tag und sie beinahe zu Hause.

Dennoch konnte sie keinen Schritt gehen. Ihre Füße waren mit dem Boden verwachsen. Zum ersten Mal *wollte* sie gar nicht nach Hause. Sie würde erzählen müssen, was passiert war. Dass es Arabella nicht mehr gab und sie einen Teil der Schuld an ihrem Ableben trug. Diese Wahrheit würde sie auf ewig verfolgen.

Valyra schaute nach rechts. Auf den Mann, der ebenso reglos neben ihr stand und erst nach einer Weile ihren Blick erwiderte. Die Prinzessin hatte den Stallburschen als lebensfrohen und mutigen Menschen kennengelernt, der sich von Rückschlägen nicht aufhalten ließ. Nun war auch er zerbrochen. Sein Blick zeugte von einem tiefen Schmerz, der, so wusste Valyra, auch über viele Jahre nicht verschwinden würde. Jorins Gesicht war voller Erde, Schlamm und Schmutz. Die Augenklappe saß schief und offenbarte all das, an das sie nicht erinnert werden wollte.

Sie öffnete den Mund, um etwas zu sagen, aber es gab ja doch nichts. Worte waren Schall und Rauch.

Jorin nickte. Er verstand, was sie nicht sagen konnte.

Dann gingen sie los. Schritt um Schritt, Meter um Meter. Es würde nicht besser werden, wenn sie hierblieben. Es würde nichts ändern.

Noch nie hatte sich Valyras Körper so schwer angefühlt. Sie keuchte, während sie ging, bekam Seitenstechen, bevor sie eine Minute gelaufen war. Ihre Lunge kollabierte, ihr Herz zog sich so schmerzhaft zusammen, dass sie stehen bleiben musste, um nicht umzufallen.

Jorin legte einen Arm um ihre Schultern. Stützte sie, wenn sie zusammenzubrechen drohte. War ihr Anker, obwohl er selbst ertrank.

Irgendwann, nach einer Zeit, die Valyra nicht messbar schien, hatten sie das Schloss erreicht. Sie standen vor dem schmiedeeisernen Gitter, das Eindringlingen den Zugang verwehrte. Valyra sah durch die Wachen hindurch, aber sie erkannten sie sehr wohl.

»Die Prinzessin! Prinzessin Valyra ist wieder da!«, schrie einer von ihnen aufgeregt.

Kurze Zeit später wurde das Tor geöffnet und der Weg zum Palast freigegeben. Jorin und Valyra gingen gemeinsam bis zur Tür, dann blieben sie stehen und sahen sich an.

Schon wieder waren es Worte, die fehlten, und Worte, die ohnehin nicht helfen würden. Nachdem sich Jorins Mund ein paar Mal geöffnet hatte, schloss Valyra den Stallburschen in ihre Arme. Sein Körper war kalt und starr und als sie ihn gehen ließ, wusste sie nicht, ob er jemals wieder der Alte werden würde.

Aber wer konnte das auch schon verlangen? Sie sah ja selbst nur noch dunkle Gewitterwolken in ihrem sturmgeschädigten Kopf.

Valyra schluchzte, verbot sich aber, zusammenzubrechen. Das konnte sie später noch tun, abends, in ihren Gemächern, wo sie hoffentlich allein war und Zeit hatte, all das, was geschehen war, zu begreifen. Doch zuerst musste sie sich ihrem Vater stellen und ihm beichten, dass eine seiner Töchter gestorben war und nie wiederkommen würde.

Der Gedanke daran machte es Valyra schwer, durch die breite Tür zu treten, die ihr von einer Wache aufgehalten wurde. Nur am Rand nahm sie wahr, wie seltsam der großgewachsene Mann sie musterte. Wahrscheinlich bot sie einen grässlichen Anblick, aber es gab nichts, was sie in diesem Moment weniger kümmerte.

Ihre Schuhe hinterließen braune Flecken auf dem blank geputzten Boden. Diener huschten über den Korridor und blieben verdutzt stehen, als sie die heimgekommene Prinzessin erblickten. Valyra sah, wie eine Zofe die Augen aufriss und eine andere Frau, die sie nicht kannte, fassungslos den Kopf schüttelte.

Die Prinzessin wollte schneller gehen, sich nicht dem Gespött der einfachen Leute aussetzen, aber ihre Füße waren noch immer schwer wie Blei. Es schien, als würde der Gang kein Ende nehmen.

Etwa in der Mitte schaffte sie es nicht mehr, den Kopf aufrecht zu halten, sondern starrte auf den Boden unter ihr. Sie wusste nicht, wo sich ihr Vater zu dieser Zeit aufhielt. Vielleicht war er nicht mal im Schloss, sondern auf der Suche nach ihr.

Wie er reagieren würde, wenn …

Ein Schluchzer drang aus ihrer Kehle und für einen Wimpernschlag wurde der Schmerz in ihr zu groß, um ihm standzuhalten. Vor den Augen der Bediensteten sank sie auf die Knie und blieb auf dem Boden liegen.

Sie wollte sterben. Sie wollte nicht hier sein, an diesem Ort, der sie einst so glücklich gemacht hatte. Es war alles schiefgegangen. Was brachte es ihr, das Rätsel gelöst zu haben? Sie fühlte sich wie die größte Verliererin unter der Sonne.

»Was auch immer mit dir passiert ist, wir bekommen das wieder hin«, drang auf einmal eine Stimme an ihr Ohr. Valyras Körper spannte sich an, als jemand über ihre Wange strich. »Es zählt nur, dass du hier bist. Alles andere bekommen wir hin.«

Und obwohl alles in ihrem Körper dagegen ankämpfte, öffnete Valyra die Augen. Estelles Antlitz zeigte sich zunächst verschwommen, wurde aber schnell klarer.

»Ich wusste, dass du es schaffst«, flüsterte ihre Schwester und küsste ihre Wange. »Du bist so stark, kleine Valyra.«

Sie wollte ihrer Schwester so viel sagen, aber hatte nur Kraft für eins: »Ihr müsst sie suchen. Rania. Sie ist in einem Turm, mitten im Wald. Bitte. Sie darf nicht davonkommen.«

»Rania? Du hast sie gesehen?« Estelles blaue Augen wurden groß. »Wo ist dieser Turm? Warst du bei ihr?«

Nachdem sie genickt hatte, verlor sich Valyra in sich selbst. Sie schloss die Augen – bereit, zu gehen, bereit, Arabella zu folgen. Es konnte ohnehin nicht mehr gut werden.

Aber es ging weiter. Sie starb nicht. Auch wenn sie in ihren Träumen um einen schnellen Tod betete. Der Sensenmann nahm sie nicht mit in sein dunkles Reich.

Als Valyra die Augen öffnete, sah sie ihr altes Kinderzimmer. Sie lag in ihrem Bett, hatte frische Kleidung an und roch nicht mehr nach Schlamm und Erde. Estelle saß auf einem Stuhl vor ihr und lächelte sie freundlich an. Neben ihr stand Tatjana.

Obwohl Valyra sterben wollte, erfüllte sie in diesem Moment eine stille Genugtuung. Rania war es nicht gelungen, ihre Schwestern zu brechen. Estelle und Tatjana hatten es aus der Hölle geschafft. Vielleicht würde es auch Ginny und Penny gelingen. Es gab noch Hoffnung.

Aber nicht mehr für sie. Ihre wachen Momente waren durchsetzt von den Erinnerungen an den Friedhof. Wie sollte sie jemals verarbeiten, was geschehen war?

Schon wieder rannen Tränen über ihre Wangen, schon wieder bebte ihr Körper.

Estelle stand vom Stuhl auf, setzte sich auf die Bettkante und nahm Valyra fest in die Arme. »Es wird alles wieder gut, Lyri«, murmelte sie, während sie über ihren Rücken strich. »Du hast es geschafft. Du bist wieder bei uns.«

Auch Tatjana kam auf Valyra zu und hauchte ihr einen Kuss auf die Stirn. »Du bist unglaublich tapfer, weißt du das?«, flüsterte sie.

Unter anderen Umständen, in einer anderen Situation, die dieses Leben nicht mehr möglich machen würde, hätte sie sich über Tatjanas Kompliment gefreut. Gerade sie war es gewesen, die sie immer von oben herab betrachtet und nie ernst genommen hatte. Zuspruch von ihr zu erhalten, war Valyra immer ein großes Anliegen gewesen. Doch nun prallten Tatjanas Worte an ihr ab.

»Nimm dir so viel Zeit, wie du brauchst. Du musst uns nichts erzählen, bevor du nicht dazu bereit bist«, sagte Estelle.

»Wir sind nur froh, dass du wieder hier bist.« Tatjana strahlte.

Würde sie das je wieder tun, wenn sie wüsste, was geschehen war?

»Vater wird bald hier sein. Er wird sich so freuen.«

Estelles Worte brachten Valyra zurück in ihr dunkles Erinnerungsland. Sie keuchte, löste sich aus der Umarmung und schlang die Arme um ihren Oberkörper.

»Was hast du?« Tatjana setzte sich neben sie und musterte ihre kleine Schwester von der Seite.

Valyra aber konnte nichts sagen. Ranias Gräueltaten hielten sie an einem Ort gefangen, den sie allein nicht verlassen konnte.

Und so weinte sie eine scheinbar ewige Zeit und ihre Schwestern wichen nicht von ihrer Seite.

Und doch wurde es nicht besser.

Es wurde einfach nicht besser.

Es wurde dunkel und es wurde wieder hell. Mit offenen Augen lag Valyra auf dem Bett, Estelle zu ihrer Linken, Tatjana zu ihrer Rechten. Sie fand keinen Schlaf. Ihr Herz klopfte, sie hatte noch immer Angst, aber vor allem war sie traurig.

Traurig?

Was für ein schlechtes Wort für den Berg an Schmerz, der in ihr wohnte. *Traurig* gab dies nicht im Entferntesten wieder. Für ihren Zustand war noch kein Begriff erfunden worden.

Sie wälzte sich auf die Seite, sodass sie das Fenster sehen konnte, hinter dem ein kreisrunder Mond am Himmel stand.

Ob sie Rania gefunden hatten? Ob überhaupt jemand in der Lage war, den Turm aufzuspüren? Wie weit war er von Brahmenien entfernt? Wie lange …?

Ihre Gedanken überschlugen sich und kamen doch zu keinem Ergebnis. Wann würde sie ihren Schwestern sagen können, was geschehen …

»Jorin!«, drang auf einmal ein schmerzverzerrter Laut über ihre Lippen.

Die Matratze bewegte sich, als Estelle sich aufrichtete. »Was hast du gesagt, Valyra?«

»Jorin«, wiederholte sie kraftlos. »Bitte schick jemanden, der sich um Jorin kümmert. Er ist unser Stallbursche.«

Selbst in der Dunkelheit sah Valyra, wie ihre Schwester die Augenbrauen hob.

»Er braucht Hilfe. Dringend.« Flehend sah Valyra Estelle an, die schließlich nickte und aufstand. Erst als sie die Tür hinter sich zugezogen hatte, konnte Valyra die Augen schließen.

»Jorin?«, erklang auf einmal Tatjanas Stimme. Valyra hörte, wie ihre Schwester sich aufrichtete, und merkte, dass sie gemustert wurde. »Was ist mit Jorin?«

»Du kennst ihn?«, flüsterte die jüngste Prinzessin.

»Nicht persönlich. Aber … ich weiß, dass er mal ein Verhältnis mit Arabella hatte. Nichts Festes, nur eine Liebelei, aber …«

Absolut etwas Festes.

Schon wieder wurde Valyra von einem Heulkrampf erfasst und gleichgültig, wie stark sie dagegen ankämpfte, die Tränen hörten nicht auf, zu fließen.

»Was ist los, Kleine?«, fragte Tatjana besorgt und strich Valyra über den Kopf. »Habe ich etwas Falsches gesagt?«

Der Geruch ihrer Schwester, diese vertraute Mischung aus Parfüm und Kindheit, beruhigte Valyra ein wenig. Sie schniefte und kuschelte sich enger an Tatjana.

»Wann wirst du erzählen, was mit dir geschehen ist?«, fragte diese und hauchte ihr einen Kuss auf den Scheitel. »Du musst nun keine Angst mehr haben, du bist in Sicherheit. Wir sind schon zu dritt. Drei haben es geschafft.«

Und eine nicht.

Endlich gelang es Valyra, die Augen zu öffnen. Weil der Mond hell zum Fenster hereinschien, war es nicht so dunkel, wie sie erwartet hätte. Sie blickte in Tatjanas besorgte Augen und wollte ihre am liebsten wieder schließen.

»Rania … Sie wird aufwachen«, hauchte sie und krallte ihre Fingernägel in die Decke. »Wir müssen sie finden. Sie ist in einem Turm. Da war ich auch.« Ihre Stimme erstarb, zurück blieb der Schrecken, der sie noch immer gefangen hielt.

»Warst du bei ihr?«, fragte Tatjana vorsichtig. Ihr Blick war nun aufmerksam und auch eine Spur Neugier lag darin.

Valyra nickte schwach. »Sie hat mich in einem Turm gefangen gehalten. Mich und …«

Sie war so kurz davor gewesen, Arabellas Namen auszusprechen, aber sobald sie an die tote Prinzessin dachte, kam es ihr vor, als würde sie gegen eine Mauer stoßen. Eine Mauer, die so lang und hoch war, dass niemand sie überwinden konnte. Am wenigsten sie selbst.

»Dich und wen?« Tatjanas Stimme wurde fordernder.

Valyra senkte den Kopf. Wie schwer war es, einen einzelnen Namen zu sagen? Er setzte sich doch auch nur aus Buchstaben zusammen.

»Valyra, sag es mir! Dir droht hier keine Gefahr!«

Aber die Gefahr schien überall zu sein, lauerte zwischen dunklen Schatten und ungesagten Worten.

Valyra atmete tief ein und aus, ballte die Hand zur Faust, um sie sogleich wieder zu öffnen.

Es war nicht ihre Schuld!

Es war nicht ihre Schuld!

Vielleicht musste sie es nur oft genug denken. Vielleicht würde sie es dann irgendwann selbst glauben.

Es. War. Nicht. Ihre. Schuld.

Arabella, sagten ihre Gedanken.

»Jorin«, kam es schließlich über ihre Lippen.

Tatjana runzelte die Stirn. »Unser Stallbursche war mit dir im Turm?«

So wie sie es sagte, klang es grotesk.

»Arbeitet er für Rania?«, schoss Tatjana hinterher. Im hellen Licht des Mondes gefror ihr Gesicht. Sanfte Züge wichen einer starren Maske.

Schnell schüttelte Valyra den Kopf. »Nein! Auf keinen Fall. Er … war sehr lieb. Er hat mich gerettet.« Betreten senkte die Prinzessin den Kopf.

Tatjana schwieg, als müsste sie ihre Worte sorgsam abwägen. Als sie dann ansetzte, hatte ihre Stimme einen Unterton, den Valyra nicht ganz einordnen konnte.

»Estelle wurde auch von einem Jäger gerettet. Er stammt aus einem fernen Land, von dem niemand hier je gehört hat, und seine Manieren sind nicht die besten. Dennoch werden die beiden bald heiraten.«

Überrascht riss Valyra die Augen auf und vergaß für einen Moment ihre eigenen Probleme. »Stelli wird heiraten?«, hauchte sie und wartete, bis Tatjanas Nicken es bestätigte. Ein warmes Gefühl durchflutete Valyra. »Sie hat so lange jemanden gesucht. Sie war so frustriert, dass sie niemanden gefunden hat … Es ist schön, dass …«

»Was ich damit sagen will«, schnitt Tatjana ihr das Wort ab. »Wenn Vater einen Jäger akzeptiert, wird er sich vielleicht auch für einen Stallburschen erwärmen können. Möglicherweise nicht sofort, aber wenn er erfährt, was er für dich getan hat und dass du nur wegen ihm hier bist … versteht er deine Gefühle für ihn irgendwann.«

Noch bevor sie zu Ende gesprochen hatte, schüttelte Valyra den Kopf. »Ich liebe ihn nicht, Tati!«, widersprach sie. »Da sind keine … romantischen Gefühle zwischen uns.«

»Ach so.« Ihre Schwester verzog den Mund. Sie sah beinahe enttäuscht aus.

»Ich halte mich einfach an deinen Rat und lasse keinen Mann an mein Herz«, spottete Valyra schwach. Sie wollte die angespannte Stimmung etwas auflockern, aber ihr Versuch misslang.

Zuerst lächelte Tatjana, dann entglitten ihr die Mundwinkel. Valyra wusste nicht, ob es der Schein des Mondes war oder ob in den starken Augen ihrer Schwester tatsächlich Tränen schimmerten. Dennoch traute sie sich nicht, nachzufragen, denn Tatjana riss sich zusammen, straffte die Schultern und atmete tief durch. »Manchmal ist es gar nicht so falsch, sich zu öffnen, Valyra. Es ist nicht immer falsch, Schwäche zu zeigen. Du wirst nicht stärker, nur weil du den Anschein der Perfektion wahren willst.«

»Was meinst du damit?« Valyra rückte näher an Tatjana heran, sodass ihre Arme sich berührten. Ihre Schwester trug ein dünnes Nachtkleid, das ihr nur bis zu den Knien reichte. Selbst in der Nacht war es in Brahmenien drückend heiß.

Tatjana seufzte und zog ihren Zopf gerade. »Ranias Fluch hat mich mit meinen größten Ängsten konfrontiert, aber er hat mich auch etwas Wichtiges gelehrt«, sagte sie mit trauriger Stimme. »Liebe ist nichts Verachtenswertes und manchmal lohnt es sich, alles für sie auf eine Karte zu setzen.«

Das war Valyra neu. Solche Worte passten eher zu Arabella, die den Kopf in den Wolken hatte und vor lauter Gefühlen weder ein noch aus wusste. Nachdenklich betrachtete sie Tatjana, die nostalgisch in die Ferne blickte und Valyra nicht weiter beachtete.

»Hast du auch jemanden gefunden … dort, wohin Rania dich geschickt hat?«, nahm die Prinzessin all ihren Mut zusammen.

Tatjanas Blick streifte Valyra kurz und wieder haftete ihrem Gesicht dieser Ausdruck an, als hätte sie Angst, zu viel zu verraten. Schließlich griff sie nach Valyras Hand und fuhr die Form ihrer Finger nach. »Ich hatte jemanden«, gab sie zu. »Aber es kommt mir vor wie ein anderes Leben. Als wäre ich ein anderer Mensch gewesen.«

Valyra wartete darauf, dass ihre Schwester noch etwas hinzufügte, aber es kam nichts mehr. Nachdenklich betrachtete sie Tatjanas schmale Silhouette, die im Mondlicht engelsgleich erschien. Sie hatte Tatjana oft über ihre Affären reden hören. Über

Männer, die gekommen und gegangen waren, ohne einen bleibenden Eindruck zu hinterlassen. Ein Gefühl sagte ihr, dass es dieses Mal anders gewesen war.

Doch Tatjana schien wieder so verschlossen, dass Valyra das Thema nicht fortführen wollte – es sei denn, die Bemühungen kamen von ihrer Schwester.

Tatjana räusperte sich. »Wenn du also Gefühle für diesen Jorin hast, die … tiefer gehen«, fing sie an, aber Valyra fasste sie am Arm.

»Nicht ich«, wiederholte sie beharrlich. »Du weißt, dass nicht ich es bin, die ihn liebt.«

»Arabella? Immer noch?«

Und jetzt, wo ihr Name schon im Raum stand und Valyra ihn nicht mehr selbst aussprechen musste, holte sie tief Luft. »Sie war mit mir im Turm. Rania hat uns beide gefangen gehalten, nur habe ich sie erst sehr spät gefunden.«

In Tatjanas Gesicht begann es zu arbeiten. »Wo ist sie?«, fragte sie. »Wieso ist sie nicht mit dir gekommen?«

Für einen Moment dachte Valyra, dass die Tränen sie wieder überwältigen und sprachlos machen würden. Aber dieses Mal gelang es ihr, sie zu vertreiben und an einen Ort in ihrem Herzen zu verschließen, den sie steuern und kontrollieren konnte. Sie schöpfte neue Kraft aus ihrem Kampf.

»Sie … konnte nicht mitkommen … Sie …«

Tatjanas Stimme war schneller als Valyras Gedanken. »Ist sie immer noch bei Rania? Hält diese Hexe sie weiterhin gefangen?«

Gern hätte Valyra genickt, denn das würde bedeuten, dass es noch Hoffnung gab. Dennoch blieb ihr nichts anderes übrig, als den Kopf zu schütteln und sich an Tatjana zu lehnen.

»Wir sind aus ihrer Gefangenschaft entkommen. Auf dem Weg allerdings …«

Die Tür zu ihrem Schlafzimmer wurde hektisch aufgestoßen. Tatjana und Valyra schreckten zusammen und blickten gleichzeitig hoch.

Das Licht einer Laterne erhellte den Raum. In der Tür stand eine schmale Gestalt.

»Vater ist wieder da!«, rief Estelle aufgeregt. »Sie sind zurück!«

Tatjana sprang aus dem Bett und durchquerte das Gemach auf nackten Sohlen. Schnell hatte sie Estelle erreicht und überhäufte sie mit Fragen, von denen Valyra der Kopf schwirrte. Sie selbst saß noch immer im Bett, zu erschrocken, um sich zu bewegen.

»Bleib einfach hier, Valyra«, meinte Estelle. »Wir schicken Vater zu dir.«

Aber das wollte sie nicht. Nichts kam ihr so schlimm vor wie die Tatsache, dem König von Brahmenien allein in diesem Zimmer vom Tod seiner Tochter erzählen zu müssen.

Entschlossen rappelte sie sich auf und schwang sich aus dem Bett. Die ersten Schritte waren zaghaft und etwas wacklig, aber bald hatte sie festen Stand.

»Sicher, dass du das machen willst?«, fragte Tatjana zögernd, als Valyra die Tür erreicht hatte.

Die jüngste Prinzessin nickte. »Ich muss ohnehin wieder aufstehen und gehen lernen.«

Estelle lächelte sie lieb an. »Tapfere kleine Valyra.«

»Könnt ihr mir einen Gefallen tun?« Valyra sah zunächst ihre ältere Schwester, dann Tatjana an. »Bitte hört auf, mich *Kleine* zu nennen. Ich bin beinahe siebzehn und kein Kind mehr.«

Die Prinzessinnen tauschten einen amüsierten Blick, woraus Valyra zog, dass sie sie nicht ganz ernst nahmen. Noch immer nicht.

Ihr Körper spannte sich an. »Bitte«, meinte sie mit Nachdruck. »Ich will nicht mehr das Nesthäkchen sein. Das ist vorbei. Ich bin … erwachsen geworden, auch wenn ihr es noch nicht seht. Außerdem sind die Zwillinge auch nur ein Jahr älter als ich.«

Estelle strich Valyra über den Kopf, so wie sie es immer getan hatte, doch hielt in der Bewegung inne. »Na schön, Kl… Valyra«, sagte sie.

Tatjana nickte. »Irgendwann werden wir alle erwachsen, was?«

Valyra atmete erleichtert aus. Immerhin das hatte sie geschafft. »Jorin«, fiel ihr dann ein, doch Estelle verzog entschuldigend den Mund.

»Ich konnte ihn auf die Schnelle nicht finden«, gab sie zu, was die Trauer in Valyra wieder hochkochen ließ. »Aber wir werden uns darum kümmern, sobald wir mit Vater gesprochen haben.«

»Haben sie etwas herausgefunden?« Tatjanas Blick war ein Gewitter aus vielen Emotionen, als sie Estelle ansah.

»Das weiß ich nicht«, gab die Älteste zu. »Ich habe ihn noch nicht gesehen, sondern lediglich die Wachen darüber reden gehört, dass er wieder da ist. Also los, beeilen wir uns.«

Mit diesen Worten drehte sich Estelle um und beleuchtete den Korridor. Ihre Schritte waren zügig, Tatjana folgte ihr ebenso schnell. Immer wieder sahen sie sich nach Valyra um, die sich anstrengen musste, um hinterherzukommen. Dabei lag es nicht nur an der körperlichen Mühe, die sie noch immer quälte.

Ihre Gedanken kreisten um ihren lieben Vater, dem sie gleich das Herz brechen würde. Und das, obwohl er seine Töchter gerade erst verloren hatte.

Ihr Blick war stur auf den Boden gerichtet. So würden ihre Schwestern zumindest nicht sehen, wenn sie doch wieder zu weinen begann. Verzweifelt biss sie sich auf die Unterlippe.

Valyra bekam kaum mit, wohin sie liefen. Sie realisierte es erst, als sie vor der großen Tür standen, die zum Salon führte, in dem sie Besucher aus fernen Ländern willkommen hießen. Ihr Vater hielt sich gern und oft in diesem Zimmer auf, wenn er seinen Gedanken nachhing oder einen mühevollen Tag ausklingen lassen wollte.

Zwei Wachen in Rüstung öffneten ihnen die Türen. Nun hob Valyra doch den Blick.

Estelle stürmte als Erste in den Raum, Tatjana war ihr dicht auf den Fersen.

Valyra stand eine Weile im Türrahmen, bevor sie sich überwinden konnte, den Salon zu betreten. Ihren Vater, den ehemals stolzen König über Brahmenien, hatte sie längst gesehen. Er saß an der großen Tafel, vor ihm ein Glas Schwarztee, den er immer besonders gemocht hatte. Seine Mimik war nachdenklich, aber er sah nicht unglücklich aus.

Noch nicht.

Valyra keuchte. Sie wollte ihm nicht wehtun. Alles in ihr sträubte sich dagegen, ihm noch mehr Kummer zu bereiten. Sie blieb stehen und betrachtete ihn stumm, dann hob der König den Kopf.

Als er seine jüngste Tochter sah, verzog sich sein Gesicht schmerzvoll, doch bald wich es einem Lächeln, das, gepaart mit Erleichterung, Valyra von so großer Liebe durchflutete, dass sie auf ihn zugelaufen kam, ihre Arme ausbreitete und erst wieder atmen konnte, als er sie umschloss. Tränen strömten ihr über das Gesicht, ließen sie schluchzen und schniefen, aber der Schmerz war gegangen. Gerade war sie einfach glücklich, ihren Vater wiederzusehen. Seinen vertrauten Geruch einzuatmen, der sie immer tröstete, und seine warmen Arme um ihren Rücken zu spüren.

Schon während der Umarmung merkte Valyra, wie dünn der König geworden war. Er hatte viel von seiner Stattlichkeit eingebüßt. Sie presste ihn fest an sich, weil sie Angst hatte, dass er sonst zerfallen würde. An seiner Schulter vergrub sie ihr Gesicht und schloss die Augen, um sich für einen Moment ganz der Liebe hinzugeben, die in ihnen lebendig wurde.

»Mein Kind«, flüsterte ihr Vater und anhand seiner zitternden Stimme erkannte Valyra, dass er auch weinte.

Eben hatte sie gemerkt, wie weiß sein Haar geworden war. Als sie verflucht wurde, hatte es noch graue Strähnen besessen.

Die Prinzessin holte tief Luft. Schon lange hatte sie sich nicht mehr so geborgen und aufgehoben gefühlt. Nicht mehr so sicher. Obwohl die Gefahren noch lange nicht besiegt und Rania nach wie vor auf freiem Fuß war, gab sie sich dem Augenblick vollständiger Sicherheit hin. Schloss ihn in ihr Herz, auf dass er ihr Kraft geben möge, wenn die Welt gegen sie wäre. Kraft, wenn sie mit der Wahrheit herausrücken und ihrem Vater das Herz brechen müsste.

»Jede Nacht habe ich zu Gott gebetet, dass er euch mir wiederbringen möge«, flüsterte der König an ihrem Ohr. Sein warmer Atem brachte ihre Haut zum Prickeln. »Jeden Tag bin ich aufgewacht und habe gesehen, dass meine Gebete noch immer nicht erhört worden waren. Ich habe meine Wachen in aller Herren Länder geschickt, um nach euch zu suchen. Jedes Mal, wenn sie ohne ein Ergebnis heimgekommen sind, ist mein Herz ein Stück mehr gebrochen. Aber dann ...« Der König ließ Valyra los und blickte voll Liebe zu seiner ältesten Tochter. »Dann ist auf einmal Estelle aufgetaucht. Wir hatten es nicht geschafft, sie zu finden, aber ihr ist es selbst gelungen, den Fluch zu brechen. Und auch Tatjana ist wieder da.«

Valyra wischte sich die Tränen aus den Augen und schaute ihre beiden Schwestern an, die nebeneinander am Tisch standen und heller strahlten als die Sonne selbst.

Estelle war schon immer wunderschön gewesen, aber heute sah sie mit ihrem langen hellblonden Haar besonders hübsch aus. Tatjanas strenger Zug um den Mund schien verschwunden, als sie ihren Vater freundlich anlächelte.

»Ich war so glücklich, sie wiederzusehen«, nickte der König und strich sich über seinen weißen Bart. Noch immer schimmerten Tränen in seinen Augen. »Mit jeder meiner Töchter kam auch meine Freude zurück. Und jetzt bist du da, kleine Valyra.« Sein Mund zitterte. »Du musst mir alles erzählen!« Aufmerksam sah der König sie an. »Estelle und Tatjana haben schlimme Dinge erlebt, aber sie sind an ihrer Reise gewachsen. Welchen Schrecken hast du hinter dir, Valyra?«

Das willst du nicht wissen, dachte sie.

Ihre Hand ballte sich zur Faust. Abwechselnd blickte sie vom König zu ihren Schwestern und wieder zurück.

Nun war der Moment gekommen. Nun musste sie erzählen.

Sie atmete tief durch, aber es schien für das, was sie vorhatte, nicht genug Luft zu geben. Seufzend schob sie einen Stuhl zurück und ließ sich neben ihren Vater sinken.

Valyra faltete die Hände im Schoß, nachdem sie an ihrem Nachtkleid gezogen hatte, das ihr für den Anlass ein wenig zu kurz vorkam. Sie spürte den aufmerksamen Blick ihres Vaters auf sich und wusste, dass auch Estelle und Tatjana neugierig auf ihre Geschichte waren.

Wo sollte sie anfangen? Gab es überhaupt eine richtige Reihenfolge? Wie konnte sie dem Schrecken ein Ende bereiten?

Verzweifelt sah sich Valyra im Salon um, der von warmem Kerzenlicht erleuchtet war. Ihre Augen glitten über die gigantischen Bilder in Goldrahmen, die Vorfahren zeigten, von denen sie nicht mehr als den Namen kannte. Grimmige Gesichter blickten auf sie hinab.

Auch Monster haben ein Herz, das man durchbohren kann.

Sie legte den Kopf in den Nacken, um die stuckbesetzte Decke über sich zu betrachten. So musste sie immerhin keinen aus ihrer Familie ansehen. Vielleicht würde es das einfacher machen.

»Arabella ist …«, sagte sie, doch hörte, wie Stimmen laut wurden. Ein Windhauch streifte Valyra, die ihren Blick auf die Tür richtete, die offen stand.

Ein Diener verbeugte sich dienstbeflissen und entschuldigte sich für die Unannehmlichkeiten. »Die Prinzessin wünscht, Euch zu sehen«, sagte er schließlich und ging ein paar Schritte zur Seite, um Platz zu machen.

Aus den Augenwinkeln sah Valyra, wie Estelle den Kopf schief legte und Tatjana neugierig zur Tür blickte.

Lange bevor jemand den Raum betrat, stellten sich die feinen Härchen auf Valyras Unterarm auf. Ein seltsames Gefühl, das sie nicht näher bestimmen konnte, ergriff von ihr Besitz.

Und dann sah sie sie.

Arabella.

Ihre Schwester trug im Gegensatz zu den anderen Prinzessinnen, die alle in Nachthemden steckten, ein langes wallendes hellgrünes Kleid, das sich eng um ihre schlanke Taille schmiegte. Es hatte einen steifen Kragen, der mit goldenen Perlen besetzt und mit aufwendigen Ornamenten verziert war. Ihre Haare sahen frisch gewaschen aus und steckten am Hinterkopf fest, sodass nur eine einzelne Strähne über ihre Wange fiel.

Arabellas Gesicht wirkte gesund, beinahe rosig. Nichts deutete mehr auf die Nachwirkungen ihrer Reise hin. Beinahe schien es, als hätte es das schicksalhafte Zwischenspiel auf dem Friedhof nie gegeben.

Scheu blickte Arabella sich um, sah zuerst ihren Vater, dann die Schwestern. Ein Lächeln legte sich auf ihre Lippen, die in einem Apricotton strahlten.

Tatjana löste sich zuerst aus der Starre. Valyra hörte, wie sie »Oh mein Gott« stammelte, die Arme ausbreitete und zu Arabella rannte.

Estelle folgte ihr und schon bald war der Raum von glockenhellem Lachen erfüllt. Valyra sah, wie die Schwestern in einer Umarmung versanken, wie sie lachten, weinten und euphorisch wurden. Außerdem sah sie das Lächeln ihres Vaters, der allem Anschein nach schon gewusst hatte, dass sich Arabella im Palast aufhielt.

Und dann gab es sie.

Und sie umklammerte die Armlehne so fest, dass sie glaubte, ihre Hand müsste zerspringen. Sie war nicht in der Lage, sich zu rühren, nicht fähig, auch nur einen einzigen Schritt zu tun. Geschweige denn zu realisieren, was hier geschah.

Denn das konnte sie nicht. Weil es unmöglich war. Mit eigenen Augen hatte sie gesehen, wie Arabellas Körper an Substanz verloren hatte und schließlich verschwunden war. Sie konnte sich an das Gefühl erinnern, sie gehen zu lassen, und spürte Jorins Kummer ebenso deutlich wie ihren eigenen.

Aber …

Wieso war sie hier? Wieso war sie lebendig, gesund und heiter?

Noch immer betrachtete Valyra ihre Schwester fassungslos. Estelle kniff ihr gerade in die Wange, Tatjana wischte ihr eine Träne aus dem Augenwinkel.

Wie war das möglich? Litt sie an einer Wahnvorstellung? Hatte Rania wieder mit dem Tod gespielt und ein Abbild von Arabella in das Schloss gesandt?

»Wieso gehst du nicht zu ihr?«, fragte der König in diesem Moment.

Valyra riss den Kopf zu ihm herum und sah ihn an, als wüsste sie nicht, wer er war.

»Bist du nicht auch überglücklich, dass sie wieder hier ist?« Seine Augen musterten Valyra nachdenklich.

Die Prinzessin öffnete den Mund, um etwas zu sagen, doch die Worte verdrehten sich in ihrem Kopf. »Was macht sie hier?«, war das Einzige, was sie zustande brachte.

Die Verwirrung schwand nicht aus dem Gesicht ihres Vaters. Er räusperte sich und verschränkte die Hände im Schoß. »Es war mehr Zufall, als dass wir wirklich nach ihr gesucht haben«, fing er an. »Meine Wachen waren auf dem Rückweg nach Brahmenien. Eine weitere erfolglose Suche. Sie haben einen Wald durchkämmt und deine Schwester dort gefunden.«

Valyra legte die Stirn in Falten. »Ein Wald?«, hauchte sie, sah dabei aber nicht ihren Vater, sondern ihre tot geglaubte Schwester an.

»Sie war bewusstlos und lag neben einem großen Stein. Mir wurde erzählt, dass ihre Haut eiskalt war. Meine Wachen haben sie mitgenommen. Im Schloss wurde sie sofort untersucht, aber der Doktor meinte, dass es hauptsächlich die Erschöpfung war, die ihr zu schaffen gemacht hat. Sie ist noch etwas schwach, wird aber wieder gesund werden.«

Der König lächelte und schob den Stuhl nach hinten. Valyra sah, wie er langsam und mit unsicheren Schritten auf die drei Prinzessinnen zuging und schließlich Arabella auf die Wange küsste.

»Ich bin so froh, dass du wieder da bist, meine Liebe«, flüsterte er. »Mein Herz war gebrochen, ich hatte jeden Lebenswillen verloren. Aber nun sind wir schon wieder zu viert.« Damit drehte er sich um und winkte Valyra zu sich heran.

Die jüngste Prinzessin versteifte sich auf ihrem Stuhl. Wie sollte sie es schaffen, aufzustehen und auf Arabella zuzugehen? Sie tauschte einen Blick mit ihrer Schwester, deren Lächeln erstarb. Stattdessen atmete sie tief durch, sodass sich ihre Brust sichtbar hob und senkte.

»Komm her, Valyra!«, meinte Estelle fröhlich.

Abwartend sah auch Tatjana sie an.

Valyra schluckte, schlang die Arme um ihren Oberkörper und blieb, wo sie war.

»Alles in Ordnung?«, erkundigte sich Tatjana.

Doch sie war es nicht, die sich ihr näherte. Valyras Herz schlug in einem wilden Stakkato, als Arabella auf den Tisch zuging und ihre warme Hand auf ihre Schulter legte.

Valyra erstarrte. »Du bist hier«, sagte sie mit zitternder Stimme, woraufhin Arabella nickte.

Nacheinander gesellten sich die anderen zu ihnen, bis jeder auf einem Stuhl Platz genommen hatte. Arabella setzte sich direkt neben Valyra.

Vielleicht war es am Ende nicht ihre Schwester, die in einer Nervenheilanstalt landen würde, sondern sie selbst. Wie viel der letzten Stunden war tatsächlich geschehen und wie viel hatte sie sich eingebildet?

Weil sie es nicht ertrug, jemanden anzuschauen, starrte Valyra auf die Tischmitte, auf der eine Schüssel mit frischem Obst stand. Sie wusste, dass alle Blicke auf sie gerichtet waren, aber sie konnte ihnen nicht begegnen. Als Arabella das Wort ergriff, war sie ihr beinahe dankbar.

»Ich glaube, ihr wollt wissen, wo ich die letzten Monate gewesen bin und was mit mir geschehen ist«, fing sie an.

Wieso klang sie so selbstsicher? Wieso bebte ihre Stimme nicht, woher nahm sie das ganze Selbstbewusstsein?

Hörbar schob Arabella den Stuhl nach hinten und wechselte ihre Sitzposition. »Valyra und ich waren zusammen an einem Ort. Die ganze Zeit. Nur haben wir es erst spät gemerkt.«

Estelle sog hörbar die Luft ein.

»Rania hat uns beide eingesperrt – in einen großen Turm, dessen einziger Ein- und Ausgang ein Fenster war. Valyra musste für Rania Zutaten für einen Trank sammeln, der ihr die Allmacht versprechen sollte. Ich wurde derweil im Keller in einem Käfig festgehalten und von ihr gequält.«

»Das heißt, sie war die ganze Zeit bei euch?«, schlussfolgerte Tatjana.

»Das war sie«, bestätigte Arabella. »Es gab keinen Tag, an dem wir sie nicht gesehen haben. Sie war nicht dauerhaft anwesend, hat uns aber immer spüren lassen, dass es sie gibt.«

»Wie konntet ihr entkommen?«, wollte der König wissen. Schmerz haftete seiner Stimme an und endlich schaffte Valyra es, den Blick von der Tischplatte abzuwenden und ihren Vater anzusehen.

Gab er sich Mitschuld für das, was passiert war? Dass er Rania in sein Leben gelassen und ihr blind vertraut hatte? Ob es irgendwo in ihm noch Gefühle für dieses Monster gab?

Valyra fröstelte.

Arabella hatte die Ellbogen auf den Tisch gestützt und spielte an ihren Fingern. »Wir wussten lange nicht, was wir tun sollten, aber eines Tages traf Valyra bei einem Ausflug in den Wald unseren Stallburschen. Jorin.«

Die Prinzessin machte eine bedeutungsschwere Pause und sah zuerst Estelle und Tatjana, dann ihren Vater an. Nur Valyra schenkte sie keinen Blick.

Und dann teilte sie die ganze Geschichte. Mit gerade so viel Details wie nötig ließ Arabella ihre Reise Revue passieren, erzählte von Jorins Plan, den Drogaden-Trank zu manipulieren und Rania zu überlisten. Sie ließ auch die Flucht durch den Wald nicht aus und betonte sogar, dass es ihr zunehmend schlechter gegangen war.

Valyra durchlebte ihre Erinnerungen neu, was sich in einem schmerzhaften Ziehen in ihrer Brust äußerte. Sie hatte Mühe, gegen ihre Gefühle anzukämpfen. Arabella war beinahe am Ende angelangt und doch hatte sie noch nicht den Teil angesprochen, der Valyra am meisten Angst machte. Der Teil, der sich in ihr Gehirn vergraben hatte, aber langsam keinen Sinn mehr ergab. Arabella sah lebendiger aus denn je, gesund und optimistisch. Unmöglich, dass sie neben einer Leiche saß.

»Uns war es gelungen, den verwunschenen Wald hinter uns zu lassen. Allerdings ...«

Valyra hielt die Luft an.

»... wussten wir nicht genau, wie wir nach Hause kommen sollten. Also beschlossen wir, uns aufzuteilen.«

Aufzuteilen? Das hatten sie nie getan!

Aufmerksam blickte Valyra ihre Schwester an, aber deren Mimik verriet nichts von ihren Lügen. Sie sah überzeugt aus, während sie weitersprach.

»Wir sind alle in eine andere Richtung gegangen und wollten uns nach einer Weile an einem Ort treffen, in der Hoffnung, dass dann jemand wissen würde, wie wir nach Hause kämen. Leider habe ich mich so sehr im Wald verirrt, dass ich diesen Ort nicht mehr gefunden habe. Ich bin umhergeirrt, in der Hoffnung, das Schloss durch Zufall zu entdecken, aber irgendwann waren meine Füße so müde und ich so schwach, dass ich in mich zusammengesunken bin.« Sie seufzte.

»Du Arme!«, äußerte Estelle und streckte ihr über den Tisch ihre Hand entgegen.

»Und wer hat dich gefunden?«, wollte Tatjana wissen.

Arabella strich sich die lose Strähne hinter ihr Ohr und setzte sich aufrechter hin. »Vaters Männer haben mich aufgespürt, als ich halb bewusstlos im Wald lag. Es war purer Zufall, aber ich bin sehr dankbar, denn sonst würde ich vielleicht noch immer in der Kälte sein.« Sie lächelte.

»Und Valyra? Du bist mit dem Stallburschen …«, fing Tatjana an, aber Arabella ging dazwischen.

»Ich bin froh, dass die beiden es nach Brahmenien geschafft haben. Du wolltest Hilfe holen, nicht wahr, Valyra?«

Ihre Schwester bedachte sie mit einem durchdringenden Blick, der ihr vermittelte, dass sie zustimmen sollte. Valyra jedoch schwirrte derart der Kopf, dass sie nicht ein Wort herausbekam. Stattdessen stand sie auf, schob den Stuhl nach hinten und hechtete auf die große Tür zu, die in den Flur führte. Ihre Beine fühlten sich wie Pudding an und sie war dankbar, als ihr die Tür geöffnet wurde und sie entkommen konnte.

Zwar hörte sie die Stimmen ihrer Familie hinter sich, aber sie schenkte ihnen keine Beachtung. Es war, als hätte man ihr Scheuklappen aufgesetzt, die sie blind für alles andere machten.

Als Valyra in ihrem Schlafzimmer angekommen war, verriegelte sie die Tür hinter sich und ließ sich auf ihr Bett fallen. Dort wurde sie von allen Gefühlen übermannt, die sie zu verstecken versucht hatte, bis sie sich in ein zitterndes Häufchen Elend verwandelte.

Verlor sie langsam, aber sicher den Verstand? Hatte sie sich die letzten Stunden nur eingebildet und Arabellas Geschichte entsprach der Wahrheit? Wie sicher sie geklungen hatte, wie überzeugt! Konnte eine solche Stimme lügen?

Valyra wischte sich die Tränen aus dem Gesicht und wollte gerade vollständig unter ihrer Decke verschwinden, als ihr ein Gedanke kam. Wie vom Donner gerührt setzte sie sich auf, als die Idee Raum in ihrem Gehirn einnahm.

Jorin!

Er war dabei gewesen und er würde ihr sagen können, ob sie durchdrehte oder nicht.

Hastig schwang Valyra ihre Beine aus dem Bett und schlüpfte in die Hausschuhe, die auf einem weißen Teppich standen. Es kümmerte sie nicht, wie spät es mittlerweile war, dass Jorin wahrscheinlich schon schlief und es sich nicht schickte, mitten in der Nacht das Dorf aufzusuchen. Sie brauchte Antworten, und zwar sofort.

Aus ihrem Kleiderschrank zog sie den dicksten Mantel, den sie finden konnte. Er war dunkelgrün und ein Geschenk ihrer längst verstorbenen Großmutter gewesen. Ungelenk schlüpfte Valyra in die weiten Ärmel und schloss zwei der Knöpfe. Für mehr blieb keine Zeit.

Sie drehte den Schlüssel im Schloss, riss die Tür auf und rannte direkt in Arabella hinein.

Ein Quieken entwich ihr, als sie an Arabellas Brust prallte.

»Lass mich durch!«, rief Valyra und versuchte, sich an ihr vorbeizuschlängeln, aber ihre Schwester fasste sie an den Schultern, sodass sie nicht entkommen konnte. Ihr Griff war fest und unnachgiebig. »Lass mich los!«, wiederholte Valyra tonlos und ein Anflug von Angst benebelte ihren Körper. Sie zappelte und wollte Arabella von sich stoßen, aber diese gab ihr keine Möglichkeit zur Flucht.

»Beruhige dich, Valyra!«, sagte sie mit einem bestimmenden Tonfall.

Die jüngere Prinzessin schaute in Arabellas mandelförmige Augen, denen sie nicht mehr vertrauen konnte. Was war Realität, was Traum?

»Ich muss zu Jorin!«, kam es ihr in ihrer Verzweiflung über die Lippen, doch Arabella schüttelte den Kopf.

»Das hat Zeit. Ich muss mit dir reden.« Flehend sah sie Valyra an, die noch immer nicht wusste, was sie fühlen sollte.

Arabella musste nur etwas Druck aufwenden, um ihre Schwester zurück in ihr Gemach zu schieben. Dann schloss sie die Tür, drehte den Schlüssel um und verstaute ihn in ihrer Kleidtasche.

Valyra stolperte nach hinten, dabei wusste sie, dass es keinen Ausweg gab. Dass sie in ihrem Zimmer, das weit über dem Erdboden lag, eingesperrt war. Auch wenn sie den Blick in Arabellas Augen fürchtete, schaute sie sie doch an.

Wer war die Frau, die vor ihr stand und ihrer Schwester so sehr glich, dass es schmerzte? Hatte Rania ihren Körper, der vor wenigen Stunden am Friedhof gestorben war, übernommen? Hatte die Hexe es zurück nach Brahmenien geschafft, um sie alle zu töten?

Valyra presste die Lippen aufeinander und ging noch ein paar Schritte zurück. Sie erinnerte sich daran, dass sie in ihrem Schmuckkästchen einen kleinen Dolch aufbewahrte, den ihr Onkel ihr zu Selbstverteidigungszwecken dagelassen hatte. Zwar wusste der rationale Teil in ihr, dass ein winziges Messer nichts gegen die Zauberkraft einer Hexe ausrichten konnte, aber sie fühlte sich doch sicherer, als sie die Waffe aus der Schatulle nahm und mit der rechten Hand umfasste.

Als Arabellas Blick zu dem Dolch glitt, wurden ihre Augen groß. »Was hast du vor?«, fragte sie verblüfft und für einen Moment sah Valyra echte Panik in ihrem Gesicht.

»Ich weiß nicht, wer du bist«, presste Valyra hervor und umklammerte die Waffe. »Aber du kannst nicht meine Schwester sein. Ich war dabei, als du gestorben bist! Ich habe gesehen, wie sich dein Körper aufgelöst hat! Das bilde ich mir doch nicht ein!« Sie wollte dem Zweifel in ihrer Stimme keinen Raum geben, doch er bahnte sich dennoch an die Oberfläche.

Arabella nutzte Valyras Schwachpunkt und trat einen Schritt auf sie zu. »Lass es mich erklären!«, sagte sie ruhig. »Bitte!«

»Komm mir nicht zu nahe!«, zischte Valyra und erhob den Dolch.

Angesichts der Tatsache, dass ihre Hände zitterten, musste sie einen lächerlichen Anblick bieten. Aber momentan schien die Waffe ihre einzige Rettung zu sein, denn einen Sprung aus dem Fenster würde sie nie und nimmer überleben.

Valyra schluckte. »Wieso hast du Vater und die anderen angelogen?«, fragte sie und hielt weiterhin Abstand.

Arabella seufzte und ließ die Schultern sinken. »Weil ich ihm nicht erzählen wollte, dass ich seine Frau getroffen habe. Unsere Mutter.« Arabellas Lächeln war traurig.

»Was meinst du damit?«, fragte Valyra. Sie musterte ihre Schwester aufmerksam, sodass ihr nicht das kleinste Detail und keine einzige Regung entgingen.

Arabella nahm auf Valyras Bett Platz und zog die Beine an, so gut es in dem wuchtigen Kleid möglich war. Mit der Hand klopfte sie auf den freien Platz neben sich.

Doch Valyra war wie festgefroren. Die Symbiose aus Dolch und Abstand gab ihr eine Art Sicherheit, die sie nicht aufgeben wollte. Außerdem konnte sie im Stehen schneller reagieren, wenn es tatsächlich zu einem Überfall kam.

»Tu mir das nicht an, Valyra!«, flehte Arabella. Trauer hatte sich in ihre Stimme geschlichen, die wie ein dunkles Gewitter klang. »Wir haben so viel durchgemacht und jetzt verstößt du mich? Bedrohst mich mit diesem lächerlichen Messer? Ich kann verstehen, dass es komisch ist …«

»Komisch?« Valyra lachte hysterisch. »Es ist nicht komisch, jemanden sterben zu sehen und ein paar Stunden später ist er wieder da! Entweder drehe ich langsam durch oder du treibst ein falsches Spiel!«

Arabellas Lächeln erstarb. »Kann ich sie dir wenigstens erzählen – meine Version der Geschichte?«, bat sie. Als Valyra nichts erwiderte, fügte sie hinzu: »Du musst dich auch nicht zu mir setzen. Hör mir einfach zu, bitte.«

Valyra, die mittlerweile mit dem Rücken zum Fenster stand, ließ sich mit der Antwort Zeit. Doch schließlich erkannte sie, dass sie Arabellas Wahrheit ohnehin brauchen würde, um nicht durchzudrehen. Vorsichtig nickte sie, doch verstärkte den Griff um ihren Dolch.

»Nachdem Rania den falschen Drogaden-Trank genommen hatte und der Wald hinter uns lag, habe ich mich zunehmend schwächer gefühlt, weil ich durch ihre Macht am Leben erhalten wurde. Je kleiner diese wurde, desto schlechter ging es mir. Bis ich dachte, auf diesem Friedhof sterben zu müssen.«

»Aber das bist du nicht?«, mutmaßte Valyra, woraufhin ihre Schwester nickte.

Arabella sah sie fest an. »Ich habe auf den Tod gewartet – wie auch immer ich mir diesen vorgestellt habe. Aber all die klischeehaften Erzählungen, das weiße Licht, die Schwerelosigkeit

… all das gab es nicht. Stattdessen stand ich auf einer weiten Lichtung und fühlte mich alles andere als tot.«

Valyra runzelte die Stirn.

»Ich habe versucht, mich zu orientieren, aber die Wiese schien kein Ende zu nehmen. Wohin ich auch ging, da war nichts als Grün. Bevor ich mich fragen konnte, ob dies eine sonderbare Art des Paradieses war, sah ich eine Gestalt.« Sie machte eine schwere Pause und atmete aus. »Unsere Mutter.«

Valyra sog scharf die Luft ein und strich über ihre Unterarme, auf denen sich eine Gänsehaut gebildet hatte. Arabellas Geschichte hätte unglaubhaft geklungen, wenn ihr nicht vor kurzer Zeit im Wald das Gleiche passiert wäre. Mit aller Deutlichkeit erinnerte sie sich an den wild gewordenen Keiler und wie er sie zu Boden gerissen hatte. An seine Zähne, an denen sie eigentlich gestorben wäre … hätte es da nicht die sonderbare Lichtung und ihre Mutter gegeben.

Valyras Kehle wurde trocken.

»Mutter hat mir gesagt, dass es noch nicht an der Zeit ist, mich gehen zu lassen«, fuhr die ältere Prinzessin fort. »Dass ich diese Erde noch nicht verlassen soll, sondern zurückgehen muss, um dem Fluch und vor allem Rania ein Ende zu bereiten. Die Situation war so surreal, dass ich mir sicher war, ich würde träumen. Aber … dann hat Mama mich umarmt. Und das wiederum hätte nicht echter sein können. Ich konnte sie endlich wieder berühren, Valyra!« Tränen schossen in ihre Augen, die Arabella sich ungelenk mit der Hand aus dem Gesicht wischte.

Valyras Herz krampfte sich zusammen. Sie senkte den Dolch.

Arabellas Augen glitzerten. »Ich weiß nicht, welche Rolle Mutter in dieser Geschichte spielt, und das wollte sie mir auch nicht verraten. Aber … sie ist weitaus mächtiger, als wir angenommen haben. Sie weiß Bescheid, von unseren Flüchen und unserem Schicksal. Ein bisschen kommt es mir vor, als würde sie selbst jetzt noch gegen Rania ankämpfen. Mutter hat uns die Schmuckstücke geschenkt, um uns zu beschützen. Vor jedem Übel der Welt. Und mir hat sie das Diadem gegeben.«

Valyra nickte.

»Aber …« Arabella lächelte und malte unsichtbare Kreise auf ihren Rock. »Mutter war auch diejenige, die mich besser kannte als alle anderen. Sie hat damals schon geahnt, dass mir das Diadem nicht gefallen würde und ich zu eitel wäre, es zu tragen, weil es meine Haare erdrückt. Aus diesem Grund hat sie …« Sie schlang die Arme um ihren Bauch und fing neu an. »Sie wusste, dass es mir nicht gefallen würde, und hat für den Ernstfall vorgesorgt. Ich habe davon nichts gemerkt, aber …«

»Wovon hast du nichts gemerkt?«, fragte Valyra und erwischte sich dabei, wie sie einige Schritte auf Arabella zutrat. Vor dem Bett blieb sie stehen.

»Von dem Diamanten. Weil ich ihn nicht steuern konnte.«

»Diamant?«

»Mutter hat ihn sichtbar gemacht. Vorher war er in mir drin, aber man konnte ihn nicht sehen.«

»Wovon redest du?« Valyra nahm auf dem Bett Platz und legte den Dolch neben sich ab. Sie versuchte, Arabellas Blick zu begegnen, doch deren Augen waren auf die blütenweiße Bettdecke gerichtet.

»Mutter wollte mich ebenso wie euch andere beschützen, aber das Diadem hatte seinen Zweck nicht erfüllt. Deshalb schloss sie mithilfe einiger weiser Frauen einen Diamanten in mir ein – direkt über meinem Herzen. Und dem habe ich sprichwörtlich mein Leben zu verdanken.«

Arabellas Worte hallten in Valyras Kopf wider, aber das bedeutete nicht, dass sie einen Sinn ergaben. Eigentlich fühlte sie sich verwirrter denn je.

»Du musst mir helfen, mein Kleid auszuziehen«, sagte Arabella und bevor Valyra es sich versah, war ihre Schwester bereits aus dem Bett gesprungen und nestelte an den grünen Bändern am Rücken herum, die sie kaum erreichen konnte. »Hilf mir, bitte!« Über die Schulter blickte sie die jüngste Prinzessin an.

Valyras Kopf war noch immer ein einziges Chaos, aber sie tat wie ihr geheißen und ging zu ihr. Der Dolch blieb ungeachtet auf dem Bett liegen. Mit flinken Fingern löste sie die Bänder und half ihrer Schwester zuerst aus der Korsage, dann aus dem weiten Rock. Schließlich stand Arabella nur noch in einem dünnen Unterkleid vor ihr.

»Was hast du vor?«, fragte Valyra überfordert.

»Stell dich vor mich«, trug Arabella ihr auf.

Sie legte ihre rechte Handfläche über die Stelle, an der Valyra ihr Herz vermutete. Dort blieb sie eine Weile liegen, dann nahm Arabella sie wieder weg. Valyra sog scharf die Luft ein, als sie das gelblich schimmernde Licht sah, das von Arabellas Herzen auszugehen schien.

»Was ist das?« Sie ging in die Knie, um den schimmernden Fleck besser in Augenschein nehmen zu können. »Tut das weh?«

Nun lachte Arabella. Übermütig schüttelte sie den Kopf. »Nein, es tut nicht weh. Nicht im Geringsten.«

»Und … was bedeutet das nun?« Valyra schaffte es nicht, ihre Skepsis abzuschütteln.

Arabella nahm wieder auf ihrem Bett Platz und dieses Mal gesellte sich die jüngste Prinzessin zu ihr. »Erinnerst du dich an Mutters Diamantkette?«

Valyra nickte. Sie war das Ein und Alles der Königin gewesen, ein Erbstück und schon seit vielen hundert Jahren in der Familie.

Arabella lächelte. »Diesen Diamant trage ich nun über meinem Herzen. Dort, wo ihn mir niemand nehmen kann und wo ich vor allen bösen Einflüssen geschützt bin.«

»Der Diamant … steckt in dir drin?«, fragte Valyra fassungslos, woraufhin Arabella nickte.

»Er ist durch einen starken Zauberspruch über mein Herz gebannt worden und beschützt mich genauso wie dich deine Brosche oder Estelle ihre Kette.«

Verwirrt strich Valyra sich durch die Haare. Langsam ließ das Licht unter Arabellas Unterkleid nach, dennoch konnte sie den Blick nicht abwenden.

»Der Diamant war schwächer als das Diadem. Ich weiß nicht genau, wie Magie funktioniert, aber er konnte mich nur bedingt schützen. Allerdings hat er mich davor bewahrt, gänzlich zu sterben.« Arabella räusperte sich und verschränkte die Arme vor ihrem flachen Bauch. »Rania hatte mich nie vollständig unter ihrer Kontrolle. All meine wachen Momente habe ich diesem Diamanten zu verdanken, der dafür gesorgt hat, dass es mich und meinen Geist noch gibt. Wenn Rania den Turm verlassen hat und nicht in meiner Nähe war, fiel es mir leichter, mich auf meine Gedanken zu verlassen und mein Handeln selbst zu steuern. Hielt sie sich allerdings im Turm auf, war ihre Macht manchmal zu groß, um mich ihr zu widersetzen. Hinzu kam, dass sie das Diadem bei sich trug, das mit ihrer Dunkelheit überschattet war und gegen den Diamanten in mir ankämpfte.«

Valyra hob die Hand, um ihre Schwester zu stoppen. Langsam kam sie nicht mehr hinterher. Sie versuchte, einen Sinn in Arabellas Geschichte zu finden, aber es gelang ihr nur nach und nach, die Puzzleteile zu einem vollständigen Bild zusammenzusetzen. Ihre Schwester war die ganze Zeit beschützt worden – von ihrer Mutter. Rania hatte nie vollkommen zu ihr durchdringen können.

»Und der Friedhof?«, fragte sie schließlich, weil das noch immer etwas war, was sie nicht verstand.

Arabella zuckte mit den Schultern. »Ich kann nur Mutmaßungen anstellen«, sagte sie. »Zunächst ging es mir schlechter, als wir den Wald verlassen hatten, weil ich durch Ranias Macht am Leben gehalten wurde und diese langsam schwand. Ich wurde immer schwächer und musste sogar getragen werden. Die dunkle Aura des Turmes und der Hexe waren noch immer stark und hielten mich in ihren Klauen gefangen. Allerdings … gab es da den Diamanten in mir. Und als mir alles wieder einfiel … all das, was Rania mir damals angetan hatte, war ich mir sicher, dass ich sterben würde. Ich hatte ja nichts mehr, was mich am Leben hielt, nun, wo meine dunkle Quelle zeitweise versiegt war. Als sich mein Körper aufgelöst hat, wurde ich in meinen Vermutungen nur bestätigt.«

Arabellas Unterlippe bebte und ihr Blick war abwesend, als wäre sie noch immer auf dem Friedhof.

»Aber du bist nicht gestorben«, schlussfolgerte Valyra. »Du wurdest nur von Mutter in diese komische Welt geholt, in der es sehr viel Licht und kein Leid gibt.«

Arabella nickte.

»Ich habe diese Welt gesehen«, meinte Valyra und verschränkte die Hände im Schoß. »Und ich glaube dir.«

Erleichtert atmete Arabella aus.

Valyra blickte auf den Dolch, den sie nicht mehr brauchen würde. Dann sah sie ihre Schwester von der Seite an. »Ich bin mir sicher, dass ich in wenigen Stunden dankbar sein werde, dass du wieder da bist. Dass du nicht gestorben bist und es geschafft hast. Aber … gerade …« Kraftlos schüttelte Valyra den Kopf. »Gerade habe ich Tausende Gedanken, von denen nicht einer einen Sinn ergibt.«

Tröstend schlang Arabella ihren linken Arm um Valyras Schultern. »Mir geht es nicht anders. Mutter bat mich, den anderen und vor allem Vater nichts zu sagen. Nur mit dir darf ich darüber sprechen, weil du sie ebenfalls an diesem Ort getroffen hast. Aber … Es gibt so vieles, was ich nicht verstehe.«

Valyras Körper spannte sich an. »Sie ist doch tot, oder?«, fragte sie zögernd.

Arabella zuckte mit den Schultern. »Langsam weiß ich nicht mehr, was ich glauben soll. Ich erkenne aber, dass Mutter … uns zeit ihres Lebens viel verschwiegen hat. Vielleicht, um uns zu schützen.«

Abwesend nickte Valyra. »Das heißt, wir bleiben vorerst bei der Version der Geschichte, in der es den Friedhof nie gegeben hat?«

»Ja. Und während … Vaters Truppen sich auf die Suche nach Rania begeben, müssen wir verstehen, welche Rolle Mutter wirklich spielt.«

»Unser Fluch ist gebrochen, aber Rätsel gibt es weiterhin«, meinte Valyra und seufzte.

»Außerdem sind wir noch nicht vollständig«, fügte ihre Schwester hinzu. »Wir haben immer noch keine Ahnung, wo sich die Zwillinge aufhalten.«

»Und Rania ist auf freiem Fuß.«

»Wenn sie mittlerweile wieder aufgewacht ist.«

Die Schwestern tauschten einen hoffnungslosen Blick, doch lachten schließlich. Ihnen stand eine ganze Menge Arbeit bevor, aber immerhin hatten sie das Schloss erreicht.

Valyra verstaute gerade den Dolch in ihrem Schmuckkästchen, als sie dort Arabellas Diadem liegen sah. Sie hatte es vom Friedhof mitgenommen, in weiser Voraussicht, dass sie es vielleicht noch einmal brauchen würden. Mit der rechten Hand griff sie danach und drehte sich zu ihrer Schwester um. Langsam ging sie zum Bett und drapierte das Schmuckstück auf Arabellas Haupt.

Ihre Schwester lächelte glücklich. »Ich habe es vermisst«, sagte sie und umschloss es mit ihren Händen. »Danke, dass du darauf aufgepasst hast.«

»Diamanten bringen falsches Leben«, fiel Valyra in diesem Moment ein. »Wir haben es immer so verstanden, dass mit dem Diamant dein Diadem gemeint ist. Wobei es sich ja streng genommen um einen Citrin handelt. Kann es also sein …?«

Arabella kratzte sich am Kinn und nickte. »Gut möglich. Denn irgendwie habe ich durch den Diamanten ein Leben bekommen. Wenn es auch nicht das richtige war.«

»Aber …« Valyra legte den Kopf schief. »Von wem kommen dann die Rätsel? Ich war bisher immer der festen Überzeugung, Rania hat sie uns mitgeschickt. Weil Magie nicht allmächtig ist und wir daher eine Chance haben müssen, den Fluch zu brechen.«

Arabella seufzte. »Mittlerweile würde es mich nicht mehr wundern, wenn in Wahrheit Mutter dahintersteckt.«

»Ja. Außerdem hast du uns allen gezeigt, dass nicht alles, was gestorben ist, auch unweigerlich tot sein muss.«

Valyra verzog den Mund, aber ein richtiges Lächeln schaffte sie nicht. Dafür saß ihr der Schock noch zu tief in den Gliedern. Sie ging zurück zu ihrer Schwester und setzte sich neben sie.

Arabella schlang den Arm um Valyra, so wie sie es früher Dutzende Male gemacht hatte. Wie sehr sich das Leben doch verändern konnte. Vor dem Fluch waren sie behütet aufgewachsen und mussten kein Unheil fürchten. Nun war der Fluch gebrochen, das Unheil aber noch lange nicht besiegt.

»Weißt du eigentlich, wie stolz ich auf dich bin?«, fragte Arabella.

Valyra hob den Kopf, sodass sie ihre Schwester ansehen konnte. »Wieso?«, hauchte sie.

»Du hast Rania die ganze Zeit mutig in die Augen geblickt. Du hast nicht klein beigegeben und dich nie von ihr unterdrücken lassen. So lange warst du allein, so lange wurdest du gefoltert und misshandelt – dennoch hast du nicht aufgegeben.«

Ein warmes Gefühl durchflutete Valyra. Sie lächelte. »Mir blieb doch nichts anderes übrig, Ari. Um ehrlich zu sein, kam ich mir eher wie eine Verräterin vor. Ich habe der Hexe geholfen, ihren dummen Trank zu brauen.«

»Und genau der war es schließlich, der uns befreit hat.« Arabella lächelte. »Ich selbst habe die meiste Zeit geschlafen. Natürlich hatte ich auch Angst. Angst, Hunger – und traurig war ich auch. Aber ich musste mich nicht jeden Tag mit Rania herumschlagen.«

»Ich glaube«, meinte Valyra nachdenklich, »jeder von uns hat das Szenario bekommen, mit dem er am ehesten umgehen kann. Mich hätten die dauerhafte Dunkelheit und die ewig gleichen Tage im Keller getötet. Und wenn ich daran denke, was Rania mit dir angestellt hat …« Sie beendete den Satz nicht. Zu deutlich hingen ihre ungesagten Worte in der Luft.

»Irgendwann wird der Spuk ein Ende haben«, sagte Arabella zuversichtlich. »Vier haben es schon geschafft und es gibt eine Spur, wo Rania sich aufhalten könnte. Ich habe Vater meine ganzen Erinnerungen an den Ort mitgeteilt. Ein paar seiner Wachen sind schon losgezogen.«

»Ich glaube nicht, dass Rania sich so einfach fangen lässt«, äußerte Valyra ihre Bedenken und lehnte sich an Arabella. »Selbst wenn sie noch schläft, weiß niemand von uns, wie er eine dunkle Magierin besiegen kann.«

»Aber wir werden es lernen. Es gibt immer einen Ausweg.«

Arabella sah ihre Schwester entschlossen an und aus ihrem Blick zog Valyra die Kraft, die sie brauchte.

»Ich bin einfach froh, dass wir nicht mehr allein sind. Auch wenn dies nicht mehr das Brahmenien unserer Kindheit ist, fühle ich mich doch sehr sicher hier.« Valyra lächelte. »Und ich bin froh, dass du nicht tot bist, Ari.«

Die schlanken Finger ihrer Schwester streichelten Valyras Wange. »Jetzt wird alles gut«, sagte Arabella und weil sie es schon irgendwie wissen musste, glaubte Valyra daran.

Was wissen wir alles über Rania?«, schallte Tatjanas Stimme durch den Salon. Sie stand neben einer großen Tafel, die aufgebaut worden war, um all die Informationen festzuhalten, die wichtig waren, um der Hexe das Handwerk zu legen.

Estelle, Arabella, der König, Ayden und Valyra saßen um die Tafel und sahen sich betreten an.

Immer wieder glitt Valyras Blick zu Estelles Verlobtem, mit dem sie eben einige Worte gewechselt, von dem sie aber noch keine Ahnung hatte, wer er war. Er trug ein locker sitzendes Hemd, das in der Mitte mit einer Knopfleiste verziert war, und eine weit geschnittene braune Hose. Seine Haare schienen etwas zu lang.

Neugierig musterte die jüngste Prinzessin den Fremden, der mal ein Jäger gewesen war. Unfassbar, dass er mit ihnen am Tisch saß! Unfassbar, dass ihr Vater ihn als einen von ihnen anerkannte und ihm sogar die Hand seiner ältesten Tochter versprochen hatte.

Valyra tauschte einen schnellen Blick mit Arabella. Vielleicht gab es doch Hoffnung für sie und Jorin. Vielleicht war der Königshof gerade dabei, sich nach außen zu öffnen und die starren Gesetze ein wenig zu lockern. Noch hatte Arabella dem König nichts von ihren Gefühlen gebeichtet, aber es würde nur eine Frage der Zeit sein.

»Sie kann die Gestalt wechseln«, sagte Estelle und sah Tatjana an. »Sie ist mir als alte Frau begegnet, die Schwäne gesammelt hat.«

Tatjana nickte. »Bei mir hat sie sich als fremde Prinzessin ausgegeben. Bei euch?« Sie blickte zu Valyra und Arabella.

»Das war nicht nötig«, meinte Letztere. »Sie musste uns nichts vorspielen, sie war die ganze Zeit bei uns.«

Tatjana nahm Kreide in die Hand und notierte ihre Erkenntnisse auf der grünen Tafel.

»Sie ist über die Zeit des Fluches sehr mächtig geworden«, fiel Valyra ein. »Ich weiß nicht, wie viel Magie sie vorher beherrscht hat, aber es ist definitiv mehr geworden. Sie kann … Menschen zum Schweben bringen, Gedanken manipulieren und kennt sich exzellent mit Folter aus.« Valyra schauderte.

Tatjana runzelte die Stirn, nickte dann und schrieb die neuen Punkte auf.

»Ich hatte das Gefühl, dass sie mich die ganze Zeit beobachtet«, fügte Estelle hinzu. Valyra konnte erkennen, wie sie nach Aydens Hand griff. »Als wir auf dem Weg zum blutroten Himmel waren, ist es mir vorgekommen, als wäre sie dauernd hinter uns her.«

Tatjana schrieb »Allgegenwärtigkeit« an die Tafel. Ihre Hände waren weiß vom Kreidestaub.

»Vielleicht … gibt es einen Ort, an dem sie ihre Kräfte bündelt. An dem sie neue Magie bekommt«, mutmaßte Arabella. Das Diadem ihrer Mutter thronte auf der aufwendigen Hochsteckfrisur. Ein Glück, dass Valyra es mitgenommen und darauf aufgepasst hatte. »Sie war tagsüber so oft weg und wir wussten nie, wo sie hingeht.« Die Prinzessin blickte in die Runde. »Dass sie versucht hat, den Allmachts-Trank zu brauen, wisst ihr ja bereits.«

»Kann sie das nicht einfach noch einmal tun?«, erkundigte Ayden sich.

Valyra schüttelte den Kopf und schaute den Jäger geradeheraus an. »So einfach ist das nicht«, erklärte sie. »Rania kann diesen Trank unmöglich allein herstellen. Das braucht sehr viel Zeit und Aufwand. Die Liste an Zutaten ist sehr lang. Hinzu kommt, dass man nicht jede überall finden kann und manche Kräuter nur ab und zu wachsen. Außerdem hat sie gesagt, dass sie die Hilfe einer unbefleckten Seele benötigt.«

Nachdenklich nickte Ayden. »Vielleicht sollten wir allgemein aufschreiben, dass sie Zaubersprüche sprechen kann. Dass sie nicht nur ihre eigene, sondern auch die Gestalt von anderen annehmen kann.«

Mittlerweile wusste Valyra, dass ihre schöne große Schwester die Hälfte des Tages ein Schwan gewesen war.

Die Prinzessinnen sammelten weitere Punkte, bis die Tafel vollgeschrieben war.

Tatjana trat ein Stück zur Seite, um ihr Werk zu betrachten. Valyra sah, wie ihre Augen über die Punkte huschten und sie jedes einzelne Wort noch einmal verinnerlichte. Ihre erste Reaktion bestand in einem tiefen Seufzen. Die zweite war: »Solange nicht jemand von uns ebenfalls zu Zauberei in der Lage ist, wird es schwer werden.« Aus Gewitteraugen sah sie ihre Familie an. »Wir wissen weder, wo Rania ist, noch, wie wir ihr begegnen können. Wir sind zwar nicht mehr verflucht, aber die Hexe ist noch immer auf freiem Fuß.«

»Vielleicht brauchen wir Penny und Ginny, um sie besiegen zu können«, fiel es Arabella ein.

»Möglich ist es. Aber ich werde in der Zwischenzeit gewiss nicht untätig herumsitzen. Vielleicht kommen die Zwillinge morgen schon wieder. Vielleicht kommen sie aber auch *nie* mehr. Wir dürfen nicht zulassen, dass die Hexe noch mehr Unheil anrichtet.«

Tatjana verschränkte die Arme vor der Brust. Ihr Fluch hatte sie etwas sanfter gemacht, aber sie besaß noch immer viel innere Stärke.

Der König, der rechts neben Valyra saß, seufzte und rieb sich über die Augen. Früher war er ihr wie ein stattlicher Mann vorgekommen, heute waren seine Schultern so eingefallen, dass Valyra ihn überragte. »Ich hätte diese Frau niemals in mein Leben lassen dürfen«, klagte er. Seine Stimme war von Schuldgefühlen durchdrungen.

Valyra legte ihm einen Arm um die Schultern.

»Für solche Eingeständnisse haben wir keine Zeit«, meinte Tatjana forsch. »Aber vielleicht weißt du noch etwas, was uns helfen könnte.«

Der König hob den Kopf und sah seine zweitälteste Tochter traurig an. »Nach dem Tod eurer geliebten Mutter war ich am Boden zerstört. Ich sah nur noch die Dunkelheit, nicht mehr das Licht. Als Rania in mein Leben trat, wurde es einfacher.«

Obwohl der König traurig klang, keimte Wut in Valyra auf. Sie zog ihren Arm zurück und versuchte, den Zorn herunterzuschlucken. Eigentlich wusste sie, dass ihren Vater keine Schuld traf. Rania hatte ihn getäuscht; darin war sie eine Meisterin. Und dennoch tobte der Groll in Valyra.

Der König schüttelte traurig den Kopf. »Sie hat mir geholfen, wieder nach vorn zu sehen. Sie hat viel mit mir geredet und war mir eine Stütze in der schweren Zeit. Heute weiß ich nicht mehr, ob ich sie aus Liebe geheiratet habe oder einfach weil ich jemanden an meiner Seite wissen wollte. Es ist so schrecklich, sich allein zu fühlen.«

»Und es ist schrecklich, dass du dich in ihr getäuscht hast«, sagte Estelle. Über den Tisch hinweg griff sie nach der Hand ihres Vaters. Selbst in einer Situation wie dieser fiel es ihr nicht schwer, empathisch zu sein. Valyra würde in ihr immer ein Vorbild sehen.

»Ich hätte ihr wahres Gesicht früher bemerken sollen«, meinte der König und setzte sich aufrechter hin. »Sie hat nie viel von sich preisgegeben. Vielleicht hätte mich das stutzig machen sollen. In Wahrheit ging es mir nach wie vor schlecht und ich war dankbar, dass es jemanden gab, der sich um mich sorgte.«

Valyras Herz zog sich schmerzhaft zusammen. Zum ersten Mal stellte sie sich die Frage, ob sie mehr hätte tun können. Ob sie – oder eine andere Schwester – die Stütze hätte sein können, nach der sich ihr Vater so sehr gesehnt hatte.

Als sie in Estelles ebenmäßiges Gesicht sah, ahnte sie, dass sie ähnliche Sorgen mit sich herumtrug.

»Hat sie sich in deiner Nähe je komisch verhalten?« Tatjana legte die Kreide in die Ablage der Tafel und setzte sich auf den freien Stuhl neben Valyra. »Mit uns hat sie genug Schindluder getrieben, aber ist dir je etwas Merkwürdiges an ihr aufgefallen?«

Betreten schüttelte der König den Kopf. »Genau darin lag das Problem. Ich war so blind für alles, was sie getan hat. Ich habe nicht auf eure Bedenken gehört und geglaubt, dass ihr sie einfach loswerden wollt.«

»Glaub mir, ein Teil von mir hatte genau das vor«, gestand Tatjana ein. Sie hatte sich wenig prinzessinnenhaft über den Tisch gebeugt, sodass sie alle ansehen konnte. »Ich habe nicht verstanden, wie du nach Mutter so schnell jemanden in dein Leben lassen konntest. Mir kam Rania wie ein Ersatz vor, wie jemand, der Mutters Rolle erfüllen sollte, dazu aber nie in der Lage gewesen wäre.«

»Hat sie je vor dir gezaubert?«, erkundigte sich Valyra.

Der König wandte den Kopf zu ihr. »Nein. Ich hatte keine Ahnung, zu was sie in der Lage ist. Ich sah eine hübsche Frau in ihr, die sich ebenfalls nach etwas Nähe sehnte. Oh, ich war so dumm!« Mit der flachen Hand schlug er auf den Tisch. »Wieso habe ich mich so leicht täuschen lassen?«

»Zurück zum Thema«, sagte Tatjana salopp. »Wie sieht unser Plan aus?« Ihre wachen Augen ruhten zunächst auf Estelle und ihrem Verlobten, dann wanderten sie zu Arabella und blieben schließlich an Valyra hängen.

»Wir hoffen, dass die Wachen sie aufspüren oder zumindest ihren Aufenthaltsort finden können«, mutmaßte die jüngste Prinzessin. »Der Turm war ja gar nicht so weit von zu Hause entfernt, weswegen die Vermutung naheliegt, dass sie sich irgendwo in der Nähe aufhält«

Tatjana nickte. »Und was tun wir dann?«

»Dann gehen wir auf Hexenjagd«, flüsterte Arabella, sah die anderen jedoch nicht an.

»Oh, glaub mir, ich würde allzu gern Jagd auf dieses Monster machen«, frotzelte Tatjana. »Und letztlich wäre ich gern diejenige, die sie tötet. Aber ich werde nicht kopflos losziehen. Wir haben keinerlei Ahnung, wie man gegen ein magisches Wesen wie sie vorgeht.«

»Auch Monster haben ein Herz, das man durchbohren kann«, fiel es Valyra in diesem Moment ein.

Tatjana sah sie eine Weile an, dann lächelte sie. »Es gab mal eine Zeit, da war ich fest davon überzeugt, dass das stimmt.«

»Es stimmt«, meinte Valyra mit Nachdruck. »Ich habe in meiner Zeit im Turm so viel Schlimmes erlebt und bin mir sicher, dass man das Böse besiegen kann.«

Mütterlich sah Tatjana sie an. »Wir werden nichts unversucht lassen«, meinte sie, auch wenn der Zweifel ihre Stimme färbte.

»Wann hast du Rania das letzte Mal gesehen?«, fragte Estelle ihren Vater.

Der König räusperte sich und legte die Stirn in Falten. »Sie ist schon sehr lange weg«, sagte er schließlich. »Ihr wart auf einmal verschwunden … spurlos. Gleichgültig, was wir taten, wir konnten euch nicht finden. In den ersten Wochen hat Rania mir manchmal bei der Suche geholfen. Zumindest hat sie so getan. Aber auch zu dieser Zeit war sie schon oft unterwegs. Irgendwann … meinte sie, dass ihr nicht mehr zurückkommen würdet und ich mir nichts vormachen solle.«

»Vormachen womit?« Arabella sah den König aufmerksam an.

»Rania war sich sicher, dass ihr nur einen günstigen Augenblick abgewartet habt, um zu verschwinden. Dass mein Regime euch zu streng war und ihr nur darauf gelauert habt, den Fesseln zu entkommen.« Er seufzte.

Seine Antwort verursachte Valyra eine Gänsehaut.

»Das hast du ihr doch wohl hoffentlich nicht geglaubt?«, fragte Tatjana.

Valyra sah, wie es in ihren Augen blitzte.

Der König ließ den Kopf hängen. »Natürlich habe ich es ihr nicht geglaubt. Ich habe nie an eurer Liebe zu mir gezweifelt. Aber … Es sah euch nicht ähnlich, von jetzt auf gleich zu verschwinden. Irgendeinen Grund musste es geben, nur fiel mir beim besten Willen keiner ein.« Traurig ließ er den Blick wandern. »Während wir die Suche nach euch nie aufgegeben haben, habe ich Rania immer seltener gesehen. Anfangs meinte sie noch, dass sie nach euch Ausschau hält und ein paar Verstecke kennt, in denen man unterkriechen kann, aber immer häufiger blieb sie viele Tage weg, ohne ihr Fehlen zu erklären. Ich war so in meiner Trauer gefangen, dass ich nicht misstrauisch wurde.

Ich hätte es besser wissen sollen.« Seufzend massierte er seine Stirn.

»Wann hast du sie das letzte Mal gesehen?«, wiederholte Arabella Estelles Frage.

»Ein paar Wochen bevor Estelle und Ayden zurückgekehrt sind, hat Rania mich in der Nacht besucht. Sie hat mir einen riesigen Schreck eingejagt, als sie plötzlich mit wehendem Kleid vor meinem Bett stand. Sie sah verändert aus.«

»Inwiefern?«, fragte Valyra. Es war lächerlich, aber sie wurde von einer tiefen Furcht ergriffen, obwohl sich Rania nicht einmal in der Nähe aufhielt.

»An Details erinnere ich mich nicht mehr«, lenkte der König ein. »Es war ihre Aura, die auf einmal etwas Dunkles an sich hatte. Etwas Düsteres, das mich das Fürchten lehrte … mich gleichzeitig aber faszinierte.«

»Faszinierte?«, spottete Tatjana und reckte das Kinn. »Dass an Rania etwas faszinierend sein soll, habe ich bisher noch nicht mitbekommen.«

»So meine ich es nicht«, verbesserte sich der König. »Ich sah ihre Silhouette im blassen Mondlicht der Nacht. Gleich, wie schwarz ihr Herz ist, wie viel Dunkelheit in ihrer Seele wohnt – Rania ist eine wunderschöne Frau.«

Tatjana schnaubte, aber Valyra verstand, worauf ihr Vater anspielte. Betrachtete man Rania als eigenständiges Wesen, klammerte ihre Geschichte, ihre Handlungen und Motive aus, blieb eine kühle Schönheit zurück, die mit nichts zu vergleichen war.

»Manchmal frage ich mich, wie sie so geworden ist«, flüsterte Valyra und begann zu frieren. Die Blicke ihrer Schwestern schüchterten sie ein, dennoch sprach sie weiter. »Man wird nicht böse geboren, daran glaube ich. Hat Rania je über ihre Vergangenheit gesprochen?«

Valyra ahnte, dass sie sich mit ihrer Frage auf gefährliches Terrain begab, aber sie trug sie schon so lange mit sich herum, dass sie endlich eine Antwort bekommen wollte.

Der König drehte an seinem goldenen Ring und schüttelte den Kopf. »Ich war lange mit dieser Frau zusammen und weiß doch so gut wie nichts über sie. Immer wenn das Thema auf sie und eine mögliche Vergangenheit kam, hat sie den Spieß umgedreht und stattdessen mir eine Frage gestellt. Und da ich ...« Beschämt spielte er an seinem Bart. »Da ich sehr gern von mir erzähle, hat es mich wohl nicht so sehr gestört.«

»Aber ...« Ayden hatte das Wort ergriffen.

Valyra gefiel, wie klar seine Augen waren, wie stechend sein Blick. Obwohl er an seinem früheren Hof nur der Arbeit eines Jägers nachgegangen war, machte er einen klugen, beinahe intelligenten Eindruck.

Er beugte sich über die Tischplatte. »Irgendetwas müsst Ihr doch wissen. Wo kommt sie her, in welchen Kreisen ist sie aufgewachsen?«

»Rania stammt aus demselben Dorf wie eure Mutter, so viel weiß ich sicher«, begann der König.

Valyra spitzte die Ohren.

Tatjana schnaubte. »Es tut mir leid, aber ich habe keine Lust, mich weiter über dieses Monster zu unterhalten. Nicht, wenn es auf freiem Fuß ist und wir die Zeit genauso gut nutzen könnten, um es zu fangen.«

»Du hast recht.« Arabella nickte. »Es gibt Wichtigeres als Ranias Vergangenheit.«

Die anderen stimmten den beiden Schwestern zu, auch der König hatte nichts entgegenzusetzen.

In Valyra wuchs jedoch das Gefühl, dass Ranias Herkunft und die Geschichte, die für ihren Wandel und ihre schwarze Magie die Verantwortung trugen, nicht unerheblich waren. Aber Tatjana hatte ihre Lippen missmutig aufeinandergepresst – und das bedeutete, dass sie sich durch nichts und niemanden von ihrem Vorhaben abbringen lassen wollte.

Deshalb schwieg Valyra.

Einige Wochen später

Arabella

Die Nächte hatte sie an Brahmenien immer besonders gemocht. Es waren die Stunden, in denen sich die Menschen zur Ruhe begaben und die Stille mit Händen greifbar schien.

Arabella schlüpfte in ihren Mantel, denn trotz warmer Temperaturen tagsüber würde es kalt werden. In einer Hand hielt sie eine Kerze, die sie mit der anderen vor aufkommendem Wind abschirmte. Auf leisen Sohlen schlich sie durch die breiten Flure, die zu dieser Zeit wie ausgestorben wirkten.

Ein Lächeln huschte über ihre Lippen, während sich ein Déjà-vu-Gefühl in ihr ausbreitete. Sie hatte dies schon viele Male gemacht und doch war es immer ein bisschen anders.

Es war unmöglich, dass sich dieselben Menschen zweimal trafen. Jede Minute prägte den Charakter, jede wache und schlafende Stunde formte das Gewissen. Und so war der Mann, den sie gleich sehen würde, ein anderer als der, den sie letzte Nacht getroffen hatte. Und ›anders‹ war in diesem Fall sowieso nur eine Form von ›besser‹.

Aus ihrer Manteltasche holte Arabella den Schlüssel zum Bedienstetenausgang, den sie ihrer Zofe vor einer Ewigkeit gestohlen und nie zurückgegeben hatte. Der Schlüssel war nicht nur das Tor in die Freiheit, er war auch die Eintrittskarte in die Stallungen.

Denn die waren ihr Ziel.

Vorfreude strömte durch ihren Körper – ein warmes, erfüllendes Gefühl, das sie in den letzten Monaten so sehr vermisst hatte.

Flink lief sie durch die Tür nach draußen. Mittlerweile kannte sie einen Weg, auf dem sie den Wachen nicht begegnen musste und kein Aufsehen erregte.

Ob er da sein würde?

Natürlich war er das! Und doch starb sie jedes Mal vor Aufregung.

Arabella rannte durch den Schlossgarten, bis sie die Stallungen erreicht hatte. Als sie ein Licht unter dem Türschlitz hindurchscheinen sah, wusste sie, dass alles gut werden würde.

Mit Nachdruck stieß sie die Tür auf, die sich knarrend öffnete.

Dieser Moment war ihr liebster.

Der erste Blick auf ihn.

Der erste Kontakt.

Der erste Kuss.

Als Jorin die Tür hörte, drehte er sich zu ihr um. Obwohl es mitten in der Nacht war, sah er nicht verschlafen aus. Die Augenklappe verlieh ihm etwas Verwegenes, das Arabella gefiel.

Die Prinzessin schlüpfte aus dem Mantel und ließ ihn unachtsam zu Boden fallen. Sie fühlte sich freier, wenn es nichts gab, was sie einengte. Nun trug sie nur noch ein dünnes Nachtkleid, aber das war ihr vor Jorin gleichgültig. Er mochte sie natürlich sowieso am liebsten.

Arabella streckte die Arme aus, doch Jorin war schneller. Er umfasste sie, hob sie an und wirbelte sie herum. Arabellas Zopf löste sich; sie quiekte vergnügt. Während sie noch in der Luft war, presste Jorin seine Lippen auf ihre.

Fliegen und lieben.

Ihr Herz begann wie wild zu schlagen, Glücksgefühle strömten durch ihren Körper und für einen Moment vergaß sie, dass die Welt ein Platz voller Hexen und Grausamkeiten war. Für einen Moment gab es nur sie und ihn – sie beide in ihrer eigenen kleinen Ewigkeit.

»Ich habe dich vermisst«, gestand Jorin, als er sie federleicht auf dem Boden abgesetzt hatte.

Arabella lächelte. »Ich vermisse dich jede wache Minute.«

»Gibt es Neuigkeiten?« Von jetzt auf gleich wurde sein Blick betrübt.

Arabella sah sich in den Stallungen nach einer Sitzmöglichkeit um und fand eine umgedrehte Futterkiste, auf der sie nebeneinander Platz nehmen konnten. Jorins Hand legte sich auf ihren nackten Oberschenkel, was es der Prinzessin erschwerte, ihre Gedanken zu ordnen.

»Man hat Ranias Turm gefunden«, sagte sie schließlich und sah, wie Jorin die Augenbrauen hob. »Aber sie war nicht mehr da. Vaters Wachen haben ihn durchsucht, ihn bis auf das Kleinste auf den Kopf gestellt, aber nichts gefunden, was uns hätte weiterhelfen können.«

»Wo sie wohl ist?«, fragte Jorin und schaute in die Ferne.

Arabella folgte seinem leeren Blick und zuckte mit den Schultern. »Sie kann überall sein, aber wir geben nicht auf. Vielleicht hält sie sich bei den Zwillingen auf, vielleicht ist sie in der Nähe. So oder so, ich bin zuversichtlich, dass wir es herausfinden werden.« Die Chancen standen nicht gut, aber sie hatte sich fest vorgenommen, nicht die Hoffnung aufzugeben.

Jorin nickte nachdenklich. Seine Hand wanderte weiter unter ihren Rock, woraufhin Arabella leise seufzte. »Gibt es … noch etwas Neues?«, erkundigte sich der Stallbursche. Auch wenn er die Frage vage formulierte, wusste Arabella, was er meinte.

Ihre Blicke begegneten sich, dann schüttelte sie den Kopf. »Gib ihm Zeit.«

»Aber …« Jorin sah unzufrieden aus. Sein Blick blieb an einem Schimmel hängen, der ihnen gegenüber in einer Box stand und abwesend wirkte. »Ayden akzeptiert er doch auch.«

Arabella seufzte, denn sie hatten schon mehr als einmal darüber gesprochen. Sie drehte sich zu Jorin um und nahm sein wettergegerbtes Gesicht in ihre Hände. »Ayden war der beste Jäger Seiner Majestät. Er genoss trotz seiner bürgerlichen Herkunft ein hohes Ansehen. Außerdem ist er nicht mit Estelle hier aufgewachsen, sondern stammt aus Talario, das sehr weit weg ist. Er hat Estelle gerettet, hat gute Manieren und …«

Jorin schnaubte, woraufhin Arabella ein schlechtes Gewissen bekam. Sie ließ sein Gesicht los und senkte den Blick.

»Ich habe also schlechte Manieren und nichts zu deiner Rettung beigetragen?«, fragte er sie.

Arabella atmete aus, als sie erkannte, dass er nicht böse war. Allerhöchstens frustriert. »Du bist mindestens genauso gut wie Ayden. Wenn nicht sogar besser. Aber das muss Vater erst einmal erkennen. Und dafür braucht er Zeit. Nur weil er Ayden als künftigen Schwiegersohn akzeptiert hat, bedeutet das nicht, dass er alle seine Töchter mit dem niederen Volk verheiraten will. Ich habe deinen Namen schon ein paar Mal in seiner Gegenwart genannt und er ist dir sehr dankbar. Das wird sich auch auf deinen Lohn auswirken.«

»Solange der Lohn nicht seine Tochter ist, brauche ich ihn nicht«, erwiderte Jorin niedergeschlagen.

Arabella streichelte ihm über die Wange. »Wir geben nicht auf. Wir werden kämpfen. Jeden einzelnen Tag.«

Zuerst sah es so aus, als würden ihre Worte ihn nicht erreichen, dann aber nickte er. »Ich werde mich der Suchtruppe nach Rania und den Zwillingen anschließen. Mit Ayden verstehe ich mich gut. Er leitet die Fahndungen, richtig?«

Arabella nickte. »Sein Gespür ist außerordentlich, außerdem gelingt es ihm, sich innerhalb kürzester Zeit überall zu orientieren. Er ist eine große Hilfe.«

»Und die will ich auch sein«, beschloss Jorin. »Ich helfe ihm dabei, die Hexe zur Strecke zu bringen und deine Schwestern zu finden. Klingt das gut?«

Arabella lächelte. »Sehr gut. Ich glaube, wenn du das schaffst, steht unserem gemeinsamen Glück nichts mehr im Weg.«

Sie wollte ihn küssen, hielt aber inne, als sich sein Gesicht abermals verdunkelte.

»Was ist, wenn ich es nicht schaffe?«, äußerte er seine Bedenken.

»Dann wird mein Vater vielleicht nicht vor dir auf die Knie fallen«, äußerte Arabella halb im Ernst, halb im Spaß. »Aber das ändert nichts an meinen Gefühlen für dich.«

Endlich verschwand das Unbehagen aus seinen Zügen und machte einer Sonne Platz, die Arabella nie mehr missen wollte. Sie rückte näher an Jorin heran und platzierte ihren Kopf auf seiner Schulter.

»Ich liebe dich, meine Prinzessin«, flüsterte er an ihr Ohr. »Ich liebe dich in allen wachen und allen schlafenden Stunden. Ich liebe dich, wenn die Sonne scheint und der Regen fällt. Ich liebe dich heute und in einer Zukunft, die nur uns beiden gehört.«

»Du hast mein Herz – für immer«, flüsterte Arabella und hob ihren Kopf, sodass sie direkt in sein Gesicht blicken konnte. In ihm lag alles, was sie sehen musste, alles, wonach sie sich sehnte.

Jorin schlang die Arme um ihren Oberkörper und zog sie so nah an sich heran, dass es nichts mehr gab, was sich noch zwischen sie drängen konnte. Sie spürte seinen warmen Atem auf ihrer Haut und verstand endlich, was es bedeutete, zu Hause zu sein.

Zu Hause – das war nicht an einen Ort gebunden, nicht an ein Gebäude aus Lehm und Stein.

Zu Hause – das war dort, wo ihr Herz in Flammen stand.

Sie starrte auf seine Lippen. Sie zu küssen, war ihr größtes Abenteuer.

Mit Valyras Geschichte geht nun schon der dritte Teil meiner Prinzessinnenreihe zu Ende – was mich gleichzeitig fröhlich und traurig stimmt. Als ich damals mit Estelle auf die Reise gegangen bin, fühlte sich der Weg unendlich lang an – und nun liegt nur noch ein letzter Band vor mir. Als Nächstes sind die Zwillinge dran – Genevieve und Penelopé – und es wird kalt! Mehr wird jedoch noch nicht verraten, denn die Geschichte muss erst einmal geschrieben werden.

Ich hoffe, dass euch Valyras Abenteuer gefallen hat und ihr beim Lesen genauso mitgefiebert habt wie ich beim Schreiben. Es war nicht immer einfach mit der jüngsten Prinzessin, ich musste sie selbst erst kennenlernen. In den Augen ihrer Schwestern war Valyra immer nur ›die Kleine‹ – und in meinen auch. Aber ich ahnte, dass noch mehr in ihr steckt, und dieses ›Mehr‹ galt es zu entdecken. Ich hoffe, dass es mir gelungen ist.

Wie immer habe ich dieses Buch nicht allein auf den Markt gebracht, es ist das Produkt vieler begabter und talentierter Menschen, auf deren Hilfe ich immer vertrauen kann. Danke an Alex für das wundervolle Cover! Danke an Meli für die tollen

Zeichnungen! Danke an Martina für das professionelle Lektorat! Danke an Jennifer für das Korrektorat! Danke an Corinne und Andi für das Vertrauen und den Platz in diesem wunderschönen Verlag! Danke an meine Testleser Jessy, Jaqueline und Susi!

Zuletzt geht ein riesiger Dank an meine Leser dort draußen! Nur wegen euch ist die Reihe so groß geworden! Ursprünglich sollte jede Geschichte einen Umfang von 50.000 Wörtern haben – allein mit ›Blütenzauber‹ habe ich dieses Vorhaben schon verdoppelt! Durch euer Feedback und euren Zuspruch liebe ich meine Reihe nur noch mehr – und will gar nicht, dass sie irgendwann endet! Ich habe die Prinzessinnen und alle wichtigen und unwichtigen Nebencharaktere in mein Herz geschlossen. Ich freue mich schon, sie im finalen Band wiederzusehen – und euch hoffentlich auch!

Regina Meißner wurde am 30.03.1993 in einer Kleinstadt in Hessen geboren, in der sie noch heute lebt. Als Autorin für Fantasy und Contemporary hat sie bereits viele Romane veröffentlicht. Weitere Projekte befinden sich in Arbeit.

Regina Meißner studiert Englisch und Deutsch auf Lehramt in Gießen. In ihrer Freizeit liebt sie neben dem Schreiben das Lesen, Nähen und ihren Dackel Frodo.

Kontakt:

- Facebook: www.facebook.com/reginameissnerautorin
- Instagram: www.instagram.com/regina_meissner_author

Kennst du schon die Geschichten der anderen verwunschenen Prinzessinnen?

Regina Meißner

Der Fluch der sechs Prinzessinnen (Band 1): Schwanenfeuer

1. Oktober 2017, Sternensand Verlag

354 Seiten, broschiert

€ 12,95 [D]

Märchenadaption

Als Taschenbuch und E-Book

Am Tag ein Schwan, in der Nacht ein Mensch, gefangen an einem einsamen See mitten im Wald. Das ist das Schicksal der verwunschenen Prinzessin Estelle. Es erscheint ihr aussichtslos, den Fluch zu brechen. Der Sinn der rätselhaften Worte auf einem geheimnisvollen Pergament, das der einzige Schlüssel ist, bleibt ihr verborgen. Erst als der junge Jäger Ayden am Schwanensee auftaucht, erhält sie neue Hoffnung. Womöglich gelingt es mit seiner Hilfe, das Rätsel zu lösen und den Weg zu beschreiten, der Estelles Dasein als Schwanenprinzessin beenden könnte? Doch was wird dann aus ihren Schwestern, die ebenfalls von einem Fluch befallen zu sein scheinen?

Regina Meißner

Der Fluch der sechs Prinzessinnen (Band 2): Blütenzauber

26. Januar 2018, Sternensand Verlag

446 Seiten, broschiert

€ 12,95 [D]

Märchenadaption

Als Taschenbuch und E-Book

Kennt ihr das Schloss über den Wolken? Das Schloss, in welchem ein verwunschenes Biest wohnt? Und die Geschichte der Schönen, die sein Herz zu erweichen vermag?
Gefangen in einem Raum, der zu ebendiesem Schloss gehört, erwacht Prinzessin Tatjana. Der einzige Hinweis darauf, wie sie ihren Fluch brechen und wieder auf die Erde zurückkehren kann, ist ein Wort. Doch dieses ist eng mit dem Schicksal des Biests verwoben und lautet: Blütenzauber.

Kurzgeschichte »Vergangen«

von Regina Meißner:

Hrsg. C.M. Spoerri
Beteiligte Autoren: Jasmin Aurel, Jamie L. Farley, Tara Florents, Christina Krüger, Juliane Maibach, Regina Meißner, Anne Neuschwander, Janine Prediger, Madeleine Puljic, Miriam Rademacher, Veronika Rothe, Maya Shepherd, Nele Sickel, Henrik Sturmbluth, C.M. Spoerri, Sabrina Weisensee

Winterstern (Anthologie)

12. Februar 2017, Sternensand Verlag

362 Seiten, broschiert

€ 12,95 [D]

Als Taschenbuch und E-Book

Was ist ein Winterstern?
Ein magisches Artefakt? Ein verwunschener Ort? Eine verzauberte Person? Oder etwas, das gar nicht greifbar ist?
Lasst euch in fremde Welten entführen, lernt fantastische Legenden kennen, kämpft für die Gerechtigkeit, Liebe oder Freiheit, erlangt Ruhm und Ehre, erfahrt, was wirklich zählt im Leben.
Dies ist eine Fantasy-Anthologie, die euch zum Lachen, Lieben, Gruseln, Träumen, Hoffen und Bangen einlädt.

Märchenfan?

Dann gefällt dir auch diese zauberhafte Reihe:

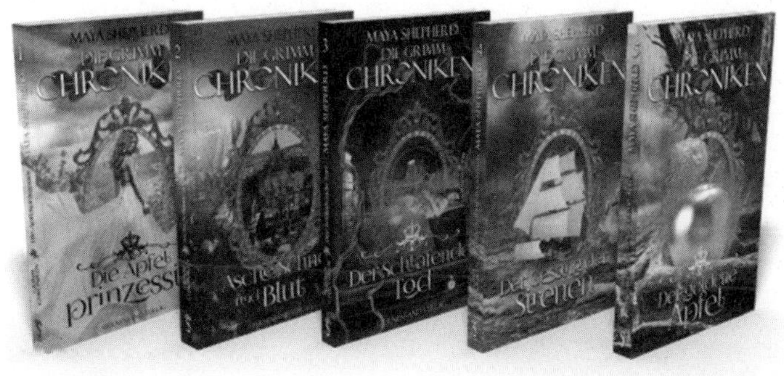

Maya Shepherd

Die Grimm-Chroniken (Band 1): Die Apfelprinzessin

2. Feburar 2018, Sternensand Verlag

146 Seiten, broschiert

€ 8,95 [D]

Märchenadaption

Als Taschenbuch und E-Book

Dieses Buch beginnt nicht mit Es war einmal, denn auf diese Weise fangen all die Lügen an, die Wilhelm und Jacob in die Welt gesetzt haben. Dies ist kein Märchen, sondern eine wahre Geschichte.

Es heißt, die Bösen werden bestraft und die Guten leben glücklich bis ans Ende ihrer Tage. Das Leben ist aber nicht schwarz-weiß und gewiss nicht glücklich. Rot ist die Farbe, die über das Schicksal bestimmen wird.

Die Lüge ist oft nicht von der Wahrheit zu unterscheiden, am wenigsten, wenn die Wahrheit zu schrecklich ist, um sie glauben zu wollen.

Weitere Titel aus unserem Fantasy-Programm

C. M. Spoerri

Der rote Tarkar

16. März 2018, Sternensand Verlag

370 Seiten, broschiert

€ 12,95 [D]

High Fantasy

Als Taschenbuch und E-Book

B. E. Pfeiffer

Die Weltportale (Band1)

27. Juli 2018, Sternensand Verlag

624 Seiten, broschiert

€ 16,95 [D]

High Fantasy

Als Taschenbuch und E-Book

Jessica Bernett

Elayne (Band 1): Rabenkind

9. März 2018, Sternensand Verlag

252 Seiten, broschiert

€ 12,95 [D]

Historische Fantasy

Als Taschenbuch und E-Book

Stefanie Scheurich

Deceptive City (Band 1): Aussortiert

22. Juni 2018, Sternensand Verlag

440 Seiten, broschiert

€ 12,95 [D]

Dystopie, Jugendroman

Als Taschenbuch und E-Book

Stefanie Scheurich

Streuner: Verflucht liebenswert

16. Februar 2018, Sternensand Verlag

442 Seiten, broschiert

€ 12,95 [D]

Urban Fantasy

Als Taschenbuch und E-Book

Nicole Schuhmacher

Ein Tess-Carlisle-Roman (Band 1): Jägerseele

23. März 2018, Sternensand Verlag

358 Seiten, broschiert

€ 12,95 [D]

Urban Fantasy

Als Taschenbuch und E-Book

STERNENSAND
VERLAG